KB058980

미라는 탈의실에서 옷을 벗으며
어디어디 하고
에메라와 플리카를 쳐다보았다
어떻게 보면 당연한 일이었지만
그러다 플리카와 눈이 마주쳤다
하지만 그것은 아주 잠시뿐이었고
상황에 따라서는 기분 탓이라고
여길 수 있을 정도로 짧은 시간이었다

하지만 미라로 말하자면
애초에 알몸을 남에게 보이는 일에 대한
수치심이 거의 없었다.
플리카가 구석구석
관찰을 한들 아무런 느낌도
들지 않는 것은 물론이고 약간
흥분되는 것 같다는 생각이 들 정도였다.

하지만 상대는 플리카다
우연이 아닐 것이다
실제로 그녀는 지금도 빈틈을 살피는
눈을 이리저리 굴리고 있었다

현자의 제자를
자칭하는 현자

She professed herself
pupil of the wise man.

7

①

어디론가 떨어지는 듯한, 그런 부유감을 느낀 미라는 옅은 꿈속에 잠겨있던 의식을 부상시켰다. 천천히 눈꺼풀을 열어보니 작은 빛들이 일렁이는 검은 하늘과 잿빛 머리를 지닌 귀공자가 눈에 비쳤다.

'어떻게 된 게야⋯⋯.'

천칭의 성채에서의 임무는 하늘의 백성으로 추정되는 남자의 등장으로 실패했다. 하지만 말없는 주검이 된 키메라 클로젠 멤버의 소지품을 통해 그들이 다음으로 향할 예정이었던 목적지가 환영회랑이라고 추측해내는 데는 성공했다. 그래서 지금은 그리로 가던 도중에 호수가에서 휴식을 취하던 참이었다.

그때, 미라는 왜건 안에서 잠들어 있었다. 하지만 지금은 전혀 모르는 곳에 있었다.

상황을 파악하려 했지만 뇌의 처리속도가 도통 정상으로 돌아오지 않아, 미라는 그저 불쾌한 얼굴로 자신을 공주님을 대하듯 정중하게 안은 남자를 노려보았다.

"누구냐, 그대는? 납치범이냐?"

미라는 잠꼬대를 하듯 그렇게 말했다. 그 말을 듣고 미라가 깨어났음을 알아챈 남자는 매우 붙임성 있는 미소를 지으며 "수상한 자는 아닙니다"라고 대답하고서 살며시 고개를 숙였다.

그런 남자를 미라는 수상하다는 눈으로 쳐다보았다. 그럴 만도 했다. 어찌된 일인지는 몰라도 자는 도중에 끌려왔으니. 의심하지 않을 수가 없는 상황이었다.

남자도 그 점은 아는지 슬그머니 시선을 피했다. 하지만 그 표정에는 어째서인지 악의는커녕 거북함만이 엿보였다.

"어쨌든, 우선 내려주겠느냐?"

미라는 말하자마자 남자의 품안에서 달아나려고 두 다리를 파닥거렸다.

"어이쿠."

남자는 품에서 빠져나갈 뻔한 미라의 몸을 허둥지둥 고쳐 안았다. 그때, 남자의 등 뒤에서 여성이 뛰쳐나와 버둥대는 미라의 다리를 끌어안아 못 움직이게 했다.

"아아, 죄송해요. 하지만 조금만 참아주세요. 지금은 호수 속에 있으니까요. 그의 손에서 벗어나면 가라앉고 말 거예요."

날개옷을 걸치고 티없이 맑은 푸른 머리카락을 지닌 여성은 다리에 달라붙은 채 애원하듯 그렇게 설명했다. 그리고 그 머리카락은 눈에 익은 옅은 광채를 띠고 있었다.

"호수 속이라고?"

두 사람의 필사적인 태도와 여성의 특징적인 머리카락을 본 미라는 의아하다는 표정으로 그렇게 중얼거리며 저항을 그치고 주변을 둘러보았다. 자세히 보니 깜깜하다고 생각했던 그곳은 깊고 짙은 군청색을 띠고 있었고, 어머니의 태내에 들어온 듯한 물소리로 가득했다.

"확실히 그런 것 같군. 해서, 그대는 물의 정령인 게냐?"

"네, 안루티네라고 합니다."

"역시 그러했나. 그렇다면······."

"네, 저도 정령입니다. 워즈랑베르라 합니다."

미라의 시선을 받은 남자, 워즈랑베르는 격식을 차려 고개를 끄덕이며 답했다.

두 사람은 사람의 좋은 이웃이라 알려진 정령이었다. 미라는 그 사실을 알아채고 얌전히 있기로 했다. 정령이 사람에게 해를 입히는 일은 없다. 사람이 먼저 배신했거나 상당한 이상 사태가 아니고서는.

"오호라. 헌데 어찌된 일인지, 그대에게서는 정령의 기척이 느껴지지 않는데 말이다."

미라는 워즈랑베르의 머리카락부터 몸을 구석구석 관찰하듯 바라보앗다.

정령들에게는 공통적인 특징이 하나 있었다. 그것은 옅은 빛을 내뿜는 입자가 흘러나오는 머리카락이다. 물의 정령인 안루티네의 머리카락에는 그 특징이 또렷하게 나타나 있었다.

하지만 워즈랑베르 쪽은 그렇지 않았다. 미라가 정령이라는 사실을 한눈에 알아보지 못한 원인이었다.

"저는 정령으로서 정적(靜寂)을 통솔하고 있습니다. 그래서 은폐며 은둔이 특기입니다만, 사정이 있어서 지금은 숨기고 숨는 것이 버릇이 되었지요."

남자는 그렇게 말하며 쓴웃음을 지어 보였다. 그러자 미라는 놀란 듯 눈이 둥그레져서 그를 쳐다보았다. 그 표정이 서서히 희색으로 물들어갔다.

"정적의 정령이라 이건가! 이거 놀랍구먼. 그러한 정령이 있었을 줄이야! 처음 보았다!"

미라는 환희로 가득한 목소리로 진심으로 감동했음을 표하더니 턱에 손가락을 가져다댄 채 "자세히 보니 위엄이 있구나!"라고 말을 이었다.

"모르셨나보군요……. 그럴 만도 하죠. 동료들에게도 존재감이 없다는 소리를 자주 들으니……."

미라와는 대조적으로 워즈랑베르는 낙담한 눈치였다. 그 능력 탓인지 아무래도 그는 정령들 중에서도 유독 눈에 띄지 않는 존재인 듯했다.

"그런 이야기는 되었고. 왜, 이 몸에게 볼일이 있었던 것 아니냐? 말해 보거라."

지금까지 몰랐던 정령과 만나 기쁜 탓인지 상당히 기분이 좋아진 미라는 무슨 부탁이든 들어줄 기세로 그렇게 덧붙여 말했다.

"그런 이야기는 되었고……라."

워즈랑베르는 그렇게 중얼거리며 고개를 푹 숙였다.

그 순간, 마치 터널을 빠져나온 듯 주변이 문득 밝아졌다. 그 급격한 변화에 미라는 얼굴을 찌푸리고 눈을 가늘게 떴다. 하지만 주변을 가득 메운 빛은 옅어서 눈이 익기까지는 얼마 걸리지 않았다.

천천히 눈을 뜬 미라는 자신의 눈에 비친 광경을 보고 숨을 죽였다.

그곳은 서른 걸음 정도면 한 바퀴를 돌 수 있을 듯 작은 공간이었다. 하지만 미라가 놀란 것은 그 때문이 아니었다. 동굴 같은 그 공간 끝에 발굴 도중인 듯 일부가 돌출된 신전이 있었기 때문이다. 심지어 그 신전은 입구 주변 이외의 곳이 흙덩이에 묻혀있음에도 불구하고 압도적인 존재감을 내뿜고 있는 데다 세월에 따른 변화의 조짐조차 없었다.

"무어냐, 이곳은. 호수 속이라고 하지 않았더냐? 아무리 봐도 땅속으로 보인다만."

미라가 그렇게 묻자 워즈랑베르는 뒤로 몸을 돌려 작은 물웅덩이를 눈짓으로 가리켰다.

"정확하게 말씀드리자면 이곳은 호수 속에서 옆으로 뻗은, 좁은 동굴 안입니다. 입구를 저와 안의 힘으로 은폐해두어서 쉽사리 드나들 수 있는 곳은 아닙니다만——."

남자는 그렇게 말하며 신전을 향해 걸어 나갔다. 그리고 입구를 지나서야 품에 안고 있던 미라를 내려놓았다.

"——저희를 초월하는 특별한 힘을 지닌 자는 막을 수가 없습니다. 이렇게 이곳으로 모셔온 이유는 저기 있는…… 저희 친구를 구해주셨으면 했기 때문입니다."

침통한 표정으로 그렇게 말한 남자는 천천히 예배당 안쪽으로 시선을 옮겼다. 옆에 선 안루티네 역시 상당히 괴로운 표정으로 같은 곳을 바라보고 있었다.

"그대들의 친구라?"

그렇게 되물으며 미라는 두 사람의 시선 끝에 있는 것을 쳐다보았다.

예배당 가장 깊은 곳. 그곳에는 검은 안개 같은 것이 희미하게 감돌고 있었고, 유달리 눈에 띄는 받침대 옆에는 검을 끌어안은 채 몸을 웅크리고 있는 해골이 있었다.

"네, 그녀입니다."

워즈랑베르는 그것을 바라본 채 천천히 고개를 끄덕이며 대답했다.

"흠…… 구해달라고 한들 이미 늦은 것 아니냐? 아니면 그 뭣이냐, 영혼을 어떻게 해달라는 뜻이냐?"

구해달라는 말이 목숨을 두고 한 것이라면, 이미 해골이 되었으니 그러기는 불가능했다. 하지만 영 상황이 불투명해서 이유 모를 위화감을 느낀 미라가 눈치를 살피는 듯한 투로 그렇게 물었다.

"아뇨, 아직 건재합니다. 그녀라는 것은 검을 두고 한 말이니까요."

"검이라?"

예상한 대로 문제는 그리 단순하지가 않은 모양이었다. 확실히 자세히 보니 해골이 소중하게 끌어안고 있는 검은 장식도 그렇고 날이 훤히 드러나 있음에도 불구하고 조금도 녹슬지 않았다. 누가 보아도 명검임을 알 수 있는 물건이었다.

"요컨대, 친구가 무구정령이라는 뜻이로군?"

오랜 세월을 견뎌낸 무구에는 정령이 깃드는 일이 있으며, 명검일 경우 그런 경향이 더욱 두드러졌다. 정령들의 친구는 역시 정령인 듯했다.

"정확히는 조금 다릅니다만, 대략 그렇게 생각하셔도 문제는 없을 겁니다."

"어째 마음에 걸리는 말투로구먼."

무구정령이라는 존재이기는 하지만 일반적인 무구정령과는 조금 다르다. 그렇게 인식한 미라는 억누를 수 없는 호기심으로 가득한 눈으로 워즈랑베르를 바라보았다.

"그녀의 이름은 상크티아. 성검 상크티아입니다."

친구인 상크티아에게 아무 것도 해줄 수 없다는 사실이 어지간히 괴로운 것인지, 남자는 미라를 똑바로 쳐다본 채 괴로움을 곱씹듯 그 이름을 입에 담았다.

"성검 상크티아라. 흐음~ 들어본 적 없는 이름이로군."

현실이 된 세계에는 모르는 것들이 수없이 존재하며 이 역시 그 중 하나일지 모른다. 그렇게 생각한 미라는 더욱 흥미롭다는 눈으로 검에게 시선을 보냈다.

"바깥세계에서 모습을 감춘 지 한참 되기도 한 데다, 그녀가 쓰인 것은 한 번뿐이라 전해지지 않은 것도 무리는 아닐지 모릅니다."

"오호라."

그러한 이유라면 확실히 모를 만도 하다고 미라는 납득했다.

명검이며 성검, 마검과 같은 부류에는 그에 상응하는 일화가 있기 마련이다. 수백, 수천에 이르는 마물을 베었음에도 전혀 날이 상하지 않았다는 이야기며, 사룡(邪龍)의 심장을 꿰뚫었다느니 몇 대에 걸쳐 왕가의 피를 묻혔다느니 하는 허무맹랑한 진실로 치장된 명품. 그것이 이 세계에서는 상식이었다.

아무리 큰 힘을 감추고 있다 한들 그를 뒷받침할 전승이 없으면 잊히고 만다. 요컨대 찾아보면 이러한 명품이 아직 잔뜩 있을지도 모른다는 뜻이기도 했다.

미라는 그 증거라 할 수 있는 검을 바라본 채 낙담한 두 사람에게 미안하기는 했지만 환희에 몸을 떨었다.

"해서, 꽤나 기괴한 기척이 감돌고 있다만. 구해달라는 말은 요컨대 저걸 어떻게든 해달라는 뜻이냐?"

미라는 으스스하게 일렁이는 검은 안개를 가리키며 새삼 그렇게 물었다.

예배당은 광원을 특정할 수 없는 빛으로 가득해서 그림자도 빛으로 지워진 상태였다. 그것은 빛의 정령의 힘에 의한 것으로 미라에게도 실로 익숙한 일이었다.

어둠과 인연이 없을 듯한 그런 공간에, 유달리 깜깜하게 침체된 장소가 존재했다. 그것이 검은 안개, 검을 끌어안은 해골이 있는 부근이었다.

"네, 그렇습니다. 저것은 정령을 좀먹는 저주라서 저희는 가까이 갈 수도 없습니다. 그녀는 그릇에 깊숙이 들어가서 간신히 존재를 유지하고 있는 상태입니다만, 얼마나 더 버틸 수 있을지……."

자신의 무능함이 한탄스러울 따름인지 워즈랑베르의 표정이 갈수록 어두워졌다. 미라는 그런 그의 얼굴을 곁눈질로 흘끔 쳐다보고서 후우, 하고 한숨을 내쉬고는 몸을 풀 듯 허리를 쭉 폈다.

"해서, 구해낼 방법 말이다만. 저기 보이는 해골을 쓰러뜨리면 되는 것이냐?"

미라가 그렇게 묻자 워즈랑베르는 잠시 멍하니 있다가 고개를 홱 돌리며 "그래주시겠습니까?!"라고 허둥지둥 되물었다. 그는 이제 상황을 설명했을 뿐이건만 싸울 의욕을 보이는 미라를 보고 놀란 것이다.

"그러려고 데려온 것 아니냐?"

그에 반해 미라는, 그러한 사정은 개의치 않고 당연하다는 투로 답했다.

"그렇기는 합니다만, 저 자는 생전에 천을 넘는 목숨을 거둬들인 흉악한 악귀인 듯합니다. 그 사실을 말하고 나서 판단해 주셨으면 했던지라. 죄송합니다, 조금 놀라고 말았습니다."

너무도 당당한 미라의 모습에서 안도감을 느낀 것인지 워즈랑베르는 괴로움으로 가득했던 표정을 누그러뜨려 쓴웃음을 지었다.

"호오……. 제법 강할 것 같은 상대로구나. 만일의 경우에는 곧장 내빼도록 하자꾸나."

미라는 그렇게 말하면서도 도전적인 미소를 지은 채 해골을 향해 천천히 걸음을 옮겼다. 예배당을 절반쯤 지났을 즈음, 눈에 띄게 분위기가 바뀌었다. 꿈틀대는 안개는 마치 사냥감을 찾듯 땅을 기어 하얀 바닥을 검게 물들여 나갔다.

두 정령은 허둥지둥 뒤로 펄쩍 뛰어 그 안개가 미치지 않는 천장 근처의 대들보로 이동했다.

"전력이 되지 않는 저희는 여기서 지켜보고 있겠습니다. 하지만 철수할 때는 신호를 보내주십시오. 온힘을 다해 바깥으로 모시겠습니다."

"알겠다~."

면목 없다는 투로 말하는 워즈랑베르를 올려다보며 대답한 미라는 검은 안개로 뒤덮인 바닥의 한 걸음 앞에서 멈춰 섰다.

게임 시절, 보스전에는 전투 개시 구역이라는 것이 있었다. 그것은 보스가 전투태세로 이행하는 영역으로, 시각적으로 알기 쉽게 구분되어 있는 것이 특징이었다. 하지만 원거리에서 공격을 가할 경우에는 그와 무관하게 전투가 시작되었다.

미라는 정확히 그 전투 개시 구역의 경계선으로 보이는 곳 직전에서 멈췄다. 과연 현실에서도 구역 구분이 유효한지 어떤지를 확인하기 위해.

예배당 안쪽으로 시선을 옮겨 보니 해골이 무거운 분위기를 내뿜으며 일어서고 있었다. 하지만 자세를 잡았을 뿐, 아직 공격해 오지는 않았다.

'흠……. 이건 유효하다 보아도 되는 겐가?'

그 자리에서 움직이지는 않았지만 해골은 똑바로 미라를 바라보고 있었다. 마치 사거리를 재는 듯한 것이 이미 전투가 시작되었다 해도 과언이 아닌 상황이었다.

"음?"

곧장은 움직이지 않는 듯하여 적을 주시해본 미라는 나직한 목소리로 중얼거리며 눈살을 찌푸렸다. **조사**해 보아도 상대의 정보를 알 수 없었기 때문이다.

게임 시절, 플레이어는 대상을 주시함으로써 간단한 역량을 파악할 수 있었다. 현실이 된 지금은 플레이어 출신자들이 예외 대상이기는 하지만 그 이외의 자들은 또렷하게 파악할 수 있었다.

하지만 어째서인지 눈앞에 있는 해골은 조사할 수가 없었다.

'설마하니 플레이어 출신자의 말로는 아닐 테지. 뭐, 어찌 되었건 할 일은 변함이 없다만. 나중에 그 둘에게 자세히 물어보도록 할까.'

그렇게 생각한 미라는 다크나이트 하나와 홀리나이트 둘을 소환하여 실력을 알 수 없는 정체불명의 상대를 노려보았다.

'터무니없이 강한 자일지도 모르니. 조금은 제 실력을 발휘하는 게 좋을 것 같군그래.'

남자의 말에 의하면 수많은 목숨을 취한 강적이라고 했다.

미라는 몸을 풀 듯 가볍게 기지개를 켜고서 검은 안개 안으로 한 걸음을 내디뎠다.

갑작스러운 일이었다. 미라의 발이 영역에 진입함과 동시에 검은 안개가 순식간에 팽창되어 예배당의 바닥을 뒤덮었다.

"으음…… 이게 어찌 된 일이지?"

그리고 한 가지 변화가 더 일어났다. 다크나이트와 홀리나이트가 안개에 닿자마자 마치 썩어 문드러지듯 무너져 내린 것이다.

"그 안개는 정령을 좀먹는 저주입니다. 어쩌면 소환한 무구정령도 예외가 아닐지 모릅니다."

천장 쪽에서 워즈랑베르의 목소리가 들려왔다.

정령을 좀먹는 저주. 이것 때문에 정적의 정령인 워즈랑베르와 물의 정령인 안루티네는 접근을 하지도, 성검에 깃든 친구를 구해내지도 못했다. 그리고 아무래도 그 저주는 술법으로 소환한 정령에게까지 영향을 미치는 듯했다.

미라는 다소 부루퉁해져서 해골을 노려보았다. 이대로 전투가 개시되면 접근전을 면할 수 없을 것이다. 성검의 위력이 어느 정도인지 판명되지 않은 지금으로서는 최대한 피해야 할 사태였다.

하지만 해골이 움직일 낌새는 아직 없었다. 엄청나게 경계를 하고는 있었지만 아무래도 아직 영역 밖인 모양이었다.

그것을 확인한 미라는 다시 한 번 자신의 주변에 소환지점을 확정했다. 저주인 검은 안개의 영향으로 정령계열 소환술은 쓸 수 없다. 미라는 그 점을 염두에 두고 현재 상황에 가장 적합한 자들을 소환하기로 했다.

[소환술 : 가룸]

[소환술 : 아르라우네]

[소환술 : 구구와이즈]

세 가지 마법진이 전개되어 빛을 내뿜더니 그곳에서 믿음직한 동료들이 모습을 드러냈다.

소용돌이치는 화염 속에서 느릿느릿 걸어 나온 늑대가 옆에서 멈춰서더니, 하늘에서 터진 빛 속에서 작은 올빼미가 내려와 미라의 어깨에 앉았다. 그와 동시에 울창한 녹음이 퍼져나가 예배당 바닥과 벽을 덤불로 뒤덮었다.

늑대인 가룸은 3미터 정도 되는 몸집에 검은 털을 지녔으며 꼬리는 미라의 팔뚝보다 두꺼웠다. 가룸은 적인 해골을 빤히 쳐다보고는 주인인 미라를 흘끔 바라보았다. 그리고 그리운 주인의 모습을 보았다는 사실에 만족하고서 정면으로 시선을 돌린 직후, 다시 돌아보았다. 마력의 성질, 그리고 기척은 변함이 없었지만 겉모습은 완전히 딴사람이었기 때문이다.

"주인, 귀여워. 이미지 체인지?"

소녀 같은 목소리는 미라의 귓가에서 들려왔다. 옆에서 가룸이 동의하듯 연신 고개를 끄덕였다.

목소리의 주인공은 작은 올빼미, 구구와이즈다. 똑똑한 구구라는 이명을 지녔으며 캐트 시와 마찬가지로 말을 할 줄 아는 몇 안되는 하급 소환체였다.

"뭐어, 대충 그런 셈이다. 그보다 용케 그런 속된 말을 아는구나."

"말, 많이 공부했어. 마법도 잔뜩 익혔어. 잘했어?"

구구와이즈는 고개를 좌우로 갸웃거리고 커다란 눈을 껌벅거리며 그렇게 말했다.

"호오. 그래그래, 똑똑도 하구나!"

너무도 귀여운 나머지 미라는 손주를 칭찬하듯 구구와이즈를 품에 안고 머리를 마구 쓰다듬어댔다.

구구와이즈는 기쁜 듯 눈을 가늘게 뜬 채 고롱거렸다. 그 모습을 부러운 눈으로 보던 가룸은 과시라도 하듯 꼬리를 바짝 세우더니 활활 타오르는 화염을 뿜어냈다.

갑자기 발생한 홍련의 빛과 강렬한 열기에 고개를 돌린 미라는 격렬하게 타오르는 화염보다 높은 곳에 자리한 천장 근처에서 불길이 닿을까 싶어 쩔쩔 매는 정령 둘을 발견했다.

"어허 가룸. 너무 서두르지 말거라."

의욕이 넘치는 가룸을 허둥지둥 달랜 미라는 물로 만든 보호막 안에서 안도의 한숨을 내쉬는 정령들을 보고서 가슴을 쓸어내렸다.

가룸으로 말하자면 풀이 죽어 축 쳐진 채 강아지처럼 작은 소리로 낑낑댔다.

"허나 방금 전 건 굉장했다. 그대도 열심히 노력했구나. 잘했다."

말리기는 했지만 조금 전의 그것은 본 적이 없는 기술이라 미라는 약간 흥분하여 그렇게 말하며 가룸의 콧등을 살며시 쓰다듬었다. 그러자 노력을 인정받은 가룸은 몹시 기뻐했다. 그야말로 꼬리로 씩씩하게 붕붕 바람 가르는 소리를 낼 정도로.

그러던 중, 한 줄기 덩굴이 미라를 감싸듯 뻗어와서 사이에 끼어들었다. 그 끝에는 머리에 꽃이 핀 인형 같은 모습을 한 아르라우네가 있었다.

"잘 지낸 듯하구나."

미라가 말을 걸자 아르라우네는 머리에 핀 꽃을 미라의 뺨에 비벼 달콤한 향기를 뿜어냈다.

아르라우네의 감정은 향기로 표현된다. 후각이 재현되지 않았던 게임 시절에는 판별할 수 없었지만 현실이 된 지금은 미라에게 또렷하게 전달되었다.

'달콤한 향기는 분명 친애의 뜻이었던가. 참으로…… 맛있을 것 같은 향기로구나…….'

소환 가능한 자들에 관한 지식에 정통한 미라는 아르라우네에 관한 이런저런 정보들을 떠올리며 그 달콤한 향기를 한껏 들이켰다.

그렇게 오랜만의 재회를 기뻐하고 그리워하는, 화기애애한 분위기에 접어든 일동을 위에서 바라보는 두 정령은 어리둥절할 따름이었다.

"자아, 그대들에게는 오랜만일 터인데, 이 조합으로 한 일을 기억하느냐."

미라가 그렇게 묻자 가룸과 아르라우네는 고개를 끄덕였고 구구와이즈는 "괴물 퇴치야~"라고 대답했다. 미라가 체감한 시간과 달리 가룸 일행에게는 30년 만의 재회였다. 미라는 당시의 연계 체제를 기억이나 할지 어떨지 걱정이었지만 아무래도 문제없을 듯했다.

"그럼 평소처럼 가보자꾸나."

미라가 그렇게 말하자, 그 말을 신호로 세 소환체의 분위기가 명백하게 변화했다.

가룸은 다시 정면을 본 채 자세를 낮추고서 으르릉, 하고 땅울림 같은 소리를 내며 해골을 노려보았다.

주변의 녹음에 숨어든 아르라우네는 무수한 덩굴을 예배당 전체에 둘러쳤다.

그리고 구구와이즈는 미라의 어깨에서 날아올라 덩굴 한 가닥에 앉아서는 날개를 펼친 채 해골을 물끄러미 쳐다보았다.

내력(來歷) 탓에 불사계열에 엄청 강한 가룸을 전위에 두고 아르라우네가 전장을 죽은 자의 원념이 미치지 않는 식물의 생명력으로 가득 메운다. 그리고 밤의 어둠, 요컨대 황천을 사냥터로 활약하는 구구와이즈가 전황을 구석구석 파악하여 저주에 대비하고 있다가 기습을 한다.

그것은 덤블프였던 시절에 고안해낸 대(對) 불사계열 폐소(閉所) 전용 포진이었다.

전원이 배치되었음을 알리는 구구와이즈의 울음소리가 울려퍼졌다. 그를 신호로 미라가 호령을 내리자 가룸이 공격을 개시했다.

가룸은 단숨에 해골에게 육박하여 그 날카로운 발톱을 휘둘렀다. 하지만 그것은 둔탁하고 묵직한 소리를 내며 멈췄다. 아니, 막혔다. 해골이 내민 성검에서 희미한 빛의 막이 나타나 바람을 가르며 날아드는 가룸의 발톱을 완전히 막아낸 것이다.

가룸은 아랑곳 하지 않고 낮은 소리로 으르렁거리며 다리에 힘을 실었다. 까득까득. 마치 유리가 삐걱대는 듯한 소리가 났지만 빛의 막에는 흠집 하나 나지 않았다.

그러자 해골이 낄낄대고 웃었다. 그것은 성검의 힘에 취한 듯한, 유열(愉悅)로 가득한 목소리였다.

실제로 성검은 그만한 힘을 가지고 있었다. 하지만 그 탓에 자만심이 싹텄다.

직후, 미라가 가룸의 등을 타고 공중으로 날아올랐다. 그리고 몸을 회전시켜 [선술 천 : 연충]을 방출했다.

미쳐 날뛰는 충격파의 소용돌이는 빛의 막의 효과가 미치지 않는 해골의 머리 위를 지나 후방에서 날아들어 방어를 뚫고 직격했다.

온몸에 퍼지는 강렬한 충격에 자세가 무너진 해골은 느닷없이 소리를 치며 성검을 뽑아 가룸의 발톱을 튕겨내더니 뒤로 펄쩍 뛰어 물러났다.

그 순간, 해골의 움직임이 공중에서 딱 멈췄다. 원인은 길게 뻗은 덩굴이었다. 덩굴이 해골을 땅으로 끌어내리고자 다리를 옭아매고 있었다.

해골은 그것을 한 차례 노려보더니 분하다는 듯 으르렁거리며 성검으로 덩굴을 베었다. 반사적이라 해야 할 정도로 신속한 판단력이었다.

하지만 그 짧은 시간이 빈틈이 되었다. 가룸이 또다시 땅을 박차고 달려들어 한 걸음에 해골의 코앞까지 육박해서 발톱을 그었다.

빛의 막으로 막으려 한들 성검은 관성에 따라 크게 궤적을 그리는 중이라 해골에게는 그 일격을 막아낼 방법이 없었다.

딱딱한 충격음이 울려 퍼졌다. 강렬한 힘으로 내지른 발톱은 정확하게 해골을 더 높이 쳐올렸다.

해골은 자세를 바로잡고자 발버둥을 쳤지만 발 디딜 곳이 없는 허공에서는 그럴 수가 없어 그저 나뭇잎처럼 춤을 출 따름이었다.

미라는 그것을 상공에서 맞이했다. 그리고 '공활보'로 가볍게 하늘을 달려 뒤로 돌아들어, 손을 해골의 뒤통수에 가져다 대었다.

[선술 지 : 홍련일악]

미라의 마나가 집속되더니 술법이 되어 발현되었다.

폭음과 붉은 섬광이 눈 깜짝할 새 부풀어 올라 예배당을 진동시키자 술법의 위력으로 날아간 해골이 격하게 땅바닥에 처박혀 둔탁한 소리를 냈다.

[플레임 버라지!]

그러자 지체 없이 무수히 많은 화염탄이 해골의 낙하지점에 쏟아져 격렬하게 불똥을 튀겼다. 그것은 구구와이즈의 마법에 따른 추가 공격이었다.

"흠. 제법 튼튼하군그래."

적을 포위하듯 가룸의 맞은편에 내려선 미라는 해골의 모습을 살피며 중얼거렸다. 회피도 방어도 하지 못할 정도의 연속 공격이었던 데다 모두 다 중급의 적 정도는 일격에 소멸할 만큼의 위력을 가지고 있었다.

하지만 해골은 그것을 맞고도 사지 멀쩡하게, 아무렇지도 않다는 듯 일어났다.

상상 이상의 강자였다. 하지만 그것을 바라보는 미라의 입가에는 희미한 미소가 드리워 있었다.

후방에 미라, 전방에 가룸, 그리고 머리 위에는 구구와이즈, 바닥에는 아르라우네. 해골은 고개를 빙글 돌려 그것을 확인하더니 그대로 정면에 자리한 가룸을 향해 달려갔다.

거의 동시에 가룸도 땅을 박차고 뛰쳐나가 눈 깜짝할 새 거리를 좁혀서 날카로운 발톱으로 그를 후려쳤다.

해골은 성검을 측면으로 내밀어 빛의 막으로 그것을 막았다. 그리고 몸을 앞으로 날려 기세를 그대로 살려서 가룸의 몸통을 차올렸다.

그 날카롭고도 맹렬한 위력을 지닌 발차기는 가룸을 공중으로 쏘아 올렸다. 해골은 그것을 바라본 채 성검을 두 손으로 쥐고 힘차게 한 걸음을 내디뎠다.

조금 전과는 반대로 이번에는 가룸의 복부가 텅 비었다.

성검의 칼날이 그곳으로 빨려들 듯 날아가던 중, 해골의 두 팔이 우뚝 멈췄다.

아르라우네의 덩굴이 두 팔을 휘감은 것이다. 하지만 해골은 뼈만 남은 몸이기는 해도 강인한 힘으로 그것을 순식간에 뜯어내고 말았다.

하지만 그 짧은 시간은 가룸을 구해냈고, 미라 일행에게 절호의 기회를 만들어주었다.

[스톤 버라지!]

해골의 움직임이 멈춘 것은 1초도 채 되지 않는, 지극히 짧은 순간이었다. 하지만 그를 예상했다는 듯 구구와이즈가 무수히 많은 돌멩이를 내쏘았다.

돌멩이라고는 해도 탄환과도 같은 속도로 날아드는 그것은 평범한 화살보다 훨씬 위협적이었다. 해골도 그렇게 판단했는지 그 즉시 성검을 내밀었다.

쉴 새 없이 빛의 막을 때려대는 돌멩이는 마치 산사태가 일어난 듯한 굉음을 내어 작은 발소리를 지워버렸다.

해골이 그를 알아챈 것은 따스하고도 작은 숨결을 등 뒤에서 느낀 뒤였다.

하지만 이미 늦었다. 해골의 등 뒤에 선 미라는 입가를 빙긋 치올린 채 해골의 머리에 손을 가져다 대었다.

[선술 지 : 자전일악]

술법의 발동과 동시에 눈앞이 아찔해질 정도의 보라색 섬광이 터지고 파열음이 귀를 먹먹하게 했다. 그것은 그야말로 벼락같았다. 빛은 순식간에 사라졌지만 굉음은 예배당 안에서 한참이나 메아리쳤다.

그 술법은 막대한 전기 에너지에 의한 파괴를 목적으로 한 것으로, 위력과 박력으로 말하자면 대들보로 피신한 안루티네가 울상이 될 정도였다.

그리고 이 술법은 위력도 위력이지만 '홍련일악', '열충일악'과는 다른 특징이 있었다.

그것은 넉백(knock-back)효과의 유무다. 따라서 현재 미라의 손바닥은 아직 해골의 머리에 닿아 있었다.

그 즉시 다음 공격으로 연결시킬 수 있다는 이점이 있기는 했지만, 그것은 뒤집어 생각하면 반격을 받기도 쉽다는 결점이라는 뜻이기도 했다.

예상한 대로 해골은 그 즉시 성검을 치켜들며 몸을 돌렸다. 그 동작은 매우 민첩하여 눈곱만큼도 손상을 입지 않은 듯했다.

하지만 칼날이 떨어지기 직전에 우렁찬 소리와 함께 날아든 가룸의 이빨이 해골을 포착했다. 곧장 갈기갈기 찢을 기세로 해골을 휘두르고 내동댕이치며 이빨을 더욱 깊숙이 박아 넣었다.

해골은 바이스처럼 조여드는 아가리에서 벗어나고자 성검을 휘둘러 격렬하게 저항했다. 하지만 가룸은 사납고 용감하게 계속해서 이빨을 꽂아댔다.

뼈가 삐걱대는 소리에 문득 우득우득 균열이 가는 소리가 섞여들었다. 그 순간, 해골은 원통하다는 듯 절규하며 머리 위로 성검을 내밀었다.

그러자 허공에 무수히 많은 빛의 검이 출현했다. 그리고 태양빛을 응축한 듯 매서운 빛을 내뿜는 광검은, 해골이 성검을 휘두름과 동시에 빗발처럼 쏟아져 내렸다.

"우음? 이건 고유 기술인가?"

그 자리에서 잽싸게 물러난 미라는 그 광경을 관찰하듯 바라보며 흥미롭다는 투로 중얼거렸다.

고유 기술. 그것은 그 무기만의 특수한 기술을 말한다. 성검이며 마검과 같은 이름이 붙은 무기에는 대게 부가되어 있어서 때로는 무기 자체의 성능보다도 중시되기도 하는 요소였다.

눈앞에서 펼쳐진 유성 같은 빛의 폭우는 무기 전용이라는 사실을 증명하듯 해골이 지닌 성검에 호응하여 쏟아졌다.

가룸이 폭풍처럼 미쳐 날뛰는 빛의 검에 꿰였다. 그리고 그 강렬한 충격으로 가룸의 아가리가 벌어져 해골이 구속에서 빠져나왔다.

한 차례 붙잡았던 사냥감을 놓친 탓인지 가룸은 다소 기가 죽어서 면목이 없다는 듯 미라를 흘끔 쳐다보았다. 하지만 그도 잠시 뿐이었다. 가룸은 해골에게로 다시 눈을 돌려 분한 듯 노려보며 으르렁거렸다.

'가룸에게 물리고도 빠져나오다니. 제법이로군.'

성검이라는 말을 들은 시점에서 고유기술이 있으리라고는 예상했지만 그 위력은 상상 이상이었다. 대미지를 확인한 미라는 감탄하며 [소환기능 : 박애의 손길]로 가룸을 회복시켰다.

정확히는 상처가 아니라 가룸을 보호하는 장벽이라 해야 옳겠지만.

소환술의 특징상 소환된 자들은 소환 중에 상처를 입지 않는다는 이점이 있었다. 그것은 소환진에 방호장벽과 강제송환 술식이 내포되어 있기 때문이다.

그것이 안심하고 강적과 정면으로 맞설 수 있는 이유가 되기도 했다.

회복이 끝나자마자 가룸은 사납게 돌격하여 해골에게 발톱을 휘둘렀다. 그 일격은 무시무시할 정도로 신속했고 정확히 해골의 목을 겨냥한 것이었다. 하지만 해골은 순간적으로 그것이 지난번과 같은 궤도로 날아오고 있다는 사실을 간파하여 반응해 보였다.

해골은 빛의 막을 전개하지 않고 성검을 비스듬히 겨누고 칼을 휘둘러 보기 좋게 가룸의 발톱을 튕겨낸 것이다.

궤도가 틀어진 발톱이 바닥에 깊숙이 박힘과 동시에 몸이 흔들리는가 싶더니 해골은 성검을 축 삼아 뛰어올라 가룸의 옆머리에 무릎을 박아 넣었다.

가룸의 방호에 균열이 감과 동시에 검은 몸이 강렬한 충격으로 날아갔다.

반대쪽 측면에서 불덩이가 지체 없이 해골을 덮쳤다. 구구와이즈가 절묘한 타이밍에 마법을 시전한 것이다. 하지만 해골은 그것을 빈손으로 받아내더니 절규와 함께 으깨버렸다.

곧바로 해골의 등 뒤, 완전한 사각에서 미라가 육박했다. 하지만 해골은 공중에서 몸을 틀어 미라를 똑바로 쳐다본 채 검을 치켜들었다.

'이토록 빠르게 대응할 줄이야. 그 악마보다 한 수 위인가.'

앞을 내다본 듯 군더더기 없는 해골의 동작에 미라는 쓴웃음을 지은 채 언젠가 싸웠던 악마와 비교하며 거동이며 반응속도를 살폈다. 그리고 그 눈에 하늘보다 깊은 청색을 띤, '진안'을 발동시키고는 피아의 사이에 하얀 타워실드를 출현시켰다.

두 다리가 땅에 닿음과 동시에 해골은 빠르게 온몸을 움직여 성검을 든 손을 단숨에 내리쳤다. 순식간에 섬광이 터지더니 성검의 칼날이 하얀 방패를 간단히 양단한 것과 동시에 무수히 많은 빛의 검이 소나기처럼 쏟아졌다.

그 섬멸 공격은 광범위한 제압력으로 미라가 있던 곳 주변을 남김없이 파괴했다.

하지만 폭심지에 미라의 모습은 없었다.

그 압도적인 파괴는 간단히 피할 수 있는 것이 아니었다. 그 때문에 직격하리라고 확신했던 해골은 다소 당황한 모습을 보였다. 하지만 즉시 주변을 둘러보며 냉정하게 목표의 위치를 찾았다.

직후, 그 눈이 포착한 것은 양쪽 측면에서 다시금 닥쳐오는 불덩이와 가룸의 이빨이었다. 미라의 존재에 정신이 팔려 반응이 늦어진 해골은 이미 회피할 기회를 놓쳤다.

그래서 성검을 내밀어 가장 큰 위협인 가룸의 이빨을 빛의 막으로 막아내고 불덩이는 손바닥으로 받아냈다. 하지만 이번 불덩이는 조금 전의 것보다 커서 해골의 팔은 격렬하게 삐걱댔다. 게다가 사납게 닥쳐오는 가룸의 이빨은 조금의 방심도 허락지 않아 해골을 그 자리에 못 박아두었다.

"드디어 잡았군그래."

양측으로 크게 펼친 해골의 한쪽 팔에 작은 두 손이 닿았다. 그 손의 주인공인 미라는 대담한 미소를 지은 채 성검을 쥔 해골의 팔을 두 손으로 움켜쥐었다.

[선술 지 : 열충일악 이중]

선술이 발동하자 지금까지 보인 것 이상의 마나가 소용돌이치며 순식간에 미라의 두 손에 집속되었다.

작은 손바닥에서 발생한 미쳐 날뛰는 포악함과 파괴를 내포한 충격파는 공기를 타고 퍼져 예배당 전체를 뒤흔들었다.

한곳에 집중된 그 위력은 지금까지의 선보인 것과는 비교도 되지 않아, 해골의 팔을 산산이 부숴놓을 정도였다.

몸과 분리된 손에서 성검이 흘러내려 아르라우네가 퍼뜨린 풀숲에 퍽, 하고 떨어졌다.

첫 번째 목적은 달성했다. 가룸이 일단 펄쩍 뛰어 거리를 벌렸다. 구구와이즈가 발사한 불덩이도 궤도를 바꾸어 천장으로 날아가서 폭발했다.

예배당이 새빨갛게 물들고 폭음이 메아리치는 가운데, 한쪽 팔을 잃은 해골의 절규가 울려 퍼졌다.

전투는 종국으로 치닫고 있었다.

한쪽 팔을 잃은 해골은 온몸으로 정령을 좀먹는 검은 안개를 내뿜으며 분노에 몸을 맡겨 날뛰기 시작했다.

미라는 그 즉시 거리를 벌렸고 구구와이즈 역시 사정권 밖으로 달아나 빈틈을 살폈다. 그리고 가룸으로 말하자면 그런 해골과 격렬한 공방을 벌이고 있었다.

냉정함을 잃은 해골의 동작은 단조로워서 가룸은 그 공격들을 모두 흘려 넘겼다. 기괴한 소리를 지르며 내지른 팔은 허공을 찌를 뿐 맞지 않았다. 그리고 결국 해골은 가룸의 발톱에 의한 강렬한 일격을 맞고 땅바닥에 엎어졌다.

그때였다. 해골의 공허한 눈이 풀숲에 떨어뜨린 성검을 발견했다. 순간, 그 눈에 어두운 빛이 깃들었다.

해골은 일심불란하게 성검을 향해 손을 뻗었다. 무언가에 홀린 듯한 그 모습은 마치 중독자의 그것처럼 이상한 집착심이 느껴졌다.

하지만 그 손이 채 목표에 닿기 전에 아르라우네의 덩굴이 성검을 휘감았다. 그리고 그대로 풀숲 안으로 끌어들여 보이지 않도록 감추어버렸다.

그럼에도 해골은 성검을 찾아 달려 나갔다. 이미 그 눈에는 성검밖에 보이지 않는지, 가룸의 정면을 무방비하게 달려 지나갔다.

직후, 홍련의 기둥이 시야를 가로지르더니 굉음을 내며 땅 위를 쓸었다. 그것은 화염을 두른 가룸의 꼬리였다. 몸을 돌릴 때의 기세를 최대로 실은 격렬한 일격이 불똥을 튀기고 굉음을 일으키며 작렬했다.

해골의 몸이 세차게 날아가 예배당 깊숙한 곳에 충돌하자 그 충격으로 벽면에 금이 가고 주변이 묵직하게 흔들렸다.

"호오, 상당한 위력이로구먼."

미라는 힘없이 무너지는 해골의 모습을 보며 감탄스럽다는 투로 중얼거리고는 칭찬하듯 가룸의 콧등을 쓰다듬었다. 그러자 가룸은 기쁜 듯 고롱거리며 화염으로 된 꼬리를 붕붕 휘둘러댔다.

"그래그래, 알겠으니 진정 좀 하거라."

미라는 격하게 흩날리는 불똥을 떨쳐내며 해골에게로 시선을 돌렸다.

잠시 후, 예배당을 눈부시게 비추던 화염이 안개처럼 사라짐과 동시에 정적이 깔렸다. 그리고 메마른 소리가 달그락 하고 났다.

일어난 것이다. 화염의 폭발력과 가룸의 힘을 합친 필살기라 할 수 있는 일격을 맞고도 해골은 두 다리로 땅을 딛고 서 있었다.

하지만 다음 순간, 그 두개골이 덜컥 흔들렸다. 해골의 몸통에는 무수히 많은 금이 가 있어서 상당한 대미지를 받았음을 알 수 있었다.

미라는 시선을 돌려 덩굴에 휘감긴 성검을 흘끔 확인한 뒤, 다시 해골을 바라보며 한숨을 내쉬고는 한 걸음 앞으로 걸어 나갔다.

"무지막지하게 튼튼하다만 검을 신경 쓸 필요가 없어졌으니 이제 봐주지 않아도 되겠구나."

미라가 그렇게 말하자 그에 호응하듯 가룸과 구구와이즈가 뒤로 확 물러났다. 그 대신 녹음이 일렁였다. 울창하게 자라난 풀숲 속에서 몇 가닥의 덩굴이 뻗어 나와 덤벼들고자 자세를 잡은 해골을 얽어매어 구속했다.

해골은 신음소리를 내고 몸부림을 치며 덩굴을 잡아뜯었다. 하지만 축적된 상처가 상당하기도 했거니와 몇 중에 걸쳐 둘러쳐진 덩굴은 쉽사리 풀 수 있는 것이 아니었다.

그리고 그것은 해골에게는 치명적인 빈틈이 되었다.

미라가 천천히 손바닥을 해골을 향해 내밀었다. 거기에 나타난 아르카나 제약진이 순식간에 로자리오 소환진으로 변화했다.

그것은 상급 소환을 위한 준비였지만 분위기가 지금까지와는 조금 달랐다.

『대해(大海)에서 피어난 광채. 이 하늘 끝에서 현란하게 타오르는 시초의 불꽃. 그 고동 그치지 않고, 그 숨결 멎지 않고 천계만천(千界萬天)을 가득 메울 때, 새벽이여 두 번 빛날 지어다!』

[소환정령술 : 케루빔 하트]

자아내는 말에 호응하여 더욱더 환하게 빛나던 소환진은 서서히 새빨간 빛을 띠더니 홍련의 불꽃을 토해냈다. 그 화염은 마치 살아있기라도 한 듯 소용돌이치며 눈 깜짝할 새에 사람의 형상을 이루었다.

그것은 미라의 마나로 만들어진 화염의 대정령 디미아르고스의 그릇이었다.

소환정령술. 그것은 대정령의 막대한 힘을 일시적으로 행사하는, 인간의 역량을 한참 초월한 영역에 위치한 술법이었다. 일렁이는 화염은 사람의 모습으로 변해, 미라의 동작을 모방하듯 정면을 본 채 홍련의 팔을 해골을 향해 내밀었다.

순간, 열량을 머금은 구체가 해골을 집어삼켰다. 빨갛다 못해 하얗게 타오르는 불덩이는 마치 작은 태양 같았다.

불구슬은 눈보라가 치는 듯한 낮은 소리를 내며 강렬한 빛을 내뿜고 있었지만 전혀 열기가 느껴지지 않았다.

그것은 술법에 성질에 따른 것이었다. '소환정령술 : 케루빔 하트'는 지정한 영역 내에 있는 것만을 화염으로 에워싸는 효과를 지녔으며 그 범위가 좁으면 좁을수록 위력이 높아진다는 특징이 있었다. 따라서 범위 밖에는 전혀 영향을 미치지 않았다.

그리고 이 범위로 지정할 때, 최소의 범위로 최대의 위력을 발휘하게끔 되어 있었다.

예배당이 눈이 부실 정도로 빛났다. 이윽고 그 광원이 사라지자 풀숲이 무성했던 그곳에는 둥그렇게 깎아낸 듯한 자국과 탄내만이 남았다.

"흠, 역시 이것은 견뎌낼 수 없었던 모양이로군."

소환정령술. 그것은 정령의 힘을 빌려 사상을 구현하는 것이다. 제아무리 해골에게 정령을 좀먹는 저주가 있다 한들 태양과도 같은 화염을 당해낼 재주는 없었던 모양이었다.

압도적인 열량으로 불탄 탓에 해골도 원형을 유지하지 못했다. 그것을 확인한 미라는 만족스럽게 미소를 지었다.

해골이 있었을 터인 장소에는 새까만 재가 흩어져 있었다. 검은 안개는 남아있었지만 그 원흉인 존재의 기척은 찾아볼 수가 없었다.

미라 일행의 승리였다. 그를 증명하듯 옆에서 가룸이 개선가를 부르듯 울부짖었고 미라의 어깨에 앉은 구구와이즈는 "칭찬해줘 칭찬해줘" 하고 졸라댔으며 아르라우네는 애교를 부리듯 살며시 미라의 가슴에 몸을 비볐다.

"음, 그대들도 잘 해주었다."

미라는 그 셋을 칭찬하고는 "수고 많았다"라고 말하며 각각 송환시켰다. 가룸은 자랑스럽게 울었고 구구와이즈는 기쁜 듯 날개를 펼쳤으며 아르라우네는 수줍은 듯 꼬물꼬물 몸을 꼬며 돌아갔다.

"친구를 되찾아주셔서 감사합니다."

"정말로 고마워요."

주변을 뒤덮고 있던 풀숲이 환상처럼 사라짐과 동시에 워즈랑베르와 안루티네가 내려왔다. 두 사람은 미라의 앞에 늘어서서 희색이 만면하여 깊숙이 고개를 숙였다.

"인사는 되었다. 그보다 빨리 친구에게 가보거라."

미라는 그렇게 두 정령에게 미소를 건네며 예배당 구석에 드러누운 성검을 눈짓으로 가리켰다. 그들의 바람대로 드디어 친구가 해방되었으니 지금은 그 사실을 있는 힘껏 기뻐해야 하리라.

두 정령은 미라의 배려에 다시 한 번 감사인사를 하고는 신바람이 나서 성검에게 달려갔다.

"상 짱. 상 짱."

"상크티아. 이제 괜찮아, 상크티아."

안루티네가 성검을 꼭 끌어안았고 워즈랑베르는 그 손잡이에 살며시 손을 얹고서 그녀를 불렀다.

변화는 온화하게 시작되었다. 그야말로 잠에서 깨어날 때 내쉬는 숨결처럼, 천천히 빛의 입자가 주변에 떠오르기 시작했다.

이내 놀랍게도 성검이 희미하게 떨리더니 빛의 입자가 갑자기 눈부신 빛을 내뿜었다. 그리고 다음 순간, 성검 옆에는 처음부터 그곳에 있었다는 듯이 한 여성이 서 있었다.

"오오! 안개가 걷혔어~!"

그 여성은 두 손을 번쩍 치켜들며 발랄한 목소리로 그렇게 외쳤다.

"상크티아!"

"상 짱!"

워즈랑베르는 감개무량하다는 듯 손을 잡았고 안루티네는 안도한 탓에 눈물이 그렁그렁해져서 여성을 끌어안았다. 아무래도 그녀가 성검에 깃든 무구정령, 상크티아인 모양이었다.

"진짜 오랜만이야~!"

그에 상크티아는 놀라기도 했지만 밝은 미소로 두 정령을 꼭 끌어안았다.

'감동의 재회, 인겐가?'

미라는 어쩐지 온도차가 나는 세 사람의 반응을 보며 '뭐어 기뻐하는 것 같으니 됐지'하고 미소를 지었다.

"구해줘서 고마워!"

두 정령에게 설명을 들은 상크티아는 세차게 몸을 돌려 감정에 몸을 맡겨 마라를 꼭 끌어안았다.

"아~ 음, 무사해 다행이다."

성검의 무구정령인 탓인지 상크티아는 발키리 같은 갑옷을 걸치고 있었다. 그 딱딱한 흉부 장갑만 뺨에 와닿는 바람에 미라는 한숨 섞인 투로 답했다.

"상크티아라고 해. 정말로 고마워!"

진하게 감사의 포옹을 나눈 상크티아는 몇 걸음 물러나서 격식을 차려 고개를 숙였다. 흰색을 토대로 푸른 천과 금으로 된 장식이 잘 어우러진 그녀의 갑옷은 척 보아도 성기사 같았고, 쇼트커트로 가지런히 자른 금발머리는 그녀를 더욱 늠름하게 보이게 했다.

상크티아는 늠름해 보이는 겉모습과는 달리 성격이 털털해서 다소 엉뚱한 인상을 풍겼다. 하지만 그 역시 그녀의 그늘 없는 미소를 두드러지게 하는 요소 중 하나였다.

"이 몸은 미라다. 이 정도는 아무 것도 아니지."

처음 보는 성검의 무구정령은, 무구정령이라는 것이 믿기지 않을 정도로 표정이 풍부하고 인간미가 넘쳤다. 평범한 무구정령과는 전혀 달랐다. 당연하다는 투로 답한 미라는 턱 끝에 손가락을 가져다댄 채 상크티아를 뚫어지게 쳐다보았다.

"답례를 하고 싶은데, 미라 양은 뭘 원하십니까? 우리가 할 수 있는 일이라면 뭐든 하겠습니다."

어지간히 기쁜 것인지 워즈랑베르는 희색이 만면해서 상크티아 옆에 바짝 다가서며 들뜬 목소리로 그렇게 말했다.

"흐음~ 글쎄에……."

무엇을 원하냐는 물음에 미라는 그렇게 중얼거리며 생각에 잠겼다.

"이건 어떨까요? 전부 다 역사적 가치가 높은 보물인데요."

안루티네가 예배당 안쪽에서 커다랗고 묵직해 보이는 상자를 가져왔다. 그녀는 미라의 앞에 상자를 내려놓더니 "부디 가져가 주세요"라고 말하며 상자 뚜껑을 열었다.

안에는 그야말로 금은보화라는 단어를 들으면 머릿속에 떠오를 법한 보물이 빼곡히 들어있었다.

"호오, 이것 참 대단하군. 가볍게 억은 넘어가겠어."

미라는 눈이 부실 정도로 반짝이는, 너무도 호화현란한 그 내용물을 보고 있자니 간이 다 철렁해졌다. 하지만 거기에 들어있는 것은 아무리 보아도 금은보화뿐이었다. 특별한 힘이 깃든 술구며 모험에 도움이 될 것 같은 장비품과 같은 미라가 좋아할 법한 물건은 하나도 들어있지 않았다.

"흐음~, 같은 보물이라면 이 몸은 성검 쪽에 관심이 있는데 말이지."

상자 안을 대충 확인한 미라는 고개를 들어 그대로 상크티아에게로 시선을 옮겼다.

미라의 눈에는 강한 흥미의 불꽃이 깃들어 있었다. 그것을 본 상크티아는 맹한 표정으로 "어, 나?" 하고 말하며 고개를 갸웃했다.

"역시 그러시군요. 알겠습니다. 은인인 미라 양이 바라신다면."

"그래. 덕분에 목숨을 건졌으니 그 은혜를 갚아야지."

워즈랑베르와 안루티네는 다소 서운한 표정을 지은 채 어쩐지 달관한 듯한 태도로 고갯짓을 주고받더니 양옆에서 상크티네를 꼭 끌어안았다.

"미라 양한테 민폐 끼치면 안 돼. 모르는 사람 따라가지 말고. 아, 음식도 편식하면 안 돼."

"상 짱. 잘 해야 해. 그리고 가끔은 연락해."

두 정령은 눈물을 글썽거리며 그렇게 어린아이를 타이르듯 속삭였다. 마치 도시로 떠나는 딸을 배웅하는 시골 부모 같은 모습이었다.

안루티네가 작별의 말을 이어가던 중, 워즈랑베르는 혼자서 예배당 중앙에 놓인 받침대에서 무언가를 가지고 돌아왔다.

'응? 아무래도 이거.'

미라는 뭔가 분위기가 이상하다는 것을 느꼈다. 그리고 그것은 다음 순간에 확신으로 바뀌었다.

"상크티네를 잘 부탁드립니다."

워즈랑베르는 그렇게 말하며 받침대에서 가져온 칼집을 미라에게 내밀었다. 상크티아의 갑옷과 비슷한 배색으로 훌륭하게 장식된 그 칼집은 말 그대로 성검을 넣기 위한 물건이었다.

미라는 멀거니 그것을 쳐다보았다. 이 경우 칼집을 받아드는 행위는 성검의 주인이 되겠다는 것을 의미하리라.

하지만 애초에 미라는 소환술사였고 성검을 받은들 제대로 쓸 수 있을 리가 없었다. 때문에 답은 정해져 있었다.

"아~ 아니. 이 몸은 술사라서 말이다. 성검 같은 것을 받은들 다룰 수가 없는데."

그렇게 미라가 받기를 거부하자 워즈랑베르는 얼빠진 표정을 지어 보였다.

"어라? 하지만 조금 전에는 관심이 있으시다고……."

워즈랑베르는 그렇게 말하며 미라의 말을 머릿속으로 되짚어보았다. 어디서 잘못 들었던가 하고. 그의 뒤에서는 안루티네도 상크티아를 끌어안은 채 고개를 갸웃하며 물음표를 띄우고 있었다.

"오호라. 그렇게 알아들은 것이었나. 미안하게 됐구나, 헷갈리게 말을 해서. 관심이 있는 것은 성검의 정령인 상크티아 쪽이다."

워즈랑베르가 어째서 그런 행동을 취했는지를 이해한 미라는 그렇게 사과하며 다시 한 번 상크티아를 바라보았다.

호수 속에 자리한 예배당에 조용히 잠든 성검. 심지어 그에 깃든 무구정령. 미라는 양쪽 모두 처음 보았지만 소환술사인 그녀에게 성검의 무구정령은 매우 흥미로운 존재였다.

"상크티아 본인에게 말씀이십니까?"

가만히 있으면 아름다워 보이기는 했지만 그게 여자인 미라와 무슨 상관이 있을까. 그렇게 생각한 다음 순간, 백합(GL. 걸즈러브. 소녀간의 동성애를 이르는 은어)이 흐드러지게 핀 화원의 환상을 본 워즈랑베르는 새로운 문이 열리는 소리를 똑똑히 들었다.

"어, 설마 나를?! 어쩜. 하지만, 응, 다정하게 대해줘."

아무래도 당사자 본인의 사고도 거기에 다다른 모양인지 상크티아는 수줍은 듯 뺨을 붉히며 아주 싫지는 않은 듯 고개를 끄덕였다.

"아직도 잠이 덜 깬 모양이로구먼."

미라는 물기 어린 눈동자로 자신을 바라보는 상크티아를 쏘아보고는 어이가 없다는 표정으로 한숨을 내쉬며 설명을 하기 시작했다.

"이 몸은 소환술사고 그대는 무구정령이 아니냐? 심지어 이 몸의 기억에는 없는 성검의 무구정령이라 들었는데."

그렇게 말하며 천천히 다가간 미라는 상크티아의 앞에서 멈춰서서 그녀를 올려다본 채 그 눈을 수상쩍게 빛내며 입가를 씩 하고 일그러뜨렸다.

"계약할 수 있는지 어떤지 궁금하지 않으냐? 성검의 무구정령 소환. 이 몸은 궁금한데 말이다. 당사자인 그대는 어떠할지 아느냐? 어때? 궁금하지 않아?"

동의를 구한다기보다는 물건을 강매하는 듯한 투로, 무언가에게 홀린 듯 미라는 상크티아를 밀어붙였다.

"그게……. 안 해봐서, 모르겠는데……."

"그러면 처음인 셈이로군. 흠, 흥미롭구먼. 실로 흥미롭기 그지없어."

기분이 들뜬 나머지 미라는 잡아먹을 듯 상크티아의 어깨를 콱잡은 채 더욱 짙은 미소를 지었다.

"뭔가, 무서운데~!"

미라의 소환술에 대한 망집은 타의 추종을 불허했다. 그 박력에 압도된 듯한 상크티아는 친구 둘에게 도움을 구했다. 하지만워즈랑베르와 안루티네는 몇 걸음 물러나서 은혜를 갚을 기회라며 성원을 보낼 따름이었다.

"자, 여기서 만난 것도 다 인연이다. 할 수 있는지 없는지 만이라도 확인해 보자꾸나. 어떠냐?"

성검의 무구정령과는 계약을 맺지 못할지도 모른다. 하지만 잘 모르겠다는 말로 미루어 보자면 시험해 본 적도 없는 듯했다. 거기서 가능성을 찾은 미라는 첫 계약을 맺어보자며 끈질기게 상크티아를 닦달했다.

"응…… 알겠어. 잘 할 수 있을지 어떨지 모르겠지만 열심히 해 볼게!"

미라가 보이는 집념은 이해가 안 되었지만, 그 열의만큼은 느껴져서 상크티아는 그렇게 결심을 굳히고는 늠름한 표정으로 고개를 끄덕여 답했다.

〈4〉

"그럼 바로 계약을 해보자꾸나!"

승낙을 얻어내어 기분이 최고조에 달한 미라는 세차게 오른손을 상크티아에게 내밀고 '계약의 각인'을 발동시켰다. 소환 계약 시에 사용하는 클래스 전용 초기 기능이었다.

미라는 따스한 빛을 두른 오른손을 살며시 상크티아에게 가져다 댔다. 워즈랑베르와 안루티네는 멀리서 긴장된 표정으로 그 모습을 지켜보았다.

상크티아로 말하자면 가슴 앞에서 손깍지를 낀 채 상대방이 키스해 오기를 기다리는 듯한 얼굴을 하고 있었다.

미라의 손이 상크티네의 이마에 닿았다.

소환의 계약은 양측이 그것을 바라지 않으면 성립되지 않는다. 다시 말해 상대가 거부하면 계약은 파기되고 손을 감싼 빛은 눈 깜짝할 새 사라지고 만다. 그리고 이 현상은 계약이 불가능한 상대에게도 동일하게 나타난다.

상크티아의 이마에 닿고서도 미라의 손을 둘러싼 계약의 빛은 얼마간 사라지지 않았다. 사라지기는커녕 빛이 더욱 부풀어 올라, 무수히 많은 섬광이 되어 예배당을 종횡무진으로 질주했다. 꼭 라이트 쇼를 보는 듯했다.

"오오, 빛이 이렇게까지 나는 건 처음이다!"

미라는 눈이 부셔서 눈살을 찌푸리며 들뜬 투로 그렇게 외쳤다.

계약시의 반응은 상대에 따라 각각 달랐다. 능력에 따라 차이가 커지는 경향이 있었는데, 이번 반응은 미라가 경험한 것들 중 가장 요란했다.

"이게 소환계약의 빛입니까."

워즈랑베르는 어쩐지 흥미롭다는 듯 그 광경을 바라보고 있었다.

이윽고 빛은 서서히 집속되어 미라와 상크티아를 에워싸듯 땅에 마법진을 그리기 시작했다. 그리고 다음 순간, 그 마법진이 흩어져 빛의 입자가 되더니 미라의 손바닥으로 빨려들었다.

"아, 아직 안 끝났어?"

상크티아는 뺨이 새빨개져서 입술을 바들바들 떨었다. 눈을 감고 있어서 무슨 일이 일어났는지 모르는 눈치였다.

"성공이다~!"

"흐에?!"

미라는 그런 상크티아를 내버려둔 채 계약이 완료되었다는 사실에 들떠서 오른손을 높이 치켜들고 외쳤다. 그 목소리에 어깨를 움찔하며 놀란 상크티아는 상황을 살피고자 조심스럽게 실눈을 떴다.

"성검의 무구정령이라. 이거 기대되는군그래!"

새로운 술법을 습득하여 완전히 들뜬 미라는 기대로 부푼 가슴을 안고 소환지점을 쳐다보며 곧장 술법을 행사했다.

[소환술 : 상크티아]

발동과 동시에 하얗게 빛나는 마법진이 떠올랐다. 그것은 가느다랗게 집속되어 뒤틀리는가 싶더니 터져나가 극채색의 파편을 주변에 흩뿌렸다. 그리고 그곳에서 미라의 새로운 힘이 모습을 드러냈다.

"뭣……이라……?"

그것은 메마른 금속음을 내며 바닥에 널브러졌다. 무구정령이니 다크나이트나 홀리나이트의 상위 호환 같은 것이 나오리라고 예상했던 미라는 어안이 벙벙해져서 그것을 주워들었다.

소환된 것은 한 자루의 검이었다. 심지어 자세히 보니 성검과 똑같이 생겼다. 하지만 성검 본체는 상크티아의 발치에 놓여있으니 성검 자체를 소환한 것도 아닌 듯했다. 그렇다면 이건 대체 무엇일까.

"어찌된 일이지?"

절정에 올랐던 흥분과 예상을 완전히 배신당한 미라는 검을 늘어뜨린 채 상크니아에게 이유를 물었다.

"나한테 물어봐야 잘 모르겠는데……."

미라가 요도(妖刀) 같은 것에 속은 것은 아닐까 의심하는 듯한 눈치를 보이자 상크티아는 약간 거북해 하며 대답했다.

"이 몸은 검을 못 쓰는데……."

한숨 섞인 투로 중얼거린 미라는 어쩌면 좋을까 하고 검을 쳐다보았다.

'뭐어, 이제 막 습득해서 그럴지도 모르지. 계속 쓰다 보면 기사로 성장할 수도 있고.'

미라는 그렇게 생각했지만 문제는 어떻게 성장시키는가 하는 것이었다.

검인 이상은 들고 싸워야 할 테지만 미라는 검술을 알지 못했다. 심지어 술사인 탓에 능숙하게 다룰 수도 없었다.

"흠…… 시험해볼까."

하지만 이래저래 경험이 많은 미라는 한 가지 묘안을 생각해냈다. 그리고 그것을 실험하기 위해 다크나이트를 소환했다.

세 정령이 마른침을 삼키며 멀리서 지켜보는 가운데 미라는 다크나이트에게 검은 대검을 놓게 하고, 그 대신 소환한 검을 쥐게 해 보았다.

'흠, 검이 조금 작아 보이기는 하지만 뭐어, 상관없겠지.'

다크나이트는 검을 단단히 쥐고 있었다. 그것을 확인한 미라는 시험 삼아 검술 동작 한 가지를 명령해 보았다.

지시를 받은 다크나이트는 예배당 중간까지 뛰쳐나가 검을 휘둘렀다. 치켜들었다가 내려치자 단순한 동작으로 이루어진 검격에서는 마치 방울소리 같은 맑은 소리가 났고, 그 궤적은 무지개처럼 빛났다.

"오오, 이것 참 근사하군그래!"

무기의 차이에 따른 중심축 이탈도 없는 날카로운 검기(劍技)에 특별해 보이는 잔향과 잔광. 역시 성검의 무구정령은 뭔가 다르다며 감동해서 미라가 탄성을 내지른 직후.

무지개 궤적이 터졌다. 날카로운 파열음과 함께 강렬한 빛을 내뿜으며.

"무어냐, 방금 그건?!"

미라는 눈이 부셨지만 간신히 눈을 뜬 채 상크티아 쪽으로 고개를 돌리며 물었다.

"저건 내 기술 중 하나야! 공간에 내 마나를 공명시켜서 콰앙~ 하고 폭발시킬 수 있어!"

소환한 검은 본가와 같은 힘을 지니고 있었던 모양이다. 상크티아는 그것을 어쩐지 자랑스럽게 설명하더니 "소환술은 이런 것도 할 수 있구나아" 하고 기쁜 듯이 웃었다.

"호오, 성검의 기술이라. 그것 참 굉장하군!"

성검에 감춰진 특수한 힘. 그에 흥미가 동한 미라는 다크나이트에게 달려가 검을 받아들고서는 상단으로 겨누었다.

"에잇!"

미라는 기합을 지르며 검을 내리쳤다. 그러자 검은 소리 없이 중력에 이끌려 바닥에 탁 부딪혔다. 당연히 무지개가 나타나지도, 폭발이 일어나지도 않았다.

그 검은 미라의 완력과 기량 정도로는 제대로 휘두를 수가 없는 물건이었던 것이다.

"…………."

미라는 이게 어떻게 된 일이냐고 말없이 상크티아를 쳐다보았다.

"그게…… 나도 일단은 성검이잖아. 그러니 아무나 쓸 수 있는 건 아니야. 왜. 미라 양은 소환술사잖아? 별 수 없잖아, 안 그래?"

상크티아는 그렇게 당연한 소리를 쏟아내며 자신은 전혀 잘못이 없다고 주장했다.

"흠……. 뭐가 어찌되었건 새로운 술법을 습득한 것은 기쁜 일이기는 하다만."

상크티아의 설득이 먹힌 것인지, 아니면 마지못해 납득한 것인지 미라는 표정을 누그러뜨리고는 소환한 검을 감개무량한 눈으로 쳐다보았다.

"내 첫 경험, 소중히 여겨줘야 해?"

상크티아는 소환된 검을 마치 제 자식처럼 바라본 채 얼굴을 붉히며 그렇게 말했다.

"써먹기 좋으면 그러도록 하마."

한숨을 내쉬며 검을 송환한 미라는 "어디" 하고 중얼거리고는 씩 웃으며 워즈랑베르에게 걸어갔다.

"분명 그대는 정적의 정령이라 했지?"

"네에, 그랬습니다만……."

워즈랑베르는 미라의 표정을 통해 이번에는 자신이 표적이 되었음을 알아채고는 쓴웃음을 지었다.

"정적의 정령이라는 것은 처음 봤다만. 원초정령이라 생각해도 되는 게냐?"

"네. 맞습니다."

원초정령이란 자연계에서 사는 자연정령들 중에서 주로 현상이나 원소를 관장하는 정령을 말했다.

그 사실을 확인한 미라는 워즈랑베르를 올려다보며 더욱 짙은 미소를 지었다.

"조금 전에 할 수 있는 일이라면 뭐든 하겠다고 했지? 그렇다면."

"네, 제 힘을 미라 양이 원하신다면."

정적의 정령은 코앞까지 다가온 미라를 똑바로 쳐다본 채 그렇게 답했다.

"음. 이 몸은 그대를 원한다."

워즈랑베르의 답변에 진심을 담아 고개를 끄덕여 답한 미라는 천천히 상대의 이마로 손을 뻗었다.

문득 작은 빛이 반짝였다. 계약의 빛이다. 그 후 얼마 지나지 않아 마법진이 나타나더니 그대로 녹아들 듯 사라졌다.

"흠, 완료되기는 했다만, 꽤나 수수한 연출이었구나."

상크티아 때와는 달리 정적의 정령과의 계약은 그 이름만큼이나 조용하고 얌전하게 이루어졌다.

"네에, 저도 그렇게 생각합니다……."

조금 전에 빛이 어지럽게 날던 계약 광경을 보았던 워즈랑베르는 그 차이에 낙담하며 동의했다.

"앞으로 잘 부탁하마."

그래도 확실하게 계약이 되었음을 느낀 미라는 만족스러운 미소를 지은 채 손을 내밀었다.

"네, 저야말로 잘 부탁드립니다."

정적을 관장하고 있기 때문인지 이러한 대접에 익숙한 워즈랑베르는 그 즉시 기분을 추스르고 미라의 손을 맞잡았다.

"그나저나 계약으로 이어지고서 알았다만 그대, 상급 정령이었던 게냐."

"네에, 일단은."

계약한 순간, 마치 잊었던 꿈에 대한 기억이 떠오르듯 미라의 뇌리에 정적의 정령을 부르는 말이 떠올랐다.

상급 술법을 사용하기 위해서는 영창이 필요했다. 상급 술법이라는 것은 요컨대 사람의 영역을 넘어선 술법을 말하며, 영창이라는 것은 자신의 마나를 상위 단계로 승화시키는 의식 같은 것이었다. 결단코 멋을 부리기 위해 있는 것이 아니었다.

"해서, 정적이라 한들 너무 대략적이라 잘 모르겠다만. 결국 그대는 어떠한 힘을 가지고 있는 게냐?"

미라가 흥미진진한 투로 그렇게 묻자 워즈랑베르는 씁쓸한 표정으로 "그렇죠, 잘 모르시겠죠오" 하고 말하며 고개를 푹 숙였다.

"굉장하기는 하지만 존재도 힘도 수수해서 문제지."

워즈랑베르는 뒤에서 그렇게 말하며 웃는 상크티아를 한 차례 쏘아본 후 "설명드리겠습니다"라고 말을 잇고는 자신의 능력이 무엇인지 설명했다.

정적의 정령의 힘은, 우선 그 이름이 말해주듯 어떠한 상황에서도 정적을 만들어낼 수 있는 것이라 한다.

심지어 그 힘은 소리뿐 아니라 빛이며 마나에까지 미친다고 한다.

자세히 들어보니 모든 소리를 없애고, 모습을 감추고, 마력이며 기척과 같은 특수한 지각(知覺)에도 감지되지 않게 되는 능력이라는 듯했다.

다시 말해서 정적의 정령의 힘은, 완벽한 은둔 능력이라 할 수 있었다.

"호오……."

설명을 다 들은 미라는 과연, 하고 생각에 잠겼다.

"역시 수수하다 생각하시는군요……."

뜨뜻미지근한 그 태도에 워즈랑베르는 또다시 낙담할 뻔했다. 하지만 미라는 그런 그를 보며 활짝 웃었다.

"근사하지 않으냐. 정적이라기에 소리만 지우는 줄 알았더니, 아주 만능이었어!"

미라는 정적의 정령이 지닌 능력의 이용방법을 이래저래 생각해 보았다. 그리고 매우 훌륭한 유용성을 지녔다는 결론에 도달해, 상상했던 것 이상으로 좋은 만남이었다며 펄쩍펄쩍 뛰며 기뻐했다.

"그렇습니까? 다행입니다."

그런 미라를 따라 워즈랑베르도 기쁜 듯 미소를 지었다.

그 후, 미라는 그대로 남아있는 또 한 명의 정령을 바라보았다. 그 시선을 받은 안루티네는 긴장된 표정으로 굳어져 있었다.

"이로써 소동은 마무리 되었구나. 원래 있던 곳에 돌려보내 줄 수 있겠느냐?"

예배당은 호수 속에 위치한 동굴 속에 있었다. 그곳을 들락거리려면 물의 정령인 안루티네의 힘이 필요했다. 그래서 미라는 그렇게 부탁했다.

"흐름상 저한테도 계약을 하자고 하실 줄 알았어요."

어쩐지 예상이 엇나갔다는 투로 안루티네가 말했다.

"물의 정령은 이미 있어서 말이다."

미라가 그렇게 대답하자 안루티네는 "그랬나요"라고 말하며 납득했다. 하지만 그 표정에는 어쩐지 안심한 듯한, 그러면서도 아쉬운 듯한 감정이 감돌고 있었다.

사실 소환술 계약에는 같은 속성의 정령과 중복 계약을 해서는 안 된다는 규칙이 있었다. 만약 안루티네와 계약을 하려면 지금까지 소중히 키워온 물정령인 운디네와의 계약을 파기해야만 했다. 당연히 미라가 그러한 짓을 할 리가 없었다.

　"구해줘서 정말로 고마워."
　"무얼, 이것도 다 인연이지."
　호수와 이어진 동굴 앞에서 상크티네와 포옹을 나눈 미라는 이마에 딱딱한 흉부 장갑이 와닿는 바람에 얼굴을 찌푸리기는 했지만 그녀의 미소를 보고 만족하며 대답했다.
　그러고서 이동 중 공주님 안기 자세가 어쩌니저쩌니 한바탕 난리를 피운 후, 미라는 호수 위로 돌아왔다.
　"이게…… 어찌 된 일이지?"
　숲속 나무들로 둘러싸인 호수의 상공. 그곳에는 별은 아니었지만 별처럼 반짝이는 빛이 밤하늘을 가득 메울 정도로 무수하게, 마치 커다란 강처럼 흐르고 있었다.
　"저건 철반딧불이입니다. 이 계절이 되면 저렇게 북쪽으로 날아가죠."
　"오호라. 참으로 환상적인 광경이로군."
　본래는 잠들고도 남았을 시간인지라 볼 일이 없었던 그 빛을 본 미라는 생각지 못한 행운에 기뻐했다.
　"그나저나 잘도 자는군그래. 이렇게까지 가까이 가도 눈치를 못 채다니, 정말 대단해."

반짝이는 야경을 충분히 만끽한 미라는 왜건의 마부대에서 몸을 기댄 채 자고 있는 아론의 앞을 지나 왜건 위에서 서로 몸을 맞댄 채 잠든 전갈과 뱀의 얼굴을 들여다보았다. 그리고 세 사람 모두 알아채지 못하는 것을 확인하고는 놀란 투로 워즈랑베르를 칭찬했다.

"이 정도는 자면서도 할 수 있습니다."

워즈랑베르는 그렇게 말하며 요란하게 왜건의 문을 열었다.

"믿음직스럽기 그지없군."

이토록 요란하게 기척을 냈음에도 숙련 모험가인 아론조차 반응을 보이지 않았다. 그 힘을 실제로 확인한 미라는 혀를 내둘렀다.

"그럼 미라 양. 나중에 뵙겠습니다."

"음, 다른 두 사람에게도 안부 전해다오."

"네. 잘 말해두겠습니다."

워즈랑베르는 그렇게 답하고서 문을 닫았다. 그리고 한 번 더 고개를 돌려, 깊숙이 고개 숙여 인사하고 나서 안루티네와 함께 호수로 돌아갔다.

미라는 두 정령을 배웅한 뒤, 더러워진 옷을 벗고서 이불 속으로 들어갔다. 그러고서 얼마쯤 지나, 자정이 지난 늦은 시간이 되어서야 고른 숨소리를 내기 시작했다.

〈5〉

"아침이야~ 일어나~ 일~어~나~."

물 밑바닥에서 듣는 듯한 은은한 목소리가 들려왔다. 하지만 그 목소리는 점점 커지고 가까워져, 결국 미라의 의식에 도달했다.

"으음…… 무어냐."

정령을 구하느라 늦게 잠든 미라는 눈을 뜨기는 했지만 아직 잠이 덜 깨어 이불을 고쳐 덮었다.

"뭐야~ 자! 해도 떴으니 빨리 출발하자!"

그런 미라와는 정반대로 아침부터 기운이 넘치는 전갈은 그렇게 재촉을 하듯 미라의 몸을 흔들었다.

"소란스럽구나."

미라는 조용히 잘 수가 없어 벌떡 일어나 왜건 안에 걸린 시계를 노려보듯 바라보았다. 확인해 보니 현재 시각은 여섯 시를 조금 지난 참이었다.

시선을 창문으로 돌려보니 밖에는 이미 새벽이 찾아와 있고, 호수의 수면은 아침 해를 눈부시게 반짝반짝 반사하고 있었다.

미라는 그 눈부신 빛에 이맛살을 구기며 찌푸린 얼굴로 손등으로 눈을 문질렀다.

"우음……. 벌써 아침인가."

그렇게 중얼거리며 미라가 다시 드러눕자 전갈이 "일어나~. 날아가야지~" 하고 다시 미라를 흔들어 깨우며 애원했다.

전갈이 필사적으로 깨우려 하는 데는 이유가 있었다. 미라가 가루다를 소환하지 않으면 움직일 수가 없기 때문이다.

"알겠다, 알겠어."

목적지까지는 아직 거리가 있었다. 그러니 이대로는 느긋하게 잘 수가 없겠지만 이동 중에는 더 잘 수 있으리라 생각한 미라는 이불에서 기어 나와 일어섰다.

"어때, 아가씨는 일어났어?"

마침 그 순간, 아론이 왜건 안으로 고개를 들이밀었다.

"아~…… 미안하군."

그리고 직후, 아론은 실수했다는 듯 하늘을 올려다보며 말했다. 그 눈으로 미라의 하얀 맨살과 귀여운 속옷 차림을 남김없이 보고 말았기 때문이다.

그런 아론의 얼굴을 향해 전갈이 방석을 집어던졌다. 기꺼이 직격을 당한 아론은 뒤로 넘어가다시피 해서 왜건에서 고개를 치웠다.

그러한 소동을 거쳐 아침 준비를 마친 네 사람은 다시금 환영 회랑을 향해 날아올랐다.

일행은 가루다 덕분에 순조롭게 목적지에 가까워졌다. 그렇게 계속 날기를 몇 시간. 갑자기 가루다가 소리를 쳤다.

"음, 무슨 일이냐?"

그 목소리에 정신을 차린 미라는 일어나서 전갈 일행의 사이를 누비고 마부대와 이어진 문을 열었다. 상공임에도 밖에 부는 바람은 가루다의 힘에 의해 온화하기만 해서 멀리까지 내다볼 수 있었다.

"저게, 어찌 된 일이야."

그 광경의 끝, 진행 방향의 정면에는 하늘 높이, 구름이 있는 높이까지 거대한 회오리가 우뚝 솟아 있었다.

여전히 따사로운 햇볕이 내리쬐는 가운데, 그 한 곳에만 종말이 찾아오기라도 한 듯 태풍이 자리하고 있었다. 그것은 명백하게 자연현상이 아님을 알 수 있는 광경이었다.

"무슨 일이지?"

미라의 머리 위에서 아론이 고개를 내밀었다. 그러고는 "뭐야, 저게"라고 비슷한 감상을 늘어놓았다.

"뭐야, 저거~."

"이상해."

아론에 이어 고개를 내민 전갈과 뱀도 크게 다르지 않은 말을 했다. 아닌 게 아니라 그것은 그 외의 말이 나오지 않을 정도로 압도적인 광경이었다.

"가만있어 봐. 저곳은 환영회랑 아니야?"

눈 아래에는 생명력 넘치는 초원이 끝없이 펼쳐져 있었다. 그리고 반짝이는 물줄기가 그를 가르듯 흐르고 있었고, 그것을 더듬어 보니 멀리까지 뻗은 하얀 산맥이 눈에 들어왔다. 아론은 그러한 지형들을 확인한 후, 회오리의 근원 부근을 보고 그렇게 말했다.

"음……. 확실히 그렇군. 눈에 익은 곳이야."

마찬가지로 주변을 둘러본 미라는 산맥과 회오리의 위치를 번갈아보며 동의했다.

　자세히 보니 회오리는 환영회랑의 입구는 물론이고 그 주변 전체를 뒤덮고 있었다. 그것은 쉽사리 접근하지 못하리라는 것을 한눈에 알 수 있을 정도의 규모와 위력이어서 환영회랑은 완전히 봉쇄되었다고 해도 과언이 아닌 상태였다.

　"그럼, 큰일 난 거 아냐?"

　전갈은 똑바로 회오리를 바라본 채 표정을 흐리며 말했다.

　정령왕을 노리는 키메라 클로젠이 있을 터인 그곳으로 들어갈 수가 없다니, 정말로 큰일이 아닌가. 심지어 자연적으로 발생된 것이 아닌 그 회오리에서는 작위적인 의도가 엿보여서, 키메라 클로젠이 사람을 물리기 위해 발생시켰으리라는 것을 쉽사리 상상할 수 있었다.

　지금까지 어둠 속에서 꿈틀대던 녀석들이 이토록 눈에 띄는 일을 벌이다니. 그것은 활동 사실이 공공연히 드러난다 해도 개의치 않겠다는 의사 표명으로 보였다.

　서두를 필요가 있다. 전방에 펼쳐진 광경 앞에서 모두가 그렇게 생각했다.

　"가루다에게는 바람을 조종하는 힘이 있다고 들었는데, 어떻게 안 될까?"

　머리 위에서 유유히 날갯짓을 하는 가루다를 올려다보며 아론이 말했다. 확실히 가루다에게는 그런 힘이 있었다. 그래서 왜건은 바람에 흔들리지 않고 쾌적하게 날고 있는 것이었지만, 미라는 회오리의 규모를 확인하며 고개를 가로저었다.

"그렇기는 하다만 한도가 있어서 말이다. 저만한 규모가 되면 완전히 제어하지 못할 테지."

소규모의 자연 발생된 회오리라면 제어할 수 있을지도 모른다. 하지만 인위적으로 발생한 데다 발생원도 특정할 수 없는 재해급의 회오리는 제아무리 미라라 해도 어찌할 방도가 없었다.

"아! 미라. 저 강의 완만하게 구부러진 데에 내려줘."

무언가를 발견한 것인지 미라의 옆에서 고개를 내밀어 육지를 둘러보던 전갈이 강가를 가리키며 그렇게 말했다.

"흠, 알겠다."

전갈이 가리킨 장소를 확인한 미라는 가루다에게 강하 지시를 내렸다.

가루다는 서서히 고도를 낮추더니 초원과 강의 수면을 넘실거리게 하며 왜건을 착륙시켰다.

그와 동시에 전갈이 왜건에서 뛰쳐나가 허리에서 뽑은 단도를 똑바로 땅바닥에 꽂았다. 그러고는 그 자루에 노란색 천을 두르더니 눈앞에 자리한 숲을 향해 두 손을 들었다가 오른손만 내리는 동작을 취했다.

"무슨 의식이지?"

가루다를 송환시키고서 왜건에서 내린 미라는 전갈의 그러한, 이상한 행동을 보고 눈살을 찌푸리며 뱀에게 물었다.

"저건, 동료에게 보내는 신호. 이쪽은 위험하지 않다. 직접 만나 이야기하고 싶다는 뜻."

아무래도 그것은 히든끼리 사용하는 암호 같은 것인 듯했다. 설명한 후, 뱀도 숲을 향해 모종의 신호를 보냈다. 방금 전 것은 무슨 의미냐고 미라가 묻자 '두 사람은 동료'라는 뜻이라고 뱀은 말했다.

"저 숲 근처에 그대들의 동료가 있다는 게로군?"

신호도 보이지 않으면 의미가 없었다. 요컨대 정면에 자리한 숲에 히든 멤버가 숨어있다는 뜻이리라. 하지만 언뜻 보았을 때 녹음이 넘치는 숲속에 사람의 모습은 보이지 않았고, 선술기능인 '생체감지'의 범위 밖에 있는 것인지 미라는 전혀 기척을 포착할 수가 없었다.

"아마 장소로 볼 때, 환영회랑으로 파견된 멤버."

"옳거니."

환영회랑을 담당하기로 한 히든에게 물어보면 현재 어떤 상황이 벌어진 것인지 알 수 있을지도 모른다고 생각한 것이리라.

등 뒤에서는 강이 흐르는 소리, 정면은 잎사귀들이 바람에 술렁이는 소리, 그리고 상공에서는 솔개 같은 새의 울음소리가 들려왔다. 한없이 한가로운 자연 환경 속에 서서 미라는 멀리서 미쳐 날뛰는 회오리를 바라보았다.

그러던 중, 문득 숲속 나무 그늘이 흔들렸다. 그것은 명백하게 바람에 의한 것이 아니었다. 주의 깊게 보고 있었더니 그곳에서 누군가가 뛰쳐나왔다.

그 자는 마치 땅을 기듯 미라 일행에게 다가와 전갈 앞에서 멈춰 섰다.

"요란하게도 등장하는군. 전갈."

왜건을 쳐다보며 그렇게 말한 남자의 표정에는 어쩐지 피로감이 배어 있었다.

"역시 거미 군이였어!"

전갈은 그 남자를 거미라고 불렀다. 아무래도 그가 히든의 일원인 모양이었다. 위장용 코트를 두른 거미는 단발에 체격도 좋은 데다 실로 군인 같은 생김새를 하고 있었다.

"그쪽은…… 뱀인가. 나머지 둘은 누구지?"

거미는 미라 일행을 흘끔 살피더니 그렇게 말하며 미라와 아론을 번갈아 보았다. 척 보아도 전사 같은 남자. 그리고 한눈에 괴물 수준이라는 것을 알 수 있는 가루다를 소환한 술사로 보이는 소녀를.

"이번 작전 멤버야. 커다란 쪽이 아론 씨. 작은 쪽이 미라."

전갈은 몸을 빙글 돌려 두 사람 옆으로 다가와서는 상당히 호들갑스럽게, 하지만 자신만만하게 소개했다.

"아론이다. 잘 부탁한다."

아론은 날카로운 눈빛으로 거미를 관찰하듯 바라보며 여유로운 미소를 지었다.

"미라다."

미라는 대담하기 그지없는 미소를 지은 채 으스대듯 말했다.

"꽤나 개성적인 멤버로군."

수많은 경험을 통해 강자 특유의 분위기를 내뿜는 아론과 보기와는 달리 압도적인 술법을 다루는 미라. 거미는 두 사람을 그렇게 평가하며 웃어 넘겼다.

"그런데 미라라니, 포박 1호를 붙잡을 때 도움을 준 협력자와 이름이 같은데……. 혹시 본인이냐?"

미라와 아론. 두 사람의 이름을 머릿속에 새긴 거미는 문득 기억해 두었던 이름과 미라의 이름이 일치한다는 사실을 알아채고는 그렇게 말했다.

때로는 사냥감인 정령을 내팽개치는 한이 있어도 도주하는 것을 제일로 여기는 키메라 클로젠이었지만 어느 날, 그 중 한 명이 협력자의 도움으로 포박되었다.

포박 1호는 처음 붙잡힌 키메라 클로젠을 이르는 호칭으로, 이스즈 동맹이 단숨에 공세로 전환하는 계기가 되기도 했다.

그 협력자인 미라의 이름이 이스즈 연맹 전체에 알려진 모양이었다.

"응, 맞아."

전갈이 고개를 끄덕이며 답하자 거미는 감탄한 표정으로 미라를 쳐다보고는 "과연" 하고 작은 목소리로 중얼거렸다. 깜찍하고 매우 단정하게 생기기는 했어도 가루다 같은 괴물을 소환할 줄 아니 저토록 당당하게 굴 만도 하다며 거미는 납득했다.

"그나저나 분명 본부의 보고에 의하면, 본부 대기팀은 천칭의 성채로 갔다고 되어 있었는데……. 왜 여기 있지? 설마 잘못 찾아온 건 아니겠지."

"그거 말인데, 이래저래 사정이 있어서."

전갈은 그렇게 운을 떼고는 천칭의 성채에서 있었던 일을 설명했다.

"과연. 그래서 이리로 온 건가."

전갈에게서 모든 경위를 들은 거미는 다시 한 번 네 사람을 둘러보며 납득했다는 투로 중얼거렸다.

"그렇게 된 거야. 그리고 이번엔 이쪽이 질문을 할게. 저거 뭐야?!"

전갈은 허겁지겁 말을 쏟아내며 숲속에 자리한 거대 회오리를 가리켰다.

"아~ 저거……."

진심으로 피곤하다는 표정을 지으며 회오리로 눈길을 돌린 거미는 한숨을 한 차례 내쉬고서 숲을 향해 손을 흔들었다.

몇 초 후, 나무그늘에서 수험자(일본 산악신앙과 불교가 융합된 수험도를 수행하는 사람) 같은 옷을 걸친 여성이 소리 없이 모습을 나타냈다.

"그래그래. 설명하라 이거지?"

아무래도 이야기는 듣고 있었는지 그 여성은 거미와 마찬가지로 피곤하기 그지없는 표정으로 그렇게 말하더니 회오리에 관해 설명했다.

그 회오리는 팀이 이곳에 도착했을 즈음에는 이미 있었다고 한다.

그리고 미라 일행이 예상했던 대로 자연 현상이 아니라 인위적으로 발생된 것인 듯했다. 하지만 조사를 했음에도 불구하고 발생원은 아직 특정하지 못했다는 모양이다.

거미의 팀은 도착해서 지금까지 온갖 수단을 동원해서 진입을 시도해 보았지만 어느 것도 성공하지 못했다. 전갈이 어떤 방법을 시도해 보았느냐고 꼬치꼬치 캐물어 보니, 확실히 현재 상황에서 실행할 수 있는 온갖 수단이 다 동원된 듯했다.

이제 할 수 있는 일이라고는 키메라 클로젠의 멤버가 드나드는지 감시하는 것 정도밖에 없다는 모양이었다.

하지만 애초에 사람이 아무도 얼씬하지 않아서 결과적으로 팀 전체가 멍하니 있었다는 듯했다.

"흐음~. 어차피 여기 있어 봐야 뾰족한 수는 없겠군. 우선 근처에서 살펴보도록 할까?"

미라는 막다른 길에 봉착해 고민에 빠진 면면들에게 그렇게 말하고는 대답을 듣지도 않고 걸음을 옮겼다.

"듣고 보니 그러네. 그렇게 하자."

새로 네 사람이 추가되었으니 방법이 생길지도 모른다. 그 가능성을 확인하기 위해서라도 우선은 근처까지 가서 상황을 직접 보고 파악할 필요가 있으리라. 그렇게 생각한 전갈이 고개를 끄덕이며 뒤를 따르자 "뭐어, 그게 좋겠군" 하고 말하며 아론도 걸음을 떼었다.

뱀으로 말하자면 이미 미라의 대각선 뒤에 붙어 따라가고 있었다.

그런 네 사람의 모습을 통해 어렴풋이 미라 일행의 힘관계를 파악한 거미 일행은 조용히 네 사람의 뒤를 따르기로 했다.

　가까이 가보니 그 회오리가 얼마나 터무니없는 것인지가 확연히 보였다.

　인공적으로 발생시킨 탓인지 회오리는 한 점의 흐트러짐도 없이 제어되고 있어서 비집고 들어갈 틈이 존재하지 않았다. 하지만 그런 만큼 주변에 미치는 피해는 그다지 크지 않은 듯하여 20미터 앞까지 접근할 수가 있었다.

　주변이 유달리 어두운 가운데 그 지점에서 올려다본 회오리는 그야말로 승천하는 용과 같았고 낮게 웅웅거리는 바람소리는 마치 위협적인 용의 포효 같았다.

　"이건, 무리일 것 같군."

　회오리를 눈으로 직접 확인한 아론은 그 압도적인 광경 앞에서 깊은 한숨을 내쉬었다. 눈앞에서 회오리치는 폭풍은 누가 보아도 천재지변급이라서 일개 모험가는 물론이고, 애초에 사람이 대적할 수 있는 것이 아닌 듯했기 때문이었다.

　"그래, 내가 뭐랬어."

　거미는 아론의 옆에서 쓴웃음을 지은 채 최근 며칠 동안 시도했던 것들을 돌이켜 보며 그렇게 답했다.

　"달려서는 못 지나가겠네에."

　"암석인형─록골렘도, 이건 못 버텨."

　전갈과 뱀도 회오리를 올려다보며 첫 인상을 입에 담았다. 자신의 능력으로는 손쓸 방도가 없다고.

그러고서 거미 일행과 아론, 전갈과 뱀은 늘어난 인원의 힘도 계산에 넣어 어떻게 할 수 없을까 하고 이런저런 대책을 고찰하기 시작했다.

그 뒤에서 미라는 다섯 명의 이야기에 귀를 기울이면서도 턱 끝에 손가락을 가져다댄 채 회오리를 노려보며 생각에 잠겨 있었다.

절대적인 풍력으로 모든 이의 진입을 막는 바람의 용. 상황으로 미루어 키메라 클로젠이 연루되어 있다고 보는 것이 옳을 것이다. 그리고 이쪽이 발만 동동 구르고 있는 동안에도 안에서 모종의 작전을 진행하고 있을 것이 분명해 보였다.

요컨대 기다려 봐야 주도권을 빼앗을 수가 없다. 하지만 다섯 사람의 회의는 평행선을 달리고 있어 도무지 결론에 도달할 낌새가 없었다.

'방법이 아주 없을 것 같지는 않은데 말이지.'

실제로 옆에서 회오리를 관찰해보고 그렇게 느낀 미라는 아론 일행 앞으로 한 걸음 나섰다.

"이 몸 혼자서라면 어찌어찌 돌파할 수 있을지도 모른다. 그대들은 대기해 주겠느냐."

미라는 어쩔까 하고 끙끙대는 다섯 사람에게로 고개를 돌리며 그렇게 말하고서 다시 회오리를 올려다본 채 두 걸음 세 걸음 앞으로 나아갔다.

"잠깐잠깐, 우리가 온갖 방법을 동원해도 소용이 없었다고. 혼자서 어떻게 할 수 있을 리가──."

"정말?! 그럼 만약 가능하면 회오리도 해제해 줘!"

전갈은 어이가 없다는 투로 반론하는 거미의 말을 가로채어 기대로 가득한 표정으로 미라를 바라보았다.

히든의 힘을 합쳐도 결국 타개책을 발견하지 못했다. 하지만 방법이 있다는 미라의 말에서 전갈은 희망을 찾은 것이다.

"녀석들의 계략을 저지하는 일을 우선시할 생각이다만…… 흠, 고려해 보마."

키메라 클로젠이 모종의 방법으로 회오리를 발생시킨 것이라면 그 발생원은 쉽사리 접근할 수 없는 곳. 다시 말해서 회오리 너머에 있을 것이다. 하지만 그것을 찾아다니는 동안 키메라 클로젠이 목적을 달성해버려서는 의미가 없다. 그래서 미라는 잠시 생각해 보고는 무언가 좋은 생각이 난 것인지 자신만만하게 대답했다.

"아니, 글쎄……."

"회오리의 규모로 미루어 볼 때, 발생원은 클 거야. 그리고 환영회랑의 내부가 아니라 산기슭 어디쯤일 거야."

이번에는 뱀이 반론을 계속하려는 거미를 방해했다. 오는 도중에 차원이 다른 힘을 내보인 미라라면, 어쩌면 바람의 장벽을 돌파할 수 있을지도 모른다고 생각했기 때문이다.

"이건, 부정한 정령의 힘을 봉인하는 도구. 던져서 맞추기만 하면 돼."

뱀은 파우치에서 손바닥 크기의 구체를 끄집어내서는 희망을 맡기듯 미라에게 건네주었다.

"흠. 이걸 발생원에 쓰라는 게로군."

회오리를 인공적으로 발생시키는 것은 당연히 간단한 일이 아니었다. 특히 눈앞에 우뚝 솟은 천재지변급의 회오리를 발생시키는 것은 극히 일부의 술사. 그야말로 아홉 현자 수준의 술사가 아니고서는 불가능한 일이었다.

하지만 이만한 현상을 발생시킬 수 있는 존재는 그밖에도 있었다.

그것은 정령이었다. 그리고 키메라 클로젠이 연루되어 있는 이상, 눈앞에 위치한 회오리는 정령의 힘을 이용한 것이라 보아도 될 것이다. 그것도 정령의 의지와는 무관하게.

"가능하면 부탁할게."

괴로움으로 가득한 표정으로 그렇게 대답한 뱀은 미라를 바라보며 애원이라도 하듯 고개를 숙였다. 구체를 받아든 미라는 그런 뱀의 손을 힘껏 잡아주고는 "이 몸에게 맡겨라"라고 말하며 여유로운 미소를 지어 보였다.

"뭐야, 대체⋯⋯."

동료들이 두 번이나 말허리를 잘라먹자 거미는 서로 이해한다는 투로 말을 주고받는 세 사람 사이에 끼지 못해 부루퉁해졌다.

"실제로 보지 않았으니 저 아가씨의 힘이 의심될 만도 하지. 신경 쓰지 말라고."

그렇게 말하며 격려하듯 거미의 등을 두드리는 아론 역시 그들의 일원이었다.

"그런 소릴 한들 말이지."

거미는 몸을 뒤틀며 우울한 투로 말하고는 요즘 유행하는 마법

소녀풍 의상을 걸친 미라를 물끄러미 쳐다보았다.

자만을 하려는 것은 아니었지만 거미는 자신과 동료들의 실력을 믿었다. 하지만 그 힘을 결집했음에도 타개책을 찾을 수가 없었다. 그럼에도 불구하고 미라는 태연하게 돌파할 수 있다고 장담을 했다. 전갈 일행이 전폭적으로 신뢰하는 인물이니 믿어볼까도 싶었지만, 거미는 처음 본 사이이기도 해서 통 믿음이 가지 않는 눈치였다.

"이 몸은 이 몸대로 시도를 해보지 않으면 직성이 안 풀리는 성격이라 말이지. 미안하지만 할 수 있는 일은 다 해봐야겠다."

미라는 거미 일행의 심정을 헤아리면서도 자신의 뜻을 관철하겠다고 말함과 동시에 거미의 눈을 똑바로 마주보며 대담하게 미소 지었다. 그러자 거미는 다소 당황한 듯 고개를 돌리더니 "그래. 마음대로 해라"라고 말하고는 한숨을 내쉬며 회오리를 올려다보았다.

"음? 왜 그러지? 귀가 빨간데."

"아무 것도 아니야."

아론이 어쩐지 놀리듯이 말하자 거미는 후드를 깊숙이 눌러쓰고서 고개를 홱 돌렸다.

"그럼 어디 시작해 볼까."

아슬아슬한 거리까지 회오리에 다가간 미라는 바람의 장벽을 지나기 위한 술법을 발동시켰다.

[공명소환 : 실피드]

발동과 동시에 떠오른 마법진은 발치에서부터 미라를 감싸듯 상승하더니 그대로 바람이 되어 흩어졌다.

그것은 지금까지 보인 소환과는 다른 법칙으로 조합된 술식이었다.

'흠, 몸이 가볍구먼. 현실에서 사용하면 이러한 느낌이 드는군.'

미라는 온몸을 감싼, 자신의 것과는 다른 힘을 느꼈다. 그리고 동시에 확신했다. 이 방법이라면 회오리를 통과할 수 있을 것이라고.

쇠뿔도 단김에 빼라는 격언에 따라 미라는 단숨에 달려 나가, 그대로 폭풍권에 뛰어들었다.

본 적도 없는 미라의 술법에 경악한 전갈 일행은 그 모습에서 확고한 가능성을 발견했다.

미라가 잘만 하면 조만간 회오리가 해제될 것이다. 거미는 그때 잽싸게 행동에 나설 수 있게끔 보고를 겸해 모든 멤버들이 있는 곳을 향해 달려 나갔다.

"이것 참, 뭐야, 저게?"

아론과 전갈, 그리고 뱀은 그 자리에 선 채 미라가 사라진 거대한 바람의 벽을 바라보았다.

"모르겠어."

아론은 헛웃음을 지은 채 말했고 뱀은 무표정하게, 하지만 눈을 빛내며 그렇게 대답했다. 그리고 "미라가 제 실력을 다 발휘하면, 어떻게 될까"라고 중얼거린 전갈의 말에 세 사람은 나란히 몸서리를 쳤다.

회오리 속. 그곳은 굉음과 부조리하리만치 폭력적인 바람이 지배하고 있었다. 하지만 그런 가운데서도 미라는 그야말로 바람처럼 달려 나갔다.

미쳐 날뛰는 바람이 미라를 피해갔다. 그 원인은 미라가 조금 전에 사용한 소환술에 있었다.

공명소환. 그것은 정령의 힘을 일시적으로 그 몸에 부여하는 특수한 술식으로, 미라의 몸에는 지금 그로 인해 바람 정령의 힘이 깃든 상태였다.

상당히 고도의 기술인 탓에 유지 가능한 시간은 1분도 채 되지 않는 데다 마나 소비량도 많았다. 미라도 2분이 한계였다.

하지만 당연히 다양한 은혜를 얻을 수 있었다. 그 중 하나가 바람에 의한 피해를 입지 않는 효과였다. 이 덕분에 미라는 회오리 속에서도 무사할 수 있는 것이다.

그렇게 바람의 힘을 두른 미라는 미쳐 날뛰는 바람의 장벽을 어렵지 않게 통과했다.

100미터 정도 나아가자 휘몰아치던 바람이 잔잔하게 잦아들었고 아무 것도 보이지 않았던 눈앞에는 장대한 유적이 펼쳐져 있었다. 바람의 장벽을 뚫고 도착한 회오리의 중심지는 우뚝 선 유적으로 가득했다. 거대한 바위산을 그대로 깎아 만든 그 유적은 과거의 생활감과 상상을 불허하는 조각 기술을 내포한, 사람의 손으로 만들어졌으나 인간의 상식을 초월한 영역에 있는 예술품이었다.

'새삼 보니 터무니없는 곳이로구먼.'

바위산으로 이어진 완만한 언덕길 중턱. 미라는 그 압도적인 박력 앞에서 감탄했다. 게임 시절에 몇 번이고 보았던 곳이었지만 또렷한 질량을 수반하게 된 현재, 그 존재감은 정보의 물결이 되어 미라의 가슴으로 밀려들었다.

'보초는, 없나.'

새삼 유적을 둘러본 미라는 아무도 그곳에 존재하지 않음을 알아챘다. 그만큼 회오리 장벽에 자신이 있다는 뜻일까.

그렇다면 그 원인은 어디에 있을까 싶어 미라는 꼼꼼히 주변을 살폈지만 회오리의 발생원으로 보이는 것 역시 그 어디에도 보이지 않았다.

밖에서 보아서는 알 수 없는 곳. 다시 말해 유적 뒤 같은 곳에 숨겨두었을지도 모를 일이다. 그렇게 생각한 미라는 바위산 유적을 둘러보았다.

"이거 별 수 없군그래."

시야에 다 들어오지 않을 정도로 높고 광대한 바위산을 뒤지고 돌아다니는 것은 아무리 생각해도 무리인 데다 그럴 시간도 없다고 판단한 미라는, 흩어져서 찾기 위해 적임자를 부르기로 했다.

"단장님, 한 판 뜨러 가십니까냥?"

소환술이 발동되어 마법진이 땅바닥에 떠오르더니 그곳에서 넉살좋게 고양이처럼 앉은 캐트 시가 나타났다. 어깨에 짊어진 팻말에는 '초대 고양이파 살살 덤벼라'라고 적혀 있었다. 어디서 보고 배운 것인지, 그럭저럭 조폭 흉내를 내고 있었다.

"이래저래 딴죽을 걸고 싶은 부분이 한 가득이다만 뭐어, 되었다. 단원 1호여, 잘 들어라. 주변을 둘러싼 회오리의 발생원이 어딘가에 있다. 그대는 그걸 처리해주었으면 한다."

캐트 시의 거동을 몽땅 흘려 넘기기로 한 미라는 그렇게 잽싸게 용건을 전달했다.

"맡겨만 주십쇼냥, 단장님."

언제 개조한 것인지 캐트 시는 팻말을 슬쩍 분리시켜 안에 심어둔 칼날을 내보이며 씩 웃었다.

"이걸 던지면 어떻게든 될 게다."

미라는 딴죽을 걸고 싶은 마음을 꾹 억누른 채 태연하게 뱀에게 건네받은 구체를 건네었다.

"알겠습니다냥. 물건은 확실하게 접수했습니다냥."

캐트 시는 구체를 고양이 발로 능숙하게 받아서는 어디선가 끄집어낸 보자기에 싸서 들쳐 매듯 목에 걸었다.

"그럼 부탁하마."

미라가 그렇게 말하자 캐트 시는 "조직의 쓴맛을 보여주겠습니다냥" 하고 의기양양하게 말하고는 유적을 향해 돌격했다. 등 뒤로 튀어나온 팻말에는 깜찍한 고양이 그림이 그려져 있고 그 아래에 '다른 맛을 보여주지 않게 주의'라고 적혀 있었다.

"어디, 이 몸도 가보실까."

캐트 시를 중간까지 배웅한 미라는 쓴웃음을 지은 채 그렇게 중얼거리고서 페가수스를 소환했다. 그리고 말없이 뺨을 비벼대는 페가수스를 쓰다듬어주며 유적의 중턱에 자리한 유달리 커다란 문을 쳐다보았다.

"오랜만이다만 부탁 좀 하마."

미라가 그렇게 말하고서 등에 올라타자 페가수스는 기쁨 섞인 울음소리를 내며 날개를 퍼덕여 중턱에 자리한 문을 향해 날아올랐다.

환영회랑은 바위산에 만들어진 유적에 자리한 문 너머에 존재했다. 그곳은 백 개도 더 되는 회랑이 층을 이루어 위아래로 끝없이 이어지는 구조로 되어 있어, 한없이 넓고 높고 깊었다. 말하자면 산 정상에서부터 수직으로 똑바로 도려낸 수직 동굴 같은 것이었다.

페가수스에 탄 미라는 현재, 그 회랑의 한가운데로 계속해서 상승하고 있었다. 이미 밖에서 보았던 바위산의 고도를 넘긴지 오래였다.

'이곳에도 아무도 없나. 심지어는 마물도 안 보이는군.'

어떠한 표식을 찾아 주변을 관찰하던 미라는, 사람은커녕 마물의 모습조차 보이지 않는다는 사실을 알아챘다.

마물만 없었다면 먼저 지나간 키메라 클로젠의 간부가 섬멸시켰다고 생각했을 수도 있었을 것이다. 하지만 문제는 그 시체도 보이지 않는다는 것이었다.

'성실하게도 처리를 하고 간 것인지, 아니면…… 흐음~. 어찌되었건 상당한 실력자일 듯하군그래.'

키메라 클로젠은 무법자 집단이니 아무리 생각해도 굳이 마물의 시체를 처리했을 것 같지는 않았다. 그래서 미라는 또 하나의 가능성을 생각해냈다.

그것은 오버킬을 했을 가능성이다. 요컨대 엄청나게 과도한 공격으로 인해 소멸시켰을지도 모른다는 뜻이다.

방심해서는 안 되겠다는 생각에 미라는 마음을 다잡았다. 그러던 참에 찾던 표식을 발견했다. 그것은 무수히 늘어선 원기둥 사이에 숨은 사각 기둥이었다.

"저거다. 페가수스여, 저 기둥 건너편에 있는 통로로 가다오."

미라는 페가수스의 목에 달라붙다시피 해서 몸을 내밀어 사각 기둥을 똑바로 가리켰다.

페가수스는 알았다는 뜻을 담아 나직하게 울음소리를 내고는 가볍게 하늘을 달려 그 통로로 뛰어들었다.

바위산의 질감을 고스란히 간직한, 수백 미터나 이어진 통로는 훌륭한 솜씨로 새긴 조각으로 온통 뒤덮여 있었다. 그다지 폭이 넓지 않아 날개를 펼치면 닿을 듯 말 듯할 정도였지만 페가수스는 탁월한 비행능력을 발휘하여 속도를 늦추지도 않고 계속해서 질주했다.

얼마 지나지 않아 통로를 지나보니 그곳에는 조금 전과 같은 가운데가 도넛처럼 뚫린 회랑이 펼쳐져 있었다.

아니, 정확히는 다른 장소였다. 환영회랑의 구조를 아는 미라는 조금도 놀라지 않고 당연하다는 얼굴을 한 채, 이번에는 페가수스에게 하강을 지시했다.

환영회랑 역시 천칭의 성채처럼 일정한 법칙에 따라 전진하지 않으면 최심부에 도달하지 못하게끔 되어 있었다. 하지만 눈에 띄는 표식이 있어 성채만큼 어렵지는 않았다. 그 표식이 바로 기둥이었다.

아래로 아래로 활공하며 미라는 이번에도 조금 전처럼 주변에 위치한 기둥을 주의 깊게 확인했다. 시야 속 풍경에는 역시나 사람은 물론이고 마물의 모습도 없었다.

두 번째 회랑. 그곳은 첫 번째와 같은 장소에 있었다. 본래는 이곳도 순환하게끔 되어 있어, 조건을 충족시켰을 때만 앞으로 나아갈 수 있게끔 되어 있었다.

"음?"

도중에 정체 모를 검은 얼룩을 발견한 미라는 페가수스에게 그리로 다가가도록 지시를 내렸다.

"탄 자국, 같군."

수백 미터를 계속 아래로 내려가던 도중 발견한 회랑 한복판에 남은 검은 얼룩은 자세히 보니 무언가를 고온으로 태운 것으로 보이는 그을음 자국이었다.

그리고 미라는 그 원인으로 짚이는 바가 있었다.

회랑을 내려오는 도중, 거대한 거미형 마물이 출현하는 경우가 있었다. 이른바 중간 보스라 불리는 것으로 상당한 강적이다. 그 존재를 아는 미라는 그 마물과의 전투로 이 탄 자국이 났으리라고 생각했다.

"흠⋯⋯. 아무래도 상당한 화력을 지닌 모양이로군."

다시 말해서 이곳을 지나갔을 키메라 클로젠은 그만한 일을 할 수 있는 자라는 뜻이다.

'제법 거물이 온 모양이야.'

미라는 하늘 위, 도넛처럼 가운데가 빈 회랑의 까마득한 상공에 보이는 검은 원을 바라보며 그곳에 있을 강적에 관해 생각했다.

그러고서 다시 하강을 계속하여 회랑의 기둥을 주의 깊게 살핀 끝에 미라는 겨우 다음 표식을 발견했다.

"페가수스여. 다음은 저 안으로 가거라."

그렇게 말하며 미라가 삼각기둥을 가리키자 페가수스는 그 즉시 알아듣고 기둥 안쪽에 자리한 어슴푸레한 통로로 날아들었다.

그 통로 역시 수백 미터나 이어져 있었고 통과하고 나니 또다시 도넛처럼 가운데가 빈 회랑이 나타났다.

그곳에 도달한 미라는 다시 상승을 지시했다. 같은 광경이 이어지고 있음에도 페가수스는 의아해하지도 당황하지도 않고 즉시 지시에 따라 날갯짓을 했다.

얼마 지나지 않아 미라가 어중간하게 기둥이 없는 곳을 찾아내자, 페가수스는 잽싸게 그 안쪽 통로로 들어갔다.

세 번째 통로는 상당히 길었다. 그럼에도 얼마간 계속해서 나아가자, 문득 통로의 폭이 넓어지고 말끔하게 정리되어 있던 벽면이 거칠어졌다. 마치 갑자기 길을 잃고 천연동굴로 들어온 듯했다.

그럼에도 계속해서 앞으로 나아갔다. 이윽고 전방에 밝은 빛이 보이기 시작했다. 출구에서 들이친 햇볕이다.

'드디어 도착했군.'

그곳에 있는 존재는 상당한 실력자일 것이다. 출구의 빛 앞에서 미라는 일단 페가수스에서 내려서 선제공격을 위해 '생체감지'

로 상대의 위치를 확인했다.

'한 사람인가?'

생체감지로 탐지된 반응은 한 사람의 것뿐이었다. 키메라 클로젠의 간부가 집결해 있으리라 상상했던 미라는 더욱 경계심을 끌어올렸다.

그 한 사람은 단독으로 환영회랑을 공략할 정도의 실력자이기 때문이다.

마음을 다잡은 미라는 페가수스와 함께 동굴을 통과해 햇살 속으로 뛰쳐나갔다.

환영회랑의 최심부. 고대환문(環門)이라 불리는 그곳은 주변이 높다란 바위로 둘러쳐져 있고 그를 따라 돌기둥이 늘어선, 마치 분화구 밑바닥 같은 장소였다.

정확히 출구 맞은편 안쪽. 중간이 무너져 내린 듯한 돌계단 앞. 그곳에는 바이킹 같은 투구를 깊숙이 눌러 쓰고 화려한 갑옷을 걸친 기사와 검은 안개를 두른 잿빛 전사가 있었다.

'두 사람인가……. 아니, 이건.'

생체감지의 결과와 다소 달랐다. 하지만 미라는 그보다는 두 사람의 발치에 주목했다. 커다란 관, 그리고 두 사람이 처치한 것으로 보이는 정령궁전의 수호자들의 모습을.

"이 무슨……. 공격한다!"

어쩌면 최심부에 있는 것은 키메라 클로젠이 아닐 가능성도 있었다. 하지만 상황을 확인한 미라는 그 즉시 적이라 판단하고 공세로 전환했다.

"뭐야?!"

기척을 알아챘는지 돌계단 앞에 있던 기사가 몸을 돌렸다. 그 반응 속도는 상당한 실력자임을 확신할 만큼 신속했다.

하지만 이미 늦었다. 기사의 품으로 파고든 미라가 제로 거리에서 '연충'을 박아 넣음과 동시에 페가수스의 번개가 전사를 관통했다. 그 충격과 굉음은 공기를 진동시켜 여러 차례 메아리쳤다.

"호오, 꽤나 단단하군그래."

잔향이 감도는 가운데, 미라의 목소리가 방울처럼 맑게 울려 퍼졌다. 그 감탄사에는 흥미롭다는 뉘앙스가 가득했다.

기사는 몇 미터 뒤로 물러났을 뿐, 미라의 장기라 할 수 있는 일격을 멀쩡하게 버텨냈다. 그 갑옷의 강도는 일찍이 싸웠던 악마의 외피 이상이었다. 때문에 미라는 흥미롭다는 눈으로 남자를 지긋이 **주시**했다.

'음……. 저 투구 때문인가……?'

대상의 간이적인 스테이터스를 조사하는, 플레이어 출신자들만이 사용할 수 있는 능력. 하지만 그에는 조건이 있었고, 미라는 솔로몬과의 잡담 중에 그에 관한 이야기를 들었다. 듣자하니 플레이어 출신자는 조사할 수 없는 데다 얼굴을 확인할 수 없는 상대 역시 조사할 수 없다는 모양이었다. 아무래도 입가가 보이는 정도로는 무리인 듯했다.

"이스즈 연맹인가……. 꽤 귀여운 녀석도 있군. 심지어 예상했던 것보다 꽤 빨리 도착했고. 놀랐다."

남자 기사는 굵직한 목소리로 그렇게 말했다. 그러고는 불타버린 전사를 흘끔 쳐다보고서 여유마저 느껴지는 미소를 지어 보였다.

남자는 투구 틈새로 칼날처럼 날카로운 눈빛을 내쏘며 미라를 가만히 쳐다보았다.

"그러는 너는 키메라의 개가 맞으냐?"

온통 푸르른 하늘 아래. 미라는 남자를 똑바로 마주본 채 슬쩍 입가를 치올리며 말했다.

"개라니 말이 심하군. 이래봬도 세 개의 머리 중 하나인데 말이지."

남자는 여유로운 미소를 띤 채 어깨를 으쓱하더니 천천히 검을 뽑았다.

"키메라라서 머리가 셋이라 이건가. 그렇다면 그대는 산양쯤 되겠구나."

키메라 클로젠이라는 이름은 사자의 머리와 산양의 몸통, 그리고 독사의 꼬리를 지닌 괴물에서 비롯된 것이다. 그래서 세 개의 머리라고 했음을 이해한 미라는 남자의 투구에 달린 두 개의 뿔을 쳐다본 채 그렇게 말하며 웃어 보였다.

"인상만 가지고 하는 말 같은데, 그렇다면 하다못해 독뱀이라 해주었으면 좋겠는걸."

"흥, 뱀은 이미 아는 사람이 있어서 말이다."

검을 겨눈 남자에게 미라가 그렇게 답한 다음 순간, 하늘에서 한 줄기 빛이 떨어져 굉음을 울리며 남자 기사를 꿰었다. 페가수스가 벼락을 떨군 것이다.

"이거, 좀 놀랍군."

슬쩍 하늘을 올려다보아 구름 한 점 떠있지 않다는 것을 확인한 남자는 그대로 시선을 페가수스에게로 옮겼다. 벼락을 맞고서도 남자는 태연하기만 했다. 아닌 게 아니라 갑옷 자체에도 흠집 하나 나지 않았다.

'페가수스의 번개를 맞고도 끄떡없다니. 본인의 능력인지, 아니면 저 방어구의 능력인지. 예상했던 것보다 일이 성가셔졌구나.'

"꽤나 방어가 탄탄하구나. 혹시 그것이 정령왕에게서 빼앗은 힘이냐?"

미라가 떠보듯이 그렇게 말하자 남자는 웃으며 말을 받았다.

"그렇다면 좋겠지만 안타깝게도 끈질기더군. 뭐어, 어찌 되었건 시간문제일 테지만 말이야."

남자는 그렇게 말하더니 후방의 무너진 계단으로 시선을 던졌다. 자세히 보니 그곳에는 이상한 문양이 새겨진 항아리가 놓여 있었다.

'역시 아직이었나. 하지만 이미 시작된 상태였을 줄이야.'

항아리가 놓인 곳 위를 올려다보니 까마득한 하늘 너머에 문이 있고, 그곳에서 흘러나온 빛의 입자가 마치 눈처럼 상공에서 뭉쳐 몇 개나 되는 덩어리를 이루고 있었다.

"몇 번만 더 하면 되겠지만."

남자가 그렇게 말하며 하늘로 손을 뻗었다. 그러자 부유 중이던 빛구슬이 급격하게 고도를 낮추어 내려오더니 몇 개의 빛이 항아리 속으로 빨려들었다.

"흠, 그런 식으로 빼앗는 것이었나……."

정령왕의 힘을 탈취하는 작업은 이미 시작된 듯했다. 사령실에 있던 기둥을 스케치한 것은 정령왕의 힘을 빼앗는 데 꼭 필요한 것이 아니었다. 하지만 정령왕의 힘은 막대하다. 그래서 한 번에는 다 빼앗지 못하기도 하거니와 지나치게 강력한 탓에 쉽사리 제어할 수도 없는 것이리라.

그래서 효율적으로 수집하지 못하고 있는 것이다. 이것이 천칭의 성채에서 스케치한 그림이 필요했던 이유이리라.

상황을 통해 그렇게 판단한 미라는 아직 늦지 않았음을 확신했다.

"그대들의 음모를 방해해주마."

희미한 미소를 지어보인 후, 미라가 노려보자 페가수스 역시 동조하듯 전의를 끌어올리며 울음소리를 냈다.

"어디 해 봐라!"

남자는 그것을 웃어넘기며 검을 힘껏 뽑았다. 그러자 그 검 끝이 지난 궤적이 붉게 빛나더니 순식간에 격렬한 화염이 파도처럼 뿜어져 나왔다.

남자가 지닌 그것은 화염의 정령검이었다. 그 힘에 의해 발생된 화염이 마치 용의 브레스와도 같은 기세로 미라를 덮쳤다.

'이것 참, 터무니없는 위력이로군.'

그 화염은 미라가 순간적으로 소환한 홀리나이트의 타워실드에 직격하여 그 잔재를 주변에 격렬하게 흩뿌렸다. 일대의 공기가 순식간에 달구어져, 후끈한 바람이 미라의 뺨을 스쳤다.

"이 화염…… 아무래도 음의 정령검 같군. 별일도 다 있군그래. 어찌된 일인지 최근에도 본 기억이 있는데 말이지."

주변을 가득 메운 화염의 신음소리는 원망으로 가득했다. 그것을 들은 미라는 턱 끝에 손가락을 가져다댄 채 빨갛게 달궈져 녹아내리기 시작한 홀리나이트의 뒤에서 걸어 나왔다.

"묻고 싶은 게 하나 더 늘었구먼."

미라는 홀리나이트를 다시 소환하며 남자의 검을 노려보았다.

음의 정령무구. 그것은 희소한 정령무구들 중에서도 매우 희귀한 물건이었다.

며칠 전에 자신을 습격해온 카이로스가 그것을 여러 개 소지하고 있었던 일 탓에 일말의 의심이 싹튼 상태였다. 그리고 이번에, 짧은 기간 동안 두 번이나 그것을 보았으니 연관 짓지 않을 수가 없었다.

"글쎄, 무슨 소리인지는 모르겠지만 대답해줄 이유는 없지."

"그럴 테지."

미라의 목소리를 신호로 옆에 있던 홀리나이트가 도약했다. 그리고 눈 깜짝할 새 남자와의 거리를 좁히더니 그 검을 크게 휘둘렀다.

방어에 특화되었다고는 하나 홀리나이트도 공격을 못 하지는 않았다. 기술면에서 보자면 다크나이트와 동등할 정도였다.

그런 홀리나이트가 내지르는 참격은 날카로워서, 말끔한 반달 같은 궤적을 그렸다.

"뭐어, 이렇게 나올 줄 알았지."

그것을 간단히 검으로 받아넘긴 남자는 당연하다는 듯 웃으며 지체 없이 다시 공격한 홀리나이트의 검을 튕겨냈다. 그래도 멈추지 않는 하얀 검을, 남자는 검을 내밀어 받아냈다.

홀리나이트의 힘이 실린 일격이 날카로운 금속음과 함께 남자의 두 팔을 덮쳤다.

"하급인데도 이 정도 무게라니. 성가시게 됐군. 하지만……."

하급소환의 힘. 다시 말해 미라가 지닌 기본적인 공격력을 파악한 남자는 그렇게 말하며 쓴웃음을 지었다. 하지만 직후에 슬그머니 입꼬리를 치올리며 검을 지탱하던 한쪽 손을 떼어 옆으로 뻗었다.

남자의 손이 희미하게 빛났다. 그러자 페가수스의 번개를 맞고 쓰러졌을 터인 전사가 다시 일어나, 단숨에 몸을 날려 거리를 좁혔다. 그리고 손에 든 검으로 홀리나이트를, 그 상징이라 할 수 있는 타워실드와 함께 양단해 보였다.

아니, 그것은 베었다기보다는 지워버린 것처럼 보이는 광경이었다.

'이 현상, 설마 상크티아 때 보았던 그 녀석과 같은 부류인가?'

그 전사는 온몸에 검은 안개를 두르고 있었다. 불과 하루 전, 호수 밑바닥에 자리한 예배당에서 본 해골과 같은 분위기를 풍기는 안개를. 그때 보았던 안개는 정령을 좀먹는 저주였고, 상황으로 미루어 전사가 두른 안개 역시 같은 것으로 보였다.

'성가시게 됐구나.'

방어에 특화된 홀리나이트가 간단히 사라진 것만 보아도 알 수 있듯, 정령무구는 안개 앞에서 무력했다. 하지만 그것은 미라도 한 번 본 능력이었다.

안개 전사가 남자를 보호하듯 앞을 막아섰다. 미라는 그것을 흘끔 쳐다보고는 놀라지도 않고 대담하게 웃으며 말했다.

"역시 사령술사였나. 그나저나 그런 것을 껴입은 술사라니, 이 역시 최근에 본 기억이 있는데 말이지."

안개 전사는 사령술로 만들어진 골렘이었다. 그리고 미라는 남자가 사령술사일 것이라고 이미 예상하고 있었다. 이곳에 오기 조금 전, 생체감지를 통해 살아있는 자는 한 사람뿐이라는 사실을 알아낸 뒤였기 때문이다.

미라는 기분 나쁘게 일렁이는 안개를 바라본 채 페가수스의 갈기를 살며시 쓰다듬으며 말했다.

"저건 그대에게 맡기마."

미라가 그렇게 말하자 페가수스는 큰소리로 울더니 힘차게 대지를 박차고 날아올랐다.

한 걸음에 최고 속도에 도달한 페가수스는 심상치 않은 속도로 안개 전사에게 육박하여 세차게 차올리고는 아예 멀리 떨어진 곳으로 날려 버렸다. 그리고 페가수스는 그대로 하늘을 달려 추가 공격에 나섰다.

전투시의 페가수스는 매우 난폭했고, 하늘을 내달리는 그 속도는 말 그대로 천마(天馬)와 같았다. 미라를 등에 태웠을 때의 유람 비행과는 하늘과 땅 차이였다.

"뭐야, 저게. 맹수가 따로 없구만."

간신히 자세를 바로잡은 안개 전사를 곁눈질로 확인한 남자는 겉모습과 달리 난폭한 페가수스의 모습을 보고는 엉겁결에 쓴웃음을 지었다.

"무슨 소리냐. 외로움 많은 착한 아이이거늘."

미라가 그렇게 반론하자 남자는 "팔불출 짓도 정도껏 해라"라고 말하며 웃어넘겼다.

"자아, 이로써 일대일이로구나."

가볍게 주위를 둘러보고서 전투 자세를 잡은 미라는 다시금 날카로운 눈빛으로 남자를 노려보았다.

"소환술사에게 가장 안 어울리는 말이군."

남자는 입가를 치올린 채 한손에 든 칼을 들이밀 듯 전투 자세를 취하고서 정면으로 마주 노려보았다.

"융통성 없는 남자로구나."

미라는 부루퉁해져서 입술을 비죽거렸다. 하지만 그런 표정과는 달리 그 눈은 표적을 조준하듯 날카로운 눈빛을 남자에게 퍼붓고 있었다.

8

미라는 환영회랑 최심부, 고대환문에서 키메라 클로젠 소속의 남자와 대치중이었다.

두 사람의 시선이 탐색전을 벌이듯 맞부딪혔다. 그것이 틀어진 순간, 전황은 곧장 정(靜)에서 동(動)으로 전환되었다.

남자의 주변에 다크나이트가 모습을 나타내 공격을 가한 것이다. 미라의 동시소환이었다.

"좀 전에도 봤지만 빠르군."

다크나이트 셋이 느닷없이 출현함과 동시에 행동에 나섰다. 그 신속한 소환속도에 다소 초조한 빛을 보이기는 했지만 한꺼번에 쏟아지는 강렬한 일격을 검으로 막아낸 남자는 그대로 허리에 찬 또 한 자루의 검을 자연스러운 동작으로 휘둘러 다크나이트들을 베었다.

"아쉽게 됐군. 정령을 벨 수 있는 건 골렘뿐이 아니거든."

다크나이트 셋이 눈 깜짝할 새 사라지는 가운데, 남자는 그렇게 말하며 두 번째 검을 다시 칼집에 넣었다. 흘끔 보인 그 도신에는 역시나 검은 안개가 감돌고 있었다.

"물어야 할 것이 또 하나 늘어난 것 같구나."

검은 안개는 정령을 좀먹는 저주라 들은 미라는 그것을 이용하는 남자를 넌더리가 난다는 눈으로 노려보았다. 검은 안개와 키메라 클로젠 사이에는 정령이라는 공통점이 있었다. 이번 사건을 통해 미라는 그 둘이 매우 깊이 연관되어 있음을 직감했다.

"글쎄. 그것도 대답해줄 이유는 없지."

남자는 뻔뻔스럽게 입가를 치올리며 정령검을 쳐들더니 미라를 똑바로 바라본 채 내려쳤다. 그러자 검이 지난 궤도가 붉게 빛나더니 다시금 격렬한 화염이 발생했다.

붉은 폭풍이 시야를 가득 메웠다. 그것을 홀리나이트로 막은 미라는 불길에 휩싸인 채 미리 지정해두었던 소환지점에서 술법을 발동시켰다.

추가 공격을 위해 다시금 검을 치켜든 남자의 사각에서 다크나이트가 덤벼들었다.

"똑같은 수법에는 안 당한다!"

정령무구의 성능인지, 남자는 보지도 않고 다크나이트의 기척을 순식간에 감지해서는 비스듬하게 몸을 틀어 검은 대검을 피했다. 그리고 그대로 잽싸게 발을 놀려 안개 검을 뽑아서 다크나이트의 몸통을 일격에 절단했다.

안개의 힘으로 인해 다크나이트가 먼지로 변한, 그 직후. 검은 대검이 안개 검을 손에 든 남자의 팔을 덮쳤다. 그 대검은 남자의 팔이 완전히 뻗은 순간, 회피하지 못할 절묘한 순간을 노려 일격을 가했다.

칼날이 남자의 팔에 닿았다. 동시에 둔탁한 금속음이 울리더니 그것이 채 그치기도 전에 대검이 환상처럼 사라졌다.

"공중에서 팔이 나타난 것처럼 보였는데. 방금 전 것도 소환술이라 이건가. 나 원, 놀라 자빠지겠군."

그것은 분명 직격했을 터였다. 하지만 남자는 공중을 노려본 채, 태연하게 그렇게 말하며 안개검을 칼집에 넣었다.

아무래도 정령의 힘이 깃든 건틀렛은 다크나이트의 일격조차 도 막아낼 수 있을 정도로 튼튼한 모양이었다.

"흠집 하나 나지 않다니, 자신감이 없어지는구먼."

화염이 사라진 후, 미라는 반파된 홀리나이트 옆에 서서 남자 의 팔을 쳐다보며 그렇게 투덜댔다. 하지만 그 표정에는 방금한 말과는 달리 대담한 미소가 걸려 있었다.

"그런 얼굴로 뻔뻔스럽게 그런 소리를 하다니."

그 모습을 본 남자는 팔을 강조하듯 자세를 고치며 입가를 치 올려 웃었다.

"그런 얼굴이라니. 귀엽지 않으냐?"

미라가 뺨에 손바닥을 가져다 댄 채 자신만만하게 포즈를 취하 자 남자는 "그건 인정하지만 내 취향은 아니군"이라는 말을 내뱉 고서 단숨에 달려들며 공세로 전환했다.

"무어냐, 쌀쌀맞은 녀석 같으니."

남자는 중장비를 걸쳤다는 것이 믿기지 않을 정도로 민첩한 동 작으로 질주했다. 미라는 그를 맞아 다크나이트를 연속으로 소환 했다.

남자는 사방팔방에서 속속들이 날아드는 검은 대검을 튕겨내 며 안개검을 휘둘러, 정말이지 술사라는 것이 믿기지 않을 정도 의 체술을 펼쳐 미라에게 접근했다.

"마나가 썩어 나나보군."

남자가 눈 깜짝할 새 미라의 코앞까지 도달해 보니, 최종방어 선이 앞을 가로막고 있었다. 다크나이트 셋이었다.

"남다른 방법으로 단련했거든."

이번 다크나이트는 지금까지와는 다른 움직임을 보였다. 일제히 공격을 가하지 않고 거리를 두고 에워싼 채 파상공격을 퍼부은 것이다.

하지만 남자는 그에도 완벽하게 대응해 냈다. 검은 대검을 정령검으로 막고, 몸통을 안개검으로 양단. 그리고 그대로 손을 물러 등 뒤에서 덤벼드는 또 하나의 다크나이트를 베며 잽싸게 몸을 틀었다.

눈 깜짝할 새 둘이 쓰러져, 다크나이트는 하나만 남았다.

다크나이트가 혼신의 힘을 담아 일격을 가했다. 남자는 그 검을 능숙하게, 간단히 정령검으로 받아내고는 안개검을 든 손에 힘을 실었다.

그 순간이었다.

문득 다크나이트와 남자 사이에서 날카로운 파열음이 울리더니 섬광이 터져 나왔다.

상크티아의 힘이었다. 마지막 다크나이트는 검은 대검이 아니라 소환된 성검을 손에 들고 있었다.

"이건?!"

발현된 성검의 힘은 남자가 든 정령검을 튕겨냈고 빛은 남자의 시야를 가득 메워 일시적으로 시력을 앗아갔다.

방어면에서 철벽을 자랑하던 남자에게 짧은 빈틈이 발생했다.

그리고 그 짧은 빈틈은 계산에 의해 만들어진 것이었다. 다크나이트의 검이 직격해 봐야 갑옷은 깨지지 않는다. 그 사실이 검에 대한 주의력을 산만하게 한 것이다.

"어디, 입은 다물고 있는 편이 좋을 게다."

남자는 아직도 눈앞이 아찔했지만 억지로 눈을 떴다. 하지만 그 시야 안에 미라의 모습은 없었고, 그 목소리 역시 멀어진 귀에는 희미하게 들릴 따름이었다.

짧은 시간이기는 하지만 빈틈을 보였음을 알아챈 남자는 순간적으로 수세로 전환했다. 다크나이트에 의한 일제공격. 아니, 그 이상의 공격에 대비했다. 어떠한 공격이 날아오건 갑옷에는 흠집 하나 나지 않을 것이다. 하지만 무방비하게 계속해서 공격을 받다 보면 문제가 생길지도 모른다고 생각해 취한 행동이었다.

하지만 그것은 졸책이었다.

남자의 정면. 그것도 품속 깊이 파고든 미라는 자세를 낮춘 남자를 금빛 마안으로 날카롭게 올려다보며 입꼬리를 치올렸다.

"받아라. 비장의 수다!"

힘차게 두 다리를 벌려 중심을 낮춘 미라는 오른쪽 손바닥을 날카롭게 남자의 몸통을 향해 내질렀다.

[선술 상전(相傳) : 이자요이(十六夜) 풍차]

그 순간, 막대한 바람이 발생해 폭발이라도 일어난 듯 휘몰아쳤다.

"뭣?!"

수평으로 격렬하게 소용돌이치는 그 바람은 남자를 집어삼켜 공간을 꿰뚫었다. 그 압도적인 풍압은 남자의 몸을 매우 간단히 허공에 떠오르게 하여 몇 번이나 세차게 땅바닥에 내동댕이쳤다.

미라의 손에서 방출된 것은 회오리였다. 큰소리로 포효하며 결렬하게 몸을 뒤트는 그 모습은 그야말로 땅 위를 달리는 용 그 자체였다. 발톱에 걸린 모든 것을 무자비하게 파괴해 나가는 그 용은 미라의 팔에도 이빨을 들이댔다.

'이렇게까지 고통스럽다니……. 역시 상전은 쓰기가 어렵군그래.'

미라는 피가 밴 팔을 흘끔 쳐다보고는 묵직한 고통에 눈살을 찌푸렸다.

선술 상전. 그것은 선술 중에서도 특수한 것으로 미라의 실력으로도 막대한 마나의 여파를 억누를 수가 없어서 자신까지 상처를 입을 정도의 위력을 지닌 술법이었다.

하지만 그렇기에 효과는 절대적이었다. 각오를 굳히고 방출한, 포학한 바람은 실컷 미쳐 날뛴 후 무수히 많은 발톱자국을 정면에 직선으로 남기고서 소멸했다.

"큭……. 이렇게 나왔나……."

고대환문 안쪽. 폭풍에 시달리던 남자는 무너진 계단 옆까지 밀려나갔다. 계단 끄트머리를 손으로 짚고 휘청거리는 다리로 일어나기는 했지만, 이내 남자는 고통으로 표정을 구기며 무너져 내려 무릎을 꿇었다.

"조금은 효과가 있었던 모양이구먼."

미라는 그렇게 말하며 땅바닥에 떨어진 안개검을 주워들어 그대로 등 뒤로 내던졌다.

다크나이트의 일격을 막아낼 정도로 강인한 갑옷. 거기에 페가수스의 번개도 통하지 않았던 것을 보면 속성공격에도 상당한 내성이 있는 듯 했다. 거의 무적에 가까운 철벽 방어였다.

하지만 아홉 현자라는 존재 역시 단단하다는 장점 하나로 대적할 수 있을 정도로 호락호락하지는 않았다.

아무리 단단한 갑옷이라 해도. 아니, 그렇기에 여러 차례 땅바닥에 내동댕이치면 무시할 수 없는 충격을 받을 수밖에 없었다.

"어이쿠. 아무래도 저쪽은 끝난 모양이로군."

그렇게 말한 미라의 시선 끝에서는 페가수스가 번개를 두른 뒷발로 골렘을 걷어차 부수고 있었다.

"이 정도일 줄이야……. 과욕을 부린 탓에 물러날 타이밍을 놓쳤나."

골렘이 박살나는 소리가 자그마하게 들려왔다. 남자는 상당한 중상을 입었는지 일어나기를 포기하고 한쪽 무릎을 짚은 채 골렘이 흙더미로 돌아가는 것을 곁눈질했다. 그리고 희미한 원망과 두려움의 빛으로 물든 그 눈으로 다시 미라를 바라보았다.

"그만한 방어구를 걸치고 있었으니 방심을 할 만도 하지."

그에게 다가가는 미라의 곁으로 전투를 마친 페가수스가 달려왔다. 그리고 술법의 여파로 부상을 당한 미라의 팔을 보자마자 허겁지겁 날개를 펼쳐 치유의 빛으로 미라를 감쌌다.

"이제 괜찮다. 고맙구나."

미라는 페가수스에게 그렇게 말하고는 막 치유된 손으로 이번에는 정령검을 들어 흘끔 쳐다보았다.

그러고는 남자를 노려보며 나무라는 듯한 투로 "이것도 상당한 물건이로군" 하고 중얼거리고는 다시 후방으로 던져 버렸다.

"방심이라. 그럴지도 모르겠군."

미라는 엄청난 공격력은 물론이고 회복 수단까지 갖추고 있었다. 남자는 그 철두철미함에 쓴웃음을 지으며 계단을 기어올라, 거기 놓여있던 항아리를 집어서 안을 들여다보았다.

'적군……. 하지만 뭐어, 별 수 없지. 핵으로는 써먹을 수 있을 거야. 계획을 변경해야겠다고 보고 해야겠군.'

향후의 예정, 그리고 현재 상황에 대한 타개책을 궁리하며 항아리를 허리에 찬 주머니에 넣은 남자는 천천히 오른손을 내밀어 마나를 집속시켰다. 그러자 손을 내민 방향에 널브러져 있던 골렘이 다시 일어났다.

"무어냐. 조금 전과 형태가 다른데."

그 골렘은 인간이 아닌 짐승의 모습을 하고 있었다. 하지만 이빨도 없을뿐더러 팔도 없어, 아무리 보아도 전력으로 삼기에는 못 미더워 보였다.

그 의도가 무엇일지 생각에 잠긴 미라의 옆에서 페가수스가 경계심이 가득한 눈으로 쳐다보는 가운데, 그 짐승 골렘은 네 발로 남자에게 걸어갔다.

"이건 회수를 목적으로 만든 거거든."

남자가 그렇게 말함과 동시에 골렘은 무너진 계단 옆에 있던 관 안으로 들어갔다. 그리고 남자는 그 즉시 뚜껑을 닫더니 그 관을 짊어지고 휘청거리는 다리로 억지로 일어났다.

"아무래도 돌아갈 준비를 하는 모양인데, 간단히 돌아갈 수 있을 것 같으냐?"

고대환문 끄트머리. 그곳에는 분지를 에워싸는 모양새로 5미터 정도 되는 높이의 언덕이 있었다. 그 언덕을 향해 서서히 후퇴하기 시작한 남자를, 미라는 마안으로 노려보았다.

'이건······. 과연. 서두를 필요가 있겠군. 나 원, 이스즈 연맹에는 이런 괴물까지 있는 건가. 사지 멀쩡하게 돌아갈 수는 없겠어.'

마안에서 뿜어져 나온 주력(呪力)은 정령의 힘이 깃든 갑옷의 효과로 감퇴되었다. 하지만 그래도 주력은 서서히 스며들어 천천히 남자의 몸에서 자유를 앗아가고 있었다.

자신에게 무슨 일이 일어나고 있는지 곧장 알아챈 남자는 무언가를 포기한 듯 하늘을 올려다보더니, 이번에는 앞으로 한 걸음을 내디뎠다.

"자아, 지금이 도망칠 마지막 기회다."

남자는 벨트에서 매어있던 은통을 끌러 여보라는 듯 들이밀었다. 그 얼굴에서는 거짓으로 위협을 하려는 사람의 것이 아닌, 무언가를 각오한 자 특유의 비장미를 띤 여유가 느껴졌다.

"무어냐, 그건."

근거를 알 수 없는 그 기백에 걸음을 멈춘 미라는 남자가 손에 든 은통에 주목했다. 그것은 엄지손가락 정도 되는 크기였고 끄트머리에는 기다란 끈이 매달려 있었다.

"이건 신관이라는 거다."

남자는 대담하게 웃으며 그 신관에서 빠져나온 끈을 손가락으로 집어 당기는 시늉을 했다. 그것은 가까이 오지 말라는 의사표시로 보이는 동작이었다.

"신관이라? 그것만 가지고 뭘 어쩔 셈이냐. 폭약이 없으면 쓸모가 없을 터인데."

친구 덕에, 라기보다는 반강제로 솔로몬을 따라 군용품 전시회에 간 적이 있어 미라는 그 이름을 알았다.

신관은 폭약과 조합해야만 그 가치를 발휘하는 부품이다. 따라서 신관만으로는 폭발을 일으킬 수 없다는 것을 아는 미라는 물음표를 띄운 채 남자의 온몸을 훑어보았다. 폭약을 따로 가지고 있지는 않은지 확인하기 위해서.

그러자 남자는 그런 미라의 반응에 더욱 짙은 미소를 지었다.

"있거든. 폭약이."

그렇게 말함과 동시에 땅바닥에 시선을 던진 남자는 "이곳에는 흘러넘친 정령왕의 힘이 쌓여있지"라고 말을 이었다. 그리고 강조하듯 신관을 쥔 채,

"이 녀석은 정령폭탄의 신관이다."

그러한 말로 매듭을 지었다. 위력이 상당한지 남자의 표정은 자신감으로 가득했다.

"정령, 폭탄이라?"

너무도 불쾌한 단어를 들언 미라는 얼굴을 찌푸린 채 남자를 노려보았다. 동시에 미라가 상상할 수 있는 것들 중 최악의 생각이

뇌리를 스쳤다.

"그래, 그 이름대로, 정령의 힘, 혹은 정령 그 자체를 이용한 폭탄을 말하지."

미라의 반응이 마음에 든 것인지 남자는 슬쩍 입가를 치올리며 마치 도발이라도 하는 투로 말을 이었다.

"웃기지 마라!"

최악의 생각이, 현실이 되었다. 정령의 목숨을 경시하고, 마치 도구처럼 취급하는 남자의 말에 미라는 격노하여 외쳤다.

그러자 남자는 그런 미라를 비웃듯 신관에서 뻗어 나온 끈을 뽑으며 흡족한 표정을 지었다.

"위력은 그 몸으로 확인해 봐라!"

미라가 채 도약하기도 전에 남자는 신관을 땅바닥에 내팽개쳤다. 은통은 탱, 하는 작은 소리를 내고 튀어오르며 양쪽 끄트머리로 하얗고 작은 불꽃을 튀겼다.

그것을 본 순간, 미라는 반사적으로 홀리나이트를 셋 소환함과 동시에 홀리로드로 변이시켰다. 순간적으로 형성시킬 수 있는 최대의 방어였다.

직후, 급격하게 공기가 집속되더니 귀울림 현상이 일어난 듯 날카로운 소리가 일대에 울려 퍼짐과 동시에 눈에 보이는 모든 것이 하얗게 물들었다.

9

햇빛조차 지워버릴 정도의 섬광이 터지더니 눈 깜짝할 새에 열과 충격파가 퍼저 주변에 압도적인 파괴를 흩뿌렸다.

극한의 햇살과도 견줄만한 광열(光熱)과 단말마 같은 폭음, 그리고 해일과도 같은 충격파. 그것은 몇 중에 걸쳐 연쇄를 일으키듯 반복되어 일대를 불살랐다.

"이게 무슨……. 과연 정령왕의 힘이군그래."

파괴의 폭풍은 지나갔다. 미라는 그 한복판에 있었음에도 상처 하나 없이, 페가수스의 날개 아래서 불쑥 고개를 내밀었다. 그리고 분통하다는 투로 중얼거리며 주변을 둘러보아 피해상황을 확인했다.

하늘은 여전히 투명하리만치 푸르렀다. 하지만 주변의 모습은 몰라보게 달라져 있었다.

이곳저곳에 쓰러져 있던 수호정령의 시체는 흔적도 없이 사라졌고, 무너져 가던 계단은 표면만 하얗게 변색되어 있었다. 그리고 열기가 쓸고 지나간 땅바닥을, 새하얀 재가 뒤덮고 있었다.

그 광경을 본 미라는 마치 순식간에 시간이 지나버린 폐허 속에 홀로 남겨진 듯한 인상을 받았다.

"흘러넘친 힘만으로 이 정도일 줄이야……."

미라의 정면. 그곳에는 마지막 보루로서 사명을 다한, 재투성이가 된 홀리로드의 모습이 있었다. 뒤에 있는 모든 것을 지키기 위해 두 손으로 성벽과도 같은 중후한 방패를 든 채 몸의 절반이 불타버린 하얀 기사. 그 등은 상처 하나 없이 말끔했으며, 미라의 발치에도 재는커녕 먼지 하나 떨어져 있지 않았다.

"수고 많았다."

미라는 그 등을 살며시 어루만지며 홀리로드를 송환했다.

사르륵. 홀리로드가 뒤집어 쓴 재가 떨어진 순간, 커다란 그림자가 주변을 뒤덮음과 동시에 돌풍이 일어났다. 모든 재가 일제히 공중으로 쓸려나가 눈보라라도 일어난 듯 공기가 흘러간 뒤. 페가수스의 날개가 살며시 미라를 감싸 떨어져 내리는 재를 떨쳐냈다.

"어디, 조금은 수확이 있어야 할 터인데."

날개 틈새로 기대를 담아 하늘을 올려다본 미라의 눈에, 거대한 괴조의 모습이 비쳤다.

그것은 미라가 소환한 가루다였다. 남자가 도망칠 뜻을 밝힌 순간, 등 뒤에 몰래 소환하여 대기시켜두었던 것이다.

아무래도 그것이 성공을 거둔 모양인지 미라 앞에 내려선 가루다는 다리로 붙잡고 있던 피투성이 관을 내려놓더니 부리에 물고 있던 무언가를 미라에게 내밀었다.

"호오. 이건……. 음, 잘했다."

그것은 작은 주머니에 든 항아리였다. 관과 함께 공중에서 낚아챈 모양이다.

키메라 클로젠 간부의 일원인 그 남자가 취한 최종수단은 갑옷의 강력한 보호 속에서 정령폭탄의 강렬한 폭풍을 이용하여 날아가 탈출하는 것이었다.

아무리 정령갑옷이라 해도 정령왕의 힘은 완전히 완화시킬 수가 없었는지 남자는 상당한 대미지를 입은 듯했지만 도주하는 데는 성공했다.

하지만 한 가지 오산이 있었다. 바로 가루다의 존재였다. 탈출 도중에 습격을 받은 결과, 만신창이가 된 남자는 거의 저항도 못 하고 신줏단지처럼 모시던 항아리를 빼앗긴 것도 모자라 관을 대신 내어줌으로써 간신히 난을 면했다.

"둘 다 정말 수고 많았다."

후방에 널브러진 정령검과 안개검. 그리고 관. 간부는 놓쳤지만 최대의 목적인 정령왕의 힘이 탈취되는 일을 막는 데는 성공했다. 더불어 키메라 클로젠의 비밀과 관련이 있을 것 같은 중요한 전리품도 얻었다. 미라는 그것들을 다시 한 번 확인하고는 두 마리의 소환체를 치하하고 송환했다.

그러고서 미라는 정령검과 안개검을 주워 들고 관 옆에 모아두었다.

정령검은 우수한 무기임에는 틀림이 없었지만 키메라 클로젠이 소유하고 있었던 것은 음의 검이었다. 지금까지 얻어진 정보로 미루어 희생된 정령과 관련이 있을 것으로 추정되었다. 그러니 이스즈 연맹 멤버들 중 사용하고 싶어할 자는 없을 것이다.

그리고 가장 신경이 쓰이는 것은 검은 안개였다.

안개검과 안개를 두른 골렘. 그리고 하루 전에 예배당에서 본 안개를 두른 해골. 미라는 전투 중 이것들은 같은 부류라는 확신을 얻었다.

'정령을 좀먹는 저주. 분명 그렇게 말했지.'

예배당에서 정적의 정령, 워즈랑베르는 검은 안개를 저주라고 불렀다.

저주. 다시 말해서 누군가가 정령을 저주하고 있다는 뜻일까. 아니면 인과관계가 없는 우연한 현상의 일종일까. 그리고 어째서 키메라 클로젠은 이 검은 안개를 이용할 수 있는 것일까.

생각해 보기는 했지만 정보가 서로 연결되지 않아 미라는 그 즉시 생각하기를 포기했다.

가장 중요한 것은 검은 안개의 정체이리라. 그것을 판명하기 전에는 결론을 낼 수 없었다.

미라는 마음을 다잡고 관과 마주했다.

그 관에는 잠금장치가 되어 있었다. 섣불리 열다가 망가뜨리느니 가져가서 전문가에게 맡기는 편이 나으리라.

그렇게 생각한 미라는 가지고 돌아가려 했지만 관은 아무래도 아이템 박스에 들어가지 않는 부류에 속하는 듯했다. 그렇다면 직접 끌고 가자는 생각에 손잡이를 잡아보았지만 관은 꿈쩍도 안 했다.

다시 가루다를 소환해서 지상에 내려달라고 할까.

미라가 그렇게 생각한 순간, 문득 재투성이 세상이 돌변했다.

"무슨 일이냐?!"

허둥지둥 주변을 둘러보니 하늘에는 수억에 이르는 빛의 입자가 반짝이고 있고, 뒤를 돌아보니 무지개빛으로 가득한 도시가 끝없이 펼쳐져 있었다. 그리고 정면에는 보석처럼 반짝이는 대궁전이 하늘 높이 솟구쳐 있었다. 그곳은 마치 우주를 떠도는 꿈속 나라 같았다.

"……이 몸이, 죽은 겐가?"

미라가 그렇게 생각하는 것도 무리는 아니었다. 빛의 입자가 흘러내리는 가운데 일제히 하늘이 움직여, 수만에 이르는 빛의 선이 드리운 그 광경은 아무리 보아도 사람의 상식을 벗어난 세계였기 때문이다.

너무도 갑작스러운 상황 변화에 미라는 초조한 얼굴로 허둥지둥 불안해하며 같은 지점을 빙빙 돌기 시작했다. 바로 그때.

"놀라게 한 모양이로군. 미안하다."

그러한 말과 함께 대궁전의 문이 열렸다. 그곳에는 압도적인 존재감을 내뿜는 대장부가 서 있었다. 심지어 순백색 법의를 걸친 그 남자는 덩치가 미라의 세 배는 더 되어서, 시각적인 박력도 엄청났다.

"이것 참……."

미라는 그 남자가 누구인지 몰랐다. 하지만 보자마자 그 남자가 누구인지 깨달았다.

직감, 본능, 그리고 상황. 그 모든 것을 통해 도출해낸 이름은 '정령왕 심비오상크티우스'. 모든 정령들의 정점에 있는 존재였다.

"모든 것을 보았노라. 나의 힘이 유출되는 일을 저지하기 위해 진력하는 모습을. 정령왕 심비오상크티우스의 이름으로 귀공에게 감사를 표하노라."

정령왕은 미라의 정면까지 다가와 몸을 굽히며 그렇게 감사인사를 했다. 그랬음에도 그 얼굴은 여전히 미라의 머리보다 한참 높은 곳에 있었지만.

"당연한 일을 한 것뿐이다."

정령왕에게 감사인사를 받았다는 사실에 흥분한 미라는 평소처럼 자신만만하게 가슴을 편 채 답했다.

"당연한 일이라."

미라의 말에는 '인류의 좋은 이웃인 정령을 돕는 것은 당연한 일'이라는 의미가 담겨 있었다. 그를 헤아린 정령왕은 심상치 않은 위광을 내뿜으면서도 다정한 미소를 지은 채 진심으로 기쁜 듯 그렇게 말했다.

"암, 그렇고말고. 이것에 힘이 봉인되어 있다면 정령왕께 돌려드리도록 하지."

미라는 신비한 문양이 새겨진 항아리 뚜껑을 열어 내밀었다. 그러자 거기에서 빛의 입자가 뿜어져 나왔다.

"오오?! 이건, 참으로……."

마치 폭포를 거꾸로 뒤집은 듯 빛의 격류가 끊임없이 쏟아져 나와 하늘을 온통 뒤덮었다. 이 작은 항아리에 어떻게 이만한 양이 들어있었던 것인지. 미라는 어안이 벙벙해져서 그것을 바라보고 있었다.

얼마쯤 지나 유출량이 잦아들자 항아리는 깨져서 모래가 되어 사라졌다. 그 직후, 이번에는 빛이 유성처럼 쏟아지기 시작해 정령왕에게 흡수되었다.

"과연 정령왕의 힘이로구먼."

그 광경 앞에서 미라는 이만한 힘의 폭발을 용케 견뎌냈구나, 하고 새삼 정령폭탄이 폭발한 순간을 떠올리며 쓴웃음을 지었다.

"확실히 건네받았다. 거듭 감사인사를 하도록 하마."

흘러나온 모든 빛이 집속되어 다시금 정적을 되찾은 하늘은 조금 전과 같은 광채를 머금고 있었다. 어찌 되었건 눈에 비치는 광경은 하나같이 모두 압도적이어서, 미라는 하늘을 올려다본 채 "당연한 일을 한 것뿐이야"라는 말을 다시금 입에 담았다.

정령왕은 "그래, 그렇군" 하고 미소를 지으며 마치 귀여운 손주를 보듯 따뜻한 눈빛으로 미라를 바라보았다.

"귀공은 나의 권속들에게도 제법 사랑받고 있는 듯하군."

미라의 안에 깃든 많은 정령들의 가호를 꿰뚫어본 것인지, 정령왕은 계속해서 기쁜 듯 그렇게 말한 후, 문득 무언가가 생각났다는 듯 "오오, 그렇지"라고 말했다.

"그 자들과 싸우는 귀공에게 나도 꼭 협력하고 싶어서, 이곳에 부른 것이었다."

"뭣이라!"

듣던 중 반가운 제안이었다. 정령무구로 무장한 남자는 상당한 전력을 보유하고 있었다. 그리고 정령폭탄이라는 악독한 병기까지 소유하고 있는 것으로 미루어, 당연히 그밖에도 정령의 힘을 이용한 병기가 있을 것으로 예상되었다. 키메라 클로젠이 어느 정도의 전력을 감추고 있을지는 미지수다. 상위의 힘을 얻어두면 그에 대항하는 데 매우 유용하게 쓰일 것이다.

"조금 전에 봤다만, 내 딸의 힘을 사용하더군."

"음……? 딸이라니, 누구를 말하는 게지?"

당연히 알 것이라는 투로 정령왕이 입에 담은 말에 미라는 물음표를 띄운 채 되물었다. 정령왕의 딸. 심지어 조금 전 전투에서 미라가 그 딸의 힘을 사용했다니.

하지만 미라는 애초에 정령왕에게 딸이 있다는 사실 자체를 처음 알았다.

"상크티아 말이다. 만난 적이 있을 텐데."

"허어…… 어제 만났더랬지! 헌데 무구정령이었던 것으로 기억한다만……."

미라는 상크티아를 성검의 무구정령으로 인식하고 있었다. 무구정령은 매개체가 되는 무구에서 태어나 깃드는 존재다. 그 공식을 대입하자면 정령왕과는 상관이 없을 듯 했다.

아니면 모든 정령은 자신의 자식이라는, 장대한 이야기를 하려는 것일까. 미라는 생각 끝에 그러한 답에 도달했지만 완전히 헛다리를 짚은 모양이었다.

"곁에 성검이 있었을 터. 그것은 나의 손가락 뼈로 만든 것이지. 상크티아도 그때 태어났다."

그렇게 말하며 정령왕은 왼손을 미라 앞으로 내밀었다. 자세히 보니 확실히 새끼손가락이 짧아져 있었다. 다시 말해서 정령왕의 왼쪽 새끼손가락 뼈로 성검을 만들었다는 뜻이었다.

"정령왕에서 유래된 성검이라니…… 이거 놀랍구면."

미라는 자신이 상상했던 애매한 답보다 명확하고도 밀접한, 상크티아와 정령왕의 관계를 알고 진심으로 놀랐다. 또한 성검 자체의 희소성에도 놀랐다.

모든 정령들의 정점이자 신에 필적한다고 알려진 정령왕이 만들어낸 성검. 그것은 미라가 기억하는 성검, 마검 중에서도 가장 기막힌 일화였다.

성검이 아니라 거의 신검의 영역에 있었으니 미라가 놀랄 만도 했다.

"본래 나의 정령력을 사람이 다룰 방법은 없다. 하지만 나의 분신이라 할 수 있는 딸과 이어진 귀공이라면 딸의 힘과 합침으로써 나의 정령력을 조금은 활용할 수 있을 것이다."

정령왕이 그렇게 설명하고서 오른손을 내밀자 갑자기 미라의 옷이 녹아들 듯 벗겨졌다.

"오오?!"

옷은 물론이고 속옷까지 몽땅 벗겨져 알몸이 된 미라는 그 신기한 감각에 탄성을 질렀다.

"귀공에게 나의 가호를 내리마. 잠시 가만히 있도록."

정령왕이 미라의 가슴께에 손가락을 가져다 댔다. 그러자 미라의 온몸에 뜨거운 무언가가 퍼져 나갔다.

"알겠다! 정령왕의 가호라니 황송하군그래!"

잠시 놀라기는 했지만 미라는 그 즉시 납득하고는 움직임을 멈춘 채로 환희했다.

정령의 가호에는 각각 정해진 문양이 있었고, 그것은 눈에 보이지 않는 특수한 색채로 몸의 일부에 새겨진다.

그리고 이번에도 어김없이 정령왕의 문양이 미라의 몸에 새겨졌다. 하지만 유일하게 다른 점은 몸의 일부가 아니라는 점이었다. 그것은 마치 대지에 퍼진 뿌리처럼 가슴께에서 온몸으로 퍼져나갔다.

"과연, 차원이 다르군."

미라는 몸의 구석구석까지 떠오른 문양을 쳐다보며 기쁜 듯 말했다.

"이 가호를 거치면, 상크티아에게 깃든 나의 힘을 조금은 끌어낼 수 있을 것이다. 적응이 되기 전에는 부담이 클 테지만 그 부분은 알아서 잘 해보도록."

정령왕은 닿았던 손을 떼며 희망을 걸듯 그렇게 말하더니, 이번에는 살며시 왼손을 내밀었다. 그러자 녹았던 옷이 동영상을 거꾸로 재생한 듯 미라의 몸을 감싸기 시작했다.

"그런데 딸은…… 그게, 어땠지? 잘 지내던가?"

벌떡 일어난 정령왕은 갑자기 불안한 투로 말하며 미라를 흘끔 쳐다보았다. 강대한 존재감은 여전함에도 불구하고 정령왕의 그 걱정 어린 표정은 그야말로 부모의 얼굴 그 자체였다.

"안심하도록. 좋은 친구들과 함께 웃음꽃을 피우고 있었으니."

어제까지는 정령을 좀먹는 검은 안개 탓에 오래도록 위험한 상태로 갇혀 있었다. 하지만 이미 해결된 과거를 들추어낼 필요는 없으리라. 그렇게 생각한 미라는 구해낸 뒤에 있었던 일을 떠올리며 답했다.

"그렇군. 그래, 그렇다는 말이지."

정령왕은 안심한 듯 미소를 짓더니, 인상 좋은 할아버지처럼 미라를 바라본 채 작은 목소리로 "고맙다"라고 말했다.

"헌데, 한 가지 묻고 싶은 것이 있다만. 그래도 되겠는가?"

"그래, 상관없다. 말해보아라."

미라가 이야기의 흐름상 문득 어떠한 것을 떠올리고 묻자 정령 왕은 진지한 표정을 지은 채 고개를 끄덕였다.

"……조금 전 전투에서, 이 몸이 싸웠던 남자가 가지고 있던 검과 골렘에 관해서다. 정령을 없애는 힘이 있었다. 그 검은 안개의 정체를, 정령왕은 아시는가?"

미라는 일부러 예배당에서 있었던 일은 말하지 않고, 같은 부류의 것으로 추정되는 키메라 클로젠이 사용했던 두 가지를 예로 들었다.

"그래, 안다. 그것은 오니(鬼)의 잔류사념으로 멸망하고서도 이어지고 있는, 증오의 저주다."

정령왕은 천천히 눈을 감더니 까마득한 과거의 기억을 더듬는 듯한 투로 그렇게 답했다.

"오니라고? 그건, 이렇게 생긴 오니를 말하는 겐가?"

미라는 양손의 둘째손가락을 세워 양쪽 귀 위에 붙여 뿔처럼 보이게 해서, '오니'의 포즈를 취해 보였다.

"그렇다. 뿔이 둘 달린, 그 오니 말이다."

정령왕은 어쩐지 우스꽝스러운 미라의 모습을 보고 엉겁결에 웃으며 그렇게 긍정하고는 오니에 관해 말했다.

수만 년 전, 정령과 대립하던 존재. 그것이 오니라고 한다.

오니는 자신을 위해 자연을 먹어치워 수를 불렸고, 그 뒤로도 계속 자연을 파괴해 나갔다. 당연히 그 성질 탓에 자연을 생활의 장으로 삼고 있던 정령들과의 다툼이 끊이지 않았고, 사사건건 문제가 일어났다.

하지만 초기에는 정령들이 다가서서 구역을 나누기로 하여 사태가 진정되었다. 하지만 자신들의 구역에 있는 자연을 모조리 파괴한 오니들은 그 약속을 어기고 정령들의 거처를 빼앗기 시작했다.

그것은 갈수록 가속화되어, 결국 정령과 오니 사이에서 전면전쟁이 발발했다.

승리한 것은 현재 상황을 통해서도 알 수 있듯 정령 측이었지만 결말은 실로 비참했다는 모양이었다.

많은 자연이 소실되고 정령들의 수도 격감했다. 그리고 정령왕은 당시의 싸움으로 세계의 이치에 간섭한다는 '금지된 마법'을 사용한 탓에 현세에 있을 수 없게 된다는 벌을 받게 되었다고 한다.

그렇게 패배한 오니 측은 양식을 잃은 결과, 절멸했다. 하지만 그 직전에 오니들은 정령들을 심히 원망했다.

"그 강한 사념이 지금도 저주가 되어 세계에 잔류해 있는 것이지."

그러한 말을 끝으로 정령왕은 이야기를 매듭지었다.

"오니라. 그러한 역사가 있었을 줄이야……."

너무도 오래된, 그리고 상상도 못할 만큼 터무니없는 이야기였다. 지나치게 장대한 내용에 미라는 그저 어이가 없다는 투로 중얼거렸다.

"뭐어, 이제 와서는 다 지난 일이다. 그보다 저주 말이다만. 나의 정령력과 상크티아의 진정한 힘을 합치면 소멸시킬 수 있을 것이다. 뒤처리, 라고 하자니 좀 그렇지만 어디선가 발견하면 바로 없애다오. 물론 그에 상응하는 답례도 하지."

"오호, 그러한 힘이. 흠, 선처하겠다고 맹세하지!"

정령을 완전히 무효화시키는 성가신 저주. 그 대처법이 상크티아에게 감춰져 있다는 모양이었다. 미라는 그 낭보에 기뻐했고, 만면에 미소를 띤 채 부탁을 승낙했다.

"그럼, 나의 권속들을 잘 부탁한다."

정령왕은 미라를 똑바로 본 채 새삼 그렇게 말했다.

"음. 진력하도록 하지."

미라 역시 자세를 바로잡고 정면으로 시선을 받으며 힘차게 대답했다.

"아아, 그리고. 그 가호가 몸에 익었을 즈음 다시 오도록."

정령들에 대한 굳은 사랑을 품은 듯한 미라를 보고 '과연 내 딸이 고른 인물이로군' 하고 만족한 정령왕은 문득 생각이 난 듯 덧붙여 말했다. 그러자 그 말을 들은 미라가 반색하며 말했다.

"오호! 반드시 오겠다고 약속하지!"

가호가 몸에 익었을 즈음. 다시 말해서 정령왕의 힘을 완전히 다룰 수 있게 되면. 그 표현은 많은 이야기에서 빈번히 보이는 새로운 능력을 얻기 위한 이벤트를 암시하는 것이다. 정령왕의 말을 그렇게 해석한 미라는 희색이 만면하여 온몸으로 다시 오겠노라고 선언했다.

"어쩐지 두 답변 사이에 의욕 차이가 나는 듯 들린다만."

노골적인 태도를 보이는 미라를 정령왕은 어쩐지 즐거운 듯 쳐다보았다.

"기분 탓이겠지. 이 몸은 정령을 사랑하니 말이야."

그에 반해 미라는 무슨 소리냐며 시치미를 뚝 떼며 자신만만하게 가슴을 젖힌 채 말했다. 정령왕은 그런, 어쩐지 믿음직스러워 보이는 미라의 모습에 웃으며 "그럼 언젠가 다시 보지" 하고 그 머리를 다정하게 쓰다듬었다.

직후, 세계는 다시 표변하여 미라는 재투성이가 된 고대환문으로 돌아왔다.

10

"아, 미라다!"

"단장입니다냥!"

구름처럼 새하얀 풍경 속, 유달리 눈에 띄는 피투성이 관 앞. 다시 그 관을 어떻게 옮길까 궁리하기 시작했을 즈음, 문득 등 뒤에서 어쩐지 맥이 풀리는 목소리가 들려왔다.

"오오, 전갈이 아니냐. 그리고 단원 1호는………… 무어냐, 살아있었던 게냐."

뒤를 돌아보니 그곳에는 호쾌한 걸음걸이로 달려오는 전갈과 그 어깨에 매달린 채 팻말을 든 캐트 시가 있었다. 팻말에는 '감동의 재회. 떡밥 부탁요'라고 적혀 있었다.

"그건 너무 신랄합니다냥."

미라의 한 마디에 마음을 격추당한 캐트 시는 전갈의 어깨에서 미끄러져, 하얀 재가 쌓인 바닥에 세차게 넘어져서 한 가닥 선을 그리며 흰 고양이로 변신했다.

"바깥에 있던 회오리를 없앤 모양이구나."

미라는 캐트 시의 목덜미를 잡아 잿속에서 끄집어냈다. 그러자 캐트 시는 몸을 털어 재를 떨궈내고는 '대성공!'이라고 적힌 팻말을 수급처럼 내밀어 보였다.

"조져버리고 왔습니다냥~."

캐트 시는 냉혹한 미소를 지으려다가 재 때문에 기침을 해댔다. 미라는 그런 캐트 시의 등을 문질러주며 "음, 잘했다" 하고 칭찬을 해주고는 잽싸게 송환했다. 사라져 가는 도중, 캐트 시는 팻말에 '활약할 기회 좀 더!'라고 적어 기대 섞인 눈빛을 미라에게 날렸지만 속속들이 도착하는 이스즈 연맹의 면면들을 맞이하느라 미라는 그를 알아채지도 못했다. 캐트 시의 쓸쓸한 울음소리가 고대환문에 허무하게 울려 퍼졌다.

"그래서, 미라. 지금 이게 무슨 상황이야?"

새하얀 재로 뒤덮인 고대환문. 이스즈 연맹의 면면들이 그것을 둘러본 후, 모두를 대표하듯 전갈이 그렇게 물었다.

"뭐어, 이런저런 일이 있었지."

미라는 그렇게 운을 떼고서 키메라 클로젠 소속의 남자, 정령을 좀먹는 검은 안개, 탈취된 정령왕의 힘과 그 탈환, 그리고 정령폭탄과 목숨을 건 도주. 그러한, 이곳에서 있었던 일들을 간결하게 설명했다.

"폭탄이라니…… 괜찮았어?"

미라가 말을 마치자마자 전갈은 그렇게 말했다. 그럴 만도 했다. 재로 뒤덮인 주변의 모습은 누가 보아도 그 위력이 상당했으리라는 것을 짐작할 수 있을 정도였다. 그런 파괴의 폭풍이 휘몰아친 곳 한복판에 있었음에도 멀쩡한 것이 오히려 부자연스러웠다.

"음, 보다시피 말이다."

하지만 미라는 그런 전갈의 걱정도 아랑곳 않고 기운차게, 자신만만하게 가슴을 편 채 말했다. 전갈은 멀쩡한 미라에게서 시선을 떼어 다시금 주변을 둘러보았다. 불타버린 그 지표에 남은 것은 고대환문의 특징인 돌기둥과 파괴된 계단뿐이었다.

"이 지경이 됐는데 괜찮았구나……."

전갈은 어이가 없다는 투로 중얼거렸다. 온통 흰색으로 물든 광경은 얼핏 보기에 아름다워 보였다. 하지만 이 흰색은, 보고 있자면 불안감이 치밀어 오르는 듯했고, 부정함은 물론이고 어떠한 감정도 느낄 수가 없는 무정한 색이었다.

"그런데, 그게 아까 말한 검인가?"

전갈의 뒤에서 고개를 내민 아론이 관 옆을 쳐다보며 그렇게 말했다. 그곳에는 키메라 클로젠 소속의 남자가 들고 있던 두 자루의 검이 놓여 있었다. 그리고 그 주변에는 검은 안개가 요사스럽게 들러붙어 있었다.

"음, 그렇다. 한쪽이 정령검. 나머지 한쪽이 정령을 간단히 없애는 저주가 걸린 검이지."

"정령을 없애는 검이라. 약하게 하는 것만으로는 모자라서 그런 것까지 가지고 있었나."

아론은 분노를 감추지 않고 검 앞에 웅크리고 앉아 검은 안개를 똑바로 노려보았다.

"그래, 그리고 말이지. 이 관 안에는 같은 힘을 지닌 골렘의 잔해가 들어있는데, 잠금장치가 되어 있어서 말이다. 가져가려 한들 이 몸은 들 수 있을 것 같지가 않구나. 부탁해도 되겠느냐."

근력은 일개 술사와 크게 다르지 않는 미라는 그렇게 말하며 아론의 굵직한 팔뚝을 부럽다는 눈으로 쳐다보았다.

"요컨대 정령을 없애는 골렘이라 이거지. 흥미롭구만."

기합을 넣으며 일어난 아론은 관의 손잡이를 붙잡고 힘을 줬다. 그러자 관은 거뜬히 들려 올라갔다.

"오오, 보기보다 가벼운 걸. 이 정도면 어떻게든 되겠어."

"오오, 과연 대단하군! 이 근육은 폼이 아니었어."

미라가 아론의 탄탄한 팔뚝을 찰싹찰싹 두들기자 아론은 관을 가볍게 어깨에 들쳐 메며 "당연하지" 하고 웃더니 근육을 자랑하듯 포즈를 취해 보였다. 아무래도 오랜 세월에 걸쳐 단련한 몸이 아론의 자랑거리인 모양이었다.

"어라? 이거, 평범한 검인데?"

그런 아론의 옆에서 발치에 널브러진 정령검을 집어든 전갈은, 그것을 휘둘러보며 그렇게 말했다. 본래 정령검이라면 휘두른 순간, 그 궤적에 모종의 징조가 보여야만 했다. 하지만 전갈이 손에 든 검은 허공을 가를 뿐이었다.

"뭣이라고?"

정령검의 힘을, 시야를 뒤덮는 대화력을 똑똑히 보았던 미라는 그럴 리가 없다며 검을 노려보았다.

전갈이 손에 든 검은 상당한 명검이라 여겨질 정도의 물건이라, 잘못 보려야 그럴 수가 없었다. 그야말로 키메라 클로젠 소속의 남자가 들고 있었던 것이 틀림없다고 단언할 수 있을 정도로. 하지만 다시 자세히 보니 정령검의 특징인 정령력의 입자가 어째서인지 검에서 완전히 사라지고 없었다.

"확실히 평범한 검이 되었군. 어찌 된 게지?"

미라는 전갈이 손에 든 검을 뚫어지게 쳐다보며 이상하다는 듯

끙끙거렸다. 그리고 직후, 발치에 감돌고 있는 검은 안개로 시선을 옮겼다. 그곳에 있는 것은 정령을 없애는 안개검이었다.

조금 전까지 정령검과 안개검을 나란히 두었었다. 그 결과, 검은 안개로 인해 정령검에 깃든 힘이 완전히 사라져 버린 것이 아닐까.

그렇게 생각한 미라는 문득 전투 당시 남자가 취했던 행동을 되짚어 보았다. 안개검을 사용한 뒤에는 바로 칼집에 넣었던 그 동작을.

"이 녀석 때문일지도 모르겠군."

사용자였던 남자는 검은 안개가 정령무구에도 영향을 미친다는 사실을 알았던 것이리라. 그래서 사용할 때만 칼을 뽑은 듯했다.

그러한 생각에 다다른 미라는 울컥해서 안개검을 걷어찼다. 그리고 그것이 굴러간 방향에 있던 거미가 더러운 것이라도 피하듯 펄쩍 뛰었다.

뚱한 눈으로 노려보는 거미에게 미라는 "미안하다, 미안해"라고 모양뿐인 사과를 했다.

"정령검의 힘도 없애버렸다 이건가."

아론은 안개검을 눈으로 쫓은 뒤, 시선을 정령검이었던 것으로 옮기고는 약간 아쉽다는 듯 중얼거렸다. 음이 되었건 양이 되었건 써먹을 수 있는 것은 써먹자. 오히려 키메라 클로젠을 쓰러뜨리는 데 쓰는 편이 정령검에게도 좋은 공양이 될 것이다. 그것이 아론의 생각이었다.

"음, 이건? 잠깐 좀 보지."

그때, 무언가를 알아챘는지 아론은 관을 내려놓고는 진지한 표정으로 전갈이 들고 있던 검을 건네받았다. 그리고 미간을 잔뜩 구긴 채, 도신을 샅샅이 훑어보았다.

"왜 그래, 아론 씨?"

전갈이 아론이 하는 것을 들여다본 그 다음 순간, 정령검이었던 것이 칼자루와 날밑, 그리고 칼날로 분해되었다.

"오오~ 굉장해."

전갈이 엉겁결에 그렇게 말했다. 아론은 그런 전갈에게 칼자루와 날밑 부분을 떠밀 듯 건네고서 칼날의 뿌리 부분을 다시 응시했다.

"이건……. 그래, 과연."

그렇게 중얼거린 아론의 표정은, 기쁨에 가까운 놀라움으로 가득했다.

모두가 왜 그러느냐고 묻자 아론은 혼자서 알았다는 표정으로 몸을 돌려, 손에 든 칼날을 여보라는 듯 내밀며 설명했다.

정령검의 토대가 된 검은 일품물(본래는 양산품이 아닌, 단 하나만 제작되는 물건을 뜻함)이라는 특별한 물건이라는 듯했다. 다시 말해서 모형 틀로 양산하는 타입의 검과 달리 장인이 직접 한 자루 한 자루 공을 들여 벼리는 특수 제작품이라는 뜻이었다.

그것들은 장인의 실력이며 명성에 따라 품질이 좌우되지만 양산품에 비해 가격이 수십 배는 되기에 쉽게 손에 넣을 수 있는 물건이 아니었다.

물건에 따라서는 칼자루와 날밑도 각각 전문 장인이 만드는 일도 있으며 세상에 이름을 남긴 명검 중에는 수십 명의 장인이 달라붙어 한 자루의 검을 만든 경우도 많다는 듯했다.

하지만 장인들 중에는 기어이 혼자서 그 영역에 도달하는 자도 있다고 한다.

일품물은 대개 도신의 뿌리 부분에 장인의 이름이 새겨져 있다. 그리고 지금, 아론이 들고 있는 검에도 그것이 또렷하게 새겨져 있었다.

그 장인의 이름은 그레고르. 장인의 전당에 도달한 인물 중 한 명이었다.

"속성부여 마검 제작에 있어 이 남자를 넘어설 자는 없다고 하지. 게다가 지금은 세인트 폴리에 차린 공방을 거점으로 활동하고 있다더군. 이걸 우연으로 치부하기에는 무리가 있을 것 같지 않아?"

천칭의 성채에서 만났던 하늘의 백성. 그 남자는 키메라의 본거지가 세인트 폴리에 있다고 했다. 그리고 키메라 클로젠의 간부가 가지고 있던 검 역시 세인트 폴리의 장인이 제작한 것이다. 두 가지 정보가 연결되었다. 분명 그밖에도 뭔가가 있을 것이다.

"키메라의 간부가 그걸 가지고 있었던 건, 혹시 그 그레고르 씨가 제공해서?"

아론의 이야기를 들은 전갈은 가장 먼저 그러한 의심을 입에 담았다.

문제는 그 장인의 입장이었다. 현재의 정보만 가지고는 협력자인지, 장사를 위해 만든 것뿐인지 확실치가 않았다. 만약 협력자

119

일 경우, 키메라 클로젠의 무장은 초일류 장인이 제작한 정령무구라는 뜻이 된다. 다시 말해서 본거지에는 미라가 싸운 것과 같은 상당히 성가신 간부가 여럿 있을지도 모를 일이다.

"그것까지는 아직 알 수 없지만, 본인에게 물어보는 편이 빠를 것 같군. 그레고르라는 남자는 사용자에 맞춰 검을 벼린다지. 심지어 지인들 중에서도 특별히 친한 자들에게만 만들어준다는 모양이고 말이야."

아론은 그렇게 답하며 조금 부러운 눈으로 도신을 바라보았다. 그레고르에게 인정받아 그가 벼린 검을 받는 것은 여간 어려운 일이 아니어서, 전사라면 누구나 그의 이름이 새겨진 검을 동경하기 마련이기 때문이다.

"오호라. 그 그레고르라는 자는 그 남자에 관해 잘 안다는 뜻인가."

미라는 도신에 새겨진 이름을 지그시 쳐다본 후, 시선을 하늘로 던졌다. 강렬한 정령폭탄의 폭발로 날아간 그 남자의 잔상을 좇듯.

아론이 들고 있는 일품물 검. 그것은 미라가 싸웠던 남자에 맞춰 제작된 것이다. 뒤집어 말하자면, 검을 통해 키메라 클로젠 간부의 개인정보에 도달할 가능성도 있다는 뜻이다.

"결전이 머지 않은 것 같군그래."

간부는 놓쳤으나 단서를 얻는 데는 성공했다. 그를 통해 지금까지 완전히 베일에 쌓여있던 키메라 클로젠의 윤곽을 밝혀낼 수 있을 것이다. 그곳에 있는 모두가 그렇게 생각했다.

이스즈 연맹의 이번 작전은 이렇게 결말을 맺었다.

11

환영회랑에서의 작전을 마친 후, 미라 일행은 그대로 왜건을 타고 이스즈 연맹의 본부를 향해 한 발 먼저 떠났다. 거미 일행은 만약을 위해 환영회랑을 조사하고서 귀환하겠다는 모양이었다.

밤이 서서히 깊어지기 시작하는 시간. 네 사람은 왜건 안에서 작전회의를 열었다. 회의 내용은 본부에 정보를 전달한 후에 취할 행동에 대해서였다.

이미 세인트 폴리로 갈 생각으로 가득한 네 사람은 누가 어디를 어떻게 찾을지를 두고 이야기꽃을 피웠다.

그러던 중, 갑자기 귀에 익은 종소리가 왜건 안에 울려 퍼졌다.

"후아! 뭐야?!"

꼬리를 바짝 세운 전갈이 허둥지둥 주변을 노려보더니 그대로 뱀의 로프로 숨어들었다. 큰소리가 질색인 모양이었다.

"이 소리는……."

그런 전갈을 곁눈질하며 미라는 소리의 출처로 예상되는 벽장의 장지문을 열었다. 그러자 소리가 더욱 커져, 전갈의 꼬리가 움찔움찔 경련하기 시작했다.

"언제 갖다 놓은 건지 원."

벽장 안쪽에 있던 상자를 열어보니 거기에는 따릉, 소리를 내는 검은 통신장치가 들어있었다. 은의 연탑에 위치한 자신의 방에 있던 것과 같은 형식이었다.

형상이 전화에 가까워서 대충 사용법이 짐작되는, 그런 장치였다. 그래서 미라는 벨소리에 응해 수화기를 집어들었다.

『아, 드디어 연결됐네. 어~이, 들려~?』

소란스러운 소리가 그침과 동시에 귀에 익은 목소리가 왜건 안에 울려 퍼졌다. 그것은 미라가 매우 잘 아는 인물, 솔로몬의 목소리였다.

"에? 뭐야?! 누구 목소리야?!"

뱀의 로브에서 얼굴만 내민 전갈이 아우성을 쳤다.

"통신장치라. 이거 굉장하군."

미라가 집어든 수화기, 그리고 이곳에 있는 그 누구의 것도 아닌 목소리. 아론은 이 두 가지 요인만으로 곧장 원인을 추측해냈다. 아무래도 그것이 무엇인지, 그리고 얼마나 값비싼 물건인지 아는 눈치였다.

『어라? 뭔가 목소리가 잔뜩 들리네? 어~이.』

"들린다~. 이스즈 연맹에 소속된 자들도 같이 있어서 말이다."

미라는 고개를 돌려 왜건에 탄 면면의 얼굴을 둘러보며 대답했다.

『아하, 그렇구나~. 오케이 오케이, 같이 행동 중이라 이거지? 으음, 거기 있는 미라에게 이것저것 제공하고 있는 패트롱거S('후원자'라는 뜻의 영어 patron과 〈가면라이더 스트롱거〉에서 스트롱의 발음이 비슷한 것을 이용한 말장난)라고 합니다. 잘 부탁해요.』

왜건 안에 꽤나 가벼운 투의 자기소개가 울려 퍼졌다. 그 가벼운 분위기에 아론은 유쾌하게 웃었고 뱀은 겁에 질린 전갈에게 통신장치에 관해 설명하고 있었다.

"해서, 무슨 일이냐?"

벽장을 활짝 열고 그 위 칸에 걸터앉은 미라는 다리를 달랑거리며 편한 자세를 취했다.

『그게 있잖아, 요전에 그거 기억해? 널 습격했던 억하심정군.』

"아아, 기억하다마다."

억하심정을 품고 공격해온 인물. 그것은 음의 정령무구로 전신무장한 알카이트 학원 마술과 소속의 카이로스를 말했다. 마침 비슷한 장비를 지닌 상대와 싸운 참이라 미라는 금방 기억해냈다.

『어, 기억하네. 이거 의외인데. 하지만 뭐어, 이야기하기 쉬워졌으니 됐어. 그 정령무구의 출처가 판명됐어.』

"호오! 빠르기도 하군. 해서, 어디냐?"

이름을 잘 외우지 못하는 미라가 설마 곧장 기억해낼 줄이야. 솔로몬의 목소리는 말 그대로 놀라움으로 가득했다. 하지만 미라는 그러한 반응은 개의치 않고 정령무구의 정보에 흥미를 보였다.

음의 정령무구와 키메라 클로젠의 관계가 거의 확정적으로 변한 지금, 그 정보를 통해 더욱 핵심에 다가설 수 있을지도 모르기 때문이다. 매우 적절한 타이밍에 날아든 그 보고에 미라는 재촉을 하듯 물었다.

『생각했던 것보다 반응이 격렬하네. 뭐어, 아무렴 어때. 있잖아, 내가 애 썼다는 것도 알아줬으면 하니까 순서대로 설명할게.』

솔로몬은 그렇게 운을 떼더니 카이로스와 그 부모를 심문한 결과를 읊었다.

우선 전신무장을 했던 정령무구는 모두 다른 상인에게서 사들인 것이라 한다.

그 상인들에게는 관련성이 없었다. 하지만 정령무구의 매입처를 몇 차례 거슬러 올라가 보니 최종적으로 세 개의 대상(大商)에 도달할 수 있었다. 그리고 놀랍게도 그들에게는 공통점이 있었다고 한다.

그 공통점이란 세 개의 대상이 모두 멜빌 상회의 산하에 있었다는 것이다.

멜빌 상회. 행상을 중심으로 오랜 세월 장사를 해온 상회로 상업 조합 내부에서는 십여 년 전까지 중견에 위치했던 모양이었다. 하지만 최근 몇 년 동안 실적이 쑥쑥 올라, 오랜 역사와 실적을 자랑하는 3대 상회에 버금가는 대상회로 성장했다고 한다.

멜빌 상회는 주로 무구를 취급하고 있다고 하며 독자적으로 그 무구의 유통망을 상세히 조사해 보니 부자연스러운 점이 발견되었다고 한다.

그것은 매입한 무구의 일부가 멜빌 상회를 거치면 정령무구로 변화한다는 것이었다. 심지어 한 번만 거래를 거치면 절반 이상이 변해 있었다고 한다.

하지만 대상에 물건을 댈 때는 그대로 통상 무기처럼 취급되기도 했거니와 행상 도중에 조금씩 정령무구로 판매한 탓에 눈에 띄지 않았다고 한다.

이 부분은 엄중히 추궁해봐야만 확실히 알 수 있는, 행상의 어두운 면이라고 솔로몬은 말했다.

『그런고로 이 멜빌 상회라는 곳이 아주 수상해. 그래서 혹시 네가 얽힌 일이랑 연관이 있지 않을까 싶어서 말이야.』

솔로몬은 수상하다고 매듭을 짓더니 그렇게 말을 이었다. 조사 결과 판명된 정보를 통해 솔로몬은 독자적으로 키메라 클로젠과의 관계에 도달한 것이다.

"음. 가능성은 농후하군."

미라는 그렇게 답하고서 답례를 하듯 임무 중에 얻은 정보를 상세하게 이야기했다. 천칭의 성채, 그리고 환영회랑에서 보았던 일련의 사건에 관하여.

그것은 극비임무의 정보 누설이라고 할 수 있었다. 하지만 아론과 뱀은 딱히 그것을 만류하려 하지 않았고 전갈은 두 사람이 움직이지 않으니 괜찮으리라 생각하고 입을 다물었다.

『과연. 확실히 가능성은 농후하겠는걸. 게다가 세인트 폴리는 멜빌 상회의 본점이 있는 곳의 이웃나라잖아. 뭔가 거의 확정된 것 같은데.』

미라가 설명을 마치자 솔로몬은 확신에 찬 투로 그렇게 말했다.

"호오, 이웃 나라였나. 그것 참 수상쩍기 그지없군."

『그렇지? 본점이 있는 나라는 로즈라인 공국이라고 해서 상업이 번성한 곳인데, 귀족 중 대부분이 상인이고 지금은 한창 정권 다툼 중이야. 그리고 차기 대공에 가장 가까운 사람이 멜빌 상회 필두, 엘비스 멜빌. 살짝 발음하기 어려운 이름이지?』

어쩐지 농담을 하는 듯한 목소리가 왜건 안에 울렸다. 하지만 그 정보는 신빙성이 있는 것인지 아론은 들뜬 투로 "흥미롭구만"

하고 중얼거렸다. 중견에서 몇 년 만에 차기 대공 후보로까지 거론되고 있는 멜빌 상회. 그리고 그 뒤에 어른거리고 있는 키메라 클로젠. 조사해볼 가치는 충분했다.

"해서, 용건은 그뿐이냐?"

『응, 그것뿐이야~.』

"무어냐, 별 일이구나. 또 이것저것 시키려 들 줄 알았다만."

미라는 모르는 새에 통신장치를 왜건에 설치해서 군이 연락을 해올 정도니, 뭔가 귀찮은 일이라도 터진 것이리라고 생각했지만 아무래도 그렇지는 않았던 모양이라 맥이 빠졌다.

『이번에는 충고를 하려고 연락을 했다고나 할까? 지금 시점에서는 아직 키메라와 멜빌 상회가 연결되어 있을지도, 라는 정도밖에 모르잖아. 다시 말해서 어느 쪽이 **머리**일지는 모른다 이거지. 만약 너희가 이 사실을 모른 채 키메라와 싸워 쓰러뜨릴 경우. 그 키메라가 **꼬리**라면 멜빌 상회는 그야말로 도마뱀 꼬리처럼 키메라를 버리고 다음 꼬리를 키워내면 그만이니까.』

"흠, 악순환이로구먼."

키메라 클로젠을 잃으면 약체화는 면할 수 없을 것이다. 하지만 그들을 키워낸 머리가 있다면 그 기술이며 지식을 가지고 있을 확률이 높다. 뿌리를 뽑지 않는 한 몇 번이든 반복할 수가 있는 것이다.

『그리고 그 반대일 경우. 이익이 감소한다고는 해도 멜빌 상회는 이미 머리가 없어도 문제가 없을 정도로 자랐으니, 오히려 떳떳하게 새까맣게 썩은 부분을 잘라낸 정도로밖에 여기지 않을지도 몰라. 게다가 키메라의 노하우가 전달되었다면 다음에는 아예 머리 노릇을 할지도 모르고.』

"그럴 테지. 다시 말해 양자간의 관계성을 확정지어 한꺼번에 없애야 한다는 게로군."

『바로 그거야.』

충분히 가능성이 있는 사태였다. 서로 이어져 있다면 한쪽만 처리한들 의미가 없다. 뿌리를 뽑으려면 키메라 클로젠과 멜빌 상회를 동시에 처단해야만 하는 것이다.

"그나저나. 무슨 수로 증명해야 할지."

관계성을 확정지을 방법을 생각하던 미라는 그대로 뒤로 몸을 눕혀 벽장 안에 드러누워, 거기 있던 모포에 얼굴을 묻었다. 말은 그렇게 했지만 궁리할 생각은 없고, 방법을 마련하는 일은 솔로몬에게 몽땅 맡길 작정인 듯했다.

『역시 잠입해 보는 게 제일일 것 같은데. 키메라와의 거래 기록, 정령무구 가공에 관해 적힌 장부 등등. 이런 것들을 찾아내면 합격이라고 할 수 있지 않을까.』

"그렇게 쉽게 찾아질지 모르겠구먼."

미라는 수화기를 손에 든 채 그렇게 말하며 꼼지락꼼지락 도롱이벌레처럼 모포를 몸에 둘렀다.

『뭐어, 확실한 건 아니니까. 하지만 조사해볼 가치는 충분하다고 봐.』

"흠. 그건 그렇군."

미라는 모포에서 얼굴을 쏙 내밀어 고개를 끄덕였다. 다리만

달랑달랑 흔드는 그 맥빠지는 모습을, 아론 일행이 따뜻한 눈빛으로 바라보고 있었다.

『그리고 말이야. 증거를 찾으면 꼭 이바테스 상회에 제공해 줬으면 해. 이쪽에서 미리 얘기해 둘게.』

"상회 문제는 상회들끼리 해결해야 한다는 뜻이로군."

『뭐어, 그런 셈이지. 너희가 무장조직인 키메라 클로젠과 싸우는 건 문제가 안 되지만, 멜빌 상회는 일개 상회라고는 해도 로즈라인의 차기 대공 후보야. 다시 말해 나라가 상대라는 뜻이지. 사회적인 영향과 향후의 일을 생각하자면 키메라와의 관련성을 명확하게 밝혀 법적으로 처분하는 게 가장 좋아. 그래서 로즈라인 공국의 대공 후보 제2위인 이바테스에게 협력을 부탁하려는 거지.』

솔로몬이 말한 대로, 어떠한 대의명분이 되었건 차기 대공쯤 되면 나라 자체와 거의 동등하다 할 수 있었다. 그리고 일국에 대한 전투행위는 '한정 부전조약'에 의해 금지된 바다. 이스즈 연맹이 무력으로 멜빌 상회를 제압하면 조약 위반으로 간주될 수도 있어 입장이 위태로워질 것이다.

하지만 같은 나라의 세력인 이바테스 상회라면, 확정적인 증거만 있으면 무력을 행사하지 않고 법으로 궁지에 몰 수가 있다. 그리고 이바테스 상회는 그 공적과 대항마의 소실로 인해 차기 대공의 자리를 확고히 할 수 있을 것이다.

"과연. 그렇게 빚을 지워두려는 게로군."

솔로몬의 의도를 파악한 미라는 어두운 벽장 안에서 입가를 치올려 씨익 웃었다.

『아, 눈치 챘어? 그와는 전부터 이래저래 교류가 있었거든. 이번이 좋은 기회인 셈이지.』

"꽤나 노골적이로구먼. 이곳에 세 명이 더 있다는 사실을 잊은 게야?"

『괜찮아, 괜찮아. 왜냐하면 나는 의문의 제공자 패트론거S니까. 게다가 한 번 물어봐. 그쪽에 해가 될 건 없지 않냐고.』

어쩐지 들뜬 듯한 솔로몬의 목소리가 왜건에 울렸다. 미라는 벽장 안에서 몸을 벌떡 일으켜 어떠냐고 묻듯 아론 일행을 쳐다보았다.

"솔직히 말해 부려 먹히는 것 같아 께름칙하기는 하지만, 우린 그쪽으로 연줄이 없지. 확실하게 멜빌 상회를 실각시키는 데는 더없이 좋은 제안이군."

아론은 고개를 크게 끄덕이며 그렇게 말했다.

이스즈 연맹은 표면적으로 자선단체이자 외부자였다. 그에 반해 상회는 자국에서 확고한 발언력을 지녔다. 같은 증거를 제시한다 해도 후자 쪽이 명백히 나라에서의 영향력도 클 것이고 잘 이용할 수 있을 것이다.

"그렇다는구먼. 그럼 증거만 확보하면 뒷일은 맡겨도 된다 이거지?"

아론뿐 아니라 뱀도 동의하듯 고개를 끄덕이는 것을 확인한 미라는 수화기를 향해 그렇게 묻고서 다시 모포 속으로 엉금엉금 기어들어갔다. 참고로 전갈은 계속 복잡한 얼굴을 하고 있었다.

『물론이지. 너희가 키메라와 마음 편히 싸울 수 있게끔 해주겠다고 맹세할게.』

그렇게 단언하는 솔로몬의 목소리는 통신기를 거쳤음에도 자신감으로 가득한 동시에 그 이면에 존재하는 강대함이 느껴지는 풍격을 겸비하고 있었다.

"알겠다. 그러면 멜빌 상회라는 녀석들도 조사해보도록 하지. 아아, 그리고 마지막으로 한 가지 더 말해두마. K 2132, 6, 18은 머리였다."

부탁을 승낙한 미라는 파우치에서 끄집어낸 종이에 시선을 떨어뜨린 채, 그대로 암호 같은 말을 입에 담았다. 그 알파벳과 숫자는 일전에 솔로몬이 보내온 편지에 적힌 아홉 현자의 이니셜과 이 세계에 온 날짜로, 요컨대 그 암호는 이스즈 연맹의 창설자는 카구라라는 뜻이었다.

『……그래, 그렇구나. 알겠어.』

아무래도 전해진 모양이었다. 통신기 너머로 들었음에도 이번 목소리는 놀란 빛이 역력했다.

『머리에 관해서는 이쪽에서도 움직여 보겠지만 계속 부탁 좀 할게. 그럼 무슨 일 있으면 또 부탁할게~.』

사실을 알고 나니 이런저런 책략들이 추가로 생각난 모양이었다. 솔로몬은 갑자기 바쁘다는 투로 일방적으로 그렇게 말하더니 싱겁게 통신을 끊었다.

쇠뿔은 단김에 빼라. 그것이 평소 솔로몬의 행동 원리였다.

"그렇게 되었다. 멋대로 약속을 해버렸는데, 괜찮겠느냐."

수화기를 내려놓고 상자를 닫은 미라는 벽장 안에서 얼굴을 쏙 내밀며 말했다.

"괜찮아. 나쁘지 않은 거래."

"그래, 문제없을 걸. 게다가 관련성이 의심스러운 이상, 내버려 둘 수는 없는 일이고 말이야."

뱀과 아론에게는 이의가 없는 모양이었다. 오히려 상당히 의욕적이기까지 했다.

이번에 얻어낸 정보의 정확도가 매우 높다고 생각했기 때문이리라. 확고한 근거는 없었다. 하지만 두 사람은 통신 상대가 누구인지 어렴풋이 알아챈 눈치였다.

통신장치. 언제 갖다 놓은 건지 모르겠다던 미라의 말. 그것은 다시 말해서 미라가 모르는 새에 설치되었다는 뜻이리라. 심지어 통신장치는 상당히 값비싼 물건이었다. 그리고 그러한 일을 할 수 있는 인물. 이 시점에서 어느 정도 후보를 추릴 수 있었다.

나아가 하나의 상품을 통해 그것을 판 상인을 알아내고, 그를 통해 출처를 더듬어 거래 상황을 파악하는 것은 귀족이라도 그리 쉽게 할 수 있는 일이 아니었다.

거기에 상회와의 교류가 있으며 그 필두가 대공이 됨으로 인해 득을 보는 인물이다.

끝으로 알카이트 왕국에서 사자로 파견된 미라라는 존재 그 자체도 단서가 되었다.

"은근슬쩍 티를 내서 영 꺼림칙하기는 하지만 말이지."

아론은 그렇게 작은 소리로 투덜댔다. 솔로몬은 진짜 이름을 말하지 않았다. 하지만 오간 대화에는 그 사실을 숨길 생각은커녕 오히려 암시하려는 의도가 깔린 듯한 부분도 있었다.

결과적으로 아론과 뱀은 자연스럽게 그 정체를 특정하는 데 이르렀다. 이렇게 해서 솔로몬은 이바테스 상회뿐 아니라 이스즈 연맹에도 빚을 지운 것이다.

하지만 이스즈 연맹은 그리 손해 볼 것이 없다. 손해는커녕 적의 목을 물어뜯을 이빨을 손에 넣은 것이나 다름없었다. 꺼림칙하기는 해도 이용하는 것이 상책일 것이다.

"세인트 폴리와 로즈라인. 목적지가 둘이 되어버렸군그래."

미라는 그렇게 중얼거리며 벽장 위칸에서 폴짝 뛰어내려 장지문을 닫았다. 빚이 있네 없네 하는 일은 미라의 관심 밖이었다. 단순히 조사할 필요가 있는 장소가 늘었다는 인식밖에 없었다.

"그렇군. 두 패로 갈라질까."

나는 몰라라, 하는 뉘앙스를 띤 미라의 말에 아론은 살며시 미소를 지으며 타당한 제안을 내놓았다.

그렇게 네 사람은 곧장 얼굴을 맞대고, 방금 얻은 정보도 염두에 넣고서 다시 작전회의를 하기 시작했다.

12

호수 속 도시, 이스즈 연맹의 본거지로 돌아온 미라 일행은 그 대로 총수 우즈메를 만나 임무에 대한 보고를 했다.

"결과만 놓고 보면 실패라는 뜻이지?"

마룻바닥이 깔린 일본식 방에서 커다란 탁자를 사이에 끼고 앉 은 우즈메는 대략적인 보고를 듣고 나서 똑바로 미라를 쳐다보며 말했다.

"정황상 어쩔 수 없었던 것 같기도 하지만, 강적을 상대할 때 까불거리는 건 할아…… 으음, 네 스승님의 나쁜 버릇이었지. 혹 시 그것도 배운 거야?"

"으……."

"또 PK(플레이어 킬러(player killer)의 준말. 온라인 게임에서 말 그대로 플레 이어를 죽이거나 공격하는 플레이어를 뜻함)였던 레비아드랑 싸웠을 때처 럼 쓸데없이 들떠서 우스갯소리나 주고받고 그랬지?"

"음……. 그랬더랬다……."

정령폭탄의 위력은 압도적이어서 놓칠 수밖에 없었을 듯했다. 하지만 처음부터 경계하고 있었다면 미라의 실력으로 미루어 방 법은 있었을지도 모른다. 오래 알고 지낸 만큼 미라의 성질을 잘 아는 우즈메는 약간 에둘러 말해 미라의 나쁜 버릇을 지적했다. 그러자 미라는 새끼고양이처럼 어깨를 축 늘어뜨렸다.

"뭐어, 미라가 아니었으면 감당이 안 됐을 상대였던 모양이니 그건 됐어. 그래서, 대신 그걸 가져왔다고?"

화제를 바꾸듯 우즈메는 옆에 놓여있는 관과 검은 검에 시선을 던졌다. 키메라 클로젠의 간부가 지니고 있던 물건들이었다.

"그래. 이 정령을 좀먹는 오니의 저주가 바로 키메라가 지닌 힘의 근원일지도 모른다. 자세히 조사해볼 가치는 있을 게야."

본래 정령이라는 존재는 매우 강력한 개체로, 간단히 포획할 수 있는 상대가 아니었다. 하지만 그 일에 몇 번이나 성공하고 있는 것이 키메라 클로젠이라는 집단이었다. 그 비밀. 요컨대 정령을 상대로 우위에 설 수 있는 요인은 이 검은 안개일 것이다. 이것을 조사해 특성 등이 파악되면 대등하게 맞설 수 있을지도 모른다.

"오니라……. 뭔가 엄청난 얘기가 튀어나왔네."

우즈메는 몸을 젖혀 천장을 올려다보았다. 미라는 정령왕에게 들은 오니에 관해서도 이야기했다. 그것은 서적이며 전승 등에도 실리지 않은, 무대에서 모습을 감춘 역사의 일부였다.

"이 몸도 깜짝 놀랐다."

미라 역시 이야기를 들었던 당시를 떠올리며 감회가 깊다는 투로 중얼거렸다.

하지만 옆에는 그런 두 사람과는 전혀 다른 감상을 품은 세 사람이 있었다. 아론과 전갈, 뱀이었다. 머나먼 과거에 오니라는 자가 살았다는 사실보다는 미라가 정령왕을 직접 알현했다는 사실에 더 놀란 눈치였다.

정령왕은 신에 필적하는 위대한 존재였다. 그런 정령왕과 말을

나눈 인물은 역사상 두 사람뿐. 심지어 고대인마대전 최종국면이라는 짧은 기간뿐이었다.

그 중 한 사람은 당시 인간족의 수장으로 정령왕과 힘을 합쳐 작전을 지휘한 전설의 왕, 한니발 엑스 아스크라.

그리고 또 한 사람은 고대의 영웅왕 포세시아다. 포세시아는 정령왕에게 받은 힘으로써 마물군의 왕을 토벌하였다.

역사를 통틀어 정령왕과 직접 대면한 자는 이 두 사람뿐이었다. 미라의 말이 사실이라면 그것은 수천 년만의 해우이자 역사에 이름을 남길 만한 사건이었다.

하지만 당사자인 미라는 그것을 두고 '깜짝 놀랐다'는 말로만 표현했고, 우즈메 역시 대수롭지 않다는 듯 오니에 관한 이야기로 꽃을 피웠다.

아론 일행은 어쩐지 상식을 벗어난 듯 들리는 두 사람의 대화가 끝나기만을 하염없이 기다릴 따름이었다.

작전 상황에 대한 보고는 수호자의 서고로 향했던 멤버의 것만 남은 모양이었다. 간부를 포획했다면 그보다 좋은 일은 없겠지만, 과신이 허락되지 않는 상황이었다.

미라 일행은 보고를 마친 후, 의문의 제공자 패트론거S에게서 들은 정보도 전달했다.

가장 먼저 돌아오는 바람에 시간이 빈 미라 일행은 자신들이 가져온 정보를 토대로 내일부터 제2차 작전을 개시하기로 했다.

중역을 소집하여 회의를 연 결과, 미라와 아론이 세인트 폴리에서 키메라 클로젠의 본거지와 정령검의 본래 소유자에 관해 조사하고, 전갈과 뱀은 로즈라인으로 먼저 가서 잠입하여 멜빌 상회에 관해 조사하기로 결정했다.

할 일이 정해졌으니 지체할 필요는 없었다. 일시적으로 해산한 아론 일행은 준비를 위해 상업지구로 나섰다.

미라로 말하자면 딱히 준비도 하지 않고 안뜰에서 상크티아의 사용법을 늦게까지 시험했다.

다음날. 재집결한 미라와 아론, 전갈과 뱀은 새로운 임무를 받고 이스즈 연맹의 본거지에서 서쪽을 향해 날아갔다.

대륙의 서쪽은 황야가 그 면적의 5할을 차지하고 있는 척박한 땅이다. 하지만 그 대신 광산 등이 많아 광물 자원이 풍부하게 채취되기에 다른 지역에 뒤지지 않을 정도로 사람과 물자가 많은 곳이었다.

산맥의 기슭에서부터 펼쳐진 삼신국의 하나인 오즈슈타인 영토 상공을 하루 종일 지난 그 다음날. 아침부터 쉬지 않고 비행한 가루다 왜건은 저녁 무렵에 로즈라인에서 몇 킬로미터 떨어진 바위산 옆에 눈에 띄지 않게 착륙했다.

네 사람이 타기에는 다소 비좁은 왜건에서 장시간 동안 가만히 있는 것도 상당한 중노동이었다. 때문에 때로는 휴식이 필요했다. 하지만 이번에는 그와 더불어 전갈과 뱀을 내려주기 위해서라는 이유도 있었다.

"그러면 다녀올게."

"음, 건투를 비마."

"잘들 하라고."

"맡겨만 줘."

전갈과 뱀은 밤중에 로즈라인에 잠입하겠다는 모양이었다. 왜건 앞에서 헤어진 두 사람은 기지개를 한껏 켜고는 그대로 모험가로 위장해 별하늘 아래를 걸어 나갔다.

두 사람을 배웅한 미라와 아론은 저녁식사 준비를 시작했다. 하지만 조리 등은 모두 아론이 도맡았다. 미라로 말하자면 보초용으로 홀리나이트를 소환하고서 그날 기분에 따라 먹고 싶은 식재료를 아론에게 건넬 뿐이었다. 적재적소란 말은 이럴 때 쓰는 것이리라.

그렇게 식사를 마친 미라는 왜건 안에 이불을 깔았고, 아론은 시야가 탁 트인 마부대에서 일찌감치 잠을 청했다.

미라 일행이 날이 밝음과 동시에 세인트 폴리를 향해 이동을 시작하여 반나절 후. 석양빛으로 물들기 시작한 하늘을 아래, 저 멀리 펼쳐진 황야 끝에 보이는 지평선에 커다란 도시가 보이기 시작했다. 그리고 그 앞에는 하늘을 담은 커다란 바다가 조용히 넘실대고 있었다.

도시까지 남은 거리는 10킬로미터도 되지 않았다. 눈에 띄지 않도록 왜건을 착륙시킨 미라는 얼마간 생각한 끝에 '가디언 애시'를 소환했다.

땅에 떠오른 붉은 마법진이 크게 부풀어 오른 직후, 잿빛을 띤 곰이 나타났다. 수호자라는 별칭을 지닌 곰 형태의 성수였다.

그 곰은 왜건과 맞먹는 체격에 매우 튼실해 보이는 발톱과 이빨을 지녔음에도 다정한 눈으로 미라를 바라보았다.

"애시여. 여전히 듬직하구나."

미라는 30년 만에 재회한 동료에게 그렇게 말을 붙이며 자신보다 두 배는 덩치가 큰 그 몸을 살며시 어루만졌다. 그러자 애시는 덩치에 맞지 않게 잽싸게 몸을 돌려 미라의 뺨을 날름 핥았다. 친애의 표시다.

그러고서 미라의 요청을 흔쾌히 받아들이기로 한 애시가 왜건을 끌고 남은 여정을 소화했다. 곰은 생각 외로 동작이 빨라 한 시간도 채 되지 않아 도시에 도착할 수 있었다.

세인트 폴리 무역국. 신흥 국가로 도시는 수도인 세인트 폴리뿐이지만 활기로 말하자면 삼신국에 버금갈 정도였다. 성벽 없는 그 도시는 아직도 발전을 거듭하고 있어, 주변 황야에는 군데군데 건설 중인 시설이 보였다.

도시에 놓인 도로는 4차선으로, 행상인이며 모험가의 것으로 보이는 마차가 복잡하게 오가고 있었다. 미라 일행의 왜건은 다소 떨어진 곳에서 그 도로에 합류하였고, 지금은 마차의 흐름을 따라 도시에 들어서려는 참이었다.

세인트 폴리는 성문은 물론이고 성벽도, 관문도 없었다. 도로 옆에 경비를 책임지는 커다란 시설이 세워져 있을 뿐이었다.

스쳐지나가는 사람들이 흥미롭다는 눈으로 가디언 애시를 쳐다보는 가운데, 그럭저럭 눈길을 끌기는 했지만 미라를 태운 왜건은 경비 시설 앞을 지나 문제없이 도시에 들어섰다.

도시에 들어서서 얼마 지나지 않아, 미라는 아론과 나란히 마 부대에 앉아 넋을 놓고 그 광경을 둘러보았다.

세인트 폴리의 광경은 어딘지 모르게 **현대**와 통하는 면이 있었기 때문이다. 간단히 말하자면 높이가 높았다. 눈앞에 5층 이상 되는 건조물들이 빽빽이 세워져 있었던 것이다.

도시는 말끔하게 구획 정리가 이루어져, 대로와 좁다란 길이 군더더기 없이 구획과 구획을 이어주고 있었다. 중심부에는 수많은 상점들이 처마를 맞대고 있고 그 주변을 숙소가 에워싸고 있었으며, 다시 그 주변을 소규모 점포들이 뒤덮고 있었다.

미라는 아론이 가지고 있던 이 도시의 지도와 주변을 번갈아 쳐다보며 그 규모와 성장속도, 그리고 현대와 판타지가 뒤섞인 듯한, 신기한 광경에 하염없이 놀랐다.

"왜 그래, 미라 아가씨. 많이 놀랐나보지?"

아론은 손이 허전한 탓인지 고삐를 쥔 채, 입을 헤벌린 미라에게 그렇게 말했다.

"아아…… 아니, 음, 그래. 이러한 도시가 있었다니 놀랍군그래."

미라는 진심을 담아 그렇게 말하고는 하늘을 올려다보았다. 지금까지 보았던 왕도 판타지와는 다른 도시 풍경이 눈에 들어왔다. 하지만 눈에 비친 밤하늘은 평소와 같은 모습을 띠고 있었다.

"나도 처음 왔을 때는 놀랐지. 그러고 보니 이건 들은 이야기인데, 이 도시는 대국인 아틀란티스를 참고로 만든 것이라더군."

"뭐라, 아틀란티스라고?!"

아론의 말에 미라는 놀람과 동시에 납득했다.

미라가 지금 있는 곳은 어스 대륙이고 바다 건너편에는 아크 대륙이라는 매우 커다란 대륙이 있었다. 그곳은 상급자용 던전이 많으며, 무엇보다도 플레이어가 일으킨 최대급의 국가인 북쪽의 아틀란티스 왕국, 그리고 그에 다음가는 남쪽의 니르바나 황국이 있었다.

그렇다. 아론이 말한 아틀란티스란 미라와 출신이 같은 자들이 많이 있는 곳이다. 그렇다면 현대적인 기술이 응용되었어도 이상할 것이 없으리라. 또한 그것을 참고삼았다는 세인트 폴리를 둘러보면 아틀란티스의 현재도 엿볼 수 있다는 뜻이기도 할 것이다.

'그 녀석들인가. 꽤나 유쾌한 일을 벌이고 있는 모양이구먼.'

정점끼리는 통하는 면이 있다고 해야 할지. 이래저래 아틀란티스의 플레이어들과도 교류가 있었던 미라는 당시를 떠올리며 프렌드 리스트를 열어보았다. 그리고 거기에 표시된 이름이 하얀 것을 확인하고는 싱글벙글 웃으며 다시금 하늘을 올려다보았다.

나고 자란 세계를 방불케 하는 거리 속에서 북적이는 가로등 불빛 속에서, 미라는 어렴풋한 빛의 안개로 희어진 하늘에 희미하게 떠오른 별을 바라보았다. 도시에서는 별이 잘 보이지 않는다. 이런 부분까지 같은가 싶어 미라는 쓴웃음을 지었다.

세인트 폴리는 광대했다. 그리고 몇몇 대로는 일방통행으로 되어 있어, 대로마다 통행 방향이 달랐다. 평평한 돌로 포장된 바닥에는 같은 간격으로 진행방향을 나타낸 화살표가 새겨져 있었다.

아론의 말에 따르면 처음에는 번거로울지 몰라도 맞은편에서 오는 차량이 없어서 익숙해지면 편하다는 모양이었다.

왜건은 아론의 안내를 받아가며 몇십 분 동안 길을 달린 끝에 겨우 아론이 추천한 숙소에 도착했다. 그곳은 8층짜리로 된, 마치 한 시대 전의 호텔 같은 숙소였다. 하지만 옆으로 시선을 돌려보면 로코코 건축 양식으로 된 건물 같은 숙소가 자리해 있었다. 도심부에 문화유산이 남아있는 듯한 광경이었지만 당연히 그곳은 현재도 활용되고 있었다. 자세히 둘러보니 그러한 건물들이 절반의 비율로 주변에 늘어서 있었다.

마치 테마파크와 도시가 뒤섞인 듯한 광경을 바라보며 미라는 애시에게 지시를 내려 왜건을 지하 주차장으로 몰게 했다.

체크인 한 것은 '식도락 삼매경'이라는 별난 이름의 숙소였다.

방을 따로 잡으면 정보를 교환하기가 귀찮아진다는 이유로 큼지막한 방을 잡은 두 사람은 곧장 회의를 시작했다. 그리고 그레고르의 공방에는 내일 아침에 가기로 결정했다. 밤에 방문을 하는 것은 아무래도 실례일 테고, 공방도 닫혀있을 듯했기 때문이다.

몇 분 만에 결론이 나오자 그 즉시 회의는 해산되었고 아론은 음주와 식사를 위해 숙소 2층에 위치한 식당으로 향했다.

미라로 말하자면 의기양양한 발걸음으로 대욕장에 돌입하여 며칠만의 입욕을 만끽하며 겸사겸사 눈요기도 했다.

몸도 마음도 개운해져서 대욕장을 뒤로 한 미라는 식당이 위치한 2층에 도착했다. 그리고 탄성을 자아내며 눈앞에 펼쳐진 광경을 둘러보았다.

"참으로 이상한 숙소로군그래."

그곳은 식당이라기보다는 역사 등에 있는 푸드코트 같은 곳이었다. 숙소 안에 다종다양한 음식점이 처마를 맞대고 있는 그 상황은, 미라의 눈에 실로 신기하고 재미있어 보였다.

미라는 숙소라 하면 침상과 대표 요리를 제공하는 장소라 인식했었다. 하지만 이 숙소는 요리 부분을 완전히 위탁하는 형식을 취하고 있었던 것이다. 따라서 그만큼 숙박비도 저렴했다.

그날의 기분에 따라 좋아하는 음식을 먹을 수 있고, 개중에는 선술집 같은 주류를 메인으로 다루는 가게도 있는 이 숙소는 많은 객층에게 인기였다.

'오늘은 무얼 먹어볼까. 오므라이스, 좋구나. 햄버그, 좋구나아. 닭튀김, 돈가스 덮밥, 좋구나아. 꼬치 튀김과 술, 1인용 전골, 이러한 가게도 있다니. 오오, 도시락 가게까지. 정말 마음대로 골라잡을 수 있겠구나!'

많은 손님들로 붐비는 푸드코트에 들어선 미라는 가게 앞에 장식된 샘플을 쳐다보며 자신의 배와 상담했다.

그렇게 시간을 들여 죽 늘어선 수십 개의 점포를 둘러본 미라는, 겨우 가게를 결정하고 포럼 아래를 지났다.

"어서오십시오~."

점원의 기운찬 인사를 받으며 미라는 카운터 앞으로 다가가 메뉴를 손가락으로 가리켜가며 주문했다.

"여기 있는, 테리야키 더블 치즈 버거를 라지 세트로 부탁하마.

음료는 멜론소다. 오오, 그리고 감자튀김용 케첩도 같이 다오."

"네, 알겠습니다. 드시고 가시겠습니까?"

미라가 선택한 가게는 정크푸드의 왕, 햄버거 가게였다. 아무리 생각해도 플레이어 출신자와 관련이 있을 듯한, 그리움마저 느껴지는 가게 안을 둘러보고서 미라는 "음" 하고 말하며 계산을 했다.

미라는 돈과 맞바꾸어 받은 번호표를 손에 든 채 창가 자리에 앉았다. 그 모습을 손님들이 눈으로 좇았다. 정크푸드와는 어울리지 않는 미소녀가 출현하자 관심이 동한 모양이었다.

가게 안에 있는 객층은 모험가가 절반을 차지했는데, 그들의 호기심 어린 시선이 커다란 버거를 베어 물지 못할 정도로 자그마한 입술과 소스가 묻으면 눈에 띌 것 같은 하얀 속살이 엿보이는 가슴께, 그리고 윤기가 흐르는 은발에 쏟아졌다.

하지만 미라는 그러한 호기심 어린 시선은 전혀 알아채지 못한 채, 오랜만에 정크푸드를 먹을 생각에 잔뜩 들떠 있었다.

얼마쯤 지나, 점원이 쟁반에 주문한 요리를 얹어 가져왔다. 미라가 알던 것과는 달리 버거며 감자튀김은 종이봉투가 아니라 제대로 된 접시에 놓여 있었고, 음료 역시 커다란 유리잔에 담아 제공하는 듯했다. 비싼 햄버거 가게 같은 스타일이었다.

미라는 곧장 햄버거를 손에 들고 베어 물었다. 햄버거는 미라의 입보다 훨씬 컸고, 그런 만큼 고기도 두꺼워서 그리운 맛이 입안 가득 퍼졌다.

'이거다, 이거. 이 맛이다!'

미라는 행복하다는 생각에, 만면에 미소를 머금은 채 무심결에 두 다리를 파닥거리며 "음~!" 하고 탄성을 흘렸다.

과거에 즐겨 먹었던 그 맛, 그리고 추억을 곱씹으며 미라는 입 주변에 소스가 묻는 것도 아랑곳 하지 않고 햄버거를 베어 물었다.

행복한 표정으로 맛있게 햄버거를 먹는 미라의 모습은 척 보았을 때 느껴지는 귀족 영애 같은 분위기와는 달리 순진무구한 매력으로 가득했다.

그런 모습이 바깥에 있던 손님들의 눈길을 끌었는지, 이 날 이 가게는 북새통을 이루었다.

13

세인트 폴리 교역국. 그 수도이자 유일한 도시이기도 한 세인트 폴리. 그곳에서 하룻밤을 보낸 미라와 아론은 아침 식사를 한후, 곧장 거리로 나가 그레고르의 공방으로 향했다.

키메라 클로젠의 간부가 가지고 있던 검이 그 공방의 마이스터, 그레고르가 만든 것이었던지라 상세한 사정을 묻기 위해서였다.

공방의 위치는 몇 번인가 이곳을 찾은 적이 있는 듯한 아론이 안다는 모양이었다. 그래서 미라는 길안내를 아론에게 맡기고 열심히 뒤를 따라가면서도 호기심 가는 대로 주변 거리 풍경을 둘러보았다. 꼭 상경한 시골 사람 같은 모습이었다.

"미라 아가씨. 그러다 길 잃어."

아론은 멈춰 서서 고개를 돌려 쇼윈도를 들여다보는 미라에게 그렇게 주의를 줬다.

아침임에도, 아침이기에 무역국의 수도는 몹시 북적였고 활기로 넘치고 있었다. 그러니 일행을 놓치는 날에는 눈 깜짝할 새 인파에 휘말려 찾을 수가 없게 될 것이다.

그래서 아론은 이렇게 몇 번이나 주의를 주며 길을 나아갈 수밖에 없었는데, 걷다보면 어느샌가 거리가 벌어져 있었다. 아론이 보폭을 미라에게 맞췄음에도 불구하고. 그리고 당사자인 미라는 입으로는 "오오, 미안하구나, 미안해"라고 말했지만 반성하는 낌새가 없었다.

"조만간 정말로 길을 잃을 것 같은데. 뭣하면 손이라도 잡을까?"

아론은 오종종 달려오는 미라를 보고 오른손을 내밀며 살짝 입가를 치올렸다.

"으⋯⋯. 괜찮다. 이제 괜찮아."

미아가 되지 않도록 손을 잡는 것. 그것만은 안 된다고 몸서리를 치며 미라는 아론의 뒤에 딱 달라붙었다.

공방은 도시의 깊숙한 곳, 바다 쪽에 있다고 한다. 말끔하게 구획 정리된 길은 찾기가 쉬웠고 높다란 도시 속을 걷다보니 쇠로 된 울타리가 일렬로 죽 늘어선 절벽에 도착했다.

그 울타리 너머에는 세인트 폴리가 지닌 또 하나의 얼굴이 있었다.

대륙의 서쪽 끝. 세인트 폴리에 있는 해안선은 본래 높이가 300미터는 되는 절벽에 면해 있었다. 하지만 현재 미라의 눈앞에는 척 보아도 인공적인 것으로 보이는 해안단구가 펼쳐져 있었다. 계단 모양으로 정지작업이 이루어진 그곳은 높이와 깊이가 20미터 정도 되는 계층이 열 단 정도 이어져 있었다. 그리고 그 모든 계층이 민가며 작은 점포로 가득 메워져 있었다.

지금까지 있었던 곳은 모험가며 외부에서 온 손님을 접대하기 위한 도시였고, 울타리 너머에 있는 것은 세인트 폴리에 뿌리를 내리고 사는 국민들을 위한 도시였던 것이다.

"언제 봐도 여긴 절경이란 말이지."

철책에 다다른 아론은 그곳에서 오른쪽으로 방향을 틀어 바다를 바라보며 울타리를 따라 계속 걸었다.

"이것 참 놀랍구먼……."

미라는 그곳에 펼쳐진 광경에 숨을 죽였다. 등 뒤에 우뚝 솟은 도시와는 달리, 계단 형식으로 이어진 그곳은 매우 차분한 색채를 띤, 그야말로 판타지의 표본이라 할 수 있는 장소였다. 과거에는 평범한 벼랑이었을 터인 그 장소에는 녹지까지 군데군데 점재하여 도시에 색채를 더해주고 있었다. 당시의 상태를 아는 미라의 눈에 그 광경은 차라리 기적처럼 보였다.

최하층은 특히나 넓어서 수많은 선박들이 정박 중인 거대한 항구에 무수히 많은 창고와 커다란 도매시장도 완비되어 있는 듯했다.

꼼꼼히 둘러보니 멀리 보이는 계단 도시의 서쪽 끝은 여전히 절벽이라 경계선이 말끔한 단면을 이루고 있었다. 어떻게 정지작업을 했을지 상상조차 되지 않는 훌륭하기 그지없는 광경인 데다 더 넓힐 수 있다는 여력마저 느껴졌다.

그런 도시 풍경을 곁눈질하며 울타리를 따라 길을 나아간 끝에 이윽고 그 도시로 내려가기 위한 계단에 다다랐다.

미라는 번듯하게 만들어진 돌계단을 내려가자마자 공기가 달라진 듯한 기분이 들어 몸을 돌려 위를 올려다보았다. 시선 끝에는 푸른 하늘과 하얀 구름만이 떠있을 뿐, 북적대는 도시의 모습은 더 이상 보이지 않았다.

아론의 안내를 받아가며 계단 도시를 몇 단 내려가 조금 걸어 갔을 즈음, 그레고르의 공방에 도착했다. 마검 제작에 있어 타의 추종을 불허한다고 하는 명장의 공방은 그 지명도에 비해 다소 작아 보였다.

"조합만큼 커다랄 줄 알았건만, 어째 아담한 곳이로군."

쇠를 두들기는 소리가 들려오고 굴뚝에서는 하얀 연기가 오르고 있었다. 일반 가정과 별 차이가 나지 않는, 벽돌로 된 공방 앞에서 미라는 생각한 바를 그대로 입에 담았다.

"뭐어, 확실히 그런 느낌이 없잖아 있지. 하지만 이건 일부에 불과하고, 이런 공방을 온 대륙에 백 개 정도 갖고 있다더군."

"오호!"

아론의 말에 따르면 마검 제작에 이용 가능한 소재는 많고도 많지만, 경우에 따라서는 일부 지역에서만 입수할 수 있는 소재도 있다는 모양이었다. 그 때문에 그것들을 연구할 겸 그레고르는 많은 나라에 공방을 차렸다고 한다. 더불어 공방별로 제자가 있는데, 지금은 어엿하게 자라난 그 제자들이 그 공방들을 꾸려나가고 있다는 듯했다. 제자들 중에는 명공백선(百選)에 뽑힌 자도 있다고 하니, 그레고르는 지도자로서도 우수한 모양이었다.

그런 그레고르는 현재, 이 세인트 폴리를 거점으로 제자를 양성하는 것은 물론이거니와 그 뛰어난 실력을 뽐내고 있다고 한다.

"한 자루 주문하고 싶구면."

그렇게 중얼거리며 아론은 쇠를 때리는 소리가 잦아드는 타이밍을 헤아렸다가 문을 열었다.

"네에네~. 어쩐 일로 오셨슴까?"

몇 초 후에 문이 열리더니 검댕으로 얼룩덜룩한 가죽제 앞치마를 걸친 갈리티아족 청년이 얼굴을 내밀었다. 아론은 그 청년을 훑어보고서 공방 안으로 시선을 옮기며 "그레고르 어르신은 계신가?"라고 물었다.

"아아~ 죄송함다. 스승님은 요전에 오랜만에 일품물 의뢰를 받아서 말임다. 구상을 위해 틀어박혀 계심다."

이 청년은 아무래도 그레고르의 제자인 모양이었다. 그의 말에 따르면 스승인 그레고르는 어지간히 친한 지인이 아니고서는 검을 제작하겠다는 의뢰는 받지 않으며, 받으면 받는 대로 아주 철저하게 재고 계산해서 한 자루를 만들어낸다고 한다.

그를 위해 우선 어딘가에 마련한 비밀기지에 틀어박혀 사용자가 될 의뢰주의 손에 맞도록 만족할 때까지 검의 이미지를 구상한다고 한다.

그 비밀기지는 어디냐고 물어보니 아무래도 제자 중에서도 아는 이는 아무도 없는 듯했고, 도시 밖에 있다는 사실밖에 모른다는 모양이었다. 다만 도시에서 그리 멀지 않은 위치에 있는 전망좋은 곳일 것이라고 청년은 말했다. 대자연을 가까이 느끼며 이미지를 얻는다는 모양이었지만 제자들은 아직 그 경지에는 도달하지 못한 듯했다.

"그러다 보니 스승님이 언제쯤 돌아오실지는 잘 모르겠슴다."

청년이 쓴웃음을 지은 채 그렇게 말을 끝맺었다. 그레고르가 의뢰에 몰두하는 기간 동안, 공장은 자연스럽게 제자들끼리 운영하게 되며, 지도를 받을 수도 없게 되는지라 곧잘 문제가 일어나기도 한다는 모양이었다. 또한, 그렇게 나가면 언제 돌아올지도 알 수 없다고 했다.

"그렇군, 알겠네. 바쁜 참에 미안하게 됐어."

"아뇨아뇨, 저희야 말로 죄송함다."

청년은 고개를 꾸벅 숙이더니 공방으로 돌아갔고 잠시 후에 다시 쇠를 때리는 소리가 울리기 시작했다.

"이렇게 타이밍이 안 맞을 수가……."

일품물 의뢰를 받는 일은 그다지 없는 데다 얼마 전에 받았다고 하니, 한 가지 일에만 몰두하는 성격인 그레고르는 당분간 돌아오지 않을 것이 뻔했다. 아론은 너무도 타이밍이 좋지 않았다는 생각에 허탈한 웃음을 지을 따름이었다.

"뭐어, 여기 없다면 찾아보는 수밖에 없겠지."

"그도 그렇군. 할 일이 아직 많으니 둘로 갈라질까."

세인트 폴리에 온 목적은 그레고르를 찾는 것뿐이 아니었다. 애초에 처음에 얻어냈던 정보는 키메라 클로젠의 본거지가 이 나라에 있을지도 모른다는 것이었다.

본거지를 본격적으로 수색하기 전에 현재 위치가 확실한 그레고르를 먼저 찾아와 본 것뿐이었다.

하지만 이곳에 없다면 찾아내야만 했다. 다행히도 그레고르가 있는 곳에 대한 힌트는 얻어냈다.

도시 밖이지만 도시에서 그리 멀지는 않은 곳. 그리고 전망이 좋은 곳이라는 것이다.

"미라 아가씨는 소환술로 하늘을 날 수 있었지. 그럼 그레고르 어르신을 찾는 일을 맡겨도 될까? 내가 발로 뛰기에는 범위가 너무 넓어서 말이지."

아론은 그렇게 말하며 천으로 둘둘 감은 정령검이었던 것을 미라에게 내밀었다.

"그게 좋겠구먼. 이 몸만 믿거라."

고개를 끄덕이며 답한 미라는 받아든 그 검을 아이템 박스에 넣고 페가수스를 소환하여 그 등에 올라탔다.

"호오~ 이건 성수 페가수스인가, 역시 터무니없구먼."

위풍당당한 미라의 페가수스를 본 아론은 들뜬 투로 중얼거렸다. 아무래도 예전에도 페가수스를 본 적이 있는 모양이었다. 하지만 예전에 보았던 개체보다 미라의 페가수스가 훨씬 듬직하다며 아론은 절찬했다.

그 말을 들은 미라가 "그렇지, 그렇지?" 하고 의기양양하게 가슴을 편 채 말하자 그에 호응하듯 페가수스가 히히잉 하고 울었다.

"그러면 그쪽은 맡기도록 하지. 나는 지인과 정보통을 슬쩍 떠볼 테니."

"음, 알겠다. 그쪽도 건투를 빌도록 하지."

그러한 말을 나누고서 미라는 하늘로 날아올랐다. 그리고 소환술을 통한 기동력을 살려 도시 주변을 돌며 그레고르가 있을 만한 곳을 탐색하기 시작했다.

그리고 순식간에 날아가는 페가수스의 모습을 감탄하며 배웅한 아론은 지인과 정보통에게 은근슬쩍 의심쩍은 장소를 캐내기위해 도시로 향했다.

이렇게 두 사람의 수색 작업이 시작되었다.

하늘 위에서 내려다본 세인트 폴리는 동유럽 분위기가 물씬 풍기는 돌과 나무로 된 판타지스러운 거주 지구와 근대 건축과 로코코풍이 뒤섞인 상업 지구로 깔끔하게 나뉘어 있었다. 그리고 그 규모는 신흥 도시라는 것이 믿기지 않을 정도로 커서, 멀리까지 펼쳐져 있었다. 20년이라는, 나라로서는 젊은 나이에도 불구하고 역사 깊은 대국의 수도와 견주어도 손색이 없을 정도의 도시였다.

그렇다. 사람의 손으로 어떻게 하면 이만큼 발전시킬 수 있을까 싶을 정도로.

거주구에서 날아오른 미라는 그대로 양쪽 지구의 경계선을 넘어 상업지구의 상공을 북쪽으로 비행했다. 눈 아래에는 중소 규모의 이런저런 점포가 위치한 5층짜리 건물이 우뚝 솟아 있고, 중간 중간 대상점 건물이며 일종의 집념이 느껴지는 벽돌로 된 점포의 모습도 보였다.

상업지구에는 사람뿐 아니라 물자도 넘쳐나는 듯했다.

그리고 그 주변에는 수많은 숙소가 죽 늘어서서 손님을 기다리고 있었다. 자세히 보니 예전에 미라가 숙박했던 일본풍 양식의 숙소 '성월장'의 지점도 있었다.

대체 어떠한 것들을 팔까. 그런 호기심이 꿈틀대는 것을 간신히 억누르고서, 미련을 끊어내듯 도시 상공을 빠져나간 미라는 그레고르가 있을 법한 장소는 없을지 눈빛을 빛내며 단기 결전에 나섰다. 하지만 그 눈빛은 아직 포기하지 않은 자의 그것이었다.

미라는 그 기동력을 살려 넓은 범위를 탐색했다. 황야에 위치한 자그마한 숲이며 그나마 녹음이 있는 호수 주변. 모든 방위가 내다보이는 높다란 언덕이며 바다가 파노라마처럼 펼쳐진 절벽 위. 그러한 대자연을 피부로 느낄 수 있을 법한 장소를 중점적으로 찾아 돌아다녔다.

그레고르를 찾기 시작한지도 몇 시간이 경과했다. 시각은 밤이 다가오는 황혼녘으로, 멀리 서쪽 바다 위에 자리한 수평선에 녹아든 태양이 밤의 어둠이 어른거리는 하늘에 희미한 노을빛을 퍼뜨리고 있었다. 그리고 그곳에 있는 구름은 사라져 가는 햇볕을 받아 한쪽만 물들어, 노을빛과 잿빛을 동시에 띠고 있었다.

그 하늘은 마치 지금의 세인트 폴리 같았다. 상업지구의 거리는 밤이 다가올수록 빛을 더해 갔다. 그와는 대조적으로 거주구는 가로등과 민가에서 새어나온 작은 불빛으로 물들었다. 두 가지 극단적인 얼굴을 지닌 그 도시는 균형이 안 맞는 듯 보여서 더욱 재미있다는 생각이 절로 드는, 신기한 곳이었다.

미라는 상공에서 세인트 폴리를 내다보며 마지막으로 한 바퀴를 더 돌아보기 시작했다. 밤이 되어서도 빛으로 가득한 상업지구와는 달리 밤의 어둠에 물든 황야에는 광원이 없었다. 만약 있다면 그것은 사람이 밝힌 것일 가능성이 높으리라. 요컨대 그레고르가 모닥불이라도 피웠기를 바라며 돌아보기로 한 것이다.

하지만 미라의 그러한 바람에도 불구하고 황야에 떠오른 빛은 없었고, 미라는 별하늘을 등진 채 체념하고 도시로 돌아갔다.

번화가처럼 눈부시게 밝은 상업지구를 내려다보며 미라는 체크인 했던 숙소가 어디였더라, 하고 초조한 마음으로 찾고 있었다. 그러던 중, 눈에 익은 간판이 미라의 눈에 들어왔다.

그것은 모험가 종합 조합의 간판이었다. 심지어 그곳은 술사조합과 전사조합, 양쪽 마크가 모두 그려져 있었다. 그 간판은 하얗고 커다란 5층짜리 건물에 내걸려 있었으며 자세히 보니 모험가로 보이는 자들이 쉴 새 없이 드나들고 있었다.

꽤나 성황인 모양이었다.

그런 상황을 바라보던 미라의 머리를 어떠한 생각이 스쳤다.

마검 제작에 있어서는 타의 추종을 불허한다는 그레고르. 그만한 유명인이라면 당연히 모험가들도 알 것이다. 도시 밖 어디선가 만났다면 기억할지도 모른다. 스쳐 지나간 정도라 해도 방향은 그럭저럭 추려낼 수 있을 것이다.

그런 생각에 다다른 미라는 곧장 페가수스에게 명령을 내려 조합 옥상에 내려섰다.

⟨14⟩

조합 건물 옥상에서 뛰어내려 가뿐하게 착지한 미라는 태연한 얼굴로 모험가들 속에 끼어들었다.

조합 건물 앞. 그곳에 위치한 대로에는 한바탕 일을 마친 모험 가들이 오고 있었다. 고개를 들어보니 별이 반짝이던 밤하늘은 꽤나 멀어 보였고, 그 대신 건물의 불빛이 일대를 밝히고 있었다. 근대적인 건조물임에도 그곳으로 쇄도하는 사람들은 판타지의 상징이라 할 만한 생김새를 하고 있었다. 얼핏 보면 위화감이 느 껴질지 몰라도 가만히 보고 있자면 절로 즐거워지는, 그런 공간 이었다.

무언가가 하늘에서 내려온 것을 보고 술렁거리는 관중들을 곁 눈질하며 미라는 슬그머니 조합의 입구를 지났다.

1층 홀은 넓기도 넓거니와 무수히 많은 장의자가 놓여 있어 약 속장소로도 이용할 수 있을 듯했다. 그리고 입구 정면에는 큰 계 단이 있고, 그 옆에 안내판과 안내원이 자리하고 있었다.

조합은 어디 할 것 없이 구청 등을 방불케 하는 구조로 되어 있 었는데, 주변을 둘러보니 이 조합은 고층 건물이라는 점과 더불 어 내부 장식까지 그럴싸하게 갖춰져 있었다.

그런 가운데 장의자에 앉아 얌전히 담소를 즐기고 있는 모험가 들의 모습을 본 미라는 이유 모를 흐뭇함을 느끼며 안내판 앞으 로 걸어갔다.

'호오, 짐작은 했지만 꽤나 넓군그래.'

안내판에 의하면 2층이 전사조합, 3층이 술사조합 창구, 그리고 4층이 물품판매소고 5층은 치료원으로 되어 있는 모양이었다. 특히 물품판매소와 치료원은 진혼도시 카라낙에서 봤던 조합에 비해 압도적으로 넓었다.

하지만 이용자 수가 이토록 많으니 이 정도는 필요할 것이다. 고개를 돌려 홀을 둘러보며 그렇게 생각한 미라는 큰 계단을 향해 걸어 나갔다. 그런 미라의 귀에 문득 모험가들의 이야깃소리가 들려왔다.

듣자하니 데드 아이 스콜피온이 남동쪽 산간에 나타났다고 한다. 그리고 현재, 그 토벌대를 모집 중이라는 듯했다.

'흠, 데드 아이 스콜피온이라……. 이 근처에서는 최강의 마물이었지. 그 무렵에는 1주에 한 번씩 리스폰(Respawn, 온라인 게임에서 캐릭터, 혹은 몬스터 등이 본래 있던 위치에 다시 배치되는 일) 되었지만, 지금은 어떨는지.'

미라는 그 당시를 돌이켜 보았다. 1주에 한 번이라는 조건과 더불어 유용한 소재를 잔뜩 드롭하는 데드 아이 스콜피온은 당연히 토벌 경쟁이 치열한 마물이었다. 미라의 인상은 그러했지만 현실이 된 이 세계에서는 토벌대가 편성될 정도로 위험한 존재인 듯했다.

하지만 여기저기서 들려오는 소문에 의하면 그럭저럭 유력한 모험가가 토벌대에 참가한다는 모양이었다. 미라는 신경 쓸 필요는 없을 것 같다고 생각하며 계단을 오르기 시작했다.

그 직후, 미라는 문득 걸음을 멈췄다.

지금 찾고 있는 사람인 그레고르는 도검 장인이다. 그렇다면 같은 모험가 중에서도 전사조합 쪽에 그를 아는 자가 더 많을지도 모른다. 그렇게 생각한 미라는 다시금 걸음을 옮겨 2층에 발을 들였다.

전사조합은 그 이름과는 어울리지 않는다고 해야 할지, 상당히 화려했다.

다박수염을 기르고 커다란 도끼를 짊어진, 척 보아도 전사 같은 남자들로 미어터지리라고 멋대로 상상했던 미라는 무심결에 "오오" 하고 탄성을 내뱉으며 조합 안을 둘러보았다. 전사 클래스의 모험가가 사오십 명은 있었지만 미라가 상상했던 것과 같은 인물은 그 중 두세 명 정도였다.

큰 인기를 모을 듯한 기사며 과묵해 보이는 검사, 경장비를 걸친 단검 전사에 놀랍게도 마법소녀풍 창술사까지 두루두루 있어, 화려하다는 인상마저 풍겼다. 그리고 미라는 혈기왕성한 자들이 소란을 떨고 있으리라 생각했지만 1층 홀보다 훨씬 조용했다. 내부 장식과 더불어, 그야말로 관공서 같은 분위기마저 느껴졌다.

다 선입견이었구나, 하고 생각을 고친 미라는 다시금 그레고르를 알 것 같은 인물, 그리고 검을 만들어달라고 부탁한 적이 있을 듯한, 실력 좋은 모험가를 찾아 주변을 둘러보았다.

미라는 알지 못했다. 미라가 얼굴을 내밀기 전까지는 그곳이 상당히 떠들썩했다는 사실을.

그러던 중, 종종 남자들과 눈이 마주쳤다.

'흠, 역시 전사조합에 술사가 있으니 신기한 겐가.'

그러니 별 수 없는 일이다. 주목 받는 일에 그럭저럭 면역이 생기기 시작한 미라는 그렇게 생각하며 주변의 이목을 개의치 않고 강해 보이는 검사는 어디 없을까 하고 더 깊은 곳으로 걸어갔다. 그때였다.

"어라, 미라?"

문득 등 뒤에서 그러한 말이 들려왔다. 그리고 미라는 그 목소리가 귀에 익었다.

"오오, 역시 그대였나."

뒤를 돌아보니 미라의 기억에 있는 인물인 에메라가 서 있었다. 일전에 진혼도시 카라낙에서 만났던 사람 좋은 모험가 중 한 명이었다. 소울하울의 흔적을 찾아 고대도시 네뷸러폴리스로 향했을 때 동행하였고, 얼마 전에는 신자의 숲 근처에 있던 헌터즈 빌리지에서도 재회해서 숲의 이변을 함께 해결했던 에카르라트 카리용의 부단장이기도 했다.

"역시 미라였구나. 뒷모습만 보고 바로 알겠더라."

"이 몸도 목소리로 그대인 줄 알았다."

기쁜 듯 달려오는 에메라에게 미라도 미소로 답했다.

"그런데 전사조합에는 어쩐 일로 왔어?"

일단 벽 근처로 자리를 옮기며 에메라가 그렇게 말했다. 술사는 당연히 술사조합이 아니면 의뢰를 받을 수가 없는 데다, 기본적으로 전사조합에 올 일이 없기 때문이다. 만약 용건이 있다해도 의뢰 수령이나 보고 이외의 일일 것이 뻔해서 에메라는 주변을 두리번거리던 미라의 모습이 신경 쓰였던 모양이었다.

"흠, 그게. 실은 말이다."

에메라는 검사이자 말을 붙이기 쉬운 상대이기도 했다. 미라는 처음에 물어보기에는 적절한 상대라고 생각하며 그 이유를 털어놓았다.

그레고르라는 장인을 찾아왔는데 부재중이었고 이리저리 찾아도 보았지만 찾을 수가 없었다. 하지만 그는 도검 장인이니 전사조합이라면 누구든 소재를 아는 자가 있지 않을까 싶어서 왔다고.

"그렇게 된 게다. 뭐 아는 거라도 있느냐?"

설명을 마친 후, 미라는 끝으로 그렇게 덧붙여 말했다. 그러자 어째서인지 에메라의 표정이 서서히 밝아졌다. 그러고는 "알아"라고 말하며 빙긋 웃더니,

"까놓고 말해서, 나는 그레고르 씨가 있는 데서 막 돌아온 참이거든."

어쩐지 의기양양한 얼굴로 말을 이었다.

"호오!"

자세히 들어보니 아무래도 그레고르가 오랜만에 받은 일품물의 의뢰주는 에메라인 듯했다. 그때 악마에게서 채취한 소재로 화염 속성검을 만들어달라고 부탁한 모양이었다.

그 때문에 최근 에메라는 그레고르의 은신처에서 하루 종일 검을 휘두르고 있다고 한다. 사용자의 버릇이며 무게 중심, 그리고 검술을 꼼꼼히 파악하기 위한 일이라나 뭐라나.

그레고르가 벼린 검은 사용자의 능력이 최대한으로 발휘되도

록 설계되어 만들어진다. 그러기 위해서는 빼놓을 수 없는 작업이라고 한다.

"그러면 그레고르가 있는 곳을 알고 있다는 게로군. 그게 어디인지 가르쳐줄 수 있겠느냐?!"

탐문을 시작하자마자 당첨 제비를 뽑았다. 미라는 마침 잘 됐다는 듯 에메라에게 덤벼들어 물었다.

"그게, 알기는 아는데. 어째서 술사인 미라가 도검 장인을 찾는 거야?"

예전에 막 만났을 때, 미라가 무기를 쓸 수 없다고 단언했던 일을 기억하는 에메라는 호기심에 따라 그렇게 되물었다.

"살짝 그 자가 봐주었으면 하는 물건이 있거든. 그렇게 시간이 오래 걸리지는 않을 게다."

간단한 볼일이니 에메라의 검을 만드는 데 방해가 되지는 않을 것이다. 미라는 그런 의미를 담아 계속해서 캐물었다.

"그렇구나. 응, 알겠어. 안내해줄게. 하지만 내일 해도 될까? 헤어질 때 그레고르 씨가 지금부터 단숨에 설계를 마무리 짓겠다고 했거든. 금방 돌아가서 방해하기는 좀 그렇잖아."

그레고르가 봐주었으면 하는 물건. 그것이 무엇인지 궁금하기는 했지만 에메라는 흔쾌히 승낙했다. 아니, 애초부터 에메라는 미라의 부탁을 거절할 생각이 조금도 없었다. 자신이 좋아하는 분야에 미라가 관심을 가지기 시작한 것이 아닐까, 하고 약간 기대했을 정도였다.

"음, 그래도 상관없다."

어찌 되었건 이미 밤이니 지금 당장 들이닥치는 것은 실례이리라. 그 정도는 아는지라 미라는 그렇게 말하며 고개를 끄덕였다.

"그러면 내일. 으음, 어디서 만나는 게 좋을까. 미라는 어느 숙소에서 묵을 예정이야?"

"분명, 식도락 삼매경인가 하는 곳이었다. 그 이름대로 식당이 엄청난 곳 말이다."

"나도 거기인데! 으음, 잠깐만 기다려. 같이 가자!"

아무래도 에메라도 같은 숙소에서 숙박하고 있는 모양이다. 에메라는 미라의 두 어깨에 손을 얹고서 여기에 있으라고 말하고는 조합 접수대로 돌격했다.

"오래 기다렸지~."

미라는 전사조합에 있는 모험가들을 흥미롭다는 눈으로 둘러보고 있었다. 얼마쯤 지나자 수속을 마친 에메라가 돌아와, 두 사람은 그대로 나란히 조합을 뒤로 했다.

두 사람이 숙박하고 있는 '식도락 삼매경'은 조합에서 그리 멀지 않은 장소에 있었다. 그 입지조건과 그날 기분에 따라 좋아하는 식사를 할 수 있다는 점에서 모험가들에게 특히 인기 있는 숙소라는 듯했다.

"그나저나 이렇게 멀리 떨어진 땅에서 만나다니, 놀랍군그래."

에메라 일행의 인간성을 좋아하는 미라는 기쁜 투로 중얼거렸다.

대륙 서쪽 끝에 위치한 세인트 폴리. 밤이 되어도 상업지구는 밝아, 가로등이며 간판이 밤하늘을 비추었다. 특히 지금 시간대는 막 귀환한 모험가로 붐볐다. 상인이며 순수하게 쇼핑을 즐기는 사람들로 북적이는 낮과는 또 다른 분위기였다. 뭣하면 북적인다기보다는 떠들썩하다는 표현 쪽이 가까울 정도였다.

두 사람은 그런 밤길의 가장자리를, 인파를 피해 걸었다.

"미라랑은 깊은 인연으로 묶여 있는 걸지도 몰라!"

에메라 역시 기쁜 듯 그렇게 답했다. 그 목소리에는 어쩐지 그랬으면, 하는 마음이 담겨있는 듯했다.

그 후, 두 사람은 숲의 이번 소동을 해결하고 나서 있었던 일에 관해 이야기했다.

미라는 처음 타본 대륙철도에 관해, 특히 퍼스트클래스의 탑승감 등을 자랑스럽게 말했다. 에메라는 이코노미클래스를 몇 번, 프리미엄클래스를 한 번 탄 적이 있다며 부럽다는 표정으로 미라의 이야기를 들었다.

미라의 이야기가 끝나자 이번에는 에메라가 헌터즈 빌리지에서 헤어진 후에 있었던 일에 관해 이야기하기 시작했다.

에메라 일행은 그대로 상단을 호위하며 오즈슈타인까지 동행한 뒤, 계속해서 서쪽으로 전진해서 며칠 전에 세인트 폴리에 도착했다고 한다. 그리고 에메라는 소속 길드인 에카르라트 카리용의 단장, 셀로의 중계로 그레고르에게 검을 만들어달라고 부탁할 수 있었노라고 흥분해서 말했다. 도검류만 얽히면 남들 이상의 집착을 보이는 에메라의 눈에는, 마찬가지로 소환술에 집착하는 미라가 때때로 보이는 요상한 빛이 깃들어 있었다.

즐겁게 대화를 나누며 걷던 두 사람은 이윽고 자신들이 숙박 중인 숙소에 도착했다. 모험가들에게 인기인 그 숙소에는 큼지막하게 '식도락 삼매경'이라 적힌 간판이 걸려 있는 데다 밝은 조명으로 밝혀져 있었다.

미라의 감각으로는 평범한 빌딩처럼 생긴 숙소였지만 이 세계에서는 보기 드문 형식의 건조물이었다.

"아."

그런 건물 현관 앞에서 멈춰선 에메라가 반사적으로 경계 자세를 취했다. 미라는 무슨 일인가 싶어 에메라의 시선을 좇아 보았다. 그곳에는 에메라와 같은 길드 멤버인 플리카와 제프가 있었다. 마침 돌아온 참인 듯 보이는 두 사람 역시 고대신전 네뷸러폴리스로 갔을 때 동행했던 동료였다.

"오오!"

에메라가 왔다는 사실을 알아챈 제프는 거의 동시에 미라를 알아보고 그늘 없는 미소를 지은 채 손을 흔들며 종종걸음으로 다가왔다. 그 직후.

"미라드아아~!"

괴상한 외침과 함께 제프를 밀쳐내고 하트 무늬로 물든 눈동자를 한 플리카가 돌격해 왔다. 욕정에 사로잡힌 그 모습, 그리고 그 기세는 술사가 아닌 맹수 그 자체였다.

지금까지도 몇 번이나 미라는 플리카의 먹잇감이 된 적이 있었다. 하지만 그렇게 될 때마다 에메라가 처리해주었다. 그러므로 이번에도 에메라가 어떻게든 해주리라. 미라는 그렇게 생각했지만 다음 순간, 전율할 수밖에 없었다.

만반의 대비를 하고 있다가 절묘한 타이밍에 내지른 에메라의 손날치기를 정수리에 맞기 직전, 플리카는 고개를 기울여 타점을 어긋나게 해서 직격을 피했다.

그 훌륭한 반사속도와 판단력, 그리고 집념 탓에 에메라의 추가 공격이 다소 늦어졌다. 그 순간.

"하~! 이 냄새! 미라 냄새~!"

플리카는 에메라의 옆을 지나 미라를 두 팔로 끌어안고 그 가슴에 얼굴을 묻고 심호흡을 거듭하기 시작했다.

"빨리 어떻게 좀 해라!"

플리카의 손이 미라의 온몸을 더듬기 시작한 것도 모자라 주변에서는 호기심 어린 시선이 무수히 날아들었다. 그런 가운데 미라가 에메라를 향해 외치자 이번에는 한 치의 오차도 없는 일격이 플리카의 정수리에 박혔다.

"그게…… 미안해."

미라 일행은 장소를 식도락 삼매경의 현관 로비로 옮겼다. 에메라는 근처에 있던 로비 소파에 플리카를 팽개치며 면목 없다는 듯 시선을 돌렸다.

에메라의 말에 의하면 플리카가 이토록…… 한결같이 집착을 보이는 일은 처음이라고 한다. 아무래도 미라에 대한 마음이 식기는커녕 날이 갈수록 커지고 있는 듯하다나.

그리고 그 마음의 힘이 바로 첫 번째 공격을 간파해낸 원인일 것이라고 에메라는 쓴웃음을 지은 채 추측하며 미라의 가슴께에 밴 플리카의 침을 닦아주었다.

"뭐어, 되었다⋯⋯."

미라는 이런 것만 아니라면, 이라고 생각하며 한숨을 내쉬고는 좀비처럼 벌떡 일어난 플리카를 쳐다보았다.

"그나저나 오랜만이야. 이런 대륙 구석에서 만나다니, 끝내주는 우연이네."

"음, 오랜만이구나. 잘 지내는 것 같아⋯⋯ 다행이다."

여전히 어쩐지 가벼운 분위기를 풍기는 제프와의 대화를 통해 마음을 추스른 미라는 플리카의 시선을 흘려 넘기며 답했다.

그런 사소한 소동이 지나간 후, 네 사람은 다시금 재회의 기쁨을 나눴다. 실컷 미라 성분을 보급해서인지 플리카는 몰라보게 얌전해졌다. 하지만 충동에 사로잡히지 않게 되었을 뿐, 미라를 바라보는 플리카의 눈에는 아직도 불꽃이 깃들어 있었다.

"모처럼 만났으니 미라도 같이 밥 먹자. 단장도 있거든."

제프는 그렇게 말하며 미라를 식사에 초대했다. 오랜만에 다시 만났으니 함께 식사나 하자는 제의를 하는 것. 그것은 실로 자연스럽고도 순수한 흐름이었지만, 그 옆에서 격렬하게 찬성을 표하는 플리카는 그야말로 불순함의 화신이었다.

하지만 멀리 떨어진 땅에서 생각지도 못한 지인과 만나 식사를 하는 것 역시 모험의 묘미라 할 수 있으리라.

"음, 그럴까. 모처럼 만났으니 말이다."

겸사겸사 그녀들의 단장인 셀로에게 하고 싶은 말이 있었던 미라는 제안을 흔쾌히 승낙했다.

〈15〉

세인트 폴리에 위치한 숙소, '식도락 삼매경'의 2층. 수많은 음식점이 늘어선 이 대합실에서는 셀로와 아스발이 소파에 앉아 담소를 나누고 있었다.

"특별 게스트를 데려왔어~."

앞장서 걷던 제프는 두 사람에게 그렇게 말했다.

"이거 별일이군요."

"오오! 누구인가 했더니!"

그 말에 반응한 상관없는 몇 사람의 시선이 모여든 가운데, 고개를 돌린 셀로와 아스발은 미라의 모습을 보고 놀라면서도 미소를 지어 보였다.

"잘들 지내는 것 같구나. 설마 이러한 곳에서 만나게 될 줄이야."

미라 역시 그런 두 사람에게 미소를 건넸다. 붉은 머리를 짧게 깎아 야성미가 물씬 풍기는 남자가 아스발이었는데 고대신전 네뷸러폴리스에 동행한 한 사람이기도 했다. 그와는 대조적으로 붉은 머리를 길게 기른 중성적인 남자가 에카르라트 카리용의 단장, 셀로. 그는 미라와 마찬가지로 플레이어 출신자였다.

"저도 놀랐습니다. 하지만 이 도시는 사람이 많이 모여드니까요. 이런 우연이 흔할지도 모르지요."

"듣고 보니 그렇군. 물자가 모여드는 곳에는 사람도 모여들기 마련이니. 게다가 던전도 풍부하고 말이다."

이 숙소의 최대 특징은 음식점이 많다는 점이었다. 미라는 그곳에 모인 종족도 직업도 제각각인 손님들을 둘러보며 동의했다.

무역국인 세인트 폴리에는 온 대륙에서 많은 사람과 물자가 흘러든다. 또한, 사실 도시 주변에는 던전도 많이 존재했다. 필요한 도구는 금방 구할 수 있고 사냥 장소도 풍부하니, 모험가들에게는 특히 조건이 좋은 도시라 할 수 있을 것이다.

"그런데 미라 양은 어쩐 일로 이곳에? 일전에 말씀하신 날짜와 뭔가 관련이 있습니까?"

셀로가 '일전에 말한 날짜'라는 말을 입에 담았다. 그것은 요전에 미라가 셀로 일행에게 부탁했던, 아홉 현자의 흔적을 찾기 위한 단서를 말하는 것이었다.

그리고 미라의 현재 용건은 아홉 현자의 일원인 이스즈 연맹의 총수를 나라로 다시 데려간다는 목적을 성취하기 위해 이스즈 연맹에 협력해서 키메라 클로젠과 싸우는 것으로, 다소 복잡한 상황에 처해 있기도 했다.

"으음~ 반반, 이라고나 할까⋯⋯."

고민한 끝에 그렇게 답한 직후, 미라는 문득 무언가가 생각난 듯 "아 참" 하고 말하더니 일전에 셀로 일행에게 조사를 부탁했던 날짜가 적힌 메모를 끄집어내서 거기에 시선을 떨구었다.

"그대들에게 부탁했던 것 중, 2132년 6월 18일 말이다만, 이쪽에서 해결해서 말이다. 그건 제외해도 좋다."

그 날짜는 이스즈 연맹의 총수 우즈메. 아니, '칠성의 카구라'가 이 현실이 된 게임 세계에 내려선 날이었다. 다행히도, 혹은 불행히도 아홉 현자에는 여러모로 개성적인 자가 많아 이 현실이 된 세계에 나타날 때 소동을 일으켰을 확률이 높았고 그것이 단서가 될 가능성이 높았다.

카구라는 어떤 의미에서는 우연이라 할 수 있었지만 무사히 발견했다. 그러니 그 날짜는 조사할 필요가 없어졌다.

"그러셨습니까. 알겠습니다."

셀로는 그렇게 말하며 품속에서 메모를 끄집어내서 거기에 빗금을 하나 그었다.

"해서, 이 몸이 온 이유 말이다만. 흠, 여기서 말해도 될는지……"

주변을 살피며 자리에서 일어난 미라는 "그대가 판단해 다오"라고 셀로에게 말하고서 키메라 클로젠에 관해 간단하게 귀띔을 했다. 하늘의 민족이라는 남자에게서 세인트 폴리 어딘가에 키메라 클로젠의 본거지가 있는 듯하다는 이야기를 들었던 일을.

이야기를 듣던 중, 셀로의 표정이 진지해졌다.

"과연. 어디에 눈과 귀가 있을지 모를 일이니 그건 여기서 말하지 않는 게 좋을 것 같습니다. 하지만 더없이 좋은 낭보군요. 장소를 바꾸도록 하죠. 꼭 자세히 들려주십시오."

상황을 이해한 셀로는 그렇게 말하며 일어났다. 공공연히 알려진 정보는 아니지만 나라와 조합의 상층부에서는 키메라 클로젠이 커다란 문제로 부각되고 있었다. 이대로 정령들을 계속 해치게 두면 언젠가 정령들이 사람들에게 보복을 하기 시작할지도 모른다며.

심지어 그 원인인 키메라 클로젠은 국가 단위로 수색망을 펼쳤음에도 불구하고 실체를 확인할 수가 없는 신기루 같은 존재였다.

　그런 키메라 클로젠의 본거지가 이 도시 근처에 있다는 정보는 사람뿐 아니라 정령들의 사정도 우려하고 있는 셀로의 신념에 불을 지핀 듯했다.

　"음, 그러도록 하지."

　키메라 클로젠의 본거지에 관한 이야기를 셀로에게 알려준 데에는 이유가 있었다. 미라와 아론만으로 '나라 어딘가'라는 애매한 정보를 토대로 본거지를 찾으려면 시간이 얼마나 걸릴지 모를 일이다. 그리고 키메라가 눈에 띄게 움직이기 시작한 지금은 시간이 걸리면 걸릴수록 상황이 불리해질 우려도 있었다.

　다행히 셀로 일행은 믿을 수 있는 존재다. 미라는 그렇게 생각했기에 정보를 공유하여 협력을 구하고자 한 것이다.

　그리고 셀로 역시 그런 미라의 의도를 헤아렸다.

　이렇게 비밀 회의를 위해 장소를 셀로의 방으로 옮기게 된 여섯 사람이 계단을 향해 걸어가던 그때였다.

　"오오, 미라 아가씨. 벌써 돌아와 있었어?"

　마침 돌아온 아론과 계단에서 맞닥뜨렸다. 2층으로 올라가는 중이던 아론은 제법 많이 돌아다녔는지, 꽤나 지친 듯 보였다.

　"흠, 마침 잘 되었군. 함께 와다오."

　미라는 마침 잘 만났다고 미소를 지은 채 위층을 가리켰다. 아론은 현재, 키메라 클로젠의 본거지에 관한 정보를 모으고 있었다. 오늘의 얻어낸 정보도 교환할 겸, 셀로 일행에게 소개를 해두는 것도 좋을 듯하다고 미라는 생각했다.

"음? 그래, 그러지."

아론은 미라와 함께 있는 면면들을 흘끔 쳐다보고서 고개를 끄덕이더니 목적지에 도착하기 직전에 연장된 골인 지점인 계단 끝을 본 채 쓴웃음을 지었다.

미라 일행은 숙소의 5층에 위치한 한 방에서 테이블을 둘러싸고 있었다. 셀로가 숙박 중인 방인 만큼 상당히 넓어서 일곱 명이 들어가도 자리에 여유가 있었다. 또한 내부 장식은 지극히 간소했다.

"우선 이 자는 현재 작전을 함께 수행하고 있는 모험가 아론이다."

미라는 에메라가 모두에게 차를 날라다주기를 기다렸다가 그렇게 소개했다. 동시에 그곳에 있는 일동의 시선이 미라의 옆에 앉은 아론에게 집중되었다.

"아론이다. 잘 부탁하지."

아론은 한 사람 한 사람과 똑바로 눈을 마주치고서 천천히 그렇게 말했다.

"그리고 이 자들은——."

"——길드 에카르라트 카리용의 단장 셀로와 그 멤버들이지?"

미라가 이번에는 셀로 일행을 소개하고자 한 참에 아론이 그 즉시 맞춰 보였다.

"무어냐, 아는 게냐."

"그야 유명하니까. 그보다는 미라 아가씨의 지인들이었다는 게 더 놀라운데."

아론은 당연하다는 듯 대답하고는 천천히 등받이에 등을 기댄 채 팔짱을 끼며 자신을 패트론거S라 소개한 자를 비롯한 미라의 인맥에 어이가 없다는 눈치를 보였다.

"요전에 살짝 인연이 닿아서 말이다. 헌데 독단으로 결정해서 미안하다만, 이 자들에게 키메라의 본거지에 관해 이야기하고자 한다. 그리고 상황이 되면 도움을 받으려 한다만, 어떻게 생각하느냐."

이번 일은, 말하자면 사후승낙을 받는 것이나 다름없었다. 본래는 작전을 함께 수행하는 아론에게 상담하고서 정보를 공유할지 어떨지를 결정해야 했지만 미라는 이미 한 가지 정보를 셀로에게 건네었다. 하지만 아론은 미라가 독단으로 일을 진행했음에도 불구하고 "그거 명안이구만" 하고 즉답했다.

에카르라트 카리용이라 하면 모험가들 사이에서는 매우 유명한 길드인 동시에 인덕에 이르러서는 더없이 훌륭한 평가를 자랑했다. 그것은 전적으로 단장인 셀로의 인격을 전제로 한 것으로, 끼리끼리 모여든 결과라 할 수 있으리라.

키메라 클로젠에 대항하는 이스즈 연맹에 있어 에카르라트 카리용은 좋은 이해자가 될 수 있으리라 생각됐다. 이는 미라가 이어준 유력한 인연이었다.

더불어 멤버도 많으니 한꺼번에 넓은 범위를 탐색할 수 있을 것이다. 하루 종일 걸어 다닌 탓에 녹초가 된 아론으로서는 고개를 숙여서라도 도움을 구하고 싶을 정도의 상대였다.

"그럼 나부터 설명하지."

아론은 남은 체력을 쥐어짜내어 이스즈 연맹의 사정을 비롯한 현재의 상황을 셀로 일행에게 상세히 설명했다.

"저는 무조건 돕겠어요!"

아론의 이야기를 끝까지 들음과 동시에 플리카가 가장 먼저 말했다. 술사인 플리카에게 있어 정령의 존재는 몹시 친근한 것이었기에 키메라 클로젠의 소행에 남들 이상으로 분노한 모양이었다.

"응, 나도 도울게."

플리카에 이어 에메라도 협력을 자청했다. 그녀는 애초부터 던전에 가려 하는 어린아이 둘에게 대가도 바라지 않고 동행해줄 정도로 착한 사람이었다. 그런 에메라의 기질은 정령을 상대로도 변함이 없어서 키메라 클로젠과 싸우는 것도 마다하지 않겠다는 뜻을 내비추었다.

"그런 일이라면 내가 나서야지."

"여기서 가만히 있으면 남자도 아니지."

제프와 아스발 역시 그렇게 말하며 참가를 표명했다. 역시 에카르라트 카리용에는 비슷한 기개를 지닌 자들이 모인 듯했다.

"그런고로 저희는 이스즈 연맹을, 온힘을 다해 지원하겠습니다."

그 자리에 있는 일동의 의견이 통일되자 단장인 셀로가 그 뜻을 취합하여 협력하겠다고 확약했다.

"오오, 그렇단 말이지? 고맙다."

더 이상 혼자서 뛰어다니지 않게 된 덕인지 아론은 진심으로 안심한 표정으로 감사인사를 했다.

이렇게 이스즈 연맹과 에카르라트 카리용의 공동 전선이 결정되었고 그대로 작전회의가 시작되었다. 키메라 클로젠에게 들키지 않는 것을 우선시하여 수색할 방법과 장소를 면밀히 의논했다.

그 회의는 중간에 저녁식사를 끼고 밤늦게까지 이어졌다.

"모처럼 알게 되었으니 목욕탕에서 친목이나 다지자고. 지금 시간이면 비어있을 테니까."

작전이 정리되고 식사도 끝나자 제프가 그렇게 말하며 일어났다. 시간은 밤 열 시를 조금 지난 참이었다. 하지만 이 숙소의 대욕장은 청소 시간을 제외하면 언제든 이용할 수 있게끔 되어 있어, 오히려 늦게 가는 편이 사람이 적어 널찍하게 쉴 수 있다는 듯했다.

"그거 괜찮군. 앞으로 함께 전선을 펼치게 될 테니 말이야."

"괜찮군요. 어떠십니까, 아론 씨."

동의하듯 아스발이 일어서자 셀로 역시 고개를 끄덕이며 일어섰다. 새로운 동료와 커다란 욕장에서 실컷 대화를 나누며 친목을 다지는 것이 모험가들 사이에서는 관례처럼 여겨지고 있는 모양이었다.

"괜찮군. 가볼까."

아론은 당연하다는 듯 대답하고는 셀로 일행과 함께 목욕탕으로 향했다.

플리카는 그런 남자들을 수상쩍은 미소를 지은 채 배웅했다. 목욕탕에서 대화를 나누는 것은 모험가들에게 흔한 일이다. 그래서 플리카는 생각했다. 그러고 보니 미라와는 아직 함께 목욕을 한 적이 없다고.

"그럼 모처럼의 기회니 우리도 모험가로서 친목을 다져보자."

플리카는 그렇게 본심을 숨긴 채 고개를 돌렸다. 하지만 미라에게 쏟아지는 그 눈빛은 이미 새까매서 그녀가 욕망에 사로잡혀 있다는 것을 또렷하게 말해주고 있었다.

직후에 플리카는 의자에 밧줄로 묶였다. 에메라가 화려한 기술을 구사해 구속한 것이다.

"그러면 우리도 목욕하러 가볼까."

로프가 느슨한 곳은 없는지 확인하고서 에메라는 당연하다는 투로 미라에게 목욕을 권했다.

"음, 좋구나. 가보도록 하지."

미라는 눈동자 속에 깃든 자그마한, 요사스러운 빛을 감춘 채 천천히 자리에서 일어났다. 바보처럼 솔직하게 감정을 드러냈다가 경계의 대상이 되는 것은 2류다. 그러니 플리카 같은 실수는 하지 않으리라고 생각한 미라는 태연하게 말했다. 하지만 그 결과, 놀이동산에 가기 전날의 소녀 같은 기대로 가득한 표정이 되고 말았다.

"제발잠깐절대로손은안댈게요약속할게요제발요~!"

방을 나서려는 두 사람에게 플리카는 울며 애원했다. 의자를 덜컥덜컥 흔드는 통에 옆으로 쓰러졌으나 그런 상태로도 절절하게 "약속할게요~!"라는 말을 거듭했다. 그 모습은 표적이 된 미라의 눈에도 불쌍해 보였다. 그리고 에메라는 약간 식겁한 눈치였다.

"뭐어, 그래, 저렇게까지 말을 하지 않느냐."

못 봐주겠다 싶어서 미라가 그렇게 말하자 에메라는 땅이 꺼져라 한숨을 내쉬고서 "뭐라고 해야 할지, 미안해"라고 중얼거리고는 플리카를 묶었던 밧줄을 풀어주었다.

"약속한 거야?"

"천지신명께 맹세하겠습니다."

플리카는 못을 박듯 말하는 에메라의 앞에 기사처럼 무릎을 꿇고서 전에 없이, 실로 진지한 표정으로 선서했다.

미라와 에메라는 얌전해진 플리카와 함께 숙소 1층으로 향했다. 현관문의 반대편에 위치한 욕장 앞 홀은 느지막한 시간인 탓인지 꽤나 한산했고, 간소한 차림새의 숙박객들이 드문드문 있을 뿐이었다.

홀에 병설된 토산품 판매점은 음식점과 달리 몇 곳이 벌써 문을 닫은 상태였다. 다소 적적한 광경이기는 했지만 어쩐지 기분이 들뜨기도 하는, 신기한 시간대였다.

욕장은 남탕과 여탕으로 나뉘어 있었다. 슬그머니 호기심 어린 눈으로 여탕을 쳐다보는 남성 손님들을 곁눈질하며 미라는 당당히 문을 열고 비밀의 화원에 발을 들여놓았다. 남자는 결코 넘지 못하는 경계선. 그것을 가벼운 발걸음으로 넘은 미라는 좀이 쑤신다는 표정을 짓고 있는 남성 손님들을 향해 '이게 이 몸과 그대들의 차이다' 하고 까마득한 곳에서 그들을 내려다보는 듯한 눈빛을 날리며 득의양양한 미소를 지었다.

미라는 탈의실에서 옷을 벗으며 어디어디 하고 에메라와 플리카를 쳐다보았다. 어떻게 보면 당연한 일이었지만 그러다 플리카와 눈이 마주쳤다. 하지만 그것은 아주 잠시뿐이었고, 상황에 따라서는 기분 탓이라 여길 수 있을 정도로 짧은 시간이었다.

하지만 상대는 플리카다. 우연이 아닐 것이다. 실제로 그녀는 지금도 빈틈을 살피듯 눈을 이리저리 굴리고 있었다. 하지만 미라로 말하자면 애초에 알몸을 남에게 보이는 일에 대한 수치심이 거의 없었다. 플리카가 구석구석 관찰을 한들 아무런 느낌도 들지 않는 것은 물론이고, 약간 흥분되는 것 같다는 생각이 들 정도였다. 다만 지나치게 열렬한 접촉이 귀찮은 것뿐이었다.

좌우간 옷을 다 벗은 미라는 에메라, 플리카가 옷을 벗는 모습을 지그시 쳐다보고서 유유히 욕실로 걸어갔다. 옷을 입으면 말라 보이는 타입인지 반라 상태의 플리카는 가슴의 볼륨감이 에메라에 비해 압도적이었다.

욕실은 그리 특필할 만한 것이 없어 보였다. 굳이 언급을 하자면 내부 장식이 시대감 물씬 풍기는 대중탕 같다고나 할지. 가장 안쪽에 커다란 석제 욕조가 있고, 벽에는 온통 숲속의 꽃밭 그림이 커다랗게 그려져 있었다.

입구에 가까운 쪽은 모두 몸을 씻는 곳으로 되어 있었다. 들어가서 바로 왼쪽을 보니 그곳에는 사우나와 냉탕이 완비되어 있었다. 미라가 발을 들여놓은 욕장은 호화롭지는 않아도 마음이 편해지는, 그런 휴식 공간이었다.

그럭저럭 넓기도 해서 서른 명 정도는 동시에 입욕할 수 있을 듯했다. 하지만 지금은 시간이 시간인 탓인지 입욕객은 하나하나 헤아릴 수 있을 정도밖에 없었다.

"목욕은 좋구나."

"그러게에."

미라는 욕조에서 한껏 몸을 뻗고 휴식을 취했다. 에메라는 그 옆에서 느긋한 투로 동의했다. 미라의 정면에 진을 치고 하염없이 얌전하게 탕에 몸을 담그고 있는 플리카는 입욕시에 에메라에게 안경을 빼앗긴 탓에 울상이 되어 있었다.

"그나저나 미라가 그 '천변불도(千變不倒)의 아론' 씨와 함께 있을 줄이야."

에메라는 다소 흥분한 투로 그렇게 말했다. 듣자하니 아론은 모험가들 사이에서도 상당히 유명인인 듯했다. 실제로 강건한 육체와 수많은 경험으로 체득한 실력은 많은 나라에서 인정을 받았으며 사관으로 와달라는 제의도 많았다고 한다.

"오호, 그런 거물이었나."

미라가 그렇게 감탄과 놀라움을 표출하자 "미라 아가씨만큼은 아니지만 말이지" 하고 욕실 벽 너머에서 아론의 목소리가 들려왔다. 자세히 보니 과연 대중탕답게 남탕과 여탕을 나누는 벽 위에 약간의 틈새가 있었다.

"무슨 소리냐. 이 몸은 평범한 모험가이거늘."

"그래. 그런 셈 치도록 할까."

욕조에서 몸을 일으킨 미라가 남탕을 향해 다소 목소리를 높여 말하자 약간 웃음 섞인 목소리로 아론이 답했다.

그런 짤막한 대화를 나누며 미라는 적당히 빈 목욕용 의자와 바가지를 들고 몸 씻는 곳으로 향했다. 그 도중에 문득 낌새가 느껴져 올려다보니 벽 위에 난 틈새로 얼굴을 슬그머니 내민 자가 있었다.

그 자, 제프는 미라에게 발견되자마자 헤벌어졌던 표정을 감추고 진지한 얼굴로 미라의 눈을 똑바로 쳐다보았다.

"무어냐, 훔쳐보는 중이었더냐? 나 원, 젊기도 하구나."

몸 씻는 곳에 목욕용 의자와 바가지를 내려놓으며 입가를 치올려 대담한 미소를 지은 미라는, 마치 수학여행에 온 남학생 같은 제프의 사고와 그를 실행에 옮긴 행동력에 오히려 감탄했다.

"아~…… 그게. 꽤 크시네요."

제프는 처음 맞선을 보는 사람처럼 진지한 표정을 지은 채 갑자기 존댓말을 썼다.

"분명 그대는 좀 더 큰 쪽을 좋아했을 텐데?"

"네, 손에서 흘러나올 정도로 큰 걸 좋아하죠."

도발적인 미소를 지은 채 미라가 두 손으로 가슴을 모아 올려 보이자, 제프는 늠름하게 경례를 붙이며 쓸데없이 솔직하게 답했다.

"뭐어, 이 몸 이외의 사람에게 들키지 말거라."

미라는 실로 욕구에 충실한 환상을 품은 제프의 마음을 깊이 이해하고 응원하기로 하고는, 자신은 매혹적인 꽃밭 속에 있다는 우월감을 내비추며 제프에게 충고했다.

"걱정해 주셔서 감사합니다."

제프는 신사처럼 유창하게 감사인사를 읊었지만 직후에 뺨을 씰룩거리며 굳어졌다. 화가 잔뜩 나서 바가지를 겨눈 에메라가 사냥감을 발견한 사냥꾼을 방불케 하는 눈으로 제프를 바라보고 있었기 때문이다.

제프가 생각해뒀던 변명을 입에 담고자 한 그 순간, 욕장에 메마른 소리가 울려 퍼졌고, 이어서 괴로움으로 가득한 신음소리가 나직하게 울렸다.

'나무아미타불.'

미라는 벽 너머로 사라진 제프의 명복을 빌어주었다.

"미라야, 미라야. 오늘은 친목을 다지는 날이니까 나한테 맡겨."

에메라가 아무 일도 없었다는 듯 몸 씻는 곳에 앉은 미라에게 다가왔다. 그리고 등 뒤에 서서 잽싸게 미라의 머리를 감아주기 시작했다. 듣자하니 서로서로 씻어주는 것이 친목을 다지기 위한 모험가들의 관습이라는 모양이었다.

에메라는 미라를, 미라는 플리카를, 플리카는 에메라를 각각 씻어주었다. 그렇게 서로 씻어주던 도중, 플리카가 기절해 버린 것은 어찌 보면 당연한 결말이라 할 수 있으리라.

미라 일행은 이렇게 실컷 친목을 다졌다.

〈16〉

　새벽을 조금 넘겼을 즈음. 어제 있었던 키메라 클로젠 본거지 수색 회의에서 정해진 역할에 따라 미라와 에메라를 제외한 면면들은 거리로 나섰다. 남은 두 사람은 약속대로 또 하나의 단서인 그레고르를 만나기 위해 별도 행동을 했다.

　"이쯤이면 되겠지."

　숙소 옆에 위치한 주차장에 온 미라는 비어있는 장소로 소환지점을 확정하고 페가수스를 소환했다.

　"우왓. 페가수스다……. 멋져."

　백마가 우아하게 날개를 펼치며 나타나자 에메라는 늠름하고도 아름다운 그 모습에 황홀한 표정을 지은 채 "만져봐도 돼?" 하고 미라를 보며 물었다. 그에 미라는 본인에게 물으라고 답했다. 에메라가 다시 묻자 페가수스는 살며시 고개를 끄덕였다.

　에메라는 페가수스의 갈기털에 손을 대었다. 기쁜 듯한 그 표정은 꿈꾸는 처녀의 그것이었다.

　"자, 그만 되었지? 어서 가자꾸나."

　미라는 페가수스의 등에 올라타 "오늘은 두 명이다만 잘 부탁하마" 하고 말했다. 그러자 페가수스는 힘차게 히히잉, 하고 울어 승낙한다는 뜻을 밝혔다.

　에메라는 그러한 대화를 듣고 페가수스의 등에 올라탄 미라를 보며 더욱 밝아진 표정으로 말했다.

"타도 돼?!"

에메라가 기대로 가득한 목소리로 묻자 미라는 몸을 앞쪽으로 당기며 빈자리를 가리켰다.

"이러는 편이 빠르지 않으냐."

미라의 그 한 마디를 들은 에메라의 얼굴에 환한 미소가 피어났다.

도검류만 얽히면 이성을 잃는 에메라였지만 그 근본에 있는 것은 영웅에 대한 동경이었다. 영웅 그 자체에서 시작된 감정은 이윽고 영웅이 사용했던 것으로 알려진 무구로 번졌고, 계속해서 퍼져나가 영웅과 함께 활약했던 동료들에까지 미쳤다.

페가수스는 그런 영웅전설에 등장하는 동료들 중에서도 유명한 축에 속했다. 그리고 자신이 인정한 자가 아니면 등에 태우기는커녕 가까이 가는 것조차 허락지 않는다고 알려진 숭고한 존재였다. 하지만 지금, 에메라의 눈앞에 그 페가수스가 있었다. 한 번쯤은 그 등에 타고 날아보고 싶다는 에메라의 꿈 중 하나가 이루어지려 하고 있는 것이다.

"잘 부탁드립니다."

에메라는 공손하게 인사를 하고서 미라의 손을 잡고 페가수스의 등에 올라탔다.

"그럼, 출발하마."

미라가 신호하자 페가수스는 날개를 퍼덕이며 천천히 하늘로 날아올랐다.

높아지는 시점, 하반신에 전해지는 확연한 온기, 몸을 스치고 지나가는 바람소리, 바다에서 풍겨오는 바다내음. 평범한 말을 탔을 때와는 다른 그러한 감각들을 하늘 위에서 느끼며 에메라는 파노라마처럼 펼쳐진 세계를, 애타게 그려온 꿈 속 광경을 내다보고 환희했다.

"고마워, 미라!"

에메라가 기뻐하며 미라를 뒤에서 끌어안았다.

"무슨 소리인지는 모르겠다만 일단 그레고르가 있는 곳이나 가르쳐다오."

미라는 고마워하는 이유가 짐작도 되지 않아 그저 물음표를 띄운 채 목적지를 찾아 주변을 둘러보고 있었다.

그리고 사이좋아 보이는 두 사람의 모습에 페가수스가 약간 토라져 버렸다는 사실을, 끝내 두 사람은 알아채지 못했다.

"높다! 굉장해, 미라! 하늘에서 보면 이런 식으로 보이는구나!"

그레고르가 있는 장소를 향해 나아가던 중, 에메라는 하늘에서 내려다보이는 풍경에 일일이 감동해서는 들뜬 투로 그렇게 외쳐댔다.

"그렇지? 굉장하지?"

에메라의 말대로 확실히 페가수스의 등에서 내다보이는 광경은 장관이었다. 하지만 미라는 보호자가 된 듯한 기분이었다. 에메라가 너무 들떠 있어서 평소보다 마음을 차분하게 유지할 필요

가 있었기 때문이다.

　그렇게 세인트 폴리에서 날아올라 해안선을 따라 조금 날아간 참에 에메라가 저곳이라며 절벽 위를 가리켰다.

　그 지시에 따라 페가수스를 착륙시키고 보니 저 멀리까지 죽 뻗은 언덕의 일부에 움푹 팬 곳이 있는 것이 보였다. 그리고 움푹 팬 곳을 자세히 보니 아래로 이어진 계단이 있었다.

　"이것 참, 겁나는군그래……."

　"그치……?"

　단해절벽을 후벼 파듯 만들어진 계단에는 난간도 없어서 폭이 1미터 정도 되기는 했지만 몹시 불안할 따름이었다. 무섭기는 매한가지인지 에메라는 벽에 달라붙다시피 해서 계단을 내려가기 시작했다.

　그 절벽은 등줄기가 얼어붙을 정도로 높이 솟아 있었다. 눈 아래로 보이는 바다는 넘실대는 파도로 벼랑을 세차게 때려대고 있었다. 멀어서 작아 보이기는 해도 그 파도소리는 또렷하게 들려왔다.

　미라는 선술사의 기능을 사용하면 공중을 달릴 수가 있어서 에메라만큼의 공포심은 없었다. 하지만 장소도 장소이거니와 바다 쪽으로 고개를 내밀면 내려다보이는 그 광경에, 빨려들 것만 같은 공포심과 스릴감이 동시에 밀려들었다.

　에메라는 강한 바닷바람을 맞으며 조심조심 계단을 내려갔다. 미라는 그 뒤를 따랐다. 그렇게 두 사람이 도착한 곳은 작은 동굴이었다. 그것은 한 사람이 간신히 지날 정도의 폭이었고, 대륙 쪽으로 이어져 있었다.

동굴에 들어선 에메라는 가벼운 발걸음으로 성큼성큼 안으로 들어갔고, 미라 역시 그 뒤를 따랐다.

그렇게 입구에서 10미터 정도를 걸었을 즈음, 문득 눈앞에 문이 나타났다. 자그마한 조명으로 밝혀진 문은 민가처럼 별다른 특색이 없었지만 동굴 안에서는 매우 부자연스러워 보였고, 동시에 호기심을 자극했다.

"여기가 그레고르 씨의 별장이야."

고개를 돌려 그렇게 말한 에메라는 지체 없이 문을 열고 안으로 들어갔다.

'오호라. 하늘에서 찾아도 안 보일 만 했군.'

단해절벽에 뚫린 동굴 안. 그곳은 세인트 폴리를 중심으로 하늘 위에서 찾아서는 결코 눈에 들어오지 않을 장소였다.

어제 했던 고생은 대체 무엇이었다는 말인가. 씁쓸한 심정이 밀려들어 미라는 쓴웃음을 지었다.

문 안 역시 동굴이었다. 하지만 조금 전까지와는 달리 상당히 여유가 생겼다. 높이는 그리 변하지 않았지만 폭은 4, 5미터는 될 듯했다. 그 넓어진 공간에는 무수히 많은 선반이 늘어서 있고, 그 위에는 다종다양한 검들이 빽빽하게 담겨 있었다. 심지어 그 검은 널리고 깔린 가게에서 파는 것과 같은 양산품이 아니라, 소양이 없는 사람이 보아도 일급품이라는 것을 한눈에 알 수 있을 정도로 훌륭한 명검들이었다.

"좋은 아침이에요. 그레고르 씨."

수많은 선반 뒤쪽. 동굴 막다른 곳에 세워진 거대한 제도판 앞에 앉은 백발 남자에게 에메라가 말을 붙였다.

그러자 그 남자는 얼마쯤 지나 고개를 돌려 에메라의 모습을 보자마자 벌떡 일어났다. 검은 작업복을 털털하게 입은 그 남자. 척 보아도 70살은 넘었을 법한 그가 바로 그 유명한 명장 그레고르였다.

"오~ 왔군. 오늘은 그립감을 확인할 것이야!"

그레고르는 주름이 깊이 팬 얼굴로 미소를 지은 채, 어쩐지 들뜬 투로 말하며 선반 위에 놓인 검을 뒤적거리기 시작했다.

얼마쯤 지나 문득 그레고르가 손을 멈췄다. 그러고는 고개를 들어 에메라 옆에 선 미라를 가만히 쳐다보더니 눈살을 찌푸린 채 천천히 다가왔다.

"응~? 누군가, 이 아이는."

미라의 온몸을 훑어본 그레고르는 잔뜩 찌푸린 얼굴로 에메라를 노려보았다.

"미라라고 해요. 그레고르 씨한테 볼일이 있다고 해서."

소개를 받은 미라로 말하자면 그레고르를 지그시 쳐다보고 있었다. 보기 좋은 백발이기는 했지만 손질은 안 됐고, 입 주변에는 다박수염. 그레고르는 그야말로 일만 아는 장인 같은 모습을 하고 있었다. 목표로 하고 있는 노신사의 이미지와는 방향성이 달랐지만, 삶을 대하는 태도에는 배울 점이 있겠다고 미라는 생각했다.

"이 몸은 미라네. 그레고르 공이 좀 보아주었으면 하는 것이 있어서 실례했네."

미라는 앞으로 나서며 당당히 그레고르와 마주본 채 천에 싸인 검을 끄집어냈다. 키메라 클로젠의 간부가 사용했던 정령검의 토대가 된 검이다. 이 검에 그레고르의 이름이 새겨져 있었기에 미라는 이곳까지 온 것이었다.

"그건 검인가. 하지만 어찌 술사가 내게 검을 보여주는 것이야. 감정이라면 포기하도록. 보다시피 나도 한가하지가 않아서 말이지."

그레고르는 그다지 관심이 없다는 듯이 그렇게 말했다. 가치가 있다고 인정한 자를 위해 검을 벼리는 것. 그레고르에게는 그것이 전부이기에.

"뭐어, 그리 말하지 말고 좀 봐주게나. 분명 눈에 익을 테니 말이지."

퉁명스러운 그레고르의 태도는 아랑곳 하지 않고 미라는 검을 싸맸던 천을 벗겨 나갔다. 우선은 손잡이, 그리고 날밑, 도신이 드러났고 모든 천을 치우고 나니 번듯한 한 자루의 검이 모습을 나타냈다.

"이건……. 어째서 네가 갖고 있는 거지?"

검을 본 순간, 분위기가 바뀌었다. 그레고르는 미간에 주름을 잡은 채 험악한 눈으로 미라를 노려보았다.

"호오. 역시 이 검을 아는가보군."

미라가 떠보듯이 말하자 그레고르는 문득 눈을 가늘게 뜨고서 어쩐지 그립다는 눈빛으로 검을 바라보았다.

"당연하지. 내가 버린 검이니까."

그레고르가 그렇게 말한 직후, 에메라가 "엑!" 하고 탄성을 흘리더니 미라가 든 검에 달라붙어 그 도신을 샅샅이, 멍한 눈으로 훑어보았다. 그리고 다음 순간, 에메라는 두 사람이 따가운 눈빛을 날리고 있음을 알아채고는 천천히 몸을 떼었다.

이 검은 그레고르가 만든 것이 틀림없었다. 그렇다면 다음 질문을 통해 조금은 핵심에 가까워질 수 있을 터였다.

"이 검을 누구를 위해 버렸는지, 기억하는가?"

그레고르의 검은 사용자를 철저하게 조사하여 그 손에 맞게끔 만들어지는, 말하자면 전용무기다. 다른 자가 그 검을 쥔들 완벽하게 다룰 수 있을 리가 없으며 그 차이는 실력차가 클수록 현저하게 나타날 것이다. 키메라 클로젠의 간부정도 되는 자가 손에 맞지 않는 무기를 다룰 리가 없다.

그렇게 생각하자면 미라가 환영회랑의 최심부, 고대환문에서 만났던 그 남자는 진짜 검의 주인이며 그레고르가 검을 제작해준 상대가 틀림없다고 단정할 수 있었다.

"그걸 알아 무엇하게. 무슨 목적으로 알려는 거지?"그레고르의 낮은 목소리가 울려 퍼지는 가운데, 그는 자신의 의지가 깃든 날카로운 눈빛으로 칼을 들이밀 듯 미라를 쏘아보았다.

고객 정보를 간단히 털어놓을 장인은 없다. 털어놓게 하려면 상응하는 이유가 필요할 것이다. 당연히 미라도 그 점은 잘 알았다.

그레고르의 눈을 똑바로 마주보며 미라는 칼자루를 쥔 채 격렬하게 맞부딪친 시선 사이에 그 도신을 들이밀었다. 그리고 입가

를 치올리며,

"키메라의 목을 물어뜯기 위해서지."

라고 말하고는 검보다 날카로운 눈빛을 칼날에 비추었다.

키메라. 그것은 키메라 클로젠의 약칭이었다. 그리고 그 이름을 그레고르는 알았다. 모험가 지인에게서 들은 적이 있기 때문이다. 정령을 해하는 자들이라고.

생산직은 전투직에 비해 정령과의 교류가 적다. 하지만 생산직의 극에 달하면 관계를 맺지 않을 수가 없어진다. 정령의 가호를 얻음으로 인해 매우 섬세한 조정이 가능해지기 때문이다.

그레고르는 기나긴 생애 동안 정령의 가호를 몇 가지 받았다. 그만큼 정령과 친밀한 교류가 있었다는 뜻이다.

따라서 그레고르에게도 키메라 클로젠의 만행은 용서하기 어려운 것이었다.

"자세히 말해 봐."

그레고르는 근처에 있던 의자에 앉아 팔짱을 끼더니 미라에게 계속 말하라고 재촉했다.

"음."

그렇게 짧게 대답한 미라는 손에 든 검을 그레고르의 정면에 위치한 선반에 놓고 그것을 입수한 경위를 설명했다.

환영회랑에서 싸웠던 키메라 클로젠의 간부. 음의 정령무구를 두른 남자 사령술사가 그레고르가 만든 이 검을 가지고 있었노라고.

남자는 전투 끝에 놓치고 말았지만 이 검이 간부의 정체에 다가서기 위한 단서가 될 것 같아 이곳을 찾았다고.

미라는 그렇게 요점만을 간결하게 말했다.

"그렇군……."

미라의 이야기를 끝까지 들은 그레고르는 한 마디만 내뱉더니 선반 위에 놓인 검을 집어 들었다. 그리고 그 도신을 바라보며 천천히 한숨을 내쉬고서 기억을 더듬듯 눈을 감았다.

잠시 후 눈을 뜬 그레고르는 어쩐지 침통한 표정으로 검을 선반 위에 다시 내려놓고, 의자에 몸을 묻고 고쳐 앉아 팔짱을 끼더니 멍한 눈으로 허공을 바라본 채 입을 열었다.

"이 검을 줬던 남자의 이름은, 그레고리우스. 내 아들이다."

그레고르의 눈에서 지금까지 보였던 숙련된 강자와도 같은 빛이 사라지더니, 추억의 골짜기를 맴도는 평범한 노인의 그것으로 바뀌어 있었다.

마치 참회라도 하듯, 그레고르는 당시의 추억을 말하기 시작했다.

검은 30년 정도 전에 오즈슈타인에서 결성된 고고(考古)조사단의 호위 부대장으로 취임한 것을 축하하는 뜻으로 아들 그레고리우스에게 선물한 것이라고 한다.

그리고 그레고리우스는 분명 사령술사라는 듯했다. 술사는 투기를 사용할 수 없는지라 검을 들어도 장신구로 쓰거나 호신용에 불과했다. 같은 검이라도 검사들이 목숨을 맡기는 검과는 존재 이유 그 자체가 달랐다. 그리고 그레고르는 그러한 물건을 검으로 인정하지 않는다.

하지만 그레고르는 단 한 번 그 신조를 어긴 적이 있었다. 장인으로서 평생을 살며 벼린 단 한 자루의, 유일무이한 호신용 검.

그것이 바로 미라가 가지고 온 검이었다.

"그래, 그 녀석이, 살아있었나."

그레고르는 그렇게 중얼거리고서 다시 한 번 선반 위에 놓인 검을 바라보았다. 그 눈에는 아버지로서의 희미한 안도감이 떠올라 있었다.

아무래도 고고조사단이라는 것은 결성되고서 몇 년 후, 호위대와 함께 유적 조사 중에 행방불명되었다는 모양이었다. 유적에는 몇 사람의 시체만이 남아있었고 수색을 해보아도 다른 멤버는 발견되지 않았다는 듯했다.

그런 그레고리우스가 키메라 클로젠의 간부가 되어 있었다. 실제로 만난 것은 아니지만 그레고르는 검을 보면 알 수 있다고 한다. 검을 손질할 때 남는 흔적이 아들의 것이라는 모양이다.

"하지만 설마 그 녀석이……."

만감이 교차하는건지, 그레고르는 어깨를 늘어뜨린 채 "미안하지만 오늘은 쉬게 해다오"라고 말하며 일어나 비틀비틀 걸어 간소한 침대에 드러누웠다.

행방불명되어 죽은 줄 알았던 아들이 하필이면 정령을 해치는 악당 집단의 간부가 되어 있을 줄이야. 부모로서 복잡한 심정이리라. 그렇게 생각한 미라는 선반 위에 놓인 검을 흘끔 쳐다본 후, 그대로 발걸음을 돌리며 "고맙네"라는 한 마디를 남겨놓고 출구를 향해 걸어 나갔다.

"미라. 저 검은 중요한 증거잖아? 안 가져가도 돼?"

그레고르가 쉬겠다니 에메라의 용건도 중단할 수밖에 없었다.

그래서 에메라는 그 자리에 남겨진 검을 실로 아깝다는 눈으로 쳐다보며 미라를 쫓아가서 귓속말을 하듯 물었다.

"묻고 싶은 것은 물었으니 말이다. 이제 필요 없다."

미라는 그레고르의 호신용 검에 전혀 미련이 없었다. 하지만 에메라는 문을 나설 때까지 계속 그 검을 응시하고 있었다.

그레고르의 일품물은 사용자의 실력에 맞춰 철저하게 조정된 탓에 본인이 아니고서는 사용하기 어려울 것이다.

하지만 그레고르가 벼린 검에는 실용성 이외의 가치도 있었다. 그것은 미술적 가치다. 거친 파도처럼 힘차고 미려한 파문(波紋), 정교하고도 유려하며 계산된 실용미.

사용자가 손에서 떠나보내는 일이 거의 없는 그레고르의 검은 수집가들이 군침을 흘리는 일품이었다. 사용자가 유명한 인물이라면 그 가치는 더욱 높아진다.

이번 검도 경매장에 내놓으면 여유롭게 억 단위를 넘길 것이라고 에메라는 추측했다.

하지만 그런 검을 미라는 이제 필요 없다며 두고 갔다. 도검류만 얽히면 눈이 멀어 버리는 에메라의 눈에 그러한 태도는 거의 도인처럼 보였다.

"미라는 여전하구나."

하지만 미라는 그런 인물임을 일전의 교류를 통해 알았던 에메라는 미소를 지은 채 그렇게 말할 따름이었다.

17

오후 한 시. 정보수집을 위해 온 도시를 돌아다니던 관계자들이 셀로의 방에 모여들었다.

가장 먼저 도착한 미라와 에메라는 멤버가 모일 때까지 셀로의 방에 점심식사를 준비해 두었다. 그렇다고 요리를 한 것은 아니다. 숙소 안에 위치한 푸드코트에서 10인분 정도의 가벼운 식사류를 적당히 사서 방으로 가져온 것뿐이었다.

그러다 보니 일동이 집합하여 점심식사를 겸한 보고 회의가 시작되었다.

가장 먼저 보고를 하겠다고 나선 것은 아론이었다. 모험가 동료들이며 조합 직원에게 범죄와 연관이 있을 듯한 수상쩍은 시설은 없느냐는, 꽤나 어정쩡한 질문을 하고 다녔다는 듯했다. 하지만 키메라 클로젠의 본거지를 찾고 있다고 솔직하게 말하면, 금세 소문이 퍼져 적에게 알려지고 경계수위를 높일 것이다. 그래서 일부러 두루뭉술하게 묻고 다닌 것이다.

그리고 이 질문에는 또 한 가지 의미가 있었다. 애초에 오랫동안 사회의 표면에 나타난 적이 없었던 조직의 본거지가 탐문만으로 간단히 발견될 리가 없었다. 그러니 적당히 떠본 정도로 판명될 만큼 수상쩍은 시설을 무조건적으로 조사대상에서 제외시키기 위한 질문이었다.

"오후부터는 예정대로 항구를 뒤져보지. 내 보고는 여기까지다."

빠른 말투로 그렇게 보고를 마친 아론은 때는 지금이라는 듯 테이블로 손을 뻗어, 두툼한 고기가 든 햄버거를 집어다 베어 물었다. 그리고 입가에 소스가 묻은 것도 개의치 않고 "이거 맛있군"이라고 말했다.

실은 보고하는 내내 식사에 손을 댄 자는 없었다. 유일하게 미라만이 캐러멜 오레를 마시고 있었을 뿐이다.

하지만 어째서인지 그런 아론의 행동을 계기로 한 가지 규칙이 생겨났다. 그것은 보고를 마친 자부터 식사를 해도 된다는, 참으로 무의미하고 요상한 심리에서 비롯된 규칙이었다.

그 후, 일동은 경쟁이라도 하듯, 그리고 그것을 즐기듯이 조사 결과를 보고해 나갔다.

아스발과 플리카는 도시 주변의 황야를 둘러보았고, 제프는 사람들의 흐름을 조사했다는 듯했다.

하지만 현재까지 유력한 정보는 얻지 못했다는 모양이었다.

그렇게 미라 일행의 차례가 돌아왔다. 여러 종류의 점심식사를 즐기는 면면들을 한 차례 둘러보고서 미라는 그레고르에게서 얻은 정보를 말하기 시작했다.

검의 소유자이자 키메라 클로젠의 간부는 그레고르의 아들일 가능성이 크다. 그리고 그 아들은 오즈슈타인 고고조사단의 호위부대장이었지만 결성으로부터 수년 후에 조사단이 통째로 행방불명되었다고.

"조사했다던 유적이라는 것이 영 마음에 걸려서 말이다. 이 몸은 오후부터 이 유적에 관해 조사해볼 예정이다."

들었던 이야기를 간결하게 정리하여 그렇게 보고를 매듭지은 미라는 프라이드치킨으로 손을 뻗었다.

"그 유적이란 거, '전귀의 매장지'는 아니겠지?"

미라가 프라이드치킨을 베어 묾과 동시에 제프는 감자튀김을 집어먹으며 그렇게 말했다.

"혹시 아는 곳이냐?"

캐러멜 오레로 치킨을 목구멍으로 넘긴 미라는 기대 섞인 눈으로 제프를 쳐다보며 몸을 불쑥 내밀었다.

"뭐어, 고고학은 남자의 로망이니까."

제프는 감자튀김을 입 안에 던져 넣고는 테이블 위에서 손깍지를 끼고서 소년 같은 미소를 지은 채 말하기 시작했다.

오즈슈타인이 있는 대륙 서부는 황야가 5할을 차지하는 땅이지만 그 황야에는 사실 수많은 유적들이 묻혀있다고 한다. 그리고 고고조사단은 그러한 유적들을 발굴하고 조사하기 위해 조직된 고고학회의 정예집단이었다고 한다.

그 활약은 눈부실 정도라 불과 몇 년 만에 열 개나 되는 유적을 발견했다는 듯했다.

하지만 결성으로부터 6년 후 여름. 로즈라인 공국의 영지에 있던 열 번째 유적을 조사하던 중에 조사단과 호위대가 하룻밤 만에 홀연히 모습을 감추는 사건이 발생했다. 그때, 조사했던 유적의 이름이 '전귀의 매장지'라는 모양이었다.

"그리고 그렇게 된 원인은 알 수 없고, 학회에서는 미지의 존재에게 끌려갔다느니 어쨌느니 해서 한참 시끄러웠지만, 나는 단연

음모설을 추천하겠어. 분명 고대의 끝내주는 병기 같은 걸 발견해서, 그걸 감추기 위해 제거된 거 아닐까 하는 음모설. 실제로 조사대의 것으로 추정되는 혈흔이 남아있었다더라고."

자신의 로망을 끝까지 말한 제프는 감자튀김을 몇 개 집어 느긋하게 의자 등받이에 등을 기대었다. 그러자 이번에는 에메라가 불쑥 몸을 내밀었다.

"혹시 그거, 고대의 마검 아닐까?!"

에메라가 그렇게 떠들어대기 시작했다. 남자의 로망이라는 고대병기가 되었건 무엇이 되었건, 에메라에게 걸리면 병기라 이름 붙은 것은 몽땅 검으로 치환되는 모양이었다.

"그런 설도 있다는 것뿐이래도. 가장 유력한 건 함정에 의한 전멸설(說)이고, 로즈라인 공국도 그럴 가능성이 높다고 공식으로 발표했거든."

"에이 뭐야……."

함정설. 다시 말해 조사단은 전귀의 매장지에 설치된 함정에 빠져 전멸했을 것이라는 뜻이다. 그 말을 들은 에메라는 어깨를 축 늘어뜨린 채 고개를 푹 숙였다.

"여기서 로즈라인 공국이 튀어나오다니. 어째 수상쩍군그래."

미라는 그렇게 중얼거리며 턱끝을 손가락으로 쓸었다. 차기 대공으로 가장 유력한 후보이자 키메라 클로젠과 연루되어 있을 것으로 추측되는 멜빌 상회가 있는 곳 역시 로즈라인 공국이었다. 그 나라가 공식으로 발표한 것이 함정에 의한 전멸설이었다고 한다. 하지만 미라는 전멸했다고 알려진 조사단의 호위 부대장아자 키메라 클로젠의 간부가 된 그레고리우스와 만났다.

"그러게 말이야. 나도 솔직히 말해서 미라의 이야기를 듣고 흥분했다니깐. 그 조사단의 일원이 살아있다면 혹시, 하고 말이야."

제프는 마치 꿈을 꾸는 듯한 표정으로 흥분한 듯 몸을 내밀었다. 그리고 전귀의 매장지가 지금 어떠한 상황에 놓여있는지에 관해 열변을 토해냈다.

이런저런 억측이 난무하는 현지는 로즈라인 공국의 이름 아래 엄중하게 봉쇄되어 있다는 듯했다. 그 이유는 도굴 방지 외에 함정으로 인한 제2의 사고가 일어나지 않게 하기 위함이라고 한다.

하지만 제프와 같은 취미를 가진 친구가 말하기를, 매장지를 순찰을 도는 경비병이 이상하게 많아서 마치 그 이상의 무언가를 숨기고 있는 것 같다는 모양이었다.

"이 몸이 조사해 보도록 하지."

전귀의 매장지에는 뭔가 비밀이 있을 듯했다. 오히려 이만한 정보가 한곳을 가리키고 있는데 조사를 하지 않을 수는 없는 노릇 아닌가. 그렇게 판단한 미라는 당연하다는 듯이 그 역할을 자청했다.

"그래. 날아갈 수 있는 미라 아가씨가 적임자이겠어."

남은 식사를 적당히 집어먹던 아론은 미라의 그 생각을 지지했다.

로즈라인 공국은 이웃나라라지만 육로로 가면 편도로 이틀이 걸리는 거리에 있었다. 하지만 하늘을 날 수 있는 미라라면 반나절도 걸리지 않을 것이다.

수색 기간이 길어지면 길어질수록 적에게 탐지당할 위험도 늘어날 테니, 서두르는 편이 좋을 것이다.

"확실히 날아가면 빠르기야 하겠지. 문제는 잠입이란 말이야. 미라는 그게, 엄청 눈에 띄잖아."

제프는 그렇게 말하며 미라를 흘끔 쳐다보았다. 그 눈에 비친 것은 어린아이 특유의 애교와 신비한 어른의 섹시함을 겸비한 한 소녀였다. 빛을 두른 듯 빛나는 긴 은발을 나부끼는 그 모습은 천사라 말해도 과언이 아니었고, 때문에 인파 속에 섞여도 눈에 띄었다.

최근에는 미라도 무덤덤해졌지만 그러한 면은 아직도 건재했다.

"그 점은 걱정할 것 없다. 비장의 수가 있거든."

미라는 제프에게 자신만만하게 답했다. 잠입과 관련된 비장의 수. 얼마 전에 막 습득한 그것을 빨리 시험해 보고 싶다고 생각하며 기회를 엿보던 미라는 신이 나서 가슴을 편 채 빙긋 웃어 보였다.

"그럼 문제없겠군."

그런 미라의 모습에 아스발은 애초부터 걱정할 필요가 없었다며 웃었다. 제프 역시 "못 하는 게 대체 뭐람" 하고 어이가 없다는 듯 웃었다.

"아아, 으스대는 미라 표정 귀여워!"

그런 가운데 통상 운전 중인 플리카는 태연한 투로 말하는 미라를 바라본 채 있는 대로 몸부림을 쳐댔다. 그러자 셀로가 "누차 죄송합니다"라고 말하며 쓴웃음을 지었다.

"그런데, 그 전귀의 매장지라는 곳은 어디에 있어? 지도에 보이질 않는데."

일동이 이런저런 대화를 나누는 동안, 로즈라인 주변 지도를 확인하던 에메라는 미간을 찌푸린 채 제프를 노려보았다. 아무래도 아직 고대의 마검설을 포기하지 않은 듯했다.

"아~ 그게……. 대략적인 위치는 로즈라인 북서쪽이라고들 하는데, 지상에서는 못 들어가는 모양이야."

제프는 그렇게 말하고서 전귀의 매장지는 입구가 없는 지하묘지라고 설명했다. 거대한 건조물을 완전히 밀폐해서 지하에 가둔 모양새를 하고 있다고.

그곳에 가려면 조사대가 판 터널을 통해 지하로 들어갈 필요가 있다는 모양이었다. 그리고 그 터널 앞 요소요소에 경비병이 배치되어 있다는 듯했다. 단 하나뿐인 입구에는 숨을 장소도 없다. 같은 취미를 가진 친구는 은밀 행동에 특화된 자라도 잠입이 불가능할 것이라고 말했다고 한다.

"흠, 그렇다는 말이지. 해서, 그 터널은 어디 있지?"

개요를 끝까지 들은 미라는 유일한 입구인 터널의 위치를 물었다.

"그게 말이야아. 그 녀석이 안 가르쳐주더라고."

제프는 의자에 기대어 천장을 올려다본 채 부루퉁해져서 말했다. 아무래도 입구가 있는 위치까지는 모르는 모양이었다. 하지만 전귀의 매장지는 로즈라인 공국이 관리하고 있다고 하니 그곳에서 조사해보면 상세한 정보를 얻을 수 있을 것이다.

"뭐어, 현지에서 알아볼 수밖에 없으려나."

"그래, 그게 좋을 거야. 듬직한 동료도 있으니 말이지."

딱히 문제될 것 없다는 투로 미라가 말하자 아론도 그에 동의하며 고개를 끄덕였다. 로즈라인에는 이미 동료들이 가있었다. 전갈과 뱀이다. 그 두 사람과 합류하면 분명 그리 어렵지 않게 입구를 찾을 수 있을 것이다.

"그런고로 이 몸은 오후에 로즈라인으로 향하마. 그대들에게 키메라의 거점 조사를 완전히 떠맡기는 것 같아 미안하다만, 잘 부탁하마."

미라는 자세를 바로잡고 앉아 마지막으로 그렇게 이야기를 매듭지었다. 에카르라트 카리용의 면면들은 당연하다는 듯 고개를 끄덕이며 맡겨만 달라고 힘차게 대답했다.

회의는 그 후, 세세한 부분을 조율하는 방향으로 진행되었고 푸드코트에서 사온 10인분의 음식을 비우고서 얼마 되지 않아 해산했다.

멤버들이 각각 온 도시로 흩어진 후, 미라는 조합 건물 4층에 위치한 물품판매소에 들렀다. 세인트 폴리와 로즈라인 주변의 지도를 구입하기 위해서였다.

1층에서 계단으로 올라온 미라는 모험가들로 붐비는 그곳을 둘러보며 어떠한 장소를 떠올렸다. 그것은 역사 건물이었다. 식도락 삼매경과 마찬가지로 모험가 종합 조합의 4층에는 모험과 관련이 있을 것 같은 상품들을 다루는 가게가 수없이 들어서 있었다.

'설마 이러한 상태가 되어 있었을 줄이야……'

그것을 보기 전까지 미라는 조합 직영 가게이리라고 생각했다.

하지만 실제로 와보니 그곳에는 온갖 전문점이 점포를 임대하는 형식으로 들어서 있었다. 아닌 게 아니라 4층만 돌아보아도 모험 준비가 끝나지 않을까 싶을 정도였다.

활기 넘치는 광경에 들뜬 나머지 당초의 목적을 깔끔하게 잊어 버린 미라는 곧장 근처에 있던 가게로 돌격했다.

'흐음~. 어디서 들어본 이름인데.'

첫 번째 가게인 동시에 전체의 4할 정도 되는 면적을 차지한 그 점포의 간판을 노려보며 미라는 고개를 갸웃했다. 그리고 10초 정도 머리를 쥐어짠 끝에 겨우 그날의 만남을 기억해냈다.

처음 대륙철도를 탔던 날, 승강장에서 말을 걸어왔던 남자. 세 드릭 디노아르를.

눈앞에 있는 그 가게의 이름은 '디노아르 상회 세인트 폴리 지 점'. 모험가용 제품을 주로 취급하는 유명점이었다.

'호호오~. 이곳이 그곳인가. 꽤나 재미있어 보이는군그래.'

하얀 벽에 마루로 된 바닥. 그곳에는 선반이 질서정연하게 늘 어서 있어서, 다종다양한 상품이 진열되어 있었다. 가게 안을 대 충 둘러본 미라는 신이 나서 미소를 지은 채 모든 선반을 살펴볼 기세로 가게의 끄트머리에서부터 순서대로 확인하기 시작했다.

업계 제일의 업적을 자랑하는 디노아르 상회는 실로 다양한 용 도에 착안한 상품을 다루고 있었다.

야영을 할 때, 주변에 둘러쳐두면 마물의 접근을 감지하여 알 려주는 경보기. 어둠을 밝게 비추어주는 마동식 랜턴. 본체에서 열기를 내뿜는다는 불이 필요 없는 프라이팬. 거기에 작은 크기의 마동식 경량 풍로. 간단하게 훈제를 할 수 있는 조립 키트. 벌레 쫓는 약이며 취항약(臭抗藥)과 같은 늘 수요가 있는 상품 등등. 보면 볼수록 모험가를 둘러싼 환경이 30년 만에 무지막지하게 편리한 방향으로 진화를 거두었다는 사실을 알 수 있었다.

그러한 것들을 보던 미라는 참지 못하고 쇼핑 바구니를 손에 들고 본격적으로 쇼핑을 하기 시작했다.

'호오, 마동통이라는 것은 이걸 말하는 것이었군.'

계산대 근처에 위치한 선반에 푸른색을 띤 통 형태의, 척 보기에는 꼭 AA사이즈의 건전지 같은 상품이 잔뜩 진열되어 있었다. 그 선반 위의 눈에 띄는 곳에는 '마동통 한 개 3000리프'라는 글씨와 '무려 한 개에 중급 마동석 2개 분량이!'라는 선전문구가 적혀 있었다. 가게에서 취급하고 있는 마동식이라는 상품을 사용할 때 필요한 동력원이 이 마동통이었다.

'3천 리프라. 그렇다면……'

가격을 확인한 미라는 그대로 발걸음을 돌려 조금 전에 지났던 선반 앞으로 돌아왔다. 그리고 그곳에 있던 상품의 설명문을 다시 한 번 읽어보았다.

거기에는 '마동식 정수기'에 관한 설명이 적혀 있었다. 강, 바다, 연못, 호수, 심지어 소변까지 여과해서 식수로 만들 수 있다는, 디노아르 상회의 강력 추천 제품이라는 듯했다. 사용하려면 마동통이나 마동석이 필요하며 마동통 하나로 100리터까지 정수가 가능하다고 적혀 있었다.

'다시 말해서 100리터에 3천 리프라는 뜻으로군. 그렇다면 1리터에 30리프인가. 흠, 강력 추천이라 할 만 하군그래.'

물을 구할 수만 있으면 수질에 상관없이 마음 놓고 마실 수 있는 안전한 식수를 저렴한 가격에 확보할 수 있다. 물은 모험에 꼭 필요한 물건이지만 무겁고 부피도 많이 차지한다. 마동식 정수기는 그러한 문제를 대폭 해소시켜주는 물건인 것이다. 팔리지 않을 리가 없었다. 실제로 미라가 설명문을 읽는 동안에도 모험가들이 와서 세 개는 사갔다.

'이건 필요하겠구나.'

그렇게 판단을 내린 미라는 녹색 마동식 정수기를 집어 바구니에 넣었다. 그리고 다시 계산대 근처로 돌아가서는 마동통 세 개도 바구니에 던져 넣었다.

그 후로도 미라는 계속 가게 안을 돌아다니며 '취향약' 등을 비롯하여 합계 10만 리프 정도의 상품을 바구니에 넣어 계산 대기 열에 섰다.

"어서오십시오."

몇 분이 지나 미라의 차례가 왔다. 카운터에 바구니를 내려놓고 정산을 기다리던 미라는 문득 어떠한 사실을 기억해 냈다. 그리고 파우치를 뒤져 깜찍한 카드 지갑을 꺼내서 세드릭 디노아르의 명함과 함께 넣어두었던 한 장의 카드를 점원에게 제시했다.

"우대권이 있다만, 쓸 수 있겠는가?"

그것은 세드릭에게 받았던 우대권이었다. 점원은 "확인해 보겠습니다"라고 말하며 그것을 받아들어 뒷면을 훑어보고는 잠시 눈이 휘둥그레져서 모종의 장치에 우대권을 가져다 대었다.

'못 쓰는 겐가······.'

미라가 그렇게 불안해 하기 시작했을 즈음.

"확인했습니다. 그럼 이쪽 상품을 합계 금액에서 2할 할인해 드리도록 하겠습니다."

점원은 그렇게 말하더니 상품 계산을 재개했다. 아무래도 문제 없이 사용할 수 있는 듯했다.

그렇게 정산이 끝나 8만 리프 정도를 지불한 미라는 거스름돈과 함께 돌아온 우대권을 보며 의기양양한 미소를 지었다. 우대권은 몇 번이든 사용할 수 있는 모양이었다.

할인을 꽤 크게 받았다. 앞으로도 필요한 것이 있으면 디노아르 상회를 이용하는 게 좋을 것 같다. 그렇게 세드릭의 꿍꿍이속에 홀랑 넘어간 미라는 의기양양하게 조합 건물을 뒤로 했다.

그러고서 몇 분 후, 미라는 허둥지둥 돌아와 물품판매소의 서점에서 당초의 예정대로 지도를 구입해갔다.

18

페가수스를 타고 세인트 폴리에서 날아올라 황야의 상공을 달리기를 몇 시간. 해가 저물어 밤이 다가오자 폭죽이 터진 듯 별이 하늘을 가득 메웠다. 이 세계에 와서 올려다본 밤하늘은 언제나 별로 가득했지만 오늘은 보다 선명히 반짝이고 있었다. 언젠가 보았던 천상폐도의 하늘에 버금갈 정도의 광경이었다.

"페가수스여. 오늘밤도 멋진 별하늘이로구나."

미라는 한없이 펼쳐진 절경 앞에서 무심결에 말했다. 페가수스는 살며시 고개를 끄덕이며 기쁜 듯 히히잉, 하고 동의를 표하더니 꼬리에서 대전된 입자를 방출하여 빛의 궤적을 하늘에 그렸다.

그렇게 얼마간 야경을 즐기다 보니 새까만 대지와 반짝이는 별하늘 사이, 지평선 저 너머에 작은 빛이 떠오른 것이 눈에 들어왔다.

남쪽에 솟은 광대한 산맥에서 흘러나온 강이 수없이 포개어져 생겨난 류시온 대하(大河)다. 로즈라인 공국의 수도, 아이린은 그런 대하 옆에 있었다.

목적지에 도착한 미라는 밤의 어둠에 숨어 뒷골목에 위치한 작은 공터에 내려섰다. 그리고 페가수스를 치하하고 송환하고서 태연한 얼굴로 상점가에 발을 들여놓았다.

아이린 제일의 번화가인 그곳은 밤이 되었음에도 많은 조명이 내걸려 있었다. 심지어 그 빛은 정령의 불을 활용한 것으로 매우 강렬해서, 번화가를 낮처럼 밝혔다. 빛에 꼬여들 듯 사람들이 분주히 오가는 그곳은 세인트 폴리에 버금갈 정도로 붐비었다.

'이곳도 많이 변했군그래.'

거리에는 수많은 종족, 그리고 수많은 직종의 자들이 뒤섞여 있었다. 다소의 예외는 있었지만 모두가 즐거운 듯 웃으며 쇼핑을 즐기고 있었다. 그 점만은 미라가 아는 30년 전과 같았다. 하지만 아이린의 거리는 그때와 비교도 되지 않을 정도로 커지고 떠들썩해져 있었다.

폭이 10미터는 될 대로를 끼고 온갖 점포가 늘어선 상점가에는 여기저기 노점이 난립하여 무질서하게 뒤섞여있는 듯 보였다. 하지만 사람의 흐름은 막힘이 없었고, 그런 가운데 특별히 눈에 띄는 것을 들자면 혈기왕성한 남자가 날뛰어 사람으로 된 울타리를 만들고 있는 모습 정도였다.

미라는 때때로 소란이 일어난 곳에 고개를 들이밀기도 하며 그런 대로를 나아가 당당히 멜빌 상회가 직영하는 점포를 찾았다. 그 이유는 우연히 눈에 들어왔기 때문이다.

'흠, 이곳이 키메라 협력자의 본진인가.'

그 가게는 수많은 무구를 취급하고 있었다. 단검부터 전투도끼, 가죽옷부터 전신갑주 등, 전사 클래스의 모든 장비가 망라되어 있었다. 당장에라도 모험에 나설 수 있을 정도로 여러 품목이 갖추어져 있었다.

나무와 석재를 메인으로 한 심플하고 차분한 분위기를 띤 가게 안에는 모험가의 모습이 많이 보였다. 겉모습만으로 판단하자면 저랭크부터 고랭크에 이르기까지 고객층도 다양했으며 그들, 그녀들은 자신에게 걸맞은 무구를 선별하느라 여념이 없어 보였다.

'음, 저 안은……?'

그런 가게 안을 둘러보던 미라는 어떠한 것을 목격했다. '관계자 외 출입금지'라 적힌 계단을 고랭크로 보이는 모험가가 내려가고 있었다.

미라는 관계자라는 말은 점원을 뜻하는 것이리라고 생각했다. 하지만 눈앞에서 또 다른 남자가 점원 앞을 당당히 지나 계단을 내려갔다.

'방금 그건 회원증인 겐가…….'

미라는 남자가 카드 비슷한 것을 점원에게 제시하는 모습을 포착했다. 그리고 한 가지 추론을 세웠다. 계단 아래 있는 것은 회원들에게만 수상쩍은 물건을 파는 블랙마켓이 아닐까, 하고.

그 추론에는 키메라 클로젠과 협력 관계에 있는 멜빌 상회니까, 라는 편견이 다량 포함되어 있었다.

"저기, 이봐라. 한 가지 물어도 되겠느냐?"

그래서 미라는 거기 있던 점원에게 과감하게 물어보기로 했다.

"네, 무슨 일이십니까?"

돌아본 여성 점원은 목소리의 주인공을 확인하고는 살며시 몸을 숙여 다정한 미소를 미라에게 건넸다.

"몇 사람이 지하로 내려가는 것을 보았다만, 저기에는 무엇이 있는 게냐?"

미라는 그렇게 말하며 '관계자 외 출입금지'라 적힌 계단을 가리켜 보였다.

"회원제로 특별한 무구를 판매하고 있다고 들었습니다."

미라가 가리킨 곳을 눈으로 좇은 여성 점원은 '들었다'는, 어쩐지 불명료한 답을 입에 담았다.

그 사실에 관해 미라가 더 자세히 물어보니 아무래도 회원만 출입이 가능한 지하 판매소는 멜빌 상회의 중역, 그것도 회장의 친족들이 운영하고 있다는 모양이었다. 판매 중인 무구며 회원의 선정 기준 등에 관해서는 점원 중 아는 이가 없다는 듯했다.

"흠, 그러했나. 시간을 빼앗아 미안하구나."

"아뇨, 궁금한 게 있으시면 언제든 편히 말씀하세요."

그렇게 가게를 뒤로한 미라는 다시 한 번 고개를 돌려 멜빌 상회 직영 점포를 올려다보고는 마치 꼬리를 잡았다는 듯 미소를 지었다.

전귀의 매장지의 위치를 찾는다는 당초의 목적과는 달랐으나 도시에 도착하자마자 멜빌 상회에 관한 수상한 점을 발견해낸 미라는 의기양양하게 상점가를 활보했다.

독단과 편견으로 저 가게는 수상하다고 판단을 내린 미라는 신경 쓰이는 가게들을 닥치는 대로 둘러보았다. 그 모습은 탐정 놀이를 즐기는 소녀 이외의 그 무엇도 아니어서, 군데군데서 따뜻한 눈빛으로 쳐다보거나, 때로는 빨리 집으로 돌아가라며 혼을 내는 자도 있었다.

그리하여 제법 밤이 깊어진 시간. 미라는 현재, 상점가 끝에 와 있었다. 눈앞을 가로지르는 커다란 길의 건너편은 주택가인 듯했다. 자그마한 가로등이 희미하게 밝혀진 그곳은 투명한 검은 천으로 뒤덮인 듯 조용해서, 아직 떠들썩한 상점가와는 상반되는 다른 세상 같았다.

'전귀의 매장지라는 것은 어디에 있으려나.'

그것은 마치 꿈이 끝나는 경계선 같았다. 그 종점에 서서야 당초의 목적을 기억해낸 미라는 밝고 즐거운 분위기를 풍기는 거리를 뒤로 하고 수상쩍은 뒷골목으로 들어갔다.

그곳은 지금까지와는 달리 어슴푸레했고, 그곳에 있는 자들도 어쩐지 말 못할 사정이 있을 법한 분위기를 띠고 있었다. 상점가가 도시의 동전의 앞면이라면 뒷골목은 뒷면인 듯했다.

미라는 생각을 하며 그런 뒷골목을 정처 없이 걸었다.

전귀의 매장지가 어디일까. 유적 마니아인 제프가 모를 정도이니 일반에는 공표되지 않은 정보이리라.

평범하게 조사를 하자면 전문가나 도시의 중역 등에게 접촉해서 묻는 방법이 빠를 듯했다. 하지만 그러려면 상대를 엄선해야만 한다. 어중간한 상대에게 물었다가는 전귀의 매장지를 찾는 자가 있다는 소문이 나돌 우려가 있기 때문이다. 만약 예상한 바대로 키메라 클로젠이 관여되어 있을 경우, 경계만 엄중해지는 결과를 낳고 말 것이다.

그래서 미라는 애초부터 그 수단을 택할 생각이 없었다. 소환술의 범용성이 늘어난 지금, 수단은 얼마든지 있었기 때문이다.

하지만 그 전에 또 하나의 단서를 찾기 위해 미라는 어둡고 수상쩍은 뒷골목을 걷고 있었다.

"이봐, 아가씨, 다섯 닢 낼게."

문득 등 뒤에서 그런 목소리가 들려왔다. 고개를 돌린 미라는 그곳에 서 있던 덩치 큰 남자를 올려다보고는 그 말의 의미를 이해했다. 통통한 체격의 그 남자는 그럭저럭 번듯한 코트를 걸친 것이 돈깨나 쓸 법한 차림새를 하고 있었다.

그리고 미라의 온몸을 훑어보며 흥분한 손놀림으로 은화를 슬쩍 내보이는 남자의 얼굴은 아무리 둔감해도 알 수 있을 정도로 욕정으로 물들어 있어, 미라도 혐오감을 억누르지 못하고 한 걸음 물러설 수밖에 없었다.

"아~ 팔 생각이 없어서 말이다. 미안하다만 딴 사람을 알아보도록."

미라는 그렇게 답하고는 발걸음을 돌려 냉큼 깊은 곳을 향해 걸어 나갔다. 그러자 주변에 모여 있던 자들이 "이거 차였구만~" 하고 웃었다. 그런가 하면 누군가는 "아니, 아직 모를 일이지"라고 말하며 통통한 남자에게 성원을 보내기 시작했다.

아무래도 구경꾼들은 남자의 **흥정**이 성공할지 어떨지를 두고 내기를 하고 있는 듯했다. 그래서인지 아무리 봐도 질 나빠 보이는 녀석들 중 대부분이 미라에게 성원을 보내고 있었다. "아가씨의 몸은 그렇게 싸지 않다구"라느니 "그런 녀석에게 붙들리기 싫으면 냉큼 집에나 가"라느니 "몸 망치기 전에 관두라고" 따위의 말을.

"이상한 녀석들이로군. 이럴 땐 보통 한꺼번에 몰려들어서 에워싼 다음에 '헷헷헤 아가씨, 이쁘기도 하구만. 아저씨들이랑 좀 놀고 가라구' 라는 소리를 하며 덮쳐야 하는 것 아니냐?"

미라는 갑자기 몸을 돌려 "아직 안 끝났어"라는 말을 하며 쫓아온 통통한 남자를 올려다본 채 엉겁결에 그렇게 말하고 말았다.

"그건 범죄잖아. 그런 짓을 했다가는 이 나라에서 장사를 할 수 없게 된다고."

미라를 바라보는 눈은 성범죄자의 그것이었지만 통통한 남자는 그 자리에 딱 멈춰서서 지극히 상식적인 말을 내뱉었다. 하지만 다음 순간, 그는 무언가를 알아챘다는 듯 눈이 휘둥그레져서 말을 이었다.

"혹시 아가씨는, 그런 놀이가 취미인 거니?!"

남자는 소녀의 생각지 못한 성적 취향에 콧김이 더욱 거칠어져서 스커트 아래로 보이는 미라의 허벅지를 응시하며 금화를 품안에서 끄집어내어 꼭 움켜쥐었다.

"그럴 리가 있나……."

미라는 더욱더 흥분한 남자로부터 몇 걸음을 더 뒤로 물러나서 한 마디로 일축하고는 남자가 손에 든 금화를 가리키며 "참고로 그건 범죄가 아닌 게냐?"하고 말을 이었다. 강간은 당연히 범죄다. 그리고 통통한 남자가 하려는 팔고 사는 행위 역시 범죄가 아니냐고 물은 것이다.

그러자 어째서인지 미라의 손가락을 눈으로 쫓던 통통한 남자는 갑자기 몸을 앞으로 구부린 채 허둥대기 시작했다.

"이건 그냥 생리현상이고, 손을 대거나 내보이거나 하지는 않앗으니 상식의 범주에 속하는 일이지!"

"아니, 그쪽 말고. 사는 쪽 말이다."

얼굴은 아직도 욕정에 물들어있건만 어쩐지 우스꽝스러운 소리를 해대는 남자를 본 미라는 쓴웃음을 지으며 그렇게 딱 부러지게 말했다.

통통한 남자는 그 한 마디를 듣고서야 이해를 했는지 손에 든 금화를 보고 "뭐야~" 하고 부루퉁해져서 뺨을 새빨갛게 물들였다. 동시에 주변에서 웃음소리가 터져 나왔다.

"금지된 나라도 있는 것 같지만, 이 로즈라인 공국에서는 이것도 장사의 일환으로 인정되고 있어. 그러니 안심하라고. 어때, 살 살할 거고, 분명 만족스러울 거야."

통통한 남자는 그렇게 말하며 금화 두 닢을 손에 쥔 채 미라에게 다가왔다.

"잘한다, 잘 해" 하는 야유가 들려오는가 하면 "내가 더 만족시켜줄 수 있다고"라고 하며 나서는 이가 나타나기도 했다.

"오호라. 이것도 장사라 이건가. 뭐어, 이 몸은 비매품이다. 미안하다만 딴 사람을 알아보도록."

세계가 바뀌면 상식도 바뀌기 마련이다. 이런 일도 있구나, 하고 한 가지를 배운 미라는 통통한 남자의 손을 슬쩍 되밀며 다정하게 미소 지어 주었다. 그리고 그 주변을 둘러보고서 "그럼 이만"이라는 말을 남기고는 그 자리를 떴다.

그곳에 있던 녀석들은 재미있는 소녀였다며 웃어대더니, 내기에 이겼느니 졌느니 하며 떠들어댔다. 홀로 남겨진 통통한 남자는 미라의 손이 닿았던 때의 감촉을 떠올리며 "나의 천사" 하고 중얼거렸다.

　미라는 추근거리는 자들을 적당히 흘려 넘기며, 때로는 혼쭐을 내주며 길을 걸었다. 어두컴컴한 뒷골목에는 군데군데 간판이 없는 점포가 있었다. 비합법까지는 아니라도 공공연히 거래할 수 없는 회색 상품을 파는 가게다.

　개중에는 정보를 취급하는 가게도 있다고 한다.

　미라는 번화가에서 점포 구경을 하던 도중, 이 뒷골목에 관한 소문을 듣고 이곳에 온 것이다.

　뒷골목 상점가. 대로와는 달리 조명도 부족하고 조용한 그곳은 그다지 분위기가 험악하지도 않고 길목을 오가는 사람들도 제법 있었다. 하지만 그곳에 있는 사람들은 하나같이 여간내기가 아닌 자들 같았다.

　그런 자들이 원하는 회색 상품. 그 중에는 군에서 빼돌린 물건이나 도품, 그리고 유적에서 도굴된 물건도 있다는 소문을 들은 것이다.

　그렇다. 미라는 전귀의 매장지의 도굴품은 없을까 싶어 이곳으로 찾으러 온 것이었다. 그리고 그것을 판 자에게 접촉하여 장소를 캐물으려는 속셈이었다.

　매매자를 특정하는 일은 어렵지 않을 듯했다. 이 나라에서는 정보 역시 상품이라 바깥은 몰라도 뒷골목 가게에서는 주인장에게 돈만 쥐어주면 간단히 얻을 수 있다고 한다.

문제는 전귀의 매장지의 도굴품이 과연 있을까 하는 것과, 있다 한들 그것이 진짜일까 하는 점이리라. 회색인만큼 보증서가 있는 것이 아닌지라 진위를 가리는 일 역시 눈썰미에 의존할 수밖에 없었다.

　"아아, 있지. 거기 구석에 있는 선반에."
　주인장에게 은근슬쩍 확인하며 몇몇 가게를 돌던 미라는 십여 번째 가게에 들어서서야 겨우 그 한 마디를 들을 수 있었다. 그리고 주인장이 알려준 선반을 확인하고서 그것이 진짜임을 직감했다.
　작은 선반에는 유리병이 놓여있었고, 그 병 안에는 검은 안개가 감도는 작은 조각이 들어있었던 것이다.
　"어때. 예쁜 흑무석(黑霧石)이지? 장식하기에는 충분한 크기야. 25만 리프는 부르고 싶지만 아가씨는 귀여우니까 현금 박치기로 20만에 가져가."
　비실비실한 주인장은 영업용 미소를 지은 채 그렇게 너스레를 떨었다.
　과연 정말로 싸게 주는 것일까. 이 점도 눈썰미에 의존할 수밖에 없었지만 애초에 미라의 목적은 도굴품을 구입하는 것이 아니었다. 그 매각자에 대한 정보였다.
　"살짝 비싸구먼. 그 대신——." 이 물건을 판 자를 소개해다오. 미라가 그렇게 말하려던 순간.
　"——내가 사겠다고 했는데 왜 팔려고 하는 건데!"
　가게 안에 그런 여성의 목소리가 울려 퍼졌다. 그리고 그 직후,

"어라? 어째서 미라가 여기 있는 거야?"

기세가 꺾인 탓에 맹해진 목소리가 들려왔다. 이름을 부르기에 고개를 돌린 미라의 눈에 들어온 것은 로즈라인 공국에 잠입 중인 전갈이었다. 아무래도 그녀도 검은 안개를 두른 조각, 흑무석을 노리고 있었던 모양이었다. 구입비를 모아 돌아온 참에 미라와 맞닥뜨린 듯했다.

"아~ 그건 말이다."

미라는 그렇게 말하려다가 겸연쩍은 듯 카운터에 숨은 주인장을 곁눈질로 확인하며 장소를 바꾸자고 제안하고서 가게를 나섰다.

밤이 깊은 뒷골목에는 인적이 드물기는 해도 아예 끊기지는 않았다. 어디서 귀를 쫑긋 세우고 있을지 모를 일이기에 비밀 이야기를 할 수 있는 상황이 아니었다.

"어디서 이야기를 하는 게 좋으려나."

주변을 둘러보며 미라가 그렇게 중얼거리자 전갈이 숙소로 가자고 말했다.

"비싼 만큼 방범성도 좋으니까 누가 훔쳐들을 걱정도 없을 거야."

"흠, 확실히 그렇겠군."

숙소라면 주변의 이목을 신경 쓰지 않고 차분히 이야기할 수 있으리라. 그리 납득한 미라는 전갈의 뒤를 따라 상점가를 향해 걸어갔다.

19

전갈의 안내를 받아 찾은 곳은 온통 돌로 된 중후한 숙소였다. 도시에는 네 개의 커다란 상점가가 있었다. 전갈과 뱀은 그 중에서도 가장 북적이는 거리에 인접한 숙소를 거점으로 삼고 있었다. 하지만 보아하니 아무래도 뱀은 아직 돌아오지 않은 듯했다.

미라는 3층 깊숙한 곳에 자리한 방에서 테이블을 사이에 끼고 전갈과 마주앉아 우선 검에 관해 조사한 결과를 말해주었다.

키메라 클로젠이 가지고 있던 검은 그레고르가 만든 것이 맞았다는 이야기. 그리고 그 검은 그의 아들인 그레고리우스의 부대장 취임 축하선물로 내어준 것이라는 이야기.

그레고리우스가 부대장을 맡은 부대는 오즈슈타인 황국 소속 고고조사단의 호위대였지만 그 조사단은 어떤 유적을 조사하던 중에 호위대와 함께 모습을 감춰버렸다는 이야기.

"그 유적의 이름은 전귀의 매장지라 하는데 말이다. 아까에 보았던 검은 안개가 감도는 조각은 그곳에서 도굴된 것인 듯하더구나."

거기까지 설명한 미라는 아이템 박스에서 믹스베리 오레를 두 개 끄집어내서 하나를 "그대도 마실 테냐?" 하고 말하며 전갈에게 건넸다.

전갈은 "잘 마실게" 하고 받아들더니 한 모금을 마시고 한숨을 내쉬었다.

"다시 말해서 미라는 전귀의 매장지라는 곳을 조사하러 왔다는 거지?"

"그런 셈이다. 하지만 아직 위치를 알아내지 못해서 말이다. 그 조각을 가게에 판 도굴범을 찾아내서 유적의 위치를 불게 할 셈이었지."

미라는 그렇게 말하고서 믹스베리 오레를 비우고 의자에 몸을 묻으며 창밖으로 시선을 돌렸다. 하늘은 깜깜했지만 그곳에서 보이는 상점가는 아직도 떠들썩했다.

"그래서 미라가 그 가게에 있었던 거구나~."

유적의 위치를 찾기 위해. 미라가 이 도시에 있었던 이유에 납득한 전갈은 "그럼 나한테 맡겨" 하고 가슴을 젖힌 채 자신만만하게 웃어 보였다.

듣자하니 로즈라인 공국에 잠입한 전갈은 곧바로 멜빌 상회와 키메라 클로젠의 연관성을 입증할 만한 것을 찾기 시작했다는 듯했다.

그리고 멜빌 상회의 주변을 조사하던 중, 경비가 지나치게 삼엄하다는 점을 알아챘다고 한다. 차기 국가 대표 후보 필두로 거론되고 있으니 엄중한 것은 이해가 되었지만, 전갈의 눈에 그것은 도를 넘어선 듯 보였다는 모양이었다.

그런 가운데 특히 경비병의 수가 많고 늘 엄중하게 경계가 이루어지고 있는 시설이 있었다. 조사해 보니 그 시설은 귀중한 상품의 보관고라는 듯했다. 하지만 정작 상품을 반입하거나 반출하는 움직임이 전혀 보이지 않았다고 한다.

이건 수상하다고 생각해 어떻게 된 일인가 하고 감시를 해보니 부지 내에서 나온 경비병 중 한 명이 그대로 뒷골목으로 들어가는 것이 보였다.

그것을 미행한 끝에 미라와 만난 가게에 도달했다는 듯했다.

그리고 주인장에게 돈을 쥐어주고 캐물은 결과, 경비병이 그 가게에서 매각한 것이 검은 안개를 두른 조각이라는 사실이 판명되었다.

눈에 익은 검은 안개를 두른 조각. 그 조각이 모종의 단서가 되지 않을까 싶어 구입 금액을 뱀에게 빌리러 갔다가 돌아와 보니 미라가 있었다. 그때의 상황에 대한 전말은 그러했던 모양이다.

"오호라……. 그 시설, 어째 구린내가 나는 것 같구나."

키메라 클로젠과 연루된 것을 보이는 멜빌 상회가 관리하는 의문의 시설. 그 시설의 경비병이 뒷골목에 있는 회색 가게에 매각한 것은 전귀의 매장지의 도굴품으로 보이는 조각이었다. 전갈의 이야기를 다 들은 미라는 그러한 정보들을 정리하여 의기양양한 미소를 지었다.

"구려구려. 구린내가 풀풀 나."

전갈 역시 미라에게서 들은 정보를 조합하여 같은 결론에 도달한 듯했다.

"하지만 아까도 말했지만 경비가 엄청나게 엄중하거든. 시간이 맞으면 시설에 들어가는 것까지는 어떻게든 될 것 같지만. 내부 상황을 알아야 하는데……."

잠입공작에 관해서는 이스즈 연맹에서 전갈을 당해낼 자가 없으리라. 하지만 그런 전갈이라도 멜빌 상회가 관리하고 있는 의문의 시설의 경비 상황은 불확정 요소가 너무 많아서 망설일 수밖에 없다는 모양이었다.

전갈이 말하기를, 시설에는 경비병의 순찰에 따른 인적 감시 말고도 출입구 등의 요소에는 마력감지 계열의 경계 장치 등도 배치되어 있다는 듯했다.

"눈과 마력이라. 그거 참으로…… 재미있겠구나!"

미라는 고민에 빠진 전갈과는 달리 들뜬 듯한 반응을 보이더니 벌떡 일어났다.

"기회가 빨리도 왔구나. 이건 절호의 기회일 게다. 지금이 아니면 언제 시험해 보겠어."

그렇게 음흉한 미소를 지은 채 미라는 잽싸게 로사리오 소환진을 출현시켰다.

『눈을, 귀를, 입을 닫아라. 바라는 것은 맑고 투명한 잔잔함. 일체의 파문을 배제한 잔잔함.

만물이여, 고요한 물 밑바닥에 가라앉으라.』

[소환술 : 사일런스]

술법이 발동됨과 동시에 소환진은 소리도 없이, 먼지가 되어 소멸했다.

"어라, 소환술 쓴 거 아니었어?"

마치 소환술이 실패한 듯 보였다. 하지만 상대는 미라였다. 무언가가 어딘가에 있지 않을까 싶어 전갈은 실내를 둘러보았다. 그리고 다음 순간, 전갈은 미라의 모습이 사라졌다는 사실을 알아챘다.

"어라? 미라, 어디 갔어?!"

갑작스러운 일에 당황한 전갈은 실내를 구석구석 찾기 시작했다. 하지만 결국 보이지 않아 고개를 갸웃한 채 "미라야~" 하고 불안한 투로 중얼거렸다.

그런 전갈의 모습을 지켜보던 미라는 득의양양한 얼굴로 입가를 치올렸다.

"여기다."

미라가 그렇게 말하자 전갈은 고개를 돌리는 동시에 "흐에?!" 하고 작은 목소리로 비명을 질렀다. 아무도 없었을 터인 등 뒤에 갑자기 나타난 것도 모자라 낯선 남자가 그 옆에 서 있었기 때문이다.

"정적을 관장하는 정령, 워즈랑베르라고 합니다."

워즈랑베르는 꼬리를 바짝 세운 채 경직된 전갈에게 빙긋 미소를 지어 보이며 고개를 숙였다.

"굉장하지 않으냐?"

소환술은 실패한 것이 아니었다. 다만 어떠한 능력인지 직접 보는 편이 이해하기 빠를 것이라 생각해 시범을 보인 것이다.

그후, 미라는 간단하게 정적의 정령의 능력을 설명했다.

계약한지 얼마 되지 않아 아직 많은 일은 하지 못한다. 하지만 가장 특필할 만한 능력인 완전 은폐는 초기부터 사용할 수 있었다.

완전은폐는 빛과 소리, 기척, 그리고 마력까지 감출 수 있다. 그 범위는 워즈랑베르를 중심으로 반경 3미터까지.

은폐 중에는 동료들의 눈에도 보이지 않게 되지만 미리 워즈랑베르에게 말해두면 특정한 상대가 인식할 수 있게끔 하는 것도 가능하다. 범위 안에서라면 대화도 할 수 있다.

"지금도 은폐는 지속 중이다. 그대가 우리를 인식할 수 있도록 해서 이렇게 보고 대화를 나눌 수 있게 된 게지."

그렇게 설명을 매듭지은 미라는 옆에 있던 의자에 앉아 코트 속 주머니에서 둥글게 말린 한 장의 천을 끄집어내서 펼쳐 보였다. 그것은 기장이 짧은 검은 레깅스였다.

"앗. 내 레깅스!"

그것을 본 전갈은 놀란 투로 말하고서 방구석으로 고개를 돌렸다. 거기에는 침대가 두 개 놓여 있었다. 그리고 그 중 하나에는 가방이 주둥이가 쩍 벌어진 상태로 놓여 있었다.

"어라라……. 분명 닫아서 바닥에 놓았을 텐데."

전갈은 침대로 달려가서 가방을 보았다. 그것은 최소한의 갈아입을 옷을 담아둔 전갈의 가방이었다. 그리고 안을 들여다보니 분명히 넣어두었던 팬티 한 장이 없어져 있었다. 수상쩍은 미소를 짓고 있는 미라가 손에 든 레깅스가 분명했다.

"이것도 시범 중 하나다. 이 몸이 가방을 뒤지고 있는 줄도 몰랐지?"

미라는 레깅스를 둘둘 말아 전갈에게 던지며 의기양양한 미소를 지었다. 정적의 정령의 능력은 존재를 감지하지 못하게 하는 것뿐이 아니었다. 그 행동도 어느 정도는 은폐할 수 있는 것이다.

하지만 행동을 은폐하는 것은 아직 계약을 한 지 얼마 되지 않았기도 해서 지금은 가방을 뒤져 속옷을 슬쩍 하는, 움직임이 적은 일이 고작이라고 미라가 추가로 설명했다.

"끝내준다! 전혀 몰랐어!"

미라를 찾아 실내 전체를 구석구석 뒤지던 도중에 미라가 가방을 뒤지고 있었다는 이야기를 들은 전갈은 그 심상치 않은 은폐 효과에 혀를 내둘렀다.

은밀 행동이 특기인 전갈은 그것을 파헤치는 것도 특기였다. 하지만 최선을 다해 찾았음에도 불구하고 같은 방에서 자신의 가방을 열고 있던 미라를 전혀 지각할 수 없었던 것이다.

이는 전갈 본인뿐 아니라 전갈을 아는 모든 이들이 들어도 놀랄 일이었다.

"그렇지? 이거라면 들키지 않고 의문의 시설에 잠입할 수 있을 것 같지 않으냐?"

미라가 훔친 레깅스를 돌려받은 전갈은 가방의 주둥이를 닫았다가 열었다가 하며 힘껏 고개를 끄덕였다.

"응, 이거라면 할 수 있을 거야. 내가 보증할게."

가방을 열어 속옷을 꺼내는 것. 눈에 띄는 동작은 아니지만 보통은 조금 전 상황에서 들키지 않고 할 수 있는 일이 아니었다. 전갈은 정적의 정령의 능력이라면 그 엄중한 경비망을 통과할 수 있으리라고 확신했다.

"속옷 말고 다른 걸로 시범을 보일 수도 있지 않았을까요……."

첫 임무가 속옷을 훔치는 것이라니. 잔뜩 들뜬 미라와 전갈을

멀찌감치서 바라보며 워즈랑베르는 쓴웃음을 지은 채 그렇게 중얼거렸다.

밤의 상점가. 빛이 넘쳐나 아직도 북적이는 그 위를 미라와 전갈, 그리고 워즈랑베르는 아무에게도 들키지 않고 지붕에서 지붕으로 건너뛰었다.

전갈의 안내로 상점가에서 뒷골목, 음식점가를 지나 서서히 도시 외곽으로 향했다.

그러던 도중이었다. 유흥가 같은 분위기의 길을 지나던 도중, 전갈이 문득 멈춰 서서 전방을 노려보았다.

무슨 일 있느냐고 미라가 물으려던 순간이었다.

"바~보! 멍청이~! 근육바보! 대머리!"

전갈은 갑자기 전방에서 걸어오는 우락부락한 모험가를 향해 그렇게 욕지거리를 쏟아 붓기 시작했다. 그 목소리는 침묵의 힘에 의해 남자에게는 들리지 않았다. 하지만 전갈은 그래도 상관없다는 듯 계속해서 욕지거리를 해댔다.

"아~ 후련하다! 정말 굉장한 능력이야!"

모험가 남자는 아무 것도 모른 채 옆을 지나쳤고 전갈은 그 뒷모습을 놀리듯 익살스러운 몸짓을 취해 보였다.

"무슨 짓을 하는 게냐. 나 원."

미라는 쓴웃음을 지으며 "빨리 가자꾸나" 하고 앞길을 재촉했다.

"저 녀석 있잖아, 어제 엄청 치근거리더라고. 그리고 몇 번이나 몸에 손을 대려고 해서 엄청 짜증나고 기분 나빴어!"

아무래도 조금 전에 지나간 우락부락한 모험가는 여자의 적인 모양이었다. 그리고 그때의 일이 생각났는지 전갈은 입술을 비죽거리며 느긋하게 걸어가는 남자의 뒷모습을 쏘아보았다.

"먹어라! 맨들맨들 대머리~!"

전갈은 바닥에 굴러다니던 돌멩이를 주워서 남자에게 그것을 힘껏 던졌다. 그 순간, 워즈랑베르가 "앗" 하고 놀란 투로 말했다.

전갈의 손을 떠난 돌멩이는 그야말로 빨려들기라도 한 듯 우락부락한 모험가의 뒤통수에 정통으로 명중했다.

맞은 직후, 남자가 날카로운 눈으로 뒤를 돌아보았다. 하지만 그 눈은 워즈랑베르의 은폐 효과를 받고 있는 자신을 보지 못할 것이다. 그렇게 생각한 전갈은 이히히, 하고 의기양양한 미소를 지었다.

"꽤나 열렬한 어프로치이시구만. 나 원, 짓궂은 아기 고양이 같으니."

남자는 끈적한 미소를 지은 채 천천히 전갈을 향해 똑바로 걷기 시작했다.

"어? 어? 어째서?"

전갈은 예상치 못한 반응에 당황했다. 그에 반해 완전히 전갈을 인식한 남자는 무슨 생각을 하는 것인지 훤히 보일 정도로 헤벌쭉한 표정으로 달려들었다.

"귀여워해줄게, 아기 고양이!"

"가까이 오지 마, 바보~!"

전갈은 비명을 지르며 온힘을 다해 도망쳤다. 그야말로 천칭의 성채에서 선보였던 입체기동까지 구사해가며, 모든 신체능력을 발휘해 죽어라 도망쳤다.

하지만 남자도 뒤지지 않았다. 보기와 달리 날렵해서, 인파 속을 최단거리로 돌진해 나갔다. 일진일퇴의 공방이 이어졌다.

"뭘 하는 겐지 원…… 멍청한 것 같으니."

유흥가로 사라지는 두 사람의 모습을 배웅하며 미라는 한숨 섞인 투로 그렇게 중얼거렸다.

십여 분 후. 지칠 대로 지친 전갈이 두리번두리번 주위를 경계하며 옥상 위에서 돌아왔다. 그렇게 다시 완전 엄폐의 비호 아래로 들어온 전갈은 곧장 "어째서~?!" 하고 외치며 미라에게 우는 소리를 했다.

"그건 말이다."

미라는 그렇게 운을 떼고서 원인에 대해 말했다.

그 원인은 전갈이 취한 공격 행동에 있었다. 행동만 하는 것이라면, 이야기를 하는 것만이라면, 그리고 큰소리로 험담을 하는 정도라면 문제가 없었다. 하지만 은폐 효과 범위 밖에 있는 대상에게 직접적인 행동을 취할 경우. 다시 말해서 접촉하거나 전갈이 했던 것처럼 물건을 투척하는 등으로 인해 대상이 또렷하게 인지한 순간, 은폐는 무효화 된다.

"그렇게 된 게다. 쓸데없는 짓을 하니 그렇게 되는 게야."

"미리 좀…… 가르쳐 줘."

미라의 해설을 다 들은 전갈은 비참함으로 가득한 표정으로 고개를 푹 숙였다.

"잠입하기 전에 말할 예정이었다만, 설마 그렇게 성급한 짓을
하리라고는 예상을 못 했지 뭐냐."

의문의 시설에 잠입할 때부터가 진짜 임무 시작이고, 지금은
은폐 능력이 어느 정도인지를 체감하기 위한 시범 운영 같은 것
이었다. 전갈은 그런 것도 모르고 성급한 행동을 하고 만 것이니
거의 자업자득인 셈이었다.

그 후, 미라 일행은 전력질주로 체력을 소비한 전갈이 회복하
기를 기다렸다가 의문의 시설을 향해 다시 밤의 거리를 달렸다.

20

교외의 한 구석. 높은 벽으로 둘러싸인 그 시설은 부지 내에 무수히 많은 창고가 들어서 있는 창고 거리였다.

"이곳에는 멜빌 상회가 취급하는 귀중품이 다수 보관되어 있다고 들었어. 이 근처에 있는 사람들은 하나같이 그렇게 말했지만, 유적이 있다는 말은 한 마디도 않던데."

시설에서 조금 떨어진 건조물 옥상 위. 작은 마을 정도는 쏙 들어갈 정도로 커다란 창고 거리를 바라보며 전갈은 의기소침한 투로 중얼거렸다. 첩보능력에 자신이 있었던 만큼 숨겨진 정보를 간파하지 못해 기가 죽은 듯했다.

"매우 의심스러울 뿐 있다고 결정 난 건 아니다. 있다 한들 그대는 이미 그 조각의 존재를 알아챘으니 찾아내는 것은 시간문제였을 게다."

그때 그 가게에서 미라와 만나지 않았다면 전갈은 검은 안개를 두른 조각을 구입하여 그 출처를 조사해, 결과적으로 전귀의 매장지를 찾아냈을 것이다. 그리고 무엇보다도 이 창고 거리가 수상쩍다고 곧장 지목한 것은 전갈이 사전조사를 해둔 덕이었다.

미라가 그렇게 격려하자 전갈은 티가 확 나도록 기운을 차리고는 "각오해라, 멜빌 상회"라고 의욕 넘치는 투로 말했다.

"귀중품이 있다고 대대적으로 떠벌여, 엄중하게 경비하는 것을 당연하게 여기게끔 해서 정말 지키고 싶은 것을 감춘다. 저와는 정반대되는 수법이군요."

그런 두 사람의 등 뒤에서 워즈랑베르는 어쩐지 들뜬 듯한 눈빛으로 창고 거리를 둘러보고 있었다.

그 후, 지붕에서 내려온 미라 일행은 걸어서 시설로 향했다. 도착한 입구의 문은 활짝 열려 있고 완전 무장한 경비병 둘이 지키고 있었다.

입구 옆에는 파라볼라 안테나에 유리구슬을 올려둔 듯한, 낯선 장치가 놓여있었다. 전갈의 말에 의하면 그것이 마력 탐지 계열의 경계 장치라는 모양이었다.

미라 일행은 그곳을 향해 정면으로 다가갔지만 경비병은 알아챈 낌새가 없었다.

더욱 가까이 가서 잡담이 들릴 정도의 거리까지 접근했다.

경비병들은 야식에 관한 이야기를 하고 있었다. 닭꼬치에 한잔 하고 싶다느니, 국물이 진한 라멘이 먹고 싶다느니, 든든한 불고기 덮밥도 괜찮지 않느냐며 이야기꽃을 피우고 있었다.

그러던 중, 자그마하게 꼬르륵 소리가 났다. 돌아보니 시선이 허공을 헤매고 있는 전갈의 모습이 있었다.

"어디, 꼬르륵 소리뿐 아니라 마력도 얼버무릴 수 있을지 볼까."

미라는 그렇게 말하며 입구를 향해 걸어 나갔다. 워즈랑베르와 전갈도 그 뒤를 따라 경비병의 옆을 지나쳤다.

그리고 무사히 문을 지난 미라 일행은 그대로 경계 장치의 탐지망에 걸리지 않고 시설 안으로 발을 들여놓았다.

"끝내준다~. 전혀 눈치 못 챘어!"

당당하게 눈앞을 지나쳤음에도 경비병들은 전혀 반응을 보이지 않았다. 전갈은 뒤를 돌아보며 그 모습을 확인하고는 신이 나서 웃었다.

"그대가 쓸데없는 짓을 안 한 덕이지."

미라는 그런 전갈에게 돌을 던져 들켰던 일을 들추어 말하며 씨익 웃어 보였다. 그러자 전갈은 말없이 입술을 비죽거리며 항의했다.

"전귀의 매장지 입구는 어디에 있으려나."

거북함을 얼버무리려는 것인지 전갈은 그렇게 말했다.

새삼 둘러보니 부지에는 벽돌로 된 창고가 질서정연하게 늘어서 있었다. 다섯 동이 한 줄을 이루어 멀리까지 이어진 창고들의 윤곽이 밤의 어둠 속에 같은 간격으로 배치된 가로등 불빛을 받아 희미하게 떠올라 있었다.

땅고르기 작업을 거쳐 납작한 돌들로 포장된 도로 끝, 멀찌감치 떨어진 곳에는 순찰을 도는 경비병의 모습도 보였다. 그와 더불어 너무 조용한 탓인지 경비병이 허리에 찬 랜턴 불빛이 어두운 창고 거리에 오도카니 떠올라 하늘하늘 흔들리며 이동하는 그 모습은 도깨비불을 보는 것 같아 어쩐 으스스했다.

"그대가 봤다는 조각을 판 경비병. 그 녀석이 어느 창고에서 나왔는지는 확인 못 한 게냐?"

미라는 어딜 보아도 비슷하게 생겨 구분이 안 되는 창고 거리를 둘러보며 전갈에게 물었다. 유적의 입구를 찾아 하나씩 확인하다가는 아침이 되어버릴 것 같았기 때문이다.

"으음…… 그때는 입구를 감시하고 있었던 것뿐이라서……."

도굴해서 그대로 팔러 간 것이라면 경비병은 유적의 입구가 있는 장소에서 나왔다고 볼 수 있을 것이다. 하지만 광대한 부지 전체를 혼자서 감시할 수 있을 리가 없었다. 그래서 전갈은 관계자가 출입하는 것을 감시하기 쉬운 입구에 감시망을 치고 있었고, 그 때문에 거기까지는 확인하지 못했다는 모양이었다.

"그렇다면 별 수 없지."

그렇게 중얼거린 미라는 문득 무언가를 알아채고는 다시 주변을 살폈다.

"미라, 왜 그래? 적이야?"

미라의 모습을 본 전갈은 즉시 긴장감을 끌어올려 경계 자세를 취했다.

"아니, 경비병의 움직임 말이다만. 영 신경이 쓰여서 말이다."

미라는 그렇게 말하며 멀리 보이는 랜턴 불빛을 눈으로 좇았다. 전갈 역시 그 말을 듣고 주변을 살피며 경비병의 움직임을 주시했다.

그로부터 수십 초 후, 전갈이 "아, 그렇구나" 하고 말함과 동시에 미라도 위화감의 정체를 알아챘다.

그리고 두 사람은 워즈랑베르와 함께 창고 지붕으로 뛰어올라 먼 곳을 응시했다.

"확인해볼 가치는 있을 것 같구나."

"응, 맞아."

"과연. 그런 것이었습니까."

미라와 전갈뿐 아니라 워즈랑베르도 그것을 알아챈 듯했다.

방침을 정한 미라 일행은 도로로 내려가 그대로 목표를 향해 달려나갔다.

위화감의 정체. 그것은 경비병들의 순찰 경로였다.

경비병의 수는 넓은 창고 거리를 둘러보기에 충분할 정도로 많았다. 하지만 어째서인지 지금까지 미라 일행이 서 있던 입구 근처에는 순찰을 도는 경비병이 한 명도 없었던 것이다.

그것은 입구에 경비병 두 명이 배치되어 있기 때문일지도 모른다. 어쩌면 순찰을 돌고 난 뒤인 것뿐일지도 모른다.

하지만 미라는 그 사실이 신경 쓰여서 지붕으로 올라가서 희끄무레한 빛을 띤 채 움직이는 랜턴의 불빛을 표식 삼아 순찰 경로를 확인했다. 그리고 그 감이 맞아들었음을 확신했다.

입구 방면까지 순찰을 도는 경비병은 두 명 정도가 확인되었다. 하지만 그 외의 경비병은 모두가 안쪽에 집중되어 있었다.

창고 거리의 안쪽에 경비를 엄중하게 해야 할 이유가 있다는 뜻이리라.

드디어 미라 일행은 경비가 엄중한 지구에 발을 들여놓았다. 그럼에도 당당하게 창고에 난 작은 창문을 들여다보며 안을 조사하기 시작했다. 완전 은폐 중이기에 가능한 일이었다.

희미한 가로등 불빛이 들이치는 창고 안에는 크고 작은 나무상자가 쌓여 있었다. 대부분의 창고가 그러했고 차이는 나무상자의 숫자 정도뿐이었다.

"음, 이곳은 조금 다른 듯하군."

"응. 창고가 아닌 것 같아."

몇 개의 창고를 들여다보던 미라와 전갈은 그곳이 명백하게 다른 곳과는 다르다는 사실을 알아챘다. 작은 창문에서 보인 것이 나무상자가 아니라 테이블이었기 때문이다.

보아하니 그곳은 거주 공간 같았다. 미라는 '생체감지'를 통해 주변에 배치된 경비병들 말고도 눈앞에 있는 창고 안에서 두 명의 반응을 더 감지해냈다.

"경비병의 숙소 같은 걸까?"

작은 창문에서 보이는 범위 전체를 훑어본 전갈은 그렇게 예상했다. 그럴 가능성은 컸다. 경비병의 수가 많기도 하거니와 밤낮을 가리지 않고 계속 경비를 서고 있으니, 교대 요원이 필요할 것이다. 경비망을 펼치는 범위에 쉴 수 있는 장소가 있으면 효율적으로 운용할 수 있으리라. 이러한 곳이 요소요소마다 있을 가능성도 있었다.

"그게 가장 타당할 것 같다만 아무래도 아닌 것 같구나."

하지만 어떠한 것을 발견한 미라는 과연 이곳이 정말 경비병들의 숙소일까 의심하고 있었다. 그것은 바로 방 구석에 널려 있는 빨래였다.

전갈이 마음에 걸리는 것이라도 있느냐고 묻자 미라는 그 빨래를 가리켰다.

"저 빨래 말이다만, 모두 다 여성의 것으로 보이지 않으냐. 그리고 그렇게 생각한 가장 큰 요인은 저 팬티다. 뒷면에 토끼 무늬가 새겨진 팬티. 저건 아무리 봐도 저연령 여자아이가 입는 것이 아니냐!"

어두워서 잘 보이지 않았지만 방에 널려있는 빨래 속에서 저연령 아이용 팬티를 발견한 미라는 탐정이라도 된 양 그렇게 힘차게 답했다. 경비병 중에 여성이 있을 수는 있다. 하지만 아니는 있을 리가 없지 않겠느냐는 것이다.

"저거…… 팬티야? 게다가 저연령용 같은 게 있어?"

미라는 눈을 빛내며 패기 있게 말을 내뱉었지만 예상치 못한 말만이 돌아왔다.

"있겠지. ……없나?"

미라의 자신감이 흔들렸다. 아직 이 세계를 완전히 파악한 것은 아닌 데다, 어쩌면 성인 여성도 뒷면에 무늬가 새겨진 팬티를 입을지 모른다는 생각이 들었기 때문이다.

하지만 사실 전갈은 애초에 기초적인 팬티의 형상이라는 것을 알지 못했다. 그 때문에 뒷면에 무늬가 새겨진 팬티가 어린이용 팬티라는 도식이 그녀의 머릿속에서 성립되지 않은 것이다.

"글쎄. 나는 계속 입는 것 같은 종류밖에 입은 적이 없어서. 왜, 숙소에서 미라가 내 가방에서 훔쳤던 그거 말이야."

그 말을 들은 미라는 그때의 일을 떠올렸다. 미라가 전갈의 가방에서 끄집어낸 것은 기장 짧은 검은 레깅스였다. 하지만 아무래도 전갈에게는 그것이 유일무이한 팬티의 형태였던 듯했다.

"그러했느냐. 취향 참 심심하구나."

미라는 전갈을 보며 아쉽다는 투로 중얼거리고는 다시 입을 열었다. 팬티라는 것은 설령 보이지 않는다 해도 숨겨져 있다는 사실을 아는 것만으로도 매력적인 물건이라고. 그렇기에 여성은 속옷에도 신경을 써야 한다고. 미라는 그렇게 편향된 지론을 펼쳐놓았다. 자신이 봤을 때 기쁘니까, 라는 이유는 쏙 빼놓고.

"그러면 미라도 저런 팬티를 입어?"

미라의 열의에 감화된 것인지 전갈은 관심이 생긴 모양이었다. 어릴 적부터 수행으로 점철된 나날을 보냈던 전갈은 여성다운 것에 둔감했다. 게다가 동료들에게도 자주 들었던 말을 미라의 입을 통해서도 들었다. 그러한 요인들이 돌고 돌아 팬티로 집약된 듯했다. 여성의 매력은 팬티에서 시작되는 모양이다.

"바보 같은 소리 마라. 이 몸은 이미 그보다 높은 단계에 올라 있지. 더 섹시한 녀석을 입는다."

미라는 그렇게 말하며 자신있게 스커트를 들춰 보였다. 밤의 어둠 속, 희미한 조명에 비친 하얀 허벅지가 유달리 눈에 띄었다. 그리고 그 위, 평소에는 스커트에 가려진 영역이 훤히 드러나, 하얀 속살과 유명 브랜드 팬티가 훌륭한 대비를 이루고 있었다.

"와, 예쁘다. 내가 입은 거랑은 전혀 달라. 이런 걸 입으면 나도 섹시해질까?!"

웅크려 앉아 그 팬티를 빤히 쳐다보던 전갈은 이내 만져보기까지 하여 자신이 입은 팬티와의 차이에 놀랐다. 그리고 미라의 사상에 오염되기 시작했다.

"원판은 나쁘지 않으니 괜찮을 게다."

미라는 냉큼 긍정하여 성적 매력에 눈을 뜬 전갈의 등을 떠밀어 주었다. 과연 그것이 정답일지. 그것을 판단할 수 있는 자는 이곳에 없었다.

그 후, 두 사람은 다음에 속옷을 같이 사러 가기로 약속하고서 그 자리를 떴다. 숙소가 맞건 아니건 보아하니 유적과는 관계가 없는 것 같다고 결론을 내렸기 때문이다.

워즈랑베르는 그런 두 사람의 뒤를 뭐라 형용하기 어려운 표정으로 따라갔다.

"음, 이곳도 창고가 아닌 것 같구나."

다음으로 들여다본 곳 역시 창고의 모습을 한 다른 무언가인 듯했다. 작은 창에서 보이는 범위 안에 나무상자 같은 것은 없었고, 중앙에는 네모난 구멍이 뚫려 있었으며 실내는 대낮처럼 밝았다.

"정말이네. 게다가 경비병이 안에 있어. 이거 수상한데."

이어서 고개를 내밀어 실내를 샅샅이 살펴본 전갈은 그 엄중한 경비태세에 눈을 가늘게 뜬 채 교활해 보이는 미소를 지었다.

이건 최우선적으로 조사해볼 가치가 있을 것 같다고 생각한 미라 일행은 곧장 입구 쪽으로 돌아들어 문에 손을 대고 힘을 줬다.

"아!"

그런 미라의 행동을 본 전갈은 허둥지둥 소리쳤다. 안에 경비병이 있는데 문을 열면 들키지 않을까 싶어서. 하지만 문은 밀어도 당겨도 열리지 않았다. 아무래도 잠겨있는 듯했다.

"정말, 깜짝 놀랐잖아."

전갈이 안도의 한숨을 내쉬는 것을 본 미라는 가방뿐 아니라 문을 열고 닫는 것 역시 완전 은폐의 힘으로 얼버무릴 수 있다고 설명했다.

그 말을 들은 전갈은 피눈물 나는 노력 끝에 잠입 기술을 익혔던 나날을 돌이켜 보고는 워즈랑베르를 쳐다본 채 "그렇구나, 그러면 괜찮겠네" 하고 어쩐지 씁쓸한 투로 그렇게 중얼거렸다.

"어디, 어떻게 할까나."

아무리 정적의 힘이 있다 한들 잠겨 있으면 안에는 들어갈 수가 없다.

"이거, 엄청 정밀한 자물쇠야."

전갈은 그렇게 중얼거리더니 가늘고 긴 금속 막대를 손에 들고 열쇠 구멍을 들여다보며 자물쇠를 따보려 했다. 하지만 얼마 지나지 않아 일어나서 "무리일 것 같아."라고 말하며 문을 노려보았다. 전갈의 말에 의하면 왕성의 보물고만큼이나 튼튼한 자물쇠라고 한다.

열쇠가 없으니 당연히 밖에서는 열 수가 없었고, 별 수 없이 창고를 한 바퀴 돌아보았으나 뒷문 같은 것도 찾을 수 없었다.

"이거 최종수단을 쓰는 수밖에 없겠구나."

정면에 위치한 문으로 돌아온 미라는 문을 바라보며 그렇게 말하더니 살며시 오른손을 내밀었다.

"최종수단이라니. 뭘 하려고, 미라?"

미라라면 그 가녀린 팔로도 간단히 건물을 날려버릴 수도 있으리라고 전갈은 생각했다. 그 말을 들은 미라는 그 손을 가볍게 움켜쥐고서 문에 가져다대었다.

"평범하게 두드려서 안에서 열게 하는 건 어떨까."

미라는 그렇게 말하더니 문을 두드리는 시늉을 해 보였다.

미라가 생각해낸 방법은 이러했다. 창고 안에는 경비병이 있다. 문을 두드리면 누군가가 온 줄 알고 안에서 자물쇠를 열고 고개를 내밀 것이다. 그 순간을 노려 문의 틈새를 통해 안으로 진입하자는 것이다.

"아하. 그게 가장 확실한 방법일지도⋯⋯."

누가 가지고 있을지, 어디에 있을지도 모르는 열쇠를 찾는다는 방법은 논할 가치도 없었다. 건물을 파괴한다는 방법도 상대에게 들통 나 경계만 더욱 엄중해질 우려가 있었다.

그냥 문을 두드리는 것뿐이라면 눈에 띄지도 않을뿐더러, 일이 잘만 풀리면 그야말로 기분 탓으로 여기고 넘어갈 수도 있었다.

"하지만 그렇게 일이 잘 풀릴까? 틈새로 살짝 얼굴만 내밀어서 둘러보고 끝일 수도 있잖아."

전갈은 단순하기는 해도 의외로 유효한 방법일지도 모른다고 납득했지만, 그렇게 일이 호락호락하게 돌아갈까 하는 의문을 입에 담았다. 바깥을 살피기만 할 것이라면 얼굴을 내밀 틈새만큼만 열면 그만인 것이다. 그리고 문을 연 자가 그곳에서 움직이지 않을 경우, 접촉하지 않고 숨어들기란 어려울 것이다.

그 말을 들은 미라는 기다렸다는 듯 미소를 지은 채 파우치 안에 손을 집어넣었다.

"그래서 이걸 쓰자는 거지."

빙긋 미소를 지은 미라는 파우치에서 최종수단의 핵심이라 할 수 있는 것을 끄집어냈다.

"매수하자고? 도굴을 할 정도니 돈을 좋아하기는 하겠지만, 은화는 너무 적지 않아?"

미라가 끄집어낸 것. 그것은 은화 한 닢(5천 리프)이었다. 그것을 본 전갈은 아무리 그래도 뇌물치고는 싸다며 쓴소리를 했다. 하지만 미라는 자신만만하게 쯧쯧, 하고 손가락을 내젓고는 "그런 뜻이 아니다" 하고 말하며 두 사람을 데리고 문에서 조금 떨어진 가로등 아래로 향했다.

"이걸, 이렇게 하는 게다!"

여보란 듯 은화를 내민 미라는 그것을 가로등 아래 내려놓았다. 그리고 다시 문 근처로 돌아가 빛이 반사되어 반짝이는 은화를 보며 자신만만하게 가슴을 폈다.

"아하~. 그런 식으로 쓰려는 거였구나아."

그것을 본 전갈도 납득했다는 듯 고개를 끄덕였다.

문에서 고개를 내밀면 가로등 아래 떨어진 은화가 눈에 들어온다. 돈에 눈이 멀었다면 분명 주우러 갈 것이다. 누구 할 것 없이 좋아하는 데다 '잠깐인데 뭐 어때' 하고 그 자리를 뜨게 할 만한 흡인력을 지닌 물건. 그것이 바로 금전이었다.

"그러면 남은 일은 문을 두드려서 유인해내는 것뿐이네."

전갈은 그렇게 말하며 문 앞에 섰다. 그때 워즈랑베르가 주의사항을 말해주었다. 문을 두드려서 그 소리를 안에 있는 경비원이 듣게 하려면 일시적으로 은폐 효과를 끊을 필요가 있으니 주의를 기울여 누군가에게 발각되지 않도록 하라고.

"알겠어요~."

전갈이 그렇게 대답한 직후, 구석에 갑자기 희미한 빛이 떠오르더니 랜턴을 허리에 매단 경비병이 모퉁이를 돌아 다가왔다.

"잠시 기다려라. 순찰을 도는 녀석이 왔다."

두 사람은 하품을 하며 도로 한가운데를 걷고 있는 경비병이 지나치기를 가만히 기다렸다. 모퉁이에서 다가와서는 정면에 놓인 도로를 지나 멀어지는가 싶었던, 그 순간.

"오, 은화잖아? ……아싸~."

갑자기 멈춰선 경비병은 주변에 누가 없나 살피듯 둘러본 후, 가로등 아래서 반짝이는 은화를 품속에 넣고 그대로 가벼운 발걸음으로 떠나갔다.

"이 몸의, 은화……."

미라는 어이없다는 눈으로 그 경비병의 뒷모습을 배웅했다. 전갈과 워즈랑베르는 아무 말 없이 쓴웃음을 지은 채 애수마저 감도는, 눈에 눈물까지 약간 걸린 미라의 뒷모습을 바라보았다.

21

은화를 슬쩍 챙긴 경비병이 지닌 조명이 멀리 떨어진 창고 뒤로 사라졌다.

"저기, 이번엔 내가 낼게. 응?"

전갈은 떨리는 손으로 파우치에서 다시 은화를 꺼내려는 미라의 손을 제지하고 다정한 목소리로 그렇게 말했다. 미라는 살며시 고개를 끄덕였다.

주변을 둘러보아 경비병의 모습이 없음을 확인한 전갈은 부리나케 가로등 아래 은화를 놓고 돌아왔다.

남은 일은 다음 경비병이 오기 전에 창고 안에 있는 자를 유인해 내는 것뿐이다. 그리고 은화를 집으러 간 참에 그 빈틈을 찔러 내부에 잠입하는 것이다. 은화의 유인 효과는 조금 전에 확인했으니 문제없으리라.

전갈은 문 앞에 서서 다시 주변을 살폈다. 귀를 기울여보니 안에서 이야기소리 같은 것이 들려왔다. 내용까지는 알 수 없었지만 꽤나 신이 난 듯했다.

"두드린다……? 그래도 되지?"

가볍게 주먹을 움켜쥔 전갈은 가로등 아래를 노려본 채 꼼짝도 않는 미라에게 그렇게 말했다. 아무래도 미라는 아직도 미련을 못 버린 모양이었다.

"미라야~. 어~이. 문 두드릴게~."

별 수 없다고 생각한 전갈은 미라의 어깨를 흔들며 귓가에 대고 말했다. 그제야 목소리를 들었는지 미라는 천천히 고개를 돌려 부루퉁한 표정을 지은 채 고개를 끄덕였다.

경비병이 올 낌새는 없었다. 전갈은 순간적으로 은폐 효과 범위를 벗어나 문을 똑똑, 두 번 두드렸다.

그러자 곧장 반응이 나타났다. 창고 안에서 들리던 목소리가 뚝 그친 것이다. 그것을 확인한 전갈은 다시 한 번, 이번에는 좀더 크게, 그리고 천천히 문을 두드렸다.

"누구냐? 밖에 누구 있나?"

경계심 어린 경비병의 목소리가 문 안쪽에서 들려왔다. 작전 제1단계는 성공이다. 그렇게 판단한 전갈은 잽싸게 은폐 효과의 범위 안으로 돌아와 셋이서 문 옆에 대기했다.

"네가 가서 보고 와." "귀찮아. 네가 다녀와."

안에 있는 네 명의 경비병이 그런 소리를 해대기 시작했다.

그때, 조금 떨어진 창고의 모퉁이에 흐릿한 빛이 떠올랐다. 그것은 순찰병이 지닌 랜턴의 불빛이었고, 다음 순찰병이 곧 이곳에 온다는 신호이기도 했다.

'경비병 주제에 왜 이렇게들 미적거리는 게야!'

침입자인 미라 일행에게는 경비병에게 의욕이 없을수록 좋았다. 하지만 이번에는 그 의욕 없는 태도가 발목을 잡았다. 또다시 은화를 낭비하는 상황이 올지도 모른다는 생각에 미라는 초조해지기 시작했다.

그때였다. "네가 제일 가까이 있잖아"라는 말이 결정타가 되어 그제야 안에 있던 경비병이 움직이기 시작했다. 그러는 동안에도 순찰병은 시시각각 다가오고 있었다. 곧 모퉁이를 돌아 지금 있는 통로에 발을 들여놓을 것이다.

"어라, 아무도 없는데."

그 전에 문이 열리더니 안에서 남자 경비병이 고개를 내밀었다. 남은 일은 가로등 아래 있는 은화를 보고 그 자리를 뜨기를 기다리는 것뿐이다. 하지만 순찰병도 착실하게 다가오고 있었다. 첫 번째 은화 때에 확인했듯 은화는 양쪽 모두의 눈에 띄기 쉬운 위치에 있었다. 타이밍상 아슬아슬했다.

절반 정도 열린 문에서 고개를 내민 남자는 이상하다는 듯 주변을 둘러보았다. 그러던 중, 문 옆에서 대기하던 미라와 전갈은 남자와 제대로 얼굴을 마주쳤다. 하지만 은폐 효과는 완벽하여 남자는 못 알아챈 눈치였다.

"오?"

그 직후. 남자는 작은 목소리로 말하더니 문을 활짝 열고 종종 걸음으로 가로등 아래로 향했다. 순찰병보다 먼저 은화를 발견해 낸 듯했다.

"좋아, 지금이다. 가자꾸나."

"응!"

미라와 전갈, 그리고 워즈랑베르는 그 순간을 놓치지 않고 잽싸게 문을 지나 보란 듯이 창고 안에 침입하는 데 성공했다.

"우와아. 눈부셔."

창고 안. 바닥은 온통 돌로 되어 있었으며 중앙에는 네모난 구멍이 뚫려 있고 바닥으로 이어진 계단이 보였다. 밖에서 보고 추측했던 대로 창고라 하기에는 지나치게 아무 것도 없었다. 그럼에도 불구하고 은화를 집으러 간 한 사람을 제외하고도 실내에는 경비병이 셋이나 더 있었다.

그리고 늦은 밤임에도 불구하고 돌로 된 벽으로 뒤덮인 그 공간은 마치 대낮처럼 밝았다.

"이봐, 왜 그래."

문득 밖에서 그런 목소리가 들려왔다. 뒤를 돌아보니 남자 순찰병이 창고 경비병에게 말을 붙이고 있는 참이었다. 어째서 창고에서 나와 있는 것인지 궁금한 것이리라.

그에 반해 경비병은 솔직하게 은화가 떨어져 있었다고 답했다. 그 말을 들은 순찰병은 바지 주머니를 뒤지는 시늉을 하고서,

"아아, 그건 내가 떨어뜨린 거야. 주워줘서 고맙다."

라고 말하며 경비병에게서 반강제로 은화를 빼앗았다. 그러고 나서 순찰병은 다시 걸음을 떼더니 "땡 잡았네, 땡 잡았어"라고 중얼거리며 떠나갔다.

"거짓말 마라, 애송이! 그건 이 몸의 것이 아니냐!"

"저기, 방금 전 건 내 건데……."

미라는 은폐 효과가 있다는 핑계로 순찰병에게 욕지거리를 해 댔다. 전갈은 그 옆에서 소심하게 주장했다.

그런 가운데, 순찰병의 뒷모습을 경비병이 원망스러운 눈으로 노려보았다. 분명 이 길을 순찰하고 있으니 떨어뜨렸어도 이상할 것은 없을 것이다. 하지만 경비병은 알았다. 조금 전 지나간 순찰

병은 도박으로 판돈을 왕창 날린 참이라 은화는커녕 100리프도 수중에 없다는 사실을.

하지만 순찰병이 더 선배이기 때문에 세게 나갈 수가 없었다.

"하아, 망할. 아무도 없었어. 바람이 불었거나 새가 장난을 친 거겠지."

경비병은 척 보아도 불쾌해 보이는 표정으로 혀를 차며 문을 힘껏 닫고 자물쇠를 잠갔다.

"뭐어, 그럴 수도 있지. 그나저나 아깝게 됐네."

열린 문을 통해 바깥에서 나눈 대화를 듣고 있었는지 경비병 중한 명이 위로의 말을 건네자 나머지 두 사람도 조롱을 반쯤 섞어 말했다.

"저 도박중독자 자식, 어디 가서 탈탈 털려버렸으면 좋겠네."

남자는 퉁퉁 부어서 그렇게 욕지거리를 하고는 실내 구석에 자리한 의자에 털썩 앉았다. 나머지 세 명의 경비병도 대체로 동의하는지 "누가 아니래" 따위의 말을 하고는 각자 위치로 돌아갔다.

실내의 네 귀퉁이에 의자가 놓여있었다. 경비병들은 꽤나 한가한지 앉아서 책을 읽는 등, 각자 시간을 죽일 만한 것을 소지하고 있는 듯했다.

경비병들은 미라 일행이 침입했다는 사실을 전혀 알지 못했다. 만족스러운 표정으로 그들의 모습을 둘러보던 미라의 눈이 문득 방의 중앙, 천장 근처에 매달려 있는 구체에서 멈췄다. 겉모습만 가지고 말하자면 그것은 그냥 옅은 빛을 내뿜을 뿐인 구슬처럼 보였다.

'저것에는 광정령의 힘이 담겨있는 듯하군그래.'

주변에는 그림자를 떨구지 않고 빛만이 가득했다. 그러한 광경을 본 적이 있는 미라는 광정령의 힘이라고 확신하고는 그 발생 원인 구체를 바라보았다. 그와 동시에 문득 생각했다. 어째서 이렇게까지 또렷하게 정령의 힘을 느낄 수 있는 걸까.

상황으로 미루어 그것은 분명 광정령의 힘이었다. 하지만 미라는 구체를 본 순간, 마치 그 자체가 그러하다고 말을 걸어온 듯한 감각을 느꼈다. 그것은 직감처럼 애매한 감각이었다. 하지만 미라의 마음에는 일체의 의심도 떠오르지 않았고, 머리는 진실이라고 수용했다.

그것은 미라도 처음 느낀 감각이었다. 오감이 아닌 다른 지각이 갑자기 발현된 듯한, 신비한 감각이었다. 심지어 그 감각이 정령을 대상으로 한 것이라는 사실 역시 자연스럽게 알 수 있었다.

'어째서지? 정령이 보다 친숙하게 느껴지는 것 같군그래. ……혹시 이건, 정령왕의 가호의 효과인가?'

미라는 즉시 그 원인을 짚어냈다. 정령왕의 가호다.

그 가호가 조금 몸에 익은 것일까. 시간이 지날수록 적응이 되는 것인지, 다른 요인이 필요한 것인지, 거기까지는 아직 알 수 없었지만 미라는 그렇게 생각하고 지금은 납득하기로 했다.

"전갈이여, 저기 있는 조명에는 빛의 정령의 힘이 봉인되어 있는 듯하다만, 그러한 조명구가 일반적으로 나돌고 있는 게냐?"

미라는 문득 구체를 가리키며 그렇게 물었다. 정령의 힘이 깃든 것 중 미라가 아는 것은 정령무구뿐이었기 때문이다. 하지만 시대가 지난 지금도 그것뿐이라는 보장은 없으리라. 본 적이 없을 뿐, 또 있을지도 모를 일이다.

하지만 전갈은 그 물음에 고개를 가로저으며 답했다.

"조명구에 빛의 정령을? 정령의 힘을 그런 데 쓸 리가 없잖아."

전갈은 정령력의 일반 이용을 완전히 부정했다. 전투가 흔한 이 세계에서 그것은 귀중한 전력이다. 그러니 그렇게 아까운 짓은 않는다고 했다.

"흐음~. 그렇다는 말이지."

"아, 하지만 빛의 정령과 엘프 사이에서 태어난 사람을 조명 대신 데리고 다닌 사람이 있다는 이야기는 우즈메 씨한테 들은 적 있어."

"그, 그러하냐……."

전갈이 이어서 소소한 이야기를 덧붙이자 미라는 무언가를 얼버무리듯 말을 흐리며 조명에서 시선을 떼었다.

이스즈 연맹의 총수 우즈메. 그 정체는 아홉 현자의 일원, 카구라였으며 그녀가 이야기한 그 인물은 분명 미라, 다시 말해서 덤블프이리라. 그리고 조명 대신 데리고 다닌 것이 바로 현자 대행자인 크레오스였다.

'돌아가면 조금은 다정하게 대해줘 볼까…….'

다른 사람에게 새삼 이야기를 들은 탓인지 꽤 함부로 다뤘던 것 같은 느낌이 들어, 미라는 새삼 그렇게 생각했다.

"이 조명이 광정령의 힘이라면 여긴 더더욱 수상한 걸. 키메라와의 연관성이 의심되는 멜빌 상회의 창고에서 정령의 힘이 봉인된 도구가 발견되다니. 이건 빼도 박도 못할 증거잖아."

쓴웃음을 지은 미라는 아랑곳 하지 않고 전갈은 사나운 미소를 지은 채 조명을 바라보았다. 전갈의 말에 의하면 정령의 힘은 매우 강력해서 보통은 일용품에 응용할 수 있는 것이 아니라고 한다. 만약 가능하다 해도 키메라 클로젠이 지닌 특수한 기술이 있어야 가능할 것이라는 말도 덧붙였다.

사정을 아는 자가 보면 이 현장은 멜빌 상회와 키메라 클로젠의 관계성을 결정지을 결정적인 증거가 될 수도 있을 듯했다.

"관계성은 의심할 여지가 없을 것 같구나. 심지어 시작하자마자 당첨 제비를 뽑은 모양이고 말이다."

미라는 확신에 찬 눈으로 주변을 둘러보고서 중앙에 뚫린 구멍을 들여다보며 대담하게 웃었다.

"아, 정말이네. 이거, 입구지?"

전갈 역시 뒤따라 고개를 불쑥 내밀고 들뜬 목소리로 말했다.

짐이 없는 창고. 그 한가운데 있는 구멍의 밑바닥에는 흙바닥이 훤히 드러나 있고 지하로 이어진 계단이 설치되어 있었다.

전귀의 매장지는 지하에 묻힌 묘지라고 한다. 지금까지의 상황과 정보로 미루어 이 계단이 그 입구일 확률이 지극히 높았다.

그렇게 생각한 두 사람은 확신에 차서 고갯짓을 주고받고는 발을 내디뎠다.

머리 위에 광정령의 힘이 담긴 조명이 있기 때문인지 수백 미터는 내려왔음에도 돌로 포장된 계단은 종점까지 환하게 밝혀져 있었다. 계단은 대략 100미터 정도 남은 듯했다.

"길기도 하다……."

겨우 계단을 다 내려와 보니 이번에는 곧은 터널이 한참 안쪽까지 뻗어 있었다. 밝아도 끝이 보이지 않을 정도로 길어서 전갈은 한숨을 내쉬며 중얼거렸다.

계속해서 20분 정도를 더 걸어간 미라 일행은 깜깜한 벽 앞에서 멈춰섰다.

"이게, 어떻게 된 걸까?"

이상한 광경이었다. 얼핏 보면 검은 벽처럼 보였지만 터널은 사람들을 그 앞으로 빨아들이려는 듯 계속 이어져 있었다.

전갈은 눈살을 찌푸린 채 어둠을 노려보며 쭈뼛쭈뼛 거기에 손을 집어넣었다. 그러자 그 손은 간단히 검은 벽을 통과했다.

"저 조명구의 효과 범위가 딱 여기까지였던 걸까?"

다시 거두어들인 손이 검게 물들지도 않은 것을 확인한 전갈은 전방을 바라본 채 자신의 생각을 입에 담았다. 여기까지 빛이 도달한 것도 놀라웠지만 광정령의 힘을 이용하는 데도 한계는 있는 듯한 것 같다고.

후방은 빛이 넘쳐남에도 불구하고 전방은 어둠으로 가득하다. 그 경계선 앞에 선 미라는 시험삼아 무형술로 불빛을 만들어냈다. 그러자 놀랍게도 전방의 어둠이 걷히고 윤곽이 훤히 드러났다. 그와 동시에 미라 일행은 숨을 죽였다.

어둠으로 뒤덮여 있던 전방은, 새까맸다. 걸어왔던 터널은 석재로 보강되어 회색을 띠고 있었지만, 그 앞은 땅바닥부터 벽에 천장까지 몽땅 새까맸다.

"전귀의 매장지는 지하에 묻힌 무덤이라고 들었다만. 여기부터 그곳인 겐가."

"그런 것 같아."

검은 터널 안쪽에는 명백하게 이질적인 기척이 떠돌고 있었다. 그것을 느낀 두 사람은 그렇게 확신하며 동시에 옅은 미소를 지었다. 수상하면 수상할수록 비밀에 가까워지고 있는 듯한 느낌이 들었기 때문이다.

"그렇다면 여기서 빛이 끊긴 것은 다른 이유 때문일지도 모르겠구나."

땅바닥의 경계선을 바라보며 미라는 그렇게 말했다. 우연히 정령의 빛이 미치는 범위와 경계선이 맞물렸다기 보다는 그곳에 있는 무언가에 막혀 끊겼다고 보는 편이 자연스러울 듯했기 때문이다.

"두 분. 잠시 제 말 좀 들어주시겠습니까."

두 사람이 어둠 끝을 바라보던 중, 지금까지 조용히 있던 워즈랑베르가 그렇게 말했다.

"음, 왜 그러느냐?"

"죄송하지만 아무래도 저는 이 앞으로 들어갈 수 없을 것 같습니다."

미라가 돌아보자 워즈랑베르는 분하다는 듯 미간을 찌푸리며 그렇게 말했다.

"뭣이라……."

갑작스러운 말과 워즈랑베르의 태도를 통해 미라는 뭔가 부득이

한 이유가 있음을 짐작했다. 그리고 현재 상황을 곱씹어 본 미라는 그 원인에 도달하여 "오호라" 하고 알겠다는 투로 중얼거렸다.

"이 앞에 그 저주가 가득하다는 게로구나?"

"네. 오랫동안 마주해온 기척이니 틀림없습니다."

미라가 입에 담은 추측을 워즈랑베르가 긍정했다. 빛이 끊긴 원인은 저주로 인해 정령의 힘이 지워졌기 때문이었다. 다시 말해서 워즈랑베르가 들어갈 수 없는 것뿐 아니라 어떠한 정령도 소환할 수 없다는 뜻이었다.

"어? 그러면 여기서부터는 은폐 효과를 기대할 수 없게 된다는 뜻이야……?"

"그런 셈입니다."

"그렇구나∼……."

늦은 밤시간이기는 하지만 아무도 안에 없다는 보장은 없다. 편히 올 수 있었던 것은 여기까지구나 싶어 전갈은 어깨를 늘어뜨렸다. 오히려 지금부터가 잠입 실력을 발휘할 기회였지만 완전 은폐의 압도적 성능을 몸으로 느낀 전갈은 짧은 시간동안 그 포로가 되어버린 모양이었다.

"뭐어, 별 수 없지. 그러면 돌아갈 때 또 부탁하마."

미라는 워즈랑베르를 송환하고는 덤덤하게 걸어 나갔다. 만약 누군가가 있으면 '생체감지'로 사전에 알 수 있다. 마력감지에는 커다란 장치가 필요하니 보면 알 수 있으리라.

남은 일은 빛을 주의하는 것뿐이다. 미라는 무형술로 만든 조명의 광량을 최소한까지 줄인 채 전귀의 매장지로 들어갔다. 전갈 역시 진지한 표정으로 감각을 곤두세우고 미라의 뒤를 따랐다.

22

새까만 통로를 계속 걷다 보니 앞쪽에 희미하게 일렁이는 푸른 등불이 보였다. 누군가가 있는 건가 싶어 무형술 조명을 꺼뜨린 미라는 만약의 순간에 대비하며 천천히 걸음을 옮겼다.

하지만 다가가 보니 그 등불은 그냥 조명이었다. 광정령의 불빛에 비해 상당히 어두운 그것은 마치 다 수명이 다한 비상유도등처럼 못 미덥고 어쩐지 으스스한 느낌을 주었다. 게다가 같은 간격으로 배치된 것이 아니라 제멋대로 밝혀져 있어 으스스한 분위기에 박차를 가했다.

하지만 의미 없는 장소에 조명을 설치할 리는 없으리라. 미라 일행은 우선 그 조명을 의지하여 걸어 나갔다.

통로 중간 군데군데 위치한 작은 방을 들여다보며 단서가 될 만한 것을 찾아보았으나 매장지라는 명칭치고는 뼈나 매장품 같은 것이 보이지 않았다.

그래서인지 다행히도 경비병 등이 배치되어 있는 낌새는 없었고, 두 사람은 주의를 기울여가며 안으로 안으로 순조롭게 탐색을 계속해 나갔다.

전귀의 매장지에 발을 들여놓은지 20분 정도가 경과했을 즈음이었다. 미라와 전갈은 보다 깊은 지하로 이어진 계단을 발견했다.

길이는 100미터 정도. 계단의 높이는 약간 불규칙적이었으며 벽에는 드문드문 작은 푸른 불이 밝혀진 채 으스스하게 몸을 흔들고 있었다.

"명부에라도 이어져 있을 것 같군그래."

"하지 마, 미라……."

보고 느낀 분위기를 그대로 미라가 입에 담자 전갈은 고양이귀를 푹 수그린 채 불안한 표정을 짓고서 미라의 옆으로 한 걸음 다가섰다. 아무래도 전갈은 밤의 어둠은 익숙해도 오컬트적인 것은 싫어하는, 다소 모순적인 일면을 지닌 모양이었다.

좌우간 신중히 계단을 내려간 두 사람은 넓게 펼쳐진 공간에 도달했다.

"아무래도 여기서부터 진짜 유적인 듯하구나."

미라는 그 광대한 공간 앞에서 그렇게 중얼거렸다. 그것은 마치 원형 극장 같은 구조로 되어 있었다. 정면에는 하층부로 이어진 계단이 있고, 좌우에는 공간을 에워싼 회랑이 계단 형태로 몇 층이나 포개어져 있었다. 그 회랑에는 작은 방의 입구가 무수히 있었는데, 그곳을 들여다보니 이곳이 바로 매장지의 본질임을 알 수 있었다.

"이 구멍이 모두 묘라 이건가."

미라는 전체를 둘러보며 그 터무니없는 표지의 숫자에 한숨을 흘렸다. 대체 얼마나 많은 시체가 잠들어 있는 것일까.

주변에 펼쳐진 공간에는 새빨간 빛이 넘쳐나고 있었는데, 그것은 중심부에 솟은 탑 중간에 튀어나온 기둥에서 비롯된 것이었다.

"저기만 뭔가 특별해 보이네."

천장까지 뻗은 탑을 바라보며 전갈이 그렇게 말했다. 그리고 전갈이 말한 것처럼 많은 도형이며 문양이 빽빽하게 새겨진 탑은 이곳에서 명백하게 이질적으로 보였다.

"그렇구나. 단서가 없을지 찾아보도록 하지."

탑의 최하층에는 입구로 보이는 구멍이 뚫려 있었다. 전귀의 매장지 중심부로 추정되는 그곳에는 뭔가 중요한 단서가 잠들어 있을 가능성이 높을 것이다. 그렇게 생각한 두 사람은 중앙에 자리한 탑을 향해 나아갔다.

마침내 아래층 광장에 도착하여 탑의 입구 앞까지 나아간 미라는 문득 걸음을 멈췄다.

"안에 누가 있는 것 같군."

완전 은폐를 하지 못하는 만큼 미라는 바짝 긴장해 계속 '생체 감지'를 사용하고 있었다. 차폐물 등의 상황에 따라 범위가 변하기는 하지만 이곳까지 오는 도중에는 동행한 전갈 이외의 반응이 느껴지지 않았다. 하지만 지금, 탑 안에 있는 누군가의 반응을 포착한 것이다. 반응은 그 자리에서 그다지 움직이지 않고 탑을 얼마간 올라야 하는 위치에서 느껴졌다.

"아, 위쪽에 있네."

귀를 기울이고 신경을 곤두세우고 있던 전갈 역시 그 존재를 느낀 듯했다. 시간은 이미 늦은 밤인 데다 주변에는 순찰병의 모습도 반응도 없었다.

두 사람은 대체 누구일까, 또 경비병이 도굴이라도 하고 있는 걸까, 같은 생각을 햇다.

하지만 누군가가 있다는 것은 그곳에 무언가가 있음을 뜻하기도 했다.

"조사해볼 가치는 충분히 있을 것 같군그래."

"응, 맞아."

중요한 단서를 찾을 수 있을지도 모른다. 두 사람은 들뜬 마음을 억누르고 지각을 총동원하여 탑 안에 발을 들여놓았다.

탑 안 역시 밝았고 나선 형태로 올라가는 계단이 죽 이어져 있었다. 중앙부가 각 층의 방이고 계단 중간에 입구가 있는 구조인 듯했다. 계단이 계속 호를 그리고 있어 누군가와 딱 마주칠 우려도 있었지만 두 사람의 지각 능력이 있으면 문제는 없을 것이다.

살금살금 2층을 지나, 3층도 통과하여 4층에 도착했다.

기척은 그곳에서 느껴졌다. 미라와 전갈은 벽에 달라붙어 살며시 방 안을 들여다보았다. 그리고 두 사람은 수상쩍은 마스크를 쓴 자의 모습을 발견했다.

4층 방에는 세 개의 커다란 관이 놓여 있었다. 그 중 둘은 뚜껑이 열려있었고 하나는 닫혀있었다. 벽에는 그 관이 들어있었던 것으로 보이는 구멍이 뚫려 있었다. 자세히 보니 아무래도 수상쩍은 인물은 관을 끄집어내고 있는 듯했다.

'음? 저건 정령무구 같군. 속성은 화염, 효과는 반사이려나. 심지어 음이라.'

그 자가 몸에 두른 코트를 본 미라는 직감적으로 그 성능을 간파했다. 보기만 해도 정령무구의 특성을 알 수 있었다. 그 사실에 미라는 이 역시 정령왕의 가호의 효과이리라는 것을 무의식중에 실감했다.

그리고 동시에 위화감을 느꼈다. 워즈랑베르도 들어올 수 없을 정도로 짙은 오니의 저주가 감도는 장소에 있건만 어째서 저 정령무구는 무사한 것일까.

"이런, 시간에, 가져, 오라니!"

미라가 의아해하던 참에 마스크를 쓴 인물은 푸념을 하는 듯한 기합성과 함께 관의 뚜껑을 열었다. 목소리가 가녀린 소프라노톤인 것으로 미루어 그 자는 여성인 듯했다. 미라는 일단 생각하던 것을 멈추고 그 행동에 주의를 기울였다.

짧은 갈색머리를 지닌 여성은 관을 연 후, 투덜투덜 푸념 같은 말을 늘어놓으며 관 속을 뒤지기 시작했다.

그 모습을 얼마간 쳐다보던 미라는 살며시 몸을 물러 전갈에게 '아래로'라고 신호를 해서 그 자리를 벗어나 계단을 내려갔다.

그 후 두 사람은 3층에 있는 작은 방에 몸을 숨기고 작은 소리로 미니 회의를 시작했다.

"경비병은 아닌 것 같았지?"

"음. 두르고 있던 그 코트는 상당히 강력한 음의 정령무구였다. 심지어 이 저주 속에 있으면서도 힘을 잃지 않았지. 요전에 싸웠던 간부의 그것보다 성능이 훌륭한 물건일지도 모른다."

4층에 있었던 여성은 얼핏 보기에 그리 대단한 실력자로는 보이지 않았다. 하지만 그 몸에 두른 장비가 보통내기가 아님을 말해주고 있었다. 이 저주로 가득한 장소에 있음에도 불구하고 미라가 고대환문에서 싸웠던 키메라 클로젠의 간부가 걸치고 있던 갑옷에 버금가는 정령력이 뿜어져 나오고 있었기 때문이다.

"그만한 장비를 가지고 있는 걸 보면, 적어도 말단은 아니라는 뜻이겠지?"

"음. 심지어 이곳에 있는 이상 키메라와 무관하지도 않을 테고 말이다."

키메라 클로젠과의 관련성이 농후해진 전귀의 매장지. 그 중심부에서 작업을 하고 있는 수상한 마스크를 쓴 여성. 그 몸에 걸친 것은 키메라 클로젠의 간부와 동등하거나 그 이상의 힘을 지닌 정령무구. 이만한 상황증거가 모이자 한 가지 가능성이 자연스럽게 떠올랐다.

"……혹시 간부? 붙잡을 기회?"

전갈은 그 가능성을 입에 담았다. 그리고 가늘게 눈을 뜨고서 사냥꾼처럼 위층의 기척에 의식을 집중시켰다. 여성은 그 자리에서 움직일 낌새가 없었다. 조금 전 뚜껑을 연 관을 아직도 뒤지고 있는 듯했다.

"절호의 기회일 게다."

미라 역시 같은 생각에 도달했다.

키메라 클로젠 간부를 포박한다는, 완수하지 못했던 지난 임무를 성공시킬 좋은 기회였다. 그 자리에서 그렇게 판단한 두 사람은 얼굴을 마주한 채 옅은 미소를 주고받았다. 그리고 여성을 더욱 상세히 조사하기 위해 신중하게 계단을 올라갔다.

여성은 관 속에서 무언가를 채취하고 있는 듯했다. 미라와 전갈은 다시금 벽에 달라붙은 채 한쪽 눈만으로 안을 들여다보아, 여성의 동작을 하나부터 열까지 관찰했다.

그 후 얼마 지나지 않아 두 사람은 벽에서 떨어져서 다시 한 번 아래층에 위치한 방으로 돌아가 미니 회의를 재개했다.

이번 회의의 내용은 어떻게 공략할까 하는 것이었다. 하지만 두 사람은 거기서 어떻게 할까 하고 끙끙댈 수밖에 없었다. 여성을 구석구석 관찰해 보았지만 무기는 물론이고 그녀의 클래스를 특정할 수 있는 것이 전혀 보이지 않았기 때문이다.

플레이어 출신자가 사용할 수 있는 '조사'라는 수단도 얼굴을 확인해야만 쓸 수 있어서 마스크를 쓰고 있는 여성에게는 무력했다.

상대의 클래스에 따라 전법을 결정해 우위를 점하고 싸우는 것은 당연한 일이오, 상투적인 수법이었다. 대인전에서는 그렇게 기지와 임기응변에 따라 공방을 펼쳐야만 한다. 미라와 전갈은 그리 파악하고 있었다.

하지만 이번에는 여성이 걸치고 있는 코트가 두꺼워서 그 아래 어떠한 장비가 있을지 확인할 수가 없어, 겉모습으로는 전사인지 술사인지조차 구분할 수가 없었다.

"녀석들의 장비는 얕잡아볼 수가 없어서 말이다. 게다가 이토록 좁은 장소에서도 사용할 수 있는 정령검이라도 감추고 있다면 피해가 막심할 게다."

미라는 간부가 가지고 있던 화염의 정령검을 떠올렸다. 그것과 같은 수준의 공격을 이곳에서 내쏘면 달아날 곳이 없는 만큼 매우 일이 성가셔질 것이다.

정령무구는 정령의 힘에 따라 성능이 크게 바뀐다. 무기뿐 아니라 방어구에도 주의를 기울일 필요가 있다. 특히 화염의 정령력이 깃든 코트는, 어정쩡한 공격으로는 흠집도 낼 수 없는 데다 뼈아픈 반격까지 받게 될 것이다. 미라는 보고 얻어낸 정보를 추가로 전갈에게 설명했다.

상대가 어떠한 무기를 쓸지 모른다 해도 미라는 문제없이 제압할 자신이 있었다. 하지만 소란이 벌어지면 그 후부터 경계도가 높아져 뒤지기 힘들어질 것이다.

간부를 붙잡는다고 확실하게 유익한 정보를 얻을 수 있으리라는 법도 없다. 지금은 제2, 제3의 수단을 취할 수 있도록 신중하게 행동할 필요가 있는 상황이기도 한 것이다.

최대 화력으로 일격에 해결을 볼 필요가 있었다. 얼마간 침묵이 흐르는 가운데 그 방법을 미라가 생각하던 참에.

"정령무구의 영향이 얼마나 클지는 모르겠지만. 저 여자 자체는 별로 강하지 않을 거야."

말을 애매하게 마무리 짓기는 했지만 전갈은 확신에 찬 표정을 짓고 있었다.

"호오, 그러할까?"

"응, 자세나 발놀림, 동작을 여러모로 봤는데 몸을 단련한 것 같지는 않았어."

미라가 묻자 전갈은 그렇게 생각한 근거를 입에 담았다. 지금까지의 경험이며 은신에 관한 지식 등을 모두 합쳐 판단한 결과라는 모양이었다.

"오호라. 그렇다면 파고들 틈은 있을 것 같군그래."

그러한 관찰안과 같은, 정예로서의 전갈의 능력은 미라도 인정하는 바였다. 납득한 미라는 손가락을 턱에 가져다댄 채 전법을 생각하기 시작했다. 그러던 중, 전갈은 작은 공을 품속에서 끄집어냈다.

"나랑 미라의 순발력이라면 분명 정령무구를 쓰기 전에 제압할 수 있을 거야. 그러니까 그 전에 하나 시험해 봐도 될까?"

전갈은 입가를 치올려 수상쩍은 미소를 지은 채 말했다.

"음, 그건 무엇이냐?"

미라는 손가락으로 집을 수 있을 정도 되는 크기의 검은 구체를 쳐다보며 의아하다는 듯 미간을 찌푸렸다. 그것은 얼핏 보면 사슴의 똥처럼 생겼다. 하지만 얼굴을 가까이 가져가 보니 희미하게 달콤한 향이 감돌았다. 미라는 더욱 고개를 갸웃할 수밖에 없었다.

"이 나라, 상회장이 수장이라서 그런지 정말 여러 가지 물건을 팔고 있더라고. 그리고 이건 거리에 있는 가게에서 찾아낸 보기 드문 재료를 섞어 만든 수면약이야. 불을 붙이면 옅은 연기가 나오고 그걸 들이켜면 그랜드 베어도 하루 종일 잠들 거야."

이번에도 전갈은 말을 애매하게 매듭지었지만 이번에는 평소의 미라처럼 당당하게 가슴을 펴고 있었다. 어지간히 자신이 있는 것이리라.

"잠들 거라고? 시험해본 적은 없는 게냐?"

"소재가 너무 귀한 나머지 지금까지 손에 넣을 수가 없어서 처음 만들어 봤어. 하지만 틀리지 않고 문헌에 적힌 대로 조합했으니까 효과는 있을 거야!"

만드는 법은 알지만 실제로 만든 것은 처음이라는 모양이었다. 뭔가 못 미덥다며 미라가 의심으로 가득한 눈빛을 날리자 전갈은 약간 뺨을 씰룩거리기는 했지만 그 자신감이 흔들리는 낌새는 느껴지지 않았다.

듣자하니 전갈의 자신감의 근거는 아무래도 문헌인 듯했다. 거기 기재된 조합약은 하나같이 절대적인 효과가 있다는 모양이었고, 이번에 만든 수면약도 역사가 효과를 증명해준 것이니 완벽하다고 한다.

"뭐어, 안 되면 그때는 예정대로 제압하면 그만이지만 말이지."

약의 효과가 있으면 목적 달성이 쉬워질 테고, 효과가 없어도 딱히 문제는 없을 것이다. 그렇게 결론을 내린 미라는 전갈이 습득한 은밀 행동과 관련된 기능의 지식에 조금 흥미를 보이며 승낙했다.

정령무구에는 상태회복에 대한 내성을 높여주는 것도 존재했지만 다행히도 여성의 정령무기에 그런 기능은 없었다. 그렇게 직감한 미라는 수면약이 효과가 있을 가능성은 충분히 있다고 생각했다. 설령 효과가 없다 해도 마력을 쏟아부어 마안을 써서 억지로 마비시켜버리면 그만이라고 다음 수단도 생각해두었다.

"새삼 든 생각이다만, 일이 잘 풀린다 해도 그대로 데려가도 괜찮을는지 모르겠군. 저 자가 이곳에 있다는 사실은 경비병들이 파악하고 있을 터인데. 그런 자가 계속 나오지 않으면 소란이 일어날 것 같지 않으냐?"

간부가 들어간 채 나오지 않는다. 출입구에는 경비병이 넷 있었다. 분명 그 네 명은 미라 일행이 노리는 여성이 유적에 들어가는 모습을 보았을 것이다. 분명 오랫동안 나오지 않으면 찾으러 올 것이다.

만약 이곳에 전투 흔적이 남아 간부가 납치당했음을 알아챌 경우, 경계는 더욱 엄중해질 것이다. 지금은 아직 멜빌 상회를 조사하는 도중이다. 소란이 벌어지면 조사가 어려워질 것이다.

하지만 미라 일행이 저항할 틈을 주지 않고 전투를 끝내면 전투 흔적은 남지 않을 테니 문제는 없었다.

"그러면 밖으로 나가는 걸 기다릴까? 한 번 밖에 나가서 행방불명되면 며칠은 벌 수 있을지도 모르잖아."

"글쎄다. 나가서도 계속 혼자 있다면 포획할 기회는 있을지도 모르지. 하지만 난이도도 올라갈 테지……."

이 자리에서 없어지면 경비병이 금방 알아채서 내일에라도 소란이 일어날 것이다. 하지만 바깥으로 나간 후, 다시 말해 멜빌 상회의 시설 밖에서라면 없어졌다는 사실을 금방 파악하지 못할 테고, 멜빌 상회와의 관련성도 얼버무릴 수 있을 터다.

하지만 지금 하려는 짓은 유괴다. 아무에게도 들키지 않고 실행할 필요가 있었다. 완전 은폐만 믿고 저지르고 본다는 수단도 있기는 했다. 하지만 상대는 키메라 클로젠이다. 이 완전 은폐가 정령의 힘인 이상, 과신은 금물이다.

그러니 누가 어디서 볼지 모르는 바깥보다 도주로를 차단하기

쉽고 폐쇄되어 있으며 상대가 혼자 있는 지금은 더 없이 좋은 기회라 할 수 있었다.

그리고 상대는 중요한 정보를 가진 간부로 추정되는 자다. 이스즈 연맹으로서는 절대로 놓칠 수 없는 정보원이다. 실행하지 않는다는 선택지는 존재하지 않았다.

"나한테 생각이 있는데, 들어볼래?"

얼마간 대화를 나눈 후의 일이었다. 잠시 생각에 잠겨있던 전갈은 그렇게 말하더니 한 가지 아이디어를 제안했다.

23

"호오, 그러한 일까지 할 수 있는 게냐. 그것 참 멋지군, 좋은 생각이다."

설명을 들은 미라는 전갈의 다양한 재주에 감탄하며 그녀가 제시한 아이디어에 찬성했다.

이미 확실성이 높은 이곳에서 여성을 붙잡기로 결정이 났다. 전갈이 제안한 것은 그 후의 일에 관해서였다.

그 역시 은밀 활동의 기능일 것이다. 전갈이 잘만 하면 여성을 납치했다는 사실을 들키지 않고. 또한 멜빌 상회에게 불필요한 경계심을 심어주는 일 없이 일을 마칠 수 있는 작전이었다.

방법이 결정되었으니 지체할 필요가 없었다. 두 사람은 곧장 방을 나서 그대로 조심조심 4층으로 향했다.

방 안에서는 여성이 아직도 관 속을 뒤지고 있었다. 하지만 전에 봤을 때와 조금 다른 점이 있었다. 여성의 옆에 놓인, 부풀어 오른 하얀 봉투다. 아무래도 관 속에 든 것을 그 봉투로 옮겨 담고 있는 듯했다.

입구에서 슬쩍 고개를 내밀어 상대의 상태를 파악한 두 사람은 고갯짓을 주고 받았다. 그리고 그것을 신호 삼아 전갈은 약구슬에 불을 붙여 살며시 굴리듯 던졌다.

약구슬은 정확히 여성의 발치에서 멈춰 하얀 연기를 뭉게뭉게 피우기 시작했다. 그것을 확인한 미라와 전갈은 방의 입구를 시야에 둔 채 뒤로 물러났다. 근처에 있다가 연기를 들이켜서 자신들이 잠들 우려도 있기 때문이다.

"그래, 어떻게 된 게냐?"

5분 정도 지켜본 후, 미라가 초조하게 입을 열었다. 놀랄 만치 조용했기 때문이다. 그 후, 5분 동안 연기가 피어올랐음을 알아채고 여성이 뛰쳐나오기는커녕 원흉인 약구슬을 제거하는 등의 최소한의 저항도 없었다.

"약구슬은 벌써 다 탔을 텐데."

약효는 강력하다고 했다. 알아채고 대처한들 기절은 면치 못할 것이라고도. 게다가 갑자기 발치에서 연기가 솟구친 데다 냄새가 없는 것도 아닌지라 변화를 알아채기가 어렵지는 않을 터. 그러니 일반인이라도 조금은 호들갑을 떨거나 경계를 하는 등의 반응은 보일 법하건만 방 안에서는 동요한 낌새가 전혀 느껴지지 않았다.

상대는 키메라 클로젠의 간부로 추측되는 자다. 잽싸게 미라 일행의 침입 사실을 알아채고 숨을 죽인 채 기다리고 있을 수도 있었다.

역시 일이 호락호락하게 풀리지는 않을 듯하다. 그렇게 결론을 내리고 경계도를 끌어올린 두 사람은, 전투 태세를 갖추며 천천히 접근했다.

입구 옆에서 일단 멈춘 미라와 전갈은 타이밍을 맞춰 단숨에 실내로 돌입했다.

미라는 그 즉시 소환의 기점을 확정했다. 전갈 역시 단검을 뽑아 낮은 자세로 겨누었다. 하지만 다음 순간, 미라는 "······뭔가, 심히 어이가 없구먼······"이라는 말을 하며 쓴웃음을 지었다.

여성은 조금 전에 흘끔 확인했던 때 그대로 관 옆에 있었고, 그 가장자리에 엎어진 듯한 자세로 잠들어 있었던 것이다.

여성은 쿨쿨, 기분 좋은 숨소리를 내고 침까지 흘리는 것이, 척 보아도 푹 잠든 듯했다.

하지만 어쩌면 자는 척을 해서 방심을 유도하기 위한 작전일지도 모른다. 그렇게 생각한 전갈은 주의를 기울이며 등 뒤에서 조용히 접근해 여성의 몸을 단숨에 억눌러 제압을 시도했다.

저항은, 전혀 없었다.

바닥에 털썩 널브러진 여성은 강하게 억눌렀음에도 불구하고 미동도 하지 않았다. 쿡쿡 찔러보고 흔들어보기도 하며 확인해 봐도 여성은 반응을 보이지 않아, 전갈은 완전히 약효가 돌았다고 진단을 내렸다.

"역시 비전의 약구슬!"

마을에 전해지는 비전의 수면약은 한 순간의 저항도 허락지 않은 듯했다. 전갈은 내심 이렇게까지 효과가 좋을 줄이야, 하고 당황한 눈치였지만 이내 아무렴 어때, 하고 웃으며 가슴을 폈다. 수면약으로 잠재웠다. 이 결과가 전부라며.

이렇게 적을 무효화하는 데 성공한 미라와 전갈은 곧장 작업에 나섰다.

'오오, 제법 미인이 아니냐!'

우선은 마스크를 벗겨 여성의 맨얼굴을 드러나게 한 미라는 그 단정한 이목구비를 보고 약간 흥분했다.

"뭔가, 간부치고는 못 미덥게 생긴 얼굴이네."

전갈이 여성의 얼굴을 들여다보며 나직한 목소리로 말했다. 동성인 전갈의 눈에는 지극히 평범한 얼굴로 보인 모양이다.

분명 이 여성은 지나가던 모든 사람이 고개를 돌려 쳐다볼 정도의 미인은 아닐 것이다. 그렇다고 신경이 안 쓰일 정도인가 하면 그렇지도 않아서, 소박한 매력이라는 표현이 어울릴 정도였다. 보라색을 띤 쇼트헤어는 부지런히 손질을 하고 있는지 윤기가 났고, 청초함과 지성이 느껴졌다. 그러면서도 침을 흘리며 잠든 무방비한 얼굴은 소녀 같은 애교로 넘쳐났다. 말하자면 남자한테 인기 있을 타입이다.

맨얼굴을 확인한 두 사람은 그 후, 가차 없이 여성의 옷을 벗겨나갔다.

전갈이 정령무구인 코트를 벗기자 미라는 수상쩍은 미소를 지은 채 신발을 벗겼다.

전갈이 웃옷을 벗기자 미라는 더욱 짙은 미소를 지은 채 여성의 바지를 벗겼다.

그렇게 속옷만 남기고 여성을 알몸으로 만든 후, 전갈은 소품 가방에서 붕대 같이 둘둘 말린 천을 끄집어냈다. 주문 같은 문자와 문양이 빽빽하게 그려진 그 천은 포박포라는 이름의 구속구였다. 이것으로 묶이거나 감싼 자는 능력이 5할 정도 봉인되며 저항력도 잃는다. 경찰의 수갑 같은 것으로, 경비 등의 임무를 맡은 자들은 대부분 소지하고 있는 물건이었다.

하지만 이스즈 연맹이 사용하는 포박포는 우즈메, 아홉 현자 카구라가 장기인 음양술로 강화한 것이다. 그 성능은 9할까지 상승되어 이것으로 포박하면 거의 도주가 불가능한 수준에 이르렀다.

"그럼 묶기 시작할 테니까 미라, 다리 쪽 들어줘."

"음, 알겠다!"

전갈이 지시를 내리자마자 미라는 냉큼 대답하고는 여성의 다리를 끌어안듯 들어 올렸다. 그리고 상대가 잠들어 있다는 것을 구실 삼아 그 손으로 보드라운 살결과 체온을 느긋하게 만끽했다. 완전히 치한, 변태로 분류되는 자의 행동이다.

하지만 그런 미라의 흑심을 알아챌 수 있는 자는 그리 많지 않았다. 누군가가 지금의 헤벌쭉한 표정을 본다 해도 빼어난 미소녀인 미라의 속내를 알아채기란 매우 어려울 것이다. 정체를 아는 자들이 아니고서는.

당연히 알아챌 리가 만무한 전갈은 미라의 행동을 눈곱만큼도 의심하지 않은 채 "그렇게 하고 가만있어"라고 말하며 여성의 두 다리를 묶어나갔다.

"자, 됐어. 다음은 두 손을 뒤로 돌려서 묶을게."

"음, 알겠다!"

기운차게 대답한 미라는 여성의 다리를 살며시 내려놓고 상체 쪽으로 이동하여 여성을 두 다리 사이에 두고 정면에서 가슴께를 끌어안고서 영차, 하고 몸을 일으키듯 들어올렸다.

"으음, 그럼 묶을 테니까 그대로 있어."

"음, 맡겨만 두거라!"

전갈은 엎드린 자세가 되게 뒤집기만 해도 됐는데, 라고 생각하기는 했지만 힘들게 안아 올린 미라의 노력을 헤아려 잽싸게 여성의 두 손에 천을 둘렀다. 그동안 미라는 온몸으로 온기를 맛보고 있었다.

전갈의 솜씨가 좋은 덕에 포박 작업에는 몇 분도 걸리지 않았고, 마지막으로 재갈을 물려 여성을 구속하는 일을 마쳤다.

그 모습을 미라는 한 걸음 떨어져서 쳐다보았다.

특필할 만한 점은 거의 없었지만 그 몸은 여성 특유의 곡선을 띠고 있었다. 그리고 살색이 눈에 띄는 속옷차림인 채 두 손, 두 다리가 묶여 있었다. 심지어는 입에 재갈까지 물고 있다.

실로 범죄적인 광경이 아닌가.

'키메라 같은 데 가담하니 이렇게 되는 게다!'

미라는 지그시 관찰하듯 쳐다보며 마음속으로 정당성을 주장했다.

"그러면, 예정대로 해볼까."

느슨하게 구속된 부분은 없는지 구석구석 점검하여 확인을 마친 전갈은, 이번에는 자신의 옷을 벗기 시작했다.

"그러면 미라. 이것 좀 부탁할게."

미라의 눈앞에서 속옷차림이 된 전갈은 벗은 옷을 모두 미라에게 건넸다.

"음, 잘 맡아두마!"

미라는 힘차게 대답하며 아직 온기가 남아있는, 전갈이 막 벗은 옷을 받아들었다. 그리고 여성에서 벗겨낸 옷을 주워드는 전갈을 빤히 쳐다보았다.

전갈의 속옷은 기장이 짧은 레깅스와 역시나 기장이 짧은 검은 탱크톱이었다. 그 자체에 섹시한 요소는 없었지만 적절하게 탄탄한 전갈의 몸과 그것이 합쳐진 결과, 심플하고도 건강한 육체가 보다 두드러져서 하나의 완성된 섹시함을 자아내고 있었다.

이 역시 근사하다. 미라는 전갈의 속옷 차림을 보고 그러한 감상을 품은 채 헤벌쭉한 얼굴을 하고서 눈을 떼지 않으려 애쓰며 전갈의 옷을 아이템 박스에 수납했다. 또한, 전갈의 아이템 박스는 여러 가지 도구로 용량이 가득 찼다는 모양이었다. 그래서 속옷 등은 가방에 넣고 있다고 한다.

이런저런 생각을 하는 동안에도 전갈은 당당하게 자신을 훔쳐보는 미라의 시선을 알아채지 못한 채 계속해서 여성의 옷을 입었다.

"아, 아, 아~ 아~. 전갈이예요~."

옷을 다 갈아입은 전갈은 발성연습을 시작했다. 그 목소리는 한 마디를 할 때마다 변화해서, 조금 지나자 딴 사람의 것이 되었다. 변화 후의 목소리는 눈앞에 잠들어 있는 여성의 것이었다.

푸념을 하던 여성의 목소리를 기억해둔 전갈이 그것을 완벽하게 재현해낸 것이다.

"훌륭한 특기로구나."

미라는 마치 창작 이야기에 등장하는 괴도 같은 묘기에 진심으로 감탄했다.

"성대모사는 어릴 적부터 배웠거든."

미라의 칭찬에 기분이 좋아졌는지, 전갈은 의기양양하게 마스크를 쓰며 들뜬 목소리로 말했다. 그것은 이미 성대모사의 영역을 넘어선 것이었지만, 철들었을 때부터 훈련을 해온 전갈에게는 별 것 아닌 일인 모양이었다.

그렇다. 두 사람이 생각해낸 작전은 전갈이 여성인 척을 하고 밖으로 나가는 것이었다. 그렇게 하면 입구를 지키고 있는 경비병들은 간부 여성이 돌아갔다고 생각할 것이다. 그 후 없어졌다는 사실을 알아챘을 때는 그렇게 증언도 할 것이다. 그로 인해 멜빌 상회의 부지 내에서 납치했다는 진실을 감출 수 있다. 불필요한 경계심을 심어주지 않을 수 있는 것이다.

다행히도 여성은 맨얼굴을 가리는 마스크를 쓰고 있어서 얼굴은 얼마든 얼버무릴 수 있었다. 키도 비슷하고 목소리는 비슷하게 만들 수 있다. 그래서 전갈은 이 작전을 제안한 것이다.

이 절호의 기회에 확실하게 간부를 포획할 수 있는 데다 그 목적을 얼버무릴 수도 있다. 만약 미라가 혼자 왔다면 이렇게 일이 잘 풀리지는 않았을 것이다.

"아, 미라. 이것 좀 봐."

작업도구인지 뭔지 모를 여성의 소지품을 정리하던 전갈은 문득 관 속을 바라본 채 손짓을 했다.

"음, 왜 그러느냐?"

자신을 부르는 소리에 다가간 미라는 관 속에 시선을 떨어뜨렸다. 그곳에는 너덜너덜하고 꾀죄죄한 천에 싸인 무언가가 드러누워 있었다.

천에 싸인 것이 무엇인지는 보이지 않았다. 하지만 척 보아도 대충은 예상이 되었다. 천으로 감싸 관에 넣은 물체.

그렇다. 미라(mirra)다. 심지어 그것은 평범한 미라가 아니었다. 여성이 그런 것일 테지만 천의 일부가 벗겨져 있고, 벗겨진 곳에는 새까만 안개가 감도는 팔이 드러나 있었다.

"이 안개는…… 설마."

놀란 미라는 손을 뻗어 관에 누운 미라의 머리에 해당되는 부분의 천을 붙잡아 천천히 그것을 벗겨냈다. 천은 안쪽으로 갈수록 검게 물들어 있었다. 그리고 미라가 마지막 한 장을 벗겨낸 직후.

시체의 얼굴이 드러남과 동시에 검은 무언가가 단숨에 뿜어져 나왔다.

긴장이 다소 풀려있던지라 전갈은 그 기세에 "히익" 하고 작게 비명을 지르며 벽 근처까지 펄쩍 뛰어 물러났다. 그 옆에서 어깨를 움찔했던 미라는 비명을 지르지는 않았지만 천을 내던진 채 그대로 경직되었다. 집중했던 만큼 놀라움도 컸던 모양이었다.

그 검은 안개는 세차게 뿜어져 나오기는 했으나 다른 영향을 미치지 않고 천장에 충돌하더니 녹아들 듯 사라졌다.

"깜짝이야아."

"그러게 말이다. 심장에 해롭게스리."

마음을 다잡은 전갈은 놀랐던 것을 얼버무리듯 웃으며 관 근처까지 다가왔다. 미라로 말하자면 입술을 비죽 내민 채 훤히 드러난 시체의 얼굴을 노려보고 있었다.

그 얼굴은 영화 속 미라와는 달리 거의 피부가 남아있지 않았다. 천 안에 있는 것은 거의 두개골 상태가 된 머리였다.

하지만 평범한 두개골과는 달랐다. 그것은 어둠처럼 검었다. 그리고 뿜어져 나온 안개는 사라졌지만 두개골은 아직도 으스스한 검은 안개를 두르고 있었다. 또한 무엇보다도 특징적인 것은 이마에 돋아난 두 개의 뿔이었다.

"이거, 혹시."

사람의 모습을 하고 있으나 명백히 사람의 것이 아닌 특징을 지닌 두개골. 얼마 전에 알게 된 그 특징 앞에서 전갈은 숨을 죽였다.

"역시 그러했군. 그렇다면 설마, 여기 있는 게 전부⋯⋯."

문득 떠오른 의문이 진실이 되었다. 미라는 눈앞에 있는 시체에서 시선을 떼어 그대로 주변에 위치한 구멍을, 거기 들어있는 관을 쳐다보았다.

저주의 검은 안개. 그리고 두 개의 뿔을 지닌 시체. 그것은 그야말로 오니 그 자체였다.

미라는 전갈의 손을 빌려 다른 관을 몇 개 더 조사해 보았다. 결과, 모든 관에 오니의 시체가 들어있었다.

"과연. 이걸 이용해서 정령을 상대로 싸울 수 있었던 게로군."

관에서 발치에 놓인 주머니로 시선을 옮긴 미라는 그 안을 확인하고 납득했다는 듯 고개를 끄덕였다. 주머니 안에는 가게에서 흑무석이라 불렸던 조각, 오니의 뼈가 담겨있었다.

이 묘지는 오니의 매장지였던 것이다. 정령을 좀먹는 저주의 근원인 오니의 시체가 이곳에는 수없이 잠들어 있다. 이 많은 주물(呪物)을 이용했기에 키메라 클로젠은 정령이라는 강대한 힘과 맞서고도 압도할 수 있었던 것이리라.

그리고 고대환문에서 싸웠던 간부 남자가 가지고 있던 무장을 통해 이것들을 이용하기 위한 연구도 상당히 진행되었으리라는 것을 예상할 수 있었다.

미라 일행은 벗겨낸 천을 시체에 다시 씌우고서 관을 닫았다. 그리고 그것들을 모두 원래 위치로 돌려놓았다. 그런 뒤에 잊은 물건은 없는지 대충 확인했다. 만약 납치 사실을 알아챘을 경우에 대비하기 위한 증거인멸이다.

'이만한 저주를 방치할 수는 없는 일이지만, 지금은 별 수 없구나.'

최종 점검을 마친 미라는 문득 그곳에 있는 관들을 둘러보며 그렇게 생각했다.

정령왕의 가호를 얻은 상태로 상크티아의 진정한 힘을 끌어내면 오니의 저주를 정화할 수 있다고 했다. 그래서 미라는 비는 시간에 손에 익지 않은 성검을 들고 이래저래 시험을 했었다. 하지만 아직 그 감각을 익히지 못했다.

그러나 그럴 만도 했다. 정령왕은 인간의 상식을 초월하는 존재다. 그리고 상크티아 역시 인간의 상식을 초월하는 존재의 딸인 데다 계약한 지도 얼마 안 되었기도 해서 진정한 힘은커녕 통상적인 힘조차 제대로 이끌어낼 수가 없었다.

'언젠가는 반드시 약속을 지키도록 하지.'

지금은 안 되더라도 언젠가는. 미라는 옅은 미소를 머금은 채 그렇게 몸속에 깃든 정령왕의 힘에 맹세했다.

　미라와 전갈은 예상했던 것보다 간단히 키메라 클로젠의 간부
로 추정되는 여성을 포박하는 데 성공했다. 두 사람은 흔적이며
이런저런 것들을 회수하고서 의기양양하게 왔던 길로 돌아가 전
귀의 매장지를 뒤로 했다.

　그리고 지금은 광정령의 빛으로 가득한 긴 터널을 걷는 중이었
다. 미라의 뒤에는 다시 소환한 워즈랑베르가 있었고, 그 뒤에는
다크나이트도 있었다.

　그 다크나이트는 푹 잠든 속옷차림의 여성을 어깨에 짊어지고
있었다. 여성이라고는 하지만 의식이 없는 자를 혼자서 옮기는
것은 남자라도 힘든 일이다. 이 후, 경비병이 있는 창고에서 여성
으로 변장한 전갈은 그 모습을 똑똑히 보여줄 필요가 있다. 그 때
문에 전갈의 손을 빌릴 수는 없었다. 그래서 다크나이트를 소환
한 것이었는데, 듬직한 그 체구로 여성을 가볍게 짊어진 모습은,
마치 산 제물을 옮기는 악마의 화신처럼 보였다.

　그렇게 20분 정도 터널을 걷고 다시 수백 미터는 되는 계단을
올라, 겨우 아무 것도 없는 창고로 돌아왔다. 전갈은 코트에 달린
후드를 깊숙이 눌러쓰고서 먼저 얼굴을 내밀었다. 그 뒤를 완전
은폐로 모습을 감춘 미라 일행이 따랐다.

　무사히 이곳에서 나가기만 하면 작전의 제1단계는 완료되는 셈
이다. 미라는 약간 긴장된 표정으로 전갈의 뒷모습을 바라보았다.

"여어, 수고했어. 댁도 이런 시간까지 고생이 많구만."

변장한 전갈이 얼굴을 보이자 경비병 중 한 명이 그렇게 가벼운 목소리로 말을 붙였다. 동시에 미라와 전갈은 예상과는 다른 반응에 당황했다. 상급자를 대하는 말투가 아니었기 때문이다.

"이것도 일이니까요."

키메라 클로젠의 간부와 멜빌 상회의 경비병에게 상하관계는 없는 것일까. 아니면 중요한 장소인 만큼 경비병이라 해도 상관이 배속된 것일까. 그도 아니면 전갈이 변장한 여성이 간부 중에서도 말단에 속하는 걸까. 그러한 사정은 아무리 생각을 해도 알 수 없었지만, 그래도 전갈은 그 즉시 상황을 정리해서 무난하게 답해 보였다.

"조심해서 돌아가라고."

문 옆에 있던 경비병은 자리에서 일어나 자물쇠를 열고 문을 열었다. 과연 대단하다고 해야 할지, 전갈의 변장은 간파당하지 않을 것 같았다.

"네에, 고마워요."

전갈이 멈춰서서 천천히 대답하는 동안 미라 일행은 잽싸게 옆을 지나 밖으로 나갔다. 전갈은 그것을 확인하고서 문을 지났다.

"제1관문 돌파로군그래."

광정령의 불빛에 눈이 익은 탓인지 한층 더 어두워 보이는 창고 거리를 둘러보며 미라는 만족스러운 투로 중얼거렸다.

"응. 남은 일은 시설의 메인 게이트를 통과하는 것뿐이야."

고개를 끄덕이며 답한 전갈은 마스크를 바로잡고 망설임 없이 입구를 향해 걸어 나갔다. 그리고 순찰병 앞에 일부러 모습을 드러냈다. 심지어 그때의 거리는 지나치게 멀지도 가깝지도 않아 모습은 보이지만 인사를 할 정도는 아닌 것 같다는 생각이 들게 끔 절묘하게 떨어져 있었다. 관찰한 시간이 짧았던 탓에 여성의 인간성까지는 완전히 흉내 낼 수 없었다. 섣불리 대화를 해서 들통 나지 않게끔 주의를 기울인 결과였다.

전갈은 그러면서도 척 봐도 돌아가는 도중이라는 인상을 남기려 노력했다. 되도록 사람들의 눈에 띔으로써 상회와 상관없는 장소에서 모습을 감췄다고 여기게 하기 위해서.

그렇게 걷기를 십여 분. 창고 거리의 출입구에 도착한 미라 일행은 걸음을 멈추지 않고 그대로 마력 감지 장치 사이를 지났다.

그러자 유리구슬 정도 되는 크기의 새빨갛게 빛나는 빛의 구슬이 무수히 나타나 변장을 한 전갈을 에워쌌다.

놀란 전갈이 엉겁결에 발걸음을 멈췄다. 여전히 한가하게 노닥거리던 문지기 두 사람이 문득 전갈 쪽으로 고개를 돌렸다.

"이것 봐, 당신. 감지기에 걸렸잖아."

빛의 구슬에 둘러싸인 전갈의 모습을 본 문지기는 한숨을 푹 쉬고 험악한 표정으로 걸어왔다. 아무래도 감지 장치가 전갈에게 반응한 듯했다.

문지기 중 한 명은 전갈의 눈앞에서 멈추더니 문득 그 손을 전갈의 이마로 뻗었다.

무엇을 하려는 걸까. 단숨에 긴장감이 고조되었다. 지금은 마스크로 얼굴을 숨기고 있지만 만약 벗기기라도 하는 날에는 가짜라는 사실이 들통 날 것이다. 그렇다고 도망치면 부자연스러워 보일 것이다.

전갈은 내심 긴장했고 미라는 언제든 제압할 수 있도록 대기했다.

문지기의 손이 마스크에 닿았다. 그와 동시에 콧등을 쿡 하고 미는 바람에 전갈은 고개를 젖힌 채 두세 걸음 뒤로 밀려났다.

"감지기 사이를 지날 때는 스위치를 누르라고 했잖아."

문지기는 아무 일도 없었다는 듯 몸을 돌려 원래 위치로 돌아갔다.

"응, 고마워."

아무래도 마스크에 마력 감지를 무효화하는 무언가가 있는 모양이었다. 정신이 들어보니 요란하게 들러붙었던 붉은 빛의 구슬도 사라져 있었다.

미라 일행은 친절하게도 스위치를 눌러준 것과 가짜라는 사실을 알아채지 못한 것, 양쪽에 대한 감사인사를 하고서 메인 게이트를 통과했다.

"이러면 우선은 얼버무릴 수 있을까?"

멜빌 상회와는 무관한 뒷골목으로 들어간 전갈은 보는 눈이 없는지 확인하고서 완전 은폐 효과 범위로 들어가서 후드를 벗었다. 그리고 다크나이트가 어깨에 짊어진 여성의 얼굴을 들여다보며 미주알고주알 다 불게 해주겠다며 사나운 미소를 지어 보였다.

"언제까지 얼버무릴 수 있을지는 모를 일이지만 말이다. 우선 이 녀석을 어디로 옮길까가 문제다만. 아까 그 여관이면 되겠느냐?"

미라 역시 전갈처럼, 하지만 전갈과는 달리 여성의 온몸을 훑어보며 미소를 지었다. 속옷차림으로 묶인 무저항 상태의 여성. 미라의 안에서 무언가가 눈을 뜨려하고 있었다.

"응. 비싼 만큼 경비도 확실하거든. 일단은 우리 방에 감금해두자."

전갈은 미라의 수상쩍은 낌새를 알아채지 못한 채 그렇게 답했다.

이미 시각은 자정을 넘겼음에도 불구하고 도시에는 아직도 울긋불긋 불빛이 반짝이고 있어, 번화가의 활기는 사그라질 낌새가 없었다. 미라 일행은 정적의 힘을 효과적으로 이용하여 그런 거리를 달려, 아무에게도 들키지 않은 채 숙소로 돌아왔다.

당당히 현관문으로 들어가 사람을 피하며 로비를 지나 계단을 올랐다. 그리고 최상층의 한 방 앞에 도착한 전갈은 자물쇠를 풀고 문을 열었다.

방에 들어가 보니 뱀이 돌아와 있었다. 그녀는 아무래도 침대에 엎드려 서류를 정리하고 있었던 듯했다. 완전 은폐의 효과는 절대적이어서 문을 열었다는 사실조차 못 알아챈 모양이었다.

그런 뱀은 지금까지 보았던 로브 차림이 아닌, 넉넉한 탱크톱에 쇼트 팬츠라는 편한 복장을 하고 있었다. 더불어 옷을 입으면 말라 보이는 타입이었는지 크게 벌어진 겨드랑이 틈새로는 부드러워 보이는 모성의 상징이 엿보였다. 하지만 그에 뒤지지 않게 늘씬하게 뻗은 하얀 다리는 적절하게 살이 붙은 데다 허벅지도 무방비하게 드러나 있었다.

평소의 얌전한 분위기와는 달리 상당히 경계가 느슨해진 뱀의 모습에서 미라는 눈을 뗄 수가 없었다.

"다녀왔어~!"

흑심 가득한 미라의 시선도 알아채지 못한 채 서류 정리를 계속하는 뱀에게 전갈이 힘껏 말을 붙였다. 하지만 아직 은폐 효과의 범위 안에 있어서 그 목소리는 전해지지 않았다.

"아 참."

전갈은 그렇게 중얼거림과 동시에 입가를 씨익, 하고 일그러뜨렸다.

"둘 다 이리 좀 와 봐."

아무래도 재미있는 장난을 생각해낸 모양이었다. 수상한 마스크를 쓴 전갈은 그렇게 말하며 미라와 워즈랑베르의 손을 잡아끌고 침대 옆으로 이동했다. 그리고 뱀의 바로 옆으로 얼굴을 가져다댄 채 한층 더 짙은 미소를 지었다. 무슨 짓을 할 셈인지 이해한 미라는 당당히 뱀의 가슴께를 들여다보며 "알아챈 낌새는 없는 것 같군그래" 하고 그럴싸한 소리를 입에 담았다.

"미라. 은폐 해제해 줘."

한없이 들뜬 목소리로 전갈이 신호를 보내자 그것을 들은 미라는 워즈랑베르에게 지시해서 정적의 힘을 해제했다.

"어?"

그것은 너무도 이해가 안 되는 상황이었으리라. 긴장을 풀고 있었다고는 하나 이스즈 연맹의 정예인 뱀이 최소한의 경계를 게을리 할 리는 없었다. 따라서 본래는 바로 코앞에 누군가가 올 때까지 알아채지 못하는 일 자체가 있을 리가 없었다.

하지만 그것은 느닷없이 나타났다. 사실 인식 범위 밖으로 설정했다가 원래 상태로 되돌린 것뿐이었지만 갑자기 기척이 느껴져서 고개를 들어보니 기분 나쁜 수상한 마스크가 있는데 놀라지 않을 사람이 어디 있겠는가. 뱀 역시 예외가 아니었다. 오히려 감각이 예민한 정예인 만큼, 전갈이 준비한 몰래카메라의 효과는 끝내줬다.

전갈이 쓴 마스크와 마주한 뱀은 그 즉시 소녀 같은 비명을 지르며 침대에서 굴러 떨어졌다. 동시에 장난을 성공시킨 전갈은 신이 나서 웃었다.

하지만 다음 순간, 방 안에 창백한 빛을 내뿜는 화염 구슬이 떠오르자 그 얼굴이 경직되었다.

'오오?! 이건 사령술의 '음화(陰火)'가 아닌가?'

미라는 눈에 익은 광경을 둘러보며 동시에 출현한 구슬의 숫자에 감탄했다.

사령술 일종인 '음화'는 공방에 모두 이용할 수 있는, 응용성이 높은 술법 중 하나였지만 이것의 진가는 다른 데에 있었다. 그것은 몇 가지 특별한 상급 사령술의 사전 준비 단계라는 점이다. 소환술에서 말하는 '로사리오 소환진'과 비슷한 성질을 지닌 술법이었다.

순간, 창백한 음화가 붉게 빛나기 시작했다. 준비가 끝났다는 신호다. 자세히 보니 방구석에서 몸을 움츠리고 있던 뱀이 몇 개나 되는 마법진을 기동시키고 있었다.

그것을 본 전갈은 허둥지둥 마스크와 코트를 벗어던졌다. 그리고 요상한 동작으로 춤을 춰서 존재를 어필하며 "나야! 전갈이라고!"라는 소리를 필사적으로 반복했다.

마법진의 도형을 통해 상당히 거물이 나올 것 같다는 사실을 알아챈 미라 역시 "이 몸도 있다"라고 말하며 전갈과 함께 춤을 췄다.

"미안해."

"미안하게 됐다."

"죄송합니다."

전갈과 미라, 그리고 워즈랑베르는 다다미 스무 장 너비 정도 되는 방 한복판에 무릎을 꿇고 앉아 뱀에게 그렇게 사과했다. 춤의 효과인지 술법은 발동 직전에 중단되어 피해는 없었다.

하지만 평소 무표정한 뱀이 지금은 매우 부루퉁해져 있었다. 게다가 뺨도 붉게 물들어 있다. 화가 났다기보다는 부끄러움이 더 큰 것인지도 모른다.

"문제없어. 그보다, 상황을 설명해줘."

그렇게 말하기는 했지만 뱀은 특히 전갈을 날카로운 눈초리로 노려본 후, 세 사람의 뒤에 묶인 채 널브러져 있는 여성에게 시선을 보냈다. 사소한 트러블이 있기는 했지만 역시 정예라 해야 할지, 뱀은 척 보아도 납치되어 온 듯한 상태의 여성에 대해서는 얼굴색 하나 바꾸지 않고 해명을 요구했다.

"이 몸이 설명하마."

본래 이 자리에 있을 리가 없는 자신이 적임자이리라고 생각한 미라가 설명하겠다고 나섰다. 그리고 자신이 이곳에 있는 이유며 정적의 정령 워즈랑베르의 힘, 전귀의 매장지, 그곳에서 납치해 온 여성에 관해 설명했다.

"상황은, 알겠어."

시간이 지나 진정한 것인지 뱀은 평소와 그리 다르지 않은 담담한 표정으로 고개를 끄덕이며 답했다.

"그러면 곧장 심문해볼까."

뱀이 평소처럼 돌아왔다는 사실에 안도한 전갈은 벌떡 일어나서 파우치에서 정체 모를 하얗고 작은 구슬을 끄집어냈다.

"짜잔~. 이건 우리 마을에 전해지는 비전의 정신을 들게 하는 약인——."

"——됐으니까, 빨리."

"네……."

전갈이 살짝 기어오르자 뱀은 그 설명은 필요 없다며 곧장 말을 자르고 재촉했다. 아무래도 뱀은 완전히 기분이 풀린 것이 아닌 듯했다. 굳이 말하자면 실행범인 전갈에게만 아직 화가 난 상태인 듯했다.

전갈은 어깨를 축 늘어뜨리고서 묶어둔 여성의 입을 살짝 벌려 거기에 작고 하얀 구슬을 집어넣었다.

그 후 얼마 지나지 않아 효과가 갑자기 나타났다.

"우읍으으으으으으아——!"

묶여있는 여성이 갑자기 눈을 뜨는가 싶더니 다음 순간, 절규했다. 그리고 사레라도 걸린 듯 기침을 해대며 괴로운 듯 몸부림을 치는 동시에 말로 형용할 수 없는 비명을 질러댔다. 그것은 꼭 극약이라도 마신 듯한 반응이었다.

"정말 정신을 들게 하는 약을 먹인 게 맞는 게냐?"

그 광경 앞에서 미라는 몇 걸음 물러나며 전갈을 쳐다보고 그렇게 물었다. 그러자 전갈은 "응, 정신 들게 하는 약 맞아" 하고 태연하게, 자신만만하게 대답했다.

"조금만 더 있으면 말을 할 수 있는 상태가 될 거야."

움찔움찔 경련하는 여성을 밝은 표정으로 바라본 채 전갈은 그렇게 말했다. 가만 보니 뱀도 동요하는 기색이 없었다. 동요하기는커녕 공구 같은, 무엇에 사용하는 것인지 생각하고 싶지 않은 물건들을 묵묵히 끄집어냈다.

두 사람의 반응으로 미루어 아무래도 전갈이 먹인 마을 비전의 정신 들게 하는 약이라는 것을 먹이면 이렇게 되는 것이 정상인 모양이었다. 그쪽 방면에 몸을 둔 프로들의 임무의 어두운 측면을 들여다 본 미라는 간신히 그렇게 이해하고 상황을 받아들였다.

이내 약효가 떨어지자 이번에는 현재 상황을 이해하지 못한 여성이 신음하기 시작했다. 전귀의 매장지에서 채취 작업을 하던 중에 잠들었다가 정신이 들어보니 누군가가 자신에게 극약 같은 약을 먹였고, 진정이 좀 됐다 싶었더니 누구인지 모를 자들이 자신을 내려다보고 있는 데다 그 중 한 사람은 흉기보다 무시무시해 보이는 기구를 손에 들고 있다. 이런 상황에서 냉정함을 유지할 수 있다면 어지간히 간이 큰 거물이거나 중증이라는 형용사가 붙어 마땅한 피가학적 변태 정도일 것이다.

우선 이야기를 할 수 있는 상태가 되자 미라는 예정대로 워즈랑베르에게 지시해서 방을 방음효과로 감쌌다.

"자아, 이제 마음대로 비명을 질러도 돼."

미라에게서 완료되었다는 신호를 받은 전갈은 간담이 서늘해지는 낮은 목소리로 속삭이며 여성의 재갈을 벗겨주었다.

"죽이지 마요~!!"

직후, 그 여성은 온힘을 다해 울부짖었다. 왜, 누가, 어째서라는 질문이 아닌 목숨구걸을 가장 먼저 한 것이다. 어지간히 죽기 싫은 모양인지, 수치심도 체면도 내버리고 몸을 떠는 그 모습을 보고 있자니 절로 맥이 빠졌다.

"솔직하게 얘기하면 목숨은 살려줄게."

전갈은 단검을 뽑아 도신을 여성의 목에 가져다 댔다. 곁에서 보면 명백하게 전갈 쪽이 악당처럼 보일 것이다.

"말할게요~! 뭐든 말할게요~!"

단검의 칼끝에서 달아나려는 듯 몸을 젖히고 머리도 젖힌 여성은 그 후, 눈물로 뺨을 적심과 동시에 속옷까지 흠뻑 적시고 말았다.

그 겁에 질린 모습은 심상치 않아서 간부의 위엄 같은 것은 눈곱만큼도 느껴지지 않았다. 그런 한심스러운 모습 앞에서 얼굴을 마주본 전갈과 뱀은, 이것이 방심을 유도하기 위한 연기인지, 아니면 본모습인지 구분이 안 가 고개를 갸웃했다.

미라로 말하자면 젖은 속옷에 눈을 고정시킨 채 또다시 새로운 문을 열려 하고 있었다.

지금부터 심문한다 해도 이대로 방치할 수는 없는 일이라서, 미라와 전갈은 여성을 탈의실로 옮겼다. 뱀은 바닥을 수습했다.

그리고 탈의실을 지나 그대로 욕실로 향했다.

"익사는 싫어~! 살려주세요~! 뭐든 할게요~!"

목욕물을 받아둔 욕조를 본 여성은 얼굴이 잔뜩 구긴 채 울부짖었다. 이게 정말 적의 책략일까? 이쯤 되니 연민의 감정마저 생겨날 정도였다. 그때, 미라의 가슴속에 어떠한 위화감이 싹텄다.

"그대는 키메라 클로젠이 아닌 게냐?"

여성의 몸을 욕실 바닥에 살며시 내려놓은 미라는 그 위화감을 확인하기 위해 다시금 여성의 눈을 바라본 채 천천히 그렇게 말했다.

직후, 여성은 순간적으로 맹한 표정을 짓더니,

"밀렌이에요~! 사람 잘못 보셨어요~!"

그렇게 말하며 몇 번이고 고개를 가로저었다.

〈25〉

멜빌 상회가 관리하는 창고 거리. 그 창고 중 하나에 있던 전귀의 매장지와 통하는 입구. 그리고 매장지 안에 있던 밀렌이라는 여성. 미라 일행은 상황으로 미루어 그녀를 키메라 클로젠의 간부라 생각해 납치해왔다. 하지만 그것은 착각이었던 듯했다.

아무래도 밀렌은 키메라 클로젠의 간부는커녕 구성원조차 아닌 것 같았다.

속옷 차림으로 두 손 두 발을 묶인 밀렌은 미라 일행의 어떠한 질문에도 다 대답했다.

우선 밀렌은 견습 연금술사라고 한다.

전귀의 매장지에서 무엇을 하고 있었느냐고 묻자 스승님의 부탁으로 연금술에 필요한 소재를 회수하고 있었다고 한다.

그 검은 뼈가 무엇인지 아느냐는 물음에는 "고대의 유골에 특별한 마나가 깃든 것, 이라고 스승님이 그랬어요!"라고 시원시원하게 답했다.

밀렌이 걸치고 있던 코트는 상당히 강력한 정령무구인데 어디서 손에 넣었느냐고 묻자 스승님이 선물로 줬다는 듯했다.

그 코트에는 위험을 느낀 순간 몸을 보호해주는 효과가 있다는 모양이었다. 하지만 그렇게 들었을 뿐, 오늘 이 시간까지는 한 번도 위험한 일을 당한 적이 없어서 정확히는 모른다고 한다. 그렇게 설명한 후, 밀렌은 "고물"이라고 작은 목소리로 중얼거렸다.

듣다 보니 이번에는 그 스승이라는 자가 수상하게 느껴졌다. 그래서 밀렌의 스승에 대한 질문으로 넘어갔다.

그 스승이 흑무석을 사용해 무엇을 만들고 있느냐고 묻자 스승은 모래며 이런저런 금속에 흑무석을 섞고 있다고 밀렌은 답했다. 흑무석은 상당히 특수한 소재라 연금술이 아니면 다른 물질과 결합시킬 수가 없다고 한다.

완성품은 어느 소재를 토대로 해도 검게 물들고, 가장 눈에 띄는 특징인 검은 안개를 옅게 두르게 된다고 한다. 강력한 무구의 소재로 쓰인다고 스승님에게 들었다고 밀렌은 말했다.

그리고 완성된 그 소재는 멜빌 상회에 납품하고 대가로 고액의 수수료를 받고 있다는 모양이었다.

그 후로도 계속 자잘한 질문을 이어갔다.

전귀의 매장지에 매장된 것이 누구인지 아느냐는 전갈의 물음에 밀렌은 아주아주 오래된 고대인이라고 대답하고는 이 역시 스승에게 들은 사실이라고 덧붙여 말했다.

밀렌은 오니라는 존재를 모른다. 표정을 차분히 관찰하던 전갈은 그렇게 판단했다. 이어서 전갈은 간부라면 알 법한 내용의 질문을 몇 가지 던져 반응을 확인했다. 그 결과, 밀렌이 간부일 확률은 한없이 낮다는 판단을 내렸다.

미라도 중간중간 몇 가지 질문을 날렸다. 좋아하는 음식은 무엇인지, 목욕할 때는 어디부터 씻는지, 좋아하는 사람은 있는지, 쓰리 사이즈는? 같은 명백하게 성희롱 같은 내용도 포함되어 있었지만 밀렌은 그 모든 물음에 거짓 없이 대답했다.

"아무래도 키메라에 관해서는 아무 것도 모르는 듯하군."

대충 질문을 마친 후, 미라는 턱에 손을 가져다대며 모든 답변을 토대로 그렇게 결론을 내렸다. 전갈 역시 "그런 것 같아" 하고 동의하며 고개를 끄덕였다.

"저기, 아까부터 말씀하시는, 키메라라는 게 뭔가요?"

미라 일행이 질문공세가 끝난 뒤로는 더 이상 자신에게 손을 대지 않자 그제야 마음이 놓였는지, 밀렌이 그렇게 물었다. 현재 상황은 그 키메라라는 것의 관계자일지도 모른다는 오해에서 비롯된 것이었다. 당연히 신경이 쓰일 것이다.

"키메라 클로젠이라는 녀석들은 말이야——."

전갈은 분노를 억누른 채 차가운 눈으로 밀렌을 바라본 채 키메라 클로젠의 악행을 담담히 말했다.

"뭔가요, 그게……. 정말 너무해요! 그런 사람들 때문에 제가……!"

키메라 클로젠이란 어떠한 존재인가. 그것을 끝까지 들은 밀렌은 분통을 터뜨리는 동시에 사람의 도리를 벗어난 그런 행위에 가담했다는 사실을 안 탓인지 깜짝 놀라 할 말을 잃었다.

하지만 얼마쯤 지나 밀렌은 독백을 하듯, 어릴 적에 정령에게 도움을 받은 적이 있었다고 말했다. 그리고 어째서 스승님이 그런 다정한 정령을 해치는 것을 만들었을까, 하고 중얼거리며 괴로워했다.

미라와 전갈의 눈에도 그 모습은 진심으로 후회하는 것처럼, 정말로 몰랐던 것처럼 보였다. 그리고 거의 틀림없이 그 스승이라는 인물은 키메라 클로젠에게 협력하고 있으리라는 것을 예상할 수 있었다.

"그대의 스승이라는 자가 키메라와 연루되어 있을 우려가 있다. 어디에 있는지 가르쳐 줄 수 있겠느냐."

미라는 몸을 웅크려, 앉은 자세의 밀렌과 눈높이를 맞춘 채 천천히 물었다.

스승과 키메라 클로젠이 연루되어 있을지 모른다. 밀렌은 생각하고 싶지 않았던 가능성을 미라에게 듣고 어깨를 바르르 떨었다. 하지만 얼마쯤 지나 각오를 굳힌 듯, 미라의 눈을 똑바로 쳐다보며 입을 열었다.

"도시 북동쪽 교외에 있는 커다란 저택이에요. 엄청 커다란 정원에 많은 종류의 식물을 재배하고 있으니 보면 바로 알 수 있을 거예요."

그렇게 말하고서 밀렌은 도울 수 있는 일이 있으면 무엇이든 하겠다고 말했다. 전갈은 그런 그녀에게 알고 있는 모든 정보를 제공해달라고 요구했다. 그리고 일이 끝날 때까지 신병을 구속해둬야겠다고 말했다.

몰랐다고는 하나 키메라의 협력자를 거들었다는 사실에는 변함이 없는 데다 지금까지 보인 반응이 모두 연기가 아니라는 보장도 없기 때문이다. 아무리 통찰안이 좋아도 그것은 어디까지나 판단 재료 중 하나에 불과했고, 어지간한 확신이 없는 한 전폭적으로 신뢰할 수는 없는 노릇이었다.

그 사실을 이해한 것인지 밀렌은 반론하지 않고 승낙했다.

지도로 꼼꼼하게 목적지를 확인한 후, 밀렌을 뱀에게 맡긴 미라와 전갈은 밀렌의 스승이 있다는 저택을 향해 달렸다.

이미 밤이 늦었지만 어디에 어떠한 경비망이 전개되어 있을지 모를 일이다. 그래서 미라 일행은 완전 은폐의 힘을 발동시킨 채 옥상에서 옥상으로 건너뛰어 교회에 자리한 거주 지구로 향했다.

벽이며 천장을 타고 달릴 수 있는 전갈은 물론이고 선술사의 기능을 활용하고 있는 미라의 발걸음 역시 가벼웠다. 하지만 워즈랑베르도 그런 두 사람의 뒤를 표표하게 따라가며 상급정령의 실력을 유감없이 발휘하고 있었다.

번화가와는 정반대로 교외는 조용한 밤의 어둠으로 뒤덮여 있었다. 그리고 도시 중심부에서는 보이지 않았던 별빛이 유달리 눈에 띄었다. 그에 반해 정면에 펼쳐진 거주 지구는 희미한 가로등 불빛을 받아 아련하게 모습을 드러내고 있었다. 자세히 보니 그 가로등은 번화가에 있는 정령의 불과는 달리 평범한 술구로 된 것인 듯했다.

때때로 작은 동물의 것 같은 울음소리가 어디선가 들려오더니, 그에 호응하듯 멀리서 같은 소리가 났다.

인적이 거의 없었다. 드문드문 벌게진 얼굴로 뭐라 투덜거리며 갈지자걸음으로 걷는 술주정뱅이가 있을 뿐이었다.

"저기로군."

한산한 거주구 끝. 유달리 고요한 그곳에는 조명도 없고, 밤의 어둠으로 검게 물든 나무와 풀이 울창하게 자라나 있었다. 주변에 비해 확연히 이질적인 분위기를 띤 그 장소의 중심이 바로 밀렌의 스승이 사는 저택이었다. 밀렌의 말대로 실로 찾기가 쉬웠다며 미라와 전갈은 크게 납득했다.

저택 부지 안에 펼쳐진 숲. 그것을 둘러싼 돌담. 미라 일행은 그 돌담을 따라 걸어가, 워즈랑베르의 능력을 이용해 당당히 정면 대문을 열고 저택 안에 발을 들여놓았다.

미라와 전갈은 대문에서 이어진 긴 통로를 지났다. 그렇게 몇 분을 걷다 보니 저택 주변에는 아니나 다를까 경비원이 배치되어 있었다. 하지만 미라 일행은 그 경계망에 걸리지 않고 현관 앞에 도착했다.

그때, 문득 두 사람은 그 자리에서 몸을 돌려 느긋하게 주변에 위치한 경비원들을 둘러보았다.

뭔가가 이상했다. 그곳에 있는 자들은 모두 침입자를 경계하는 것처럼 보이지 않았기 때문이다.

"어째설까. 다들 저택 쪽을 보고 있네."

"그러게 말이다. 이래서는 누가 정원에서 재배 중인 연금술 소재를 싹 쓸어가도 모르겠어."

전갈과 미라는 각자 생각한 바를 입에 담았다. 경비원 같은 자들이 눈에 보이는 범위에 다섯 명 정도 있었다. 그들은 누구 할 것 없이 바깥으로는 눈길도 주지 않고, 저택 쪽만 쳐다보고 있었다.

두 사람은 대문에서 이곳까지 오는 동안 다른 기척을 전혀 감지하지 못했다. 다시 말해서, 저택 바로 옆에 경비원들이 모여 있는 상황이었다. 미라가 말한 것처럼 이러면 경비원에게 들키지 않고 정원에 있는 소재를 얼마든 훔칠 수 있을 것이다.

하지만 일을 내팽개치고 농땡이를 피우는 것은 아닌지, 경비원들은 분명 무언가를 감시하고 있었다.

"뭐어, 완전 은폐 상태니 문제될 것은 없다만."

"듣고 보니 그러네. 빨리 가버리자."

미라와 전갈은 그 이상 신경 쓰지 않고 저택으로 다시 몸을 돌렸다. 옆에서 올려다본 저택은 광대한 정원에 비해 의외로 작았다. 하지만 소재를 재배하기 위한 토지를 중시했음에도 일반적인 민가에 비해 충분하고도 남을 만큼 커서, 이곳 주인의 역량을 대충 짐작할 수 있었다.

미라는 완전 은폐의 효과를 이용하여 현관문을 열었다. 잠겨있지는 않았다. 주변에 경비원을 배치해뒀으니 필요도 없어 보였지만.

이렇게 어렵지 않게 내부에 침입한 미라 일행은 느긋한 발걸음으로 목적한 인물을 찾기 시작했다.

"발치조차 안 보이는군그래."

저택 안에는 조명이 없어, 작은 현관홀은 깜깜했다. 하지만 불을 켤 수는 없는 일이었다.

"나는 밤눈이 밝으니까 앞장설게. 손잡자."

어두워도 상관없다는 듯 주변을 둘러보며 전갈은 손을 내밀었다.

"오오, 그러냐. 고맙구나."

미라는 그 제안을 고맙게 받아들여 손을 뻗었다. 그리고 손에 닿은 무언가를 꼭 쥐었다.

"하웃! 미라야미라야! 그거 꼬리야~!"

어두워서 아무 것도 안 보이는 가운데, 전갈은 허리를 꼿꼿이 편 채 괴롭다는 목소리로 그렇게 외쳤다. 그 순간, 미라는 요사스럽게 눈웃음을 지었다. 그리고 미안하다, 미안해, 라고 말하며 손을 떼고서 다시 허공을 더듬었다.

전갈로 말하자면 마음을 가라앉히고 저택 안을 확인하느라 여념이 없었다. 함정 같은 것이 설치되어 있지는 않은지 다시 둘러보고 있는 것이다.

미라는 그런 전갈의 손을 찾아── 라는 대의명분 아래 그 탄탄한 몸을 이리저리 더듬었다. 그리고 서서히 몸을 지나 팔뚝을 조준한 순간.

"여기야, 여기."

보다 못한 전갈이 손을 낚아채는 바람에 미라의 대모험은 막을 내렸다. 하지만 그럭저럭 만족했는지 미라의 표정은 밝기만 했다.

저택 안에는 함정은커녕 사용인도 없었다. 미라가 '생체감지'로 탐지해 보니 저택 2층에 한 사람의 반응만 있었다. 분명 그 한 사람이 밀렌이 말한 스승이리라.

불이 꺼졌다기보다는 켜진 적이 없었던 듯한 조용하고도 어두운 현관홀을 미라는 전갈의 손을 잡고 통과해서 그대로 계단을 올랐다.

2층 복도는 좌우로 뻗어있었고 그 벽면에는 창문이 늘어서 있어, 그곳에서 희미한 별빛이 들이쳤다. 희미한 빛을 받은 복도는 어렴풋이 윤곽을 알 수 있을 정도로는 밝았다. 그 광경은 마치 그곳에 무언가가 숨어있는 듯한 인상을 주어서, 완전한 어둠보다

괜스레 으스스해 보였다.

"미라야. 저거."

전갈은 그런 복도 끝을 노려보며 잡은 손에 힘을 꼭 주고서 무의식적으로 몸을 붙였다.

"무어냐. 뭔가 찾아낸 게냐?"

저항하지 않고 전갈에게 몸을 붙인 미라는 어둠에 익기 시작한 눈으로 가만히 복도 끝을 바라보았다.

별빛이 미덥지 않아 선명하게는 보이지 않았지만, 자세히 보니 분명 희끄무리한 무언가가 그곳에 있었다.

저게 뭘까. 궁금해진 미라는 그 즉시 앞으로 한 걸음을 내디뎠다. 그와 동시에 걸음이 멈췄다. 아니, 제지를 당했다고 표현하는 편이 옳으리라. 전갈이 미라를 붙잡은 채 꼼짝도 하지 않았기 때문이다.

"혹시, 무서운 게냐?"

미라가 고개를 돌려 그렇게 묻자 전갈은 잠시 침묵하더니 "무섭기는!" 하고 말하더니 꼬리를 곤두세운 채 가슴을 펴고 걸어 나갔다. 미라를 앞에 내세우고서.

미라와 전갈은 생체반응이 있었던 방의 반대쪽 복도를 걸었다. 고요한 복도에는 워즈랑베르의 힘 덕에 발소리조차 울리지 않았다. 사그라질 듯한 별빛만이 옅은 안개처럼 감돌고 있었다.

'이런 곳에는 값비싼 항아리 같은 게 놓여있을 법도 한데 말이지. 정말 아무 것도 없구나.'

부자의 저택에 크나큰 편견을 가지고 있는 미라는 융단이며 꽃병, 항아리와 같은 으레 있을 법한 집기가 보이지 않는다는 사실이 신경 쓰였다. 말하자면 생활감이 안 느껴졌다. 이 저택에 정말 사람이 살고 있는 것이 맞을까, 싶을 정도로.

하지만 그러한 의심은 복도 막다른 길에 도착하자 약간 옅어졌다.

"⋯⋯응, 함정은 없는 것 같아!"

태세를 전환해 미라의 등 뒤에서 앞으로 나온 전갈은 높이가 2미터는 될 듯한 그것을 바라보며 자신만만하게 그렇게 말했다.

그곳에는 당당해 보이는 갑주가 있었다. 작은 별빛에도 반짝일 정도로 잘 닦여있는 탓인지 멀리서 보면 누군가가 서있는 것처럼 보일 정도였다. 밤눈이 밝은 전갈은 말할 것도 없었을 것이다.

전갈은 진심으로 안심한 표정을 지은 채 발걸음을 돌려 미라의 손을 잡아끌고 다시 걸어 나갔다. 이번에는 목표가 있을 터인 방을 향해.

'갑주도 상투적이기는 하지. 실로 훌륭한 물건이구나.'

다시 한 번 고개를 돌려 막다른 길에 있는 갑주를 바라보며 미라는 그런 감상을 품었다. 그리고 앞으로 고개를 돌린 직후, 문득 위화감을 느꼈다.

눈앞에 놓인 복도에는 오히려 집기가 없다는 통일성이 있었다. 갑주를 본 순간에는 과연 부자답다는 생각이 들었지만, 새삼 생각해 보니 오히려 그것만 있다는 사실이 이상하게 느껴졌다. 심지어 한쪽 복도 끝에만 있다니.

하지만 어차피 남의 집 일이다. 하나에만 몰입하는 성격의 소유자일지도 모를 일이다.

미라는 전갈의 손을 잡은 채 등 뒤를 흘끔 돌아보았다. 어쩐지 그곳에 서 있는 갑주가, 어째서인지 존재를 인식하기 전보다 훨씬 으스스하게 보였다.

26

연금술사의 저택 2층. 문을 열자 밝은 빛이 복도로 쏟아졌다. 그리고 어쩐지 혐오감이 느껴지는 독특한 냄새가 풍겨왔다.

미라 일행은 완전 은폐 덕에 문을 열고 닫았음에도 들키지 않고 잽싸게 실내에 침입할 수 있었다.

연금술에 사용하는 재료인지, 방의 주변을 가득 메운 선반에는 형형색색의 무언가가 담긴 병이며 책이 잔뜩 놓여 있었다. 그밖에도 마물 소재며 보석, 작은 동물이 든 우리, 그리고 어째서인지 양을 본떠 만든 인형 등도 놓여있었다.

그런 방의 중앙에 위치한 책상 앞에 한 남자가 있었다. 대략 마흔 살 전후. 덥수룩한 검은머리에 꾀죄죄한 흰 가운을 걸쳤으며 은테 안경을 쓴 그 자는 척 보아도 연구자 같았다.

그는 복잡한 얼굴로 커다란 냄비를 휘젓고 있었다. 냄새는 거기서 풍겨 나오는 것 같았는데, 안에는 흐물흐물한 무언가가 들어있었다. 연금술사라기보다는 마녀 같아 보였다.

가까이 갈수록 냄새가 강해졌다. 그럼에도 미라와 전갈은 얼굴을 찌푸린 채 접근해서 남자의 등 뒤로 돌아들었다.

"움직이지 마."

밖에 있는 이에게 들키지 않도록 남자를 완전 은폐로 감쌈과 동시에 전갈은 그의 목에 단검을 들이댔다.

남자는 움직임을 딱 멈추더니 비명을 지르기는커녕 숨을 죽인 채 손에 쥐고 있던 막대기에서 손을 뗐다. 그리고 두 손을 잘 보이게끔 펼친 채 천천히 입을 열었다.

"무슨 짓이지? 시킨 일은 하고 있잖나."

남자의 목소리는 무척 차분했다. 하지만 그 말투는 냉정하다기보다는 어쩐지 감정을 억누른 듯 담담한 인상을 풍겼다.

"그 일에 관해 말해주겠어?"

남자의 말에서는 어쩐지 위화감이 느껴졌다. 하지만 전갈은 정보 수집을 우선시하여 차가운 목소리로 물었다.

그 후, 얼마쯤 지나 남자는 천천히 고개를 돌렸다. 그리고 전갈과 미라의 모습을 보자마자 눈살을 찌푸렸다.

"너희는…… 누구냐? 키메라 녀석들이 아닌 거냐?"

남자의 얼굴에는 놀란 빛이 역력했다. 그 놀라움은 미라 일행에게도 전달되었다. 이번에야말로 키메라 클로젠의 간부를 잡았다고 생각하고 잠입했건만, 남자가 마치 남의 일이라는 듯 '키메라 녀석들'이라는 호칭을 사용했기 때문이다.

"우리가 그런 쓰레기들이랑 같은 줄 알아?"

하지만 그 이전에 증오스러운 적대 세력인 키메라 클로젠으로 착각을 당하는 바람에 부아가 치밀었는지 전갈의 목소리에는 감출 수 없는 분노가 섞여 있었다.

"그랬, 군. 미안하게 됐다."

전갈의 기백에 압도된 것인지, 남자는 두 손을 높이 들어 저항하지 않겠다는 뜻을 밝혔다.

"당신이야말로 키메라의 간부 아냐? 다 증거가 있다고."

"간부? 증거? 무슨 뜻이지?"

전갈이 칼날을 남자의 목에 더욱 바짝 들이댔다. 그에 반해 남자는 동요한 낌새를 보이기는커녕 무슨 소리인지 모르겠다는 듯 이맛살을 구겼다. 그리고 그대로 전갈과 남자는 교착 상태에 접어들었다.

"그대는, 키메라 클로젠의 간부가 아니라는 게냐?"

미라는 남자의 옆까지 다가서서 침묵을 깨고 말했다. 그러자 남자는 전갈을 쳐다보던 시선을 미라에게로 옮겨, 그 눈을 똑바로 쳐다보았다. 그리고 "간부는커녕 키메라도 아니야"라고 딱 부러지게 부정했다.

그렇다고 해서 그 즉시 믿어줄 수는 없는 일이다. 사람의 마음을 들여다보고 진위를 판단하는 방법 같은 것은 없기 때문이다.

"하나만 물으마. 그 돌이 무슨 일에 이용당하고 있는지 아느냐?"

그래서 미라는 계속해서 질문을 했다. 남자의 앞에 위치한 커다란 책상 위에 놓인, 검은 안개를 두른 조각을 가리키며.

"그래. 알지."

살짝 고개를 숙인 채 대답한 남자의 표정이 흐려졌다. 연금술사의 제자인 밀렌은 강한 무구의 재료로 쓰일 것이라는 이야기만 들은 듯했지만 스승 쪽은 정령을 좀먹는다는 특성을 확실하게 파악하고 있는 모양이었다.

"키메라 녀석들이 사용하는 무구의 소재가 아니냐. 그것을 만들어 놓고 그대는 키메라가 아니라는 것이냐?"

미라는 남자를 바라본 채 억양 없는, 느릿한 투로 그렇게 말해

죄를 추궁했다.

눈이 마주친 직후, 남자는 시선을 피하며 표정을 구겼다. 하지만 다시 눈을 맞추더니 땅이 꺼져라 한숨을 내쉬었다.

"아니야."

남자는 어쩐지 괴로운 투로, 하지만 힘껏 그 말을 내뱉었다. 미라는 그런 남자의 눈을 얼마간 물끄러미 쳐다보다가 전갈에게 살며시 고개를 끄덕여 보였다.

그러자 전갈은 약간 표정을 풀고 남자의 목에 들이댔던 단검을 살짝 떼었다.

하지만 떼었을 뿐이다. 그 칼끝은 아직 남자를 향하고 있었다. 그래도 남자는 개의치 않고 "고맙군"이라고만 말했다. "아니라면 어째서 키메라에게 협력하는 게지? 돈이 목적은 아닐 터인데? 그래야만 하는 이유라도 있는 게야?"

다시금 그렇게 물은 미라의 목소리에 비난하는 빛은 없었다. 하지만 추궁의 고삐를 느슨하게 하지는 않아, 그 말은 가차 없이 남자를 몰아세웠다.

"뭐어…… 그런 셈이네."

살며시 고개를 숙인 뒤, 어째서인지 먼눈을 한 채 남자는 그렇게 중얼거렸다. 그리고 문득 결심을 굳힌 듯한 표정을 짓더니 창밖으로 시선을 돌렸다.

"그 전에 하나만 묻지. 자네들은 뭐지? 저택 주변에 있던 경비원은 어떻게 따돌렸고? 이곳에는 제자와 키메라 녀석들밖에 드나들 수 없을 텐데."

남자는 그렇게 되묻더니 그대로 입을 다물어, 대답하지 않으면 질문에도 응하지 않겠다는 뜻을 표명했다. 저택의 경비는 분명 엄중해서 외부인이 드나들기란 쉽지 않을 것이다. 저택의 주인인 남자도 당연히 그 어려움은 파악하고 있을 터였다. 그렇기에 미라와 전갈이 그 경비망을 돌파하고 지금 이곳에 있는 것이 이상하게만 느껴졌고, 그런 탓에 남자에게는 가장 경계해야 할 상대라 할 수 있었다.

"흠, 그도 그렇군. 우선 이 몸은 미라. 사정이 있어서 키메라와 적대하는 조직을 돕고 있다."

"나는 전갈. 그 조직의 구성원."

두 사람이 그렇게 자기소개를 하자 조금 놀랐는지 남자의 눈이 휘둥그레졌다. 그리고 다음 순간, 그 눈동자에 강한 의지가 떠올랐다.

"과연. 키메라에 대항하는 조직이라. 분명 그럴 만한 짓을 하고 있지. 그런 것이 있어도 이상할 게 없어. 그리고 드디어 내게까지 도달했다 이건가."

혼잣말을 하듯 그렇게 중얼거린 남자의 목소리는 차분하면서도 명백하게 고양되어 있었다. 미라 일행의 정체를 듣고 안심했다고 하기에는 다소 어폐가 있을 듯한 반응이었다.

"그래서, 어떻게 왔지? 아무에게도 들키지 않은 건가?"

남자는 창문을 흘끔 쳐다보고서 약간 목소리를 죽여 말했다. 무언가의 눈치를 살피듯. 자세히 보니 창문의 커튼은 닫혀 있었다. 그 밖에는 여러 명의 경비원이 대기하고 있을 것이다.

남자는 미라 일행이 알아채지 못하게 침입자가 들었다는 신호를 보낼 수도 있었다. 하지만 미라는 그럴 리는 없다고 생각했다. 한 마디로 딱 잘라 아니라고 답한 남자의 눈 속에서 무언가가 **언뜻 보였기** 때문이다.

　"들어온 방법은 비밀이다. 하지만 아무에게도 들키지는 않았다고 보장하마."

　사람의 마음을 들여다본 듯한 신기한 감각. 미라는 그것을 믿음과 동시에 남자의 심정을 고려하여 들키지 않았다는 사실을 강조했다.

　실제로 밖은 조용했고 저택 안을 수색하는 낌새도 느껴지지 않았다. 요컨대 키메라 클로젠의 입김이 닿은 자들이 지금의 대화를 들을 염려는 없다는 뜻이다.

　미라 일행은 워즈랑베르의 능력인 정적의 힘을 알고 있어 별 걱정을 하지 않았지만, 지금은 본 적도 없는 힘을 믿으라고 하기보다 상황을 이용하는 편이 빠를 것이다. 게다가 이미 미라의 지시로 고함을 질러도 소리가 밖으로 새어나가지 않도록 정적의 힘이 발동되고 있었지만, 그는 알아채지 못할 것이다.

　"내 이름은, 요한. 키메라에게 이용당하고 있는 연금술사네."

　자신을 요한이라 소개한 남자는 쓴웃음을 지으며 자신이 처한 상황을 설명했다.

　시작은 존경했던 연금술사이자 스승이기도 한 아버지가 멜빌 상회에서 받은 의뢰였다고 한다.

그 내용은 멜빌 상회가 독자적인 루트로 입수한 신소재의 특성을 알아내는 것이었다.

지금까지 본 적이 없는 소재를 맡기겠다고 하자 아버지는 반색하며 의뢰를 받아들였다고 한다.

그리고 연구 끝에 신소재의 특성이 판명되었다. 그러자 다음에는 그 이용법에 관한 연구에까지 몰두하기 시작했다.

당시 요한은 아버지의 조수로서 일을 도왔지만, 그때는 아직 무엇에 쓰이고 있는지 알지 못했다고 한다. 그저 강력한 무구에 쓰인다는 이야기만 들었다는 모양이었다.

위대한 연금술사인 아버지는 그 신소재를 사용하여 수많은 응용방법을 개발해냈다고 한다. 그리고 그 대가로 막대한 수입을 얻었다.

요한은 그토록 가치가 있는 물건을 만들어낸 아버지를 존경했다.

하지만 그러한 상황은 어느 날을 경계로 일변했다.

아버지가 죽은 것이다. 병이 걸린 것도 아닌 데다 그 사인은 지금도 알 수 없었지만 요한은 "분명 천벌을 받은 거겠지"라고 나직하게 중얼거렸다.

그렇게 아버지가 죽은 후, 업무와 연구를 계승하기 위해 그는 아버지의 연구 자료를 살펴보았다고 한다. 그것은 생전에 아버지가 결코 보여주지 않았던, 연금술사의 목숨이라고도 할 수 있는 중요한 자료였다는 모양이었다.

그리고 진실을 알게 되었다. 아버지가 연구하고 개발했던 신소재, 흑무석은 '정령을 좀먹고 힘을 빼앗는' 물건이었음을.

인류의 좋은 이웃인 정령을 해치는 소재라니. 그 사실을 안 요한은 이에 관한 모든 자료를 폐기하고 시중에 나돌던 흑무석을 최대한 회수해달라고 멜빌 상회에 부탁했다.

하지만 그 부탁은 즉시 기각되었다. 심지어 그날, 그의 아내와 딸이 모습을 감췄다고 한다.

그리고 다음날, 멜빌 상회는 '지금까지 했던 것처럼 계속 일해라'라고 말하며 아내에게 선물했던 결혼반지를 내밀었다.

그는 흑무석의 특성을 몰랐지만 가공과 정제 등은 도운 적이 있어 모든 공정을 알고 있었다. 키메라 클로젠이며 멜빌 상회에게 반대할 뜻을 밝히기는 했다지만 요한은 아직 이용가치가 있는 존재였던 것이다.

어디에 있는지는 모르겠지만 아내와 딸은 반년에 한 번씩 편지를 보내왔다고 한다.

아내가 적은 편지에는 거의 딸의 성장에 관한 이야기와 걱정하지 말라는 말이 적혀 있었다. 그 옆에는 늘 딸이 적은 문장이 한두 마디 적혀 있었는데, 처음에는 비뚤배뚤했던 글씨가 지금은 제법 그럴 듯해졌다며 요한은 쓸쓸하게 웃었다.

그런 희미한 희망을 가슴에 품은 채, 언젠가 다시 만날 날을 꿈꾸며 키메라의 지시에 따르고 있었던 것이다.

거기까지 말한 요한은 "그것밖에 방법이 없었으니까"라며 자신의 무능함을 원망하듯 중얼거리며 눈을 내리깔았다.

"오호라. 인질이라 이건가."

요한이 키메라 클로젠에게 협력하는 이유. 그것은 납치당한 아내와 딸이 무사하기를 바라기 때문이었다. 이야기를 끝까지 들은 미라는 납득한 듯 고개를 끄덕이고는 책상 옆에 시선을 던졌다. 거기에는 양의 모습을 한 인형이 놓여있었다. 분명 요한의 딸의 물건일 것이다.

"우습지 않나? 저택 주변에 있는 자들의 목적은 방범이 아니라 나를 감시하는 걸세. 내가 달아나면 곧장 알 수 있도록 말이지."

요한은 그렇게 말하며 분하다는 듯 창문을 노려보았다. 그리고 필요한 물건이나 소재 조달은 모두 제자에게 부탁하고 있어서 벌써 몇 년이나 저택에서 나가지 못했다 말하며 쓴웃음을 지었다.

"그래서 위화감이 느껴졌던 게로군."

저택 밖에 있는 자들은 지키는 것이 아니라 도망치지 않나 감시하기 위한 존재인 듯했다. 부지 안에 발을 들였을 때의 일을 돌이켜본 미라는 그 상황 설명에 납득했다.

키메라 클로젠에게 협력하던 아버지의 존재. 그가 죽은 후, 정의로운 마음이 있었기에 발생한 비극. 죄업을 물려받은 탓에 그는 달아나지도 못하고 지시에 따를 수밖에 없었다.

갑자기 가족과 생이별한 그의 심정은 아마 그 누구도 헤아리지 못할 것이다.

미라는 그런 처지에 처한 요한을 동정했다. 새삼 실내를 둘러보니 가족의 흔적 같은 것이 여럿 보였다. 어린아이용 그림책이 꽂힌 선반. 그것은 책상 바로 옆에 있었는데, 그밖에도 아내의 것으로 보이는 여성용 앞치마에 이야기에 나왔던 결혼반지로 보이는 것도 거기에 함께 놓여 있었다.

아무래도 그 선반은 가족의 추억 전용인 듯했다. 미라는 말없이 그 옆으로 다가가 그것들을 바라보았다. 매일 청소를 하는지 업무용으로 보이는 다른 선반에 비해 먼지도 없고 제법 깔끔했다. 그렇기에 더더욱 쓸쓸함이 크게 느껴졌다.

"그렇게 쓸쓸한 표정 짓지 말거라."

미라는 책상에 놓인, 어쩐지 쓸쓸해 보이는 양 모양 인형을 안아들고 그 애교 있는 얼굴을 바라본 채 요한을 곁눈질하며 혼잣말을 하듯 말을 붙였다.

"어라, 왜 그래?"

문득 전갈이 그런 소리를 했다. 돌아보니 한 줄기 눈물이 요한의 뺨을 타고 흐르고 있었다.

"아니, 그게. 딸도 그렇게 인형에게 말을 걸었던 게, 생각나서 말이네."

인형을 안은 미라를 바라보던 요한은 살며시 미소를 짓더니 뒤로 돌아 눈물을 숨겼다. 전갈은 "그렇구나" 하고 중얼거리며 그 등을 쳐다보았다.

27

"다시 말해서 가족만 무사하면 그대는 미련이 없다 이거지?"

미라는 지금까지 들은 이야기를 간결하게 정리해, 도출된 결론을 말로 옮겼다.

정령과 맞서는 강력한 무구의 기반이 되는 소재를 생성했던 연금술사 요한. 그는 그것이 사람의 도리를 벗어난 일임을 알았다. 하지만 그럼에도 계속 만들었던 것은 아내와 딸을 인질로 잡혀, 따를 수밖에 없었기 때문이다.

그렇다면 그 아내와 딸만 어떻게 구해내면 요한은 당당히 사람의 도리에 따라 소재를 생성하는 일을 중지할 수 있다. 그러면 키메라 클로젠에 공급되는 대(對) 정령무구 역시 만들지 못할 것이다. 인류보다 상위의 존재인 정령을 상대로 키메라 클로젠이 우위를 점할 수 있었던 것은 전적으로 이 무구의 존재 덕이었다. 그 생산을 중단시키면 상대의 기세를 대폭 깎아낼 수 있을 것이다.

또한 기반 생성에 종사하던 요한을 아군으로 끌어들여 그 지식을 활용하면 대 정령무구의 약점도 찾아낼 수 있을지도 모른다. 때문에 이스즈 연맹에게는 무슨 수를 써서든 맞아들이고 싶은 인재였다.

"두 사람이 무사히 돌아와 주면 나는 기꺼이 자네들의 조직에 협력하겠다고 약속하지."

요한은 미라의 말에 담긴 진의를 알아채고 답했다. 그리고 올

곧은 그 목소리에는 희미한 희망이 담겨 있었다.

"그렇다면 최선을 다해보도록 하마."

"반드시 찾아낼게."

미라와 전갈은 다시 요한과 마주한 채 굳은 약속을 나누었다.

"어렵게 발견해낸 광명이니, 약속의 징표로 나중에 몇 가지 자료를 제공토록 하지."

요한은 기쁜 듯 그렇게 말하며 테이블 옆에 자리한 의자에 앉았다.

"호오, 자료라. 고맙기는 하다만, 무슨 자료를 말하는 게지?"

미라 역시 적당히 놓여있는 의자에 앉아 그렇게 말하며 올시즌 오레를 끄집어내서 입에 대었다. 이스즈 연맹의 본거지에서 은근슬쩍 사들인 새로운 맛이었다.

"흑무석에 관해 정리한 자료네. 그것의 가공품은 정령을 좀먹는 것 말고도 조합한 것에 따라 여러 가지 효과를 보이지. 그 효과를 미리 알아두면 상대할 때 대응하기도 쉬워질 걸세."

"오호라. 그건 확실히 유용할 것 같군."

"우와! 그거에 대한 비밀을 알 수 있게 되는 거구나!"

미라는 요한의 설명에 납득했다. 그 등 뒤에 선 전갈 역시 지금까지 베일에 싸여 있던 키메라 클로젠이 사용하는 무기의 핵심에 다가설 수 있는 정보라는 말에 흥분한 듯했다.

이스즈 연맹은 흑무석에 관해 아직 거의 가진 정보가 없었다. 그리고 몇 번의 조우전에서 전갈은 그 성가신 효과 탓에 쓴맛을 보고 붙잡지 못하고 놓친 경험도 있었다.

만약 전갈과 같은 정예가 아닌 전투원이 그 사용자와 전투를 벌일 경우, 생각지 못한 치명상을 입게 될지도 모른다. 하지만 사전에 그것에 관해 알 수 있다면 이스즈 연맹에는 커다란 이득이 될 것이다.

"그리고 아내와 딸을 무사히 구출해주면, 멜빌 상회와 했던 거래 내역도 제공하지. 키메라 녀석들이 사용하는 주무장 소재의 거래 자료네. 잘만 사용하면 상회의 쓰레기들도 싹 쓸어버릴 수 있을 걸세."

요한은 계속해서 성공보수를 쌓아 올렸다. 그것은 미라 일행이 찾던 키메라 클로젠과 멜빌 상회를 연결 지을 최적의 재료였다. 하지만 거기에는 한 가지 문제가 있었다.

"그건 고맙다만, 괜찮은 게야? 그대도 처벌을 받을지도 모르는데."

미라가 말한 바대로 자료에 요한의 이름이 있는 이상, 이유는 둘째 치고 추궁을 면하지는 못할 것이다. 정상참작의 여지는 있지만 그래도 요한이 계승해 만들어낸 것은 이미 무시할 수 없을 정도로 많은 희생을 낳았다. 따라서 법에 의한 벌은 받지 않을지 몰라도 언젠가는 그와 관련된 무언가로 인해 심판을 받게 될 것이다.

"상관없네. 그만한 일을 저질렀다는 사실은 아니. 하지만 염치불고하고 한 가지 부탁을 하자면, 아내와 딸은 말려들지 않게 해주었으면 하네."

요한은 자세를 바로잡고 미라 일행을 바라보며 깊숙이 고개를 숙였다.

"음, 선처하지."

"나도 할 수 있는 일은 뭐든 할게."

미라와 전갈 역시 요한과 똑바로 마주한 채 성의를 담아 그렇게 말했다.

"그래, 고맙군."

고개를 든 요한은 만족스러운 표정으로 고개를 끄덕이더니 살며시 미소를 지었다.

문제는 아내와 딸을 어떻게 구해내는가 하는 것이다. 하지만 요한은 두 사람의 위치를 모른다는 모양이었다. 하지만 편지의 필적은 아내의 것이 분명하니 반드시 어딘가에 살아있을 것이라고, 요한은 희망을 담아 말했다.

"부인이랑 따님. 두 여성의 감금 장소라아……. 으음~ 어디 있을까……."

팔짱을 끼고서 꼬리를 살랑살랑 흔들며 전갈이 중얼거렸다. 미라는 올시즌 오레를 비우고는 턱 끝에 손가락을 가져다대고서 미간에 주름을 잡은 채 끙끙댔다. 그때였다.

"헌데, 딸은 몇 살이지?"

무언가 짚이는 바가 있는지 미라는 요한에게 그렇게 물었다.

"나이 말인가? 올해로 여덟 살이 되었네만."

성장해 가는 딸의 모습을 지켜보지 못하는 것이 괴로운지, 요한은 먼눈을 한 채 애가 타는 듯한 투로 답했다.

그에 반해 그 말을 들은 미라는 "흠, 여덟 살이라"라고 답변을 복창하며 입가를 치올렸다.

"그 장소일지도 모르겠군그래."

딸이 여덟 살이라면 조건이 일치한다. 기억과 정보를 통합하여 도출된 결론에 만족한 미라는 대담하게 웃었다.

"알아냈어? 미——."

"그게 어딘가?!"

갑자기 벌떡 일어난 요한은 전갈의 말을 가로채고 그렇게 말을 쏟아내더니 매달리기라도 할 듯한 기세로 미라에게 다가갔다. 그 필사적인 모습은 남편이자 아버지인 증거라 할 수 있을 정도로 강한 비애감으로 가득했다.

전갈은 그런 요한을 조용히 바라보았다.

"그곳은, 멜빌 상회가 관리하는 창고 거리다. 전귀의 매장지 입구 옆에 여자의 것으로 보이는 빨래가 널린 창고가 있었지. 누군가가 감금되어 있다면 그 부자연스러운 광경도 납득이 가는군."

미라는 천천히 그렇게 설명하며 요한을 진정시키듯 어깨에 손을 얹어 자리에 다시 앉혔다.

"아, 그 어린애 팬티!"

전갈도 또렷하게 그 장소, 그 상황을 기억해냈는지 가장 인상 깊게 남은 단어를 입에 담았다.

"조사해볼 가치는 충분히 있을 게야."

미라는 거의 확신을 얻었다는 듯이 가슴을 젖힌 채 자신만만하게 말했다.

멜빌 상회와 키메라 클로젠이 관여하고 있는 창고 거리. 전귀의 매장지 입구 근처는 순찰도 많고 경비도 엄중하여 확실히 감금해두고 감시하기에는 최적의 장소일 듯했다.

"설마 그런 곳에……."

확정된 것은 아니라지만 아내와 딸의 위치를 대충 알아냈다. 그것은 요한에게는 매우 기쁜 일이었다. 하지만 그는 떨리는 손을 무릎 위에 놓고 입술을 깨물었다. 그러고는 "무슨 수로 구해내지……" 하고 중얼거리며 고개를 푹 숙였다.

멜빌 상회가 관리하는 창고 거리는 로즈라인에서도 첫째로 손꼽힐 정도로 경비가 엄중하기로 유명했다. 초일류 도적도 넘보지 못하는 난공불락의 시설이라는 소문도 있었다.

하지만 미라는 그런 요한에게 "그대가 나약한 소리를 하면 어쩌자는 게냐." 라며 기합을 불어넣었다.

그리고 아직 눈치를 못 챈 듯한 요한을 타이르듯 간결하게 설명했다. 어째서 창고 거리에 있는 그 장소를 자신들이 알고 있는지를.

"그 장소에 잠입했던 건가?!"

미라의 이야기를 들은 직후, 요한은 놀람과 동시에 희망이 부풀어올라 눈을 빛내며 물었다. 그렇게 다시금 몸을 내밀자, 역시나 다시금 미라가 진정하라며 몸을 되밀어 주었다.

"사정이 좀 있어서 말이다. 뭐어, 그렇게 된 것이니 갔다가 돌아오는 정도라면 문제없겠지."

"상당한 반칙 기술이지만 말야. 하지만 문제는 열쇠인데. 감금했다면 역시 문을 잠가뒀을 것 아냐. 내가 열 수 있는 타입이면 좋을 텐데."

미라의 뒤를 이어 가장 큰 걱정거리를 입에 담은 전갈은 파우치 안에 든 피킹(picking)도구를 흘끔 쳐다보며 복잡한 표정을 지었다.

전귀의 매장지 입구가 숨겨진 창고에는 왕성의 보물고만큼이나 튼튼한 자물쇠가 달려 있었다. 어쩌면 감금해둔 곳도 마찬가지일지 모른다. 그렇게 되면 방법이 없다.

"여차하면 힘을 써서 어떻게든 하는 방법도 있다만. 더 찾아야 할 것도 있을 테니 가능하면 원만하게 끝내고 싶은데 말이다."

자물쇠는 철벽일지 몰라도 창고 자체는 그렇지도 않았다. 여차하면 창문을 깨면 그만이다. 하지만 그렇게 하면 인질이 탈주했다는 사실을 곧장 알아챌 것이다. 그렇게 되면 그 즉시 이 저택에 조치를 취할 것이다. 그렇다고 요한을 먼저 데리고 나갔는데 만약 창고 거리의 그 방이 감금 장소가 아니라면 아내와 딸이 위험에 빠진다. 가능성은 높지만 인명이 걸린 일이다. 신중하게 진행할 필요가 있었다.

"그래. 그게 도움이 될지도 모르겠군."

의견을 나누던 도중, 문득 요한이 자리에서 일어났다. 그리고 방 구석에 있는 엄중해 보이는 상자를 열어, 그곳에서 작은 상자를 끄집어내 가져왔다.

요한은 그 상자를 테이블에 내려놓더니 뚜껑을 열어 보였다.

"이게, 무엇이냐?"

"뭐야, 이게?"

상자 안을 들여다본 미라와 전갈은 동시에 미간을 찌푸린 채 고개를 갸웃했다. 거기에는 15센티미터 정도 되는 검고 평평한 금속 막대 하나와 한 장의 종이조각이 들어있었다.

"이건 내 아버지가 만들어낸 것으로, 특수한 술식이 새겨진 피킹 툴이네."

요한은 상자에서 금속 막대를 끄집어내더니 그 끄트머리를 집어 잘 보이도록 미라와 전갈의 앞까지 팔을 뻗었다. 그리고 몇 초후, 그 금속 막대의 검은 표면에 작은 빛이 퍼져나감과 동시에 끄트머리가 수십 줄기로 갈라졌다. 그러자 주목하고 있던 미라와 전갈은 "오오!" 하고 탄성을 내질렀다.

"제대로 사용하면 어떠한 잠금장치도 열 수 있을 거라고 아버지가 말씀하셨는데, 보다시피 구조가 너무 복잡해서 간단히는 다룰 수가 없는 물건이지. 하지만 나름의 소양이 있는 자가 사용하면 최소한의 성능 정도는 끌어낼 수 있을 걸세."

요한은 그렇게 말하며 금속 막대를 원래 상태로 되돌려 상자에 넣고 뚜껑을 덮더니 전갈을 지그시 쳐다보았다.

"일단은 설명서도 딸려있네. 가져가주게. 도움이 될지도 모르니."

요한은 그렇게 말을 이으며 그 상자를 전갈에게 내밀었다. 다루기 어려운 물건이라지만, 정말 사실이라면 그 파격적인 성능으로 감금 장소에 어떠한 자물쇠로 잠겨있건 열 수 있을 것이다. 그리고 그런 귀중품을 건넨 것만 보아도 이번 기회에 기대를 걸어보기로 한 요한의 기백이 느껴지는 듯했다.

"고마워, 잘 쓸게."

전갈은 그렇게 대답하며 상자와 함께 요한의 각오도 받아들었다.

"그런데 말이네. 한 가지 묻고 싶은 게 있는데, 어째서 나와 키메라가 이어져 있다는 걸 알아낸 거지? 이건 항상 내 곁에 있는 제자도 모르는 일인데."

대화를 통해 서로의 인간성을 안 덕에 쌍방간에 신뢰가 싹트기 시작했을 즈음, 요한은 그런 말을 입에 담았다. 확실히 요한이 말한 바대로 제자인 밀렌은 관련성은커녕 애초에 키메라 클로젠의 존재조차 모르는 눈치였다.

"그 제자를 거쳐서 알아냈지."

그래서 미라는 그렇게 운을 떼고서 이곳에 오기까지의 경위를 간결하게 설명했다.

독자적인 조사의 결과, 멜빌 상회가 관리 중인 전귀의 매장지와 키메라 클로젠의 관련성이 부각되었다.

그리고 그 전귀의 매장지의 입구가 창고 거리에 있을지 모른다는 가정하에 잠입해서 입구를 발견해 냈다.

안까지 들어가서 조사해 보니 그곳에 밀렌이 있었다. 강력한 정령무구를 걸치고 있기에 키메라 클로젠의 간보인 줄 알고 포박했다.

하지만 이야기를 들어보니 간부는커녕 구성원조차 아니었다. 하지만 그녀를 통해 스승이 흑무석 가공품을 멜빌 상회에 납품하고 있다는 이야기를 들었다. 그리고 이번에는 그 스승되는 인물인 요한에게 초점을 맞췄다. 라고 이야기를 했다.

"그 후의 상황은 그대가 아는 바와 같다. 참고로 말이야. 아까 이 야기했던 감금 장소로 추정되는 곳은 이때 잠입했을 때 찾아냈지."

미라는 그렇게 덧붙여 말해 이야기를 매듭지었다. 요한으로 말하자면 "과연."하고 납득했다는 투로 중얼거리고서 문득 날카로운 눈빛으로 두 사람을 바라보았다.

"자초지종은 알겠네. 그런데 그 밀렌은 지금 어디있지? 그리고 마스크를 쓰고 있었을 텐데, 그건 어쨌고?"

말을 마치기 전에 자리에서 일어난 요한은 그대로 창가로 걸어가 벽에 달라붙어 커튼 틈새로 밖을 살피기 시작했다.

"그 여자는 우리가 묵고 있는 숙소에서 보호하고 있어. 마스크는 변장할 때 썼는데…… 아마 침대 옆에 뒀던 것 같아."

요한의 행동의 진의는 알 수 없었지만 전갈은 솔직하게 그렇게 말했다. 그러자 요한은 "그건 좀 위험한데" 하고 말하더니 이번에는 잽싸게 책장 앞으로 향했다. 그리고 책장에서 서류다발을 끄집어내서 자리로 돌아오더니 그것을 미라에게 내밀었다.

"이게 약속했던 아내와 딸을 구출해달라는 부탁의 착수금이네. 그리고 잘 듣게. 밀렌이 쓰고 있던 마스크에는 장소를 특정할 수 있는 특수한 술법이 걸려있네. 아마 지금쯤 키메라의 추적자가 자네들의 숙소로 향하고 있을 거야. 서둘러 돌아가도록."

요한은 그렇게 말을 쏟아냈다. 그의 표정은 차분해 보였지만 애써 냉정해지려 하는 빛이 역력했다.

"뭣이야?!"

"그런 기능이 있었구나……."

정령무구에만 정신이 팔렸던 두 사람은 놀라서 벌떡 일어났다.

밀렌 쪽에는 뱀도 있다. 호락호락하게 당하지는 않겠지만 상대에 따라서는 모를 일이다.

전갈은 뱀의 힘을 믿기는 했지만 불안감을 감출 수가 없었다. 하지만 미라로 말하자면 장소를 특정하는 술법이라는 것이 있다는 이야기는 금시초문이라, 그 GPS 같은 술법에 놀란 동시에 흥미가 동했다.

"아마 최소한 두 명은 갔을 걸세. 그리고 가능하다면 밀렌은 그대로 숨겨주었으면 하네."

요한은 다시금 창가에 달라붙어 밖을 내다보며 밀렌이 걱정된다는 투로 그렇게 자신의 바람을 입에 담았다.

"응, 괜찮아. 맡겨만 줘."

원래부터 그럴 생각이었던 전갈은 그렇게 딱 부러지게 말하고는 힘껏 고개를 끄덕이며 답했다.

"고맙네. 아아, 그리고 아내의 이름은 안젤리크, 딸의 이름은 안네네. 나는 거래 서류를 정리해둘 테니 구출해내고 나서 가지러 와주게."

"안젤리크와 안네라 이거로군. 반드시 구출해서 돌아오도록 하지."

미라가 그렇게 답하자 요한은 안도한 얼굴로 살며시 미소 지었다. 그것은 그야말로 남편이자 아버지이자 각오를 굳힌 남자의 표정 그 자체였다.

그런 요한의 굳은 의지를 확인하고 방을 나선 미라와 전갈은 소리와 기척, 모든 흔적을 감춘 상태로 저택을 나섰다.

　경비에게 발각되지 않고 저택을 뒤로 한 미라 일행은 그대로 주택지로 나와 지붕 위로 뛰어 올라가서 숙소까지의 최단거리를 내달렸다. 속도를 중시한 탓에 때때로 정적 효과의 범위에서 벗어나는 일도 있었지만 미라 일행은 아랑곳 않고 갈 길을 재촉했다.

　그렇게 10분 정도만에 숙소로 돌아온 두 사람은, 이번에는 정적의 범위를 벗어나지 않게끔 주의하며 전갈과 뱀이 점거하고 있는 방 앞까지 이동했다.

　"조용하군."

　"늦지 않은, 걸까?"

　미라와 전갈은 방 안의 상황을 살피고자 문에 달라붙어 귀를 쫑긋 세웠다. 밀렌의 수상쩍은 마스크를 이정표 삼아 추적자가 왔을 것이라고 들었지만 아무리 살펴도 그런 낌새가 느껴지지 않았다.

　"그 반대일지도 모르지."

　미라는 '생체감지'를 통해 실내에서 뱀과 밀렌, 두 사람 이외의 반응을 포착했다. 그래서 가능성이 있는 또 하나의 상황을 입에 담았다. 모든 일이 끝난 다음일지도 모른다고.

　미라와 전갈은 전투 준비를 마치고는 고갯짓을 주고받고서 단숨에 문을 활짝 열었다. 그리고 완전 은폐의 효과를 받은 상태로 방으로 뛰어들어 상황을 확인했다.

　"이것 참."

"늦지 않은 건, 아니었네."

두 사람은 어질러진 방을 둘러보며 그렇게 중얼거렸다. 부서진 물건은 없었다. 다만 실내는 마치 고양이 스무 마리 정도가 난장판을 벌여놓은 듯한 상태가 되어 있었다.

그렇다. 두 사람이 채 도착하기 전에 추적자가 이곳을 습격했던 것이다.

서둘러 돌아오기는 했지만 미라와 전갈은 한 발 늦었다. 한 발 늦었지만 딱히 문제는 없었다.

군데군데 뜯어진 융단 위에 검은 옷차림의 남자 둘이 널브러져 있었다. 심지어 자세히 보니 요한의 저택에 있던 감시자와 비슷했다.

그 두 사람은 꽁꽁 묶여 재갈까지 물린 상태였다. 그 중 한 명은 의식이 없는지 꼼짝도 하지 않았다. 그리고 또 한 사람으로 말하자면, 지렁이처럼 몸을 뒤틀고 있었다. 자세히 보니 그 옆에는 냉소를 띠고 공구 같은 것을 테이블에 늘어놓은 뱀이 있었다.

"역시 이렇게 돼버렸구나~."

바닥에 널브러진 두 남자를 흘끔 쳐다본 전갈은 어쩐지 얼굴에 윤기가 도는 듯한 뱀을 보고 쓴웃음을 지었다. 아무래도 이 상황은 전갈이 예상한 범주 안에 속하는 모양이었다.

"걱정할 필요는 없었군그래."

키메라 클로젠의 입김이 닿을 가능성이 높은 장소인 탓에 간부급이 왔을지도 모른다고 생각했던 미라는 척 보아도 평범해 보이는 추적자의 모습을 확인하고 한숨을 흘렸다.

그리고 새삼 살펴보니 뱀은 미라 일행이 나가기 전과 마찬가지로 탱크톱과 쇼트 팬츠 차림이었다. 전투 후로 보이지 않을 정도로 털털한 차림새였다.

　반대로 밀렌은 옷을 단정히 입고 침대 위에 얌전히 앉아 있었다. 하지만 어째서인지 그 얼굴이 꽤 붉게 물들어 있었다.

　"어째, 떠들썩해 졌구나."

　미라는 완전 은폐를 풀고 그렇게 말했다. 그와 동시에 밀렌이 작은 목소리로 비명을 질렀다. 갑자기 눈앞에 미라와 전갈, 그리고 워즈랑베르가 모습을 나타냈으니 놀랄 수밖에 없었으리라.

　하지만 뱀으로 말하자면, 한 번 제대로 놀란 탓인지 내성이 생긴 모양이었다. 밀렌처럼 펄쩍 뛰며 놀라지 않고 차분한 얼굴로 우선 전갈을 한 차례 쏘아보았다. 그 후, 미라에게 고개를 돌려 살며시 고갯짓으로 답하고는 바닥에 뻗은 추적자의 목에 발을 얹었다. 어쩐지, 선정적인 광경이었다.

　"이게 창문으로 침입해왔어. 목적을 불게 할 테니까 좀 기다려."

　뱀은 아무리 봐도 비인도적인 금속 도구를 손에 든 채 그렇게 간결하게 말하더니 다리에 힘을 줬다. 그러자 남자는 한층 더 심하게 몸부림을 치고 신음하며 격하게 고개를 저어댔다.

　"첫 번째 녀석은, 훈련이 잘 돼 있어서, 아무 것도 말 안 했어. 그러니까 이번에는, 좀 더 세게 해야지."

　뱀이 차가운 시선을 바닥에 널브러진 남자에게 날렸다. 동시에 남자는 움직임을 멈춘 채 뱀을 쳐다보며 무언가를 호소하듯 말로 형용하기 어려운 소리를 질렀다.

"그 녀석들의 목적 말이다만, 아마 이거일 게다."

미라는 좀 불쌍하다는 싶기는 했지만 키메라 클로젠의 관계자라면 아무래도 좋다고 생각했다. 하지만 목적은 알고 있는지라 뱀에게 수고를 끼칠 필요 역시 없으리라.

미라는 침대 옆에 널브러져 있던 수상쩍은 마스크를 주워들고 밀렌의 스승인 요한이 있는 저택에서 있었던 일을 요약해서 말했다.

밀렌의 스승은 키메라 클로젠과 통하고 있었다고. 하지만 그것은 아내와 딸을 인질로 잡혀 협력을 강요당한 탓이었다고. 그리고 그 아내와 딸을 구출해내는 것을 조건으로 이스즈 연맹에 협력하겠다는 약속을 받아내는 데 성공했다고.

하지만 구출하러 가기 전, 제자인 밀렌의 마스크에 탐지 술법이 걸려있다는 말을 들었다고. 그것은 밀렌이 예정된 것 외의 움직임을 취할 경우, 추적자를 보내기 위한 것이라 하여 급히 돌아온 것이라고 설명했다.

거기까지 이야기를 마친 참에 조용히 있던 밀렌이 탄성을 자아냈다. 하지만 그것은 마스크에 술법이 걸려있다는 이야기를 들었기 때문이 아니었다. 요한의 아내와 딸에 대한 이야기 때문이었다.

밀렌은 스승 요한의 딸, 안네는 오즈슈타인에 있는 학교에 다니게 되었고 딸이 걱정되어 아내도 함께 따라간 것으로 알고 있었다는 모양이었다.

그리고 그러한 사정은 세인트 폴리까지 연금소재를 사러 갔다가 돌아왔을 때 들었다고 한다. 그래서 배웅을 하지 못한 줄 알았다는 것이다.

"그때, 저택에 있었으면 말려들었을지도 몰라."

"네."

전갈이 말하자 밀렌은 기어들어가는 목소리로 그렇게 대답했다.

"그러한 연유로 급히 돌아온 것이다만. 뭐어, 걱정할 것 없었군."

미라는 손에 든 마스크를 침대 위에 내던졌다. 그리고 꽁꽁 묶인 두 사람을 내려다보며 쓴웃음을 지은 채 말을 매듭지었다.

"과연. 요컨대 이 두 사람은 이 여자를 노리고 온 추적자라 이거구나."

뱀이 납득한 듯 금속 막대를 테이블에 내려놓자 재갈을 물린 남자는 긍정하듯 몇 번이나 고개를 끄덕여 보였다. 하지만 다음 순간, 다시 격렬하게 몸부림치기 시작했다. 뱀이 새까만, 척 봐도 심상치 않은 가위를 집어 들었기 때문이다.

"슬슬 끝내지 그래? 이만하면 충분한 것 같은데."

필사적으로 몸부림치는 남자를 내려다보던 전갈은 무언가를 강조하듯 입가를 가리켰다. 그 말을 들은 뱀은 가위로 철컥철컥 소리를 내며 살며시 고개를 끄덕이더니 차가운 눈으로 남자를 바라보았다. 그러자 남자는 얼어붙은 듯 입을 다무는가 싶더니, 이내 애원이라도 하듯 몇 번이나 고개를 끄덕였다.

"그런 것 같아."

그 모습을 통해 완전히 항복했다고 판단한 뱀은 나직한 목소리로 그렇게 중얼거리며 웅크려 앉아, 남자의 입에 물린 재갈을 벗겨주었다.

"아는 건 뭐든 다 말할게! 필요하다면 뭐든 다 주고! 그러니까,

제발 그만해 줘~!"

대체 미라 일행이 오기 전에 무슨 일이 있었던 것인지, 남자의 입에서 가장 먼저 튀어나온 것은 너무도 비통한 외침이었다. 하지만 그것을 다 말한 직후, 남자의 입은 다시 재갈로 틀어 막혔다. 그리고 뱀이 "시끄러워, 조용해"라고 한 마디를 내뱉으며 가위를 들이밀었다.

남자는 그 가위를 뚫어져라 쳐다본 채 한 번 더, 천천히 고개를 끄덕여 답했다.

"얌전해 보였는데, 꽤나 거시기하군그래……."

미라는 얇은 옷차림을 한 뱀의 여왕님 같은 모습에 약간 흥분하기는 했지만 평소 모습과의 차이를 보고 놀랐다.

"예전에는 심문이라면 질색을 했던 것 같았는데 말이야……."

전갈은 그렇게 운을 떼더니 짤막하게 말했다.

막 만났을 무렵의 뱀은 겉모습만큼이나 담백한 성격이었다고 한다. 하지만 사교성이 없는가 하면 그렇지는 않아서, 이야기를 잘 듣고 흡수하는 일종의 천재였다는 모양이다.

그리고 임무상 심문이 필요해졌을 때, 그쪽 지식이 없었던 뱀은 전문가에게 맡겼다고 한다.

전갈은 어쩐지 먼눈을 한 채 그때의 전문가에 의한 심문이, 여러모로 문제가 있었다고 말하며 웃었다.

뱀은 그 탓에 관심이 생겼는지 그 후에 여러 가지 심문 방법을 습득하여 지금의 형태를 갖추게 되었다는 듯했다.

'심문이라기보다는, 그렇고 그런 플레이로 보이는 건 기분 탓

인가…….'

이야기 도중, 뱀 쪽으로 흘끔 고개를 돌린 미라는 뱀의 맨발에 밟힌 채 '결코 당신에게는 반항하지 않겠습니다'라는 선언을 하고 있는 남자를 먼눈으로 쳐다보며 "변태가 있구먼" 하고 쓴웃음을 지었다.

이어진 설명에 의하면 포로가 두 사람일 경우, 뱀은 재갈을 물린 채 한 사람을 본보기로 삼는다는 모양이었다. 하지만 비인도적인 일은 하지 않는다고 한다. 테이블에 늘어놓은 도구는 보여주기 위한 것으로, 어느 정도 비명을 쥐어짜낸 후, 약으로 의식을 빼앗는다는 모양이었다.

하지만 전갈은 어떻게 해서 본보기로 비명을 쥐어짜내는지는 끝까지 말하지 않았다. 그저 뺨을 붉게 물들인 채, 뱀은 엄청난 테크니션이라고 중얼거릴 뿐이었다.

"우선 장소는 바꾸는 게 좋을지도 모르겠구나."

전갈에게 뱀에 대한 조촐한 이야기를 다 들었을 즈음, 마침 검은 옷차림을 한 남자의 노예 선언도 끝난 듯하여 미라는 마음을 다잡으며 말했다.

뭐가 어찌되었건 걱정했던 추적자에 의한 피해는 없었던 데다 정보원이 될 듯한 인원을 두 사람이나 확보했다. 그렇기에 미주알고주알 캐묻고 싶었지만 이 장소는 이미 상대측에게도 알려졌을 것이다. 그러니 인원을 더 보내오기 전에 장소를 옮길 필요가 있었다.

"그렇게 할까? 쥐어 짜낼 정보는 넘쳐나니까."

전갈은 잠든 남자를 흘끔 쳐다보고서 "우와아……" 하고 입가를 살짝 실룩거리며 사사삭 뒷걸음을 쳤다.

"그럼, **임금님의 은신처**로 옮겨둘게. 미라 양네는, 부인과 아이를 구출해."

그렇게 간결하게 말한 뱀은 사령술로 인형 골렘을 만들어냈다. 그러자 그 골렘은 잠든 남자를 손으로 집어 머리에 뻥 뚫린 구멍에 집어넣었다. 나머지 한 명은 벌벌 떨며 그 골렘을 올려다보고 있었다.

"그냥 운반용. 얌전히 있어."

뱀이 그렇게 말하자 남자는 허리를 꼿꼿이 펴며 "네, 얌전히 있겠습니다!"라고 큰소리로 대답했다. 충실한 노예가 따로 없었다.

그렇게 노예 남자가 골렘 안에 처박힌 후, 뱀은 "안이랑 밖, 어느 쪽?" 하고 밀렌에게 물었다. 이 역시 간결……하다기보다는 주어가 없어서 뜻을 파악하는 데 다소 시간이 걸렸다. 실제로 밀렌은 뭔가 착각을 했는지 얼굴을 붉히고 있었다.

"바, 밖으로! 부탁드릴게요……."

밀렌이 그렇게 힘차게 대답하자 뱀은 "알겠어."라고 말하며 살짝 고개를 끄덕였다. 그리고 명령을 받은 골렘이 밀렌을 안아올리자 뱀은 가방을 들고 골렘의 등에 올라탔다.

"아, 밖이라는 게 이런 뜻이었구나……."

골렘의 안에 탈지 밖에 탈지. 그 뜻을 알아챈 밀렌은 잘 삶아진 문어처럼 얼굴을 붉힌 채 부끄럽다는 듯 골렘의 품안에서 몸을 웅크렸다.

"이쪽은 맡겨줘."

"음, 부탁하마."

미라는 준비를 마친 뱀과 눈을 마주친 채 답했다. 그 대답을 들은 뱀은 고개를 끄덕여 답하며 천천히 창문 밖으로 뛰쳐나갔다.

"그러면 우리도 구출하러 가볼까!"

뱀을 배웅한 후, 잽싸게 가방을 챙긴 전갈은 배란다로 뛰쳐나가갔다. 그런 전갈의 등에 대고 미라는 "이 방의 참상은, 이대로 두어도 되는 게냐?"라고 말했다.

이곳은 숙소. 요컨대 빌린 방이었다. 아무리 그래도 파손된 채 내뺄 수는 없는 노릇이라는 생각에 미라는 진지한 표정으로 그렇게 말했다.

"……그렇지?"

전갈은 동작을 멈추더니 그렇게 중얼거리며 어깨를 늘어뜨렸다. 아무래도 분위기와 흐름에 따라 은근슬쩍 없었던 일인 셈 치려고 했던 모양이었다.

추적자가 온 것으로 미루어 이 숙소는 이미 적들에게 알려졌을 테니 거점으로는 쓸 수 없을 것이다. 이대로 나가면 더 이상 돌아올 예정이 없는지라 그대로 두는 편이 나을 것이다. 숙소에게는 민폐겠지만 애초에 습격해온 상대 탓이라 할 수 있었다. 하지만 그것은 이쪽 사정이고, 숙소측에게 중요한 사실은 결과적으로 방이 파손되었다는 것이리라.

전갈도 당연히 그 사실은 아는지 마음을 정하고 나자 잽싸게 행동에 나섰다. 곧장 현관홀로 향한 것이다.

미라는 '생체감지'를 사용해서 숨어있는 자가 없는지 확인하고서 전갈을 쫓았다.

현관홀에는 난처하게 됐다는 얼굴을 한 숙소 종업원과 오뚝이처럼 고개를 숙이는 전갈이 있었다. 미라는 상관없는 척, 멀리서 방관할 태세였다.

복구 견적을 내는 데는 그럭저럭 시간이 걸린다는 듯했고, 섣불리 기다리다가는 키메라 클로젠의 입김이 닿은 감시자가 추가로 도착할 우려도 높아진다.

추적 자체는 완전 은폐로 얼마든지 뿌리칠 수 있지만 자칫 잘못하면 모습을 보이게 될 테니 향후 행동에 지장이 생길지도 모른다.

그래서 전갈은 견적을 낼 때까지 기다리지 않고 방의 수리비로 상당한 액수를, 사비를 털어 지불했다.

"뭐어, 그 뭣이냐. 필요경비로 나중에 청구하거라. 이 몸도 한마디 거들어줄 테니 말이다."

"응…… 고마워."

풀이 죽은 전갈의 등을 살며시 토닥이며 위로의 말을 건넨 미라는, 동시에 방을 파손한 주범이면서 자연스럽게 도망친 뱀에게 감탄했다.

"그런데 임금님의 은신처란 게 어딜 말하는 게지?"잠들지 않는 번화가를 지나, 다시 멜빌 상회의 창고 거리를 향해 나아가던 중,

미라는 문득 전갈에게 그렇게 물었다. 뱀이 밀렌을 노리고 온 추적자 두 사람을 운반해 두겠다고 말한 장소였다. 당연하다는 투로 뱀이 말하기에 그때는 신경이 쓰이지 않았지만, 잘 생각해 보니 어디를 말하는 것인지 전혀 짐작이 되지 않았다.

"아아, 그게 있지, 패트론거S 씨? 가 이야기를 해두겠다고 했던 그 상회 있잖아. 그곳이랑 협의가 잘 됐는지 무려 본점 부지 내의 지하실을 제공해줬어."

"오호라, 심문을 하기에는 딱이로군."

키메라 클로젠과 연루된 것으로 보이는 멜빌 상회. 라이벌이라 할 수 있는 이바테스 상회. 그 본점의 지하라면 아무리 키메라 클로젠이라 해도 간단히는 접근하지 못할 것이다.

어째서 임금님의 은신처라는 암호명을 쓴 것인지는 모르겠지만, 미라는 마음속으로 '제법이로구면' 하고 솔로몬에게 칭찬을 보냈다.

수리비를 지불하고 여관을 뒤로 한 미라와 전갈은 아직도 성황
인 밤의 번화가를 지나 다시금 교외에 자리한 창고 거리에 내려
섰다. 그리고 지난번과 마찬가지로 완전 은폐의 효과로 마력감지
장치를 지나 경비망을 무난하게 돌파한, 그때.

"그런데 미라 씨. 말씀드리기 죄송하지만, 행사할 수 있는 힘이
얼마 안 남았습니다."

완전 은폐가 있으면 어떠한 잠입공작도 땅 짚고 헤엄치기라고
방심하고 있던 참에 워즈랑베르가 문득 그런 말을 했다.

"뭐이라고?!"

갑작스러운 고백에 미라는 당황했다. 그에 반해 워즈랑베르는
송구스럽다는 듯 이유를 읊었다.

워즈랑베르의 설명에 의하면 애초에 완전 은폐는 존재 그 자체
를 세계에서 감추는 성질을 가지고 있어, 능력이라기보다는 꼼수
에 가까운 것이라고 한다. 그리고 그 특수성과 더불어 계약한지
시간이 얼마 되지 않아, 능력에 상당한 제한이 걸려있다는 모양
이었다.

마나의 친화성 등에 따라 달라지기도 하지만, 그래도 회복하려
면 상당한 시간이 걸린다는 듯했다.

시간이 지나고 경험을 쌓아 계약의 강도가 강해지면 사용시간
이 길어지고 회복기간도 단축될 가능성이 높다고 한다. 하지만

지금 상태로는 잘해야 하루에 1분 정도 회복된다는 모양이다.

하지만 소리만 지우거나 모습을 감추거나 마력이며 기척을 지우는 등, 하나씩만 하면 미라의 마나를 양식 삼아 얼마든지 행사할 수 있다는 듯했다.

그리고 끝으로 정말 필요한 순간에 대비해 조금이라도 남겨두는 편이 좋지 않겠느냐고 워즈랑베르는 진언했다.

"우음…… 서둘러야겠구나."

완전 은폐. 오감에 의한 지각과 마력이며 기척과 같은 것을 완전히 차단하여 은폐한다는 반칙에 가까운 능력이었지만 그런 탓에 늘 사용할 수 있는 것은 아닌 모양이었다.

하지만 당장 모녀를 구해낼 정도의 시간은 아직 남았을 것이라고 한다.

이것만은 별 수 없겠다며 납득한 미라는 조금이라도 많은 시간을 남기기 위해 더욱 서둘러 창고 거리를 질주했다.

계속해서 전진하던 미라 일행은 순찰병이 많은 지역에 발을 들여놓았다. 전귀의 매장지 입구가 숨겨져 있는 구획이다.

거기서부터는 장소에 대한 기억이 애매한 미라 대신 전갈이 앞장을 섰다.

과연 대단하다고 해야 할지, 전갈은 몇몇 통로를 뛰어넘어 망설임 없이 목적한 창고에 도착했다. 창문으로 안을 들여다보니 어린애 팬티가 널려있는 것이 보였다. 이 장소가 틀림없어 보였다.

미라는 '생체감지'로 그곳에 어른과 어린애가 있다는 사실을 확인했다. 늦은 시간이라서 그런지 두 사람은 잠든 듯 움직임이 없었다.

"역시 이곳은 수상하구나."

방 안을 둘러보며 미라는 그렇게 중얼거렸다. 단, 이곳이 틀림없다는 보장은 없었다. 키메라 클로젠은 사이가 가까운 자를 유괴해서 협박하는 비열한 수단을 사용하는 녀석들이다. 어쩌면 이 창고에 있는 것은 요한과는 다른 피해자의 친인척일지도 모른다.

하지만 미라 일행에게는 그것을 판단할 방법이 없었다. 취할 수 있는 수단은 하나뿐이었다.

미라 일행은 그대로 문앞으로 이동했다. 문에는 역시 자물쇠가 걸려있어, 전갈은 주변을 둘러보아 순찰병이 오는지 확인하고서 피킹을 시도했다. 아직은 완전 은폐의 효과 시간이 남아있어 주변을 경계할 필요는 없었지만 전갈의 직업병이라는 모양이었다.

"으~음. 저쪽만큼은 아니지만 이쪽도 꽤 어려워 보이네."

전귀의 매장지 입구가 있던 창고를 흘끔 쳐다보며 전갈이 그렇게 중얼거렸다. 저쪽에 사용된 자물쇠는 왕성의 보물고만큼이나 튼튼하다는 모양이었지만, 아무래도 이 창고 역시 랭크는 아래라도 상당히 엄중한 듯했다.

하지만 그런 난해한 자물쇠를 앞에 두고도 전갈은 포기할 낌새가 없었다. 오히려 신이 나서 요한에게 받은 상자를 열기 시작했다. 그것은 연금술사 특제 피킹툴이 든 상자였다.

아무래도 빨리 사용해 보고 싶었던 모양이었다. 전갈은 금속 막대를 집어들고는 같이 들어있던 설명서를 희미한 가로등 불빛에 비추어 가며 읽기 시작했다.

"좋아, 알겠어!"

1분쯤 지났을까. 전갈은 잽싸게 설명서를 접어 상자에 넣고서 허리에 찬 가방에 집어넣었다.

직후, 전갈의 표정이 진지해졌다. 전갈은 손에 든 검은 막대를 열쇠 구멍에 넣고는, 입을 다문 채 미동도 않고 하염없이 신경을 곤두세운 채 집중했다.

검은 막대 끄트머리는 여러 갈래로 갈라져 구조가 복잡한 자물쇠 안으로 들어갔다. 그리고 그 한 가닥 한 가닥이 자물쇠의 내부 구조에 대한 정보를 수집하여 손을 통해 전갈에게 전달해 주었다.

그것은 본래 전문 도구를 여럿 사용해야만 겨우 알 수 있는 정보였다. 그 정보는 보통 하나하나 꼼꼼히 조사해야만 얻을 수 있었다. 그를 통해 함정 등을 구분하는 것이다.

하지만 특제 피킹툴은 그러한 정보들을 한꺼번에 전달해주었다. 지식이 없는 자는 전혀 이해할 수 없을 것이다. 지식이 있는 자라 해도 그 정보량이 방대한 탓에 완전히 구분해 내기란 불가능할 것이다.

하지만 전갈은 달랐다. 그러한 정보들을 몽땅 제어해 보인 것이다.

그로부터 수십 초가 경과했을 즈음, 전갈은 깊은 한숨을 내쉬며 고개를 돌리더니,

"별 거 아니었어" 라고 말하며 자신만만하게 입가를 치올렸다.

자세히 보니 문이 살짝 열려있었다.

"훌륭하구나."

미라가 그렇게 칭찬하자 전갈은 옆창고를 쳐다본 채 "지금이라면 저쪽도 열 수 있을 것 같아!" 라고 말하며 자신만만하게 웃었다.

문의 건너편은 원룸 맨션을 방불케 했다. 조명이 창문에서 쏟아지는 가로등 불빛뿐인 탓에 실내는 어두워 잘 보이지 않았다. 하지만 확인되는 범위만 보아도 생활에 필요한 물건은 대부분 갖춰져 있는 것처럼 보였다. 은둔형 폐인에게는 꿈만 같은 공간일지도 모른다.

그런 방의 구석. 창문에서 봤을 때 사각에 해당되는 부분에 침대가 있었다. 이 방에 사는 주민의 반응은 거기서 느껴졌다.

"그럼 완전 은폐를 풀고 방 전체에 방음 효과를 부여해다오."

미라는 문이 제대로 닫혔음을 확인하고는 남은 시간을 절약하기 위해 워즈랑베르에게 그렇게 지시했다. 정적의 정령인 만큼 소리를 지우는 데에는 시간제한이 없다는 모양이었다.

"알겠습니다. 그럼 전환하겠습니다."

워즈랑베르는 그렇게 답한 후, 얼마쯤 지나 완료되었다는 신호를 미라에게 보냈다. 눈에 보이는 변화는 없었지만 효과는 확실할 것이다. 미라는 입밖에 내지 않고 내심 '그나저나 역시 수수한 능력이구나' 라고 중얼거렸다.

신호를 확인한 미라와 전갈은 살며시 침대 옆을 향해 걸어갔다. 우선은 목적한 인물이 맞는지를 확인하기 위해서.

그때였다.

"으······!"

자그마하게, 하지만 뼈를 울리는 듯한 둔탁한 소리가 조용한 실내에 울렸다. 동시에 미라가 정강이 부근을 붙잡은 채 껑충껑충 뛰어다녔다. 어둠 속에 있던 보이지 않는 테이블에 정강이를 부딪힌 것이다. 용케 소리를 안 질렀다며 전갈은 눈물이 그렁그렁한 미라를 말없이 칭찬했다.

그런 사고가 발생하기는 했지만 두 사람은 침대 옆에 도착했다. 자세히 보니 예상했던 대로 여자아이와 서른 전후의 여성이 나란히 잠들어 있었다.

'으음, 잘 안 보이는구나······.'

미라는 잠든 두 사람의 얼굴을 들여다보고자 눈에 힘을 줘 보았지만 어두워서 얼굴이 또렷하게 보이지 않는 탓인지, 그 이름을 **조사**할 수가 없었다.

이렇게 된 이상 직접 묻는 편이 **빠**를 것이다. 설령 요한의 아내와 딸이 아닌 다른 피해자의 가족이라 해도, 키메라 클로젠에게 강제로 협력하고 있는 자를 더 알 수 있을 테니.

그리고 또 하나의 가능성인, 키메라 클로젠의 직접적인 관계자일 경우 역시 정보원을 확보할 좋은 기회라 할 수 있었다.

미라는 전갈과 한 차례 고갯짓을 주고받고서 천천히 손을 뻗어 여성의 어깨를 잡고 살며시 흔들었다.

한 번, 두 번, 그리고 세 번째에 여성이 몸을 움직였다. 그 후 한 번을 더 흔들자 그제야 눈꺼풀이 희미하게 뜨였다.

"으음······. 안네? 왜 그러니?"

아직 잠에 취한 말투로 그렇게 중얼거린 여성은 옆에서 잠든 딸의 모습을 쳐다본 후 어라, 하고 고개를 갸웃했다. 딸이 자신의 어깨를 흔든 줄 알았는데 기분 탓이었던 걸까, 하고.

"이쪽이다."

미라는 딸을 바라본 채, 그 머리를 살며시 쓰다듬는 여성에게 놀라지 않게끔 최대한 다정한 목소리로 말을 붙였다. 하지만 역시나, 라고 해야 할지 상황이 상황이라 놀라지 않을 수가 없었던 것이리라. 미라의 목소리를 들음과 동시에 여성은 거의 펄쩍 뛰다시피 몸을 움찔했다.

"어……?"

쭈뼛거리며 고개를 돌린 여성은 미라와 눈이 마주치자마자 작은 목소리를 흘렸다.

깜깜한 방에 희미하게 쏟아진 빛은 미라의 머리카락을 은실처럼 반짝이게 했고 티없이 맑고 하얀 피부를 어둠 속에 떠오르게 하고는, 이 세상의 것이 아닌 것 같은 귀여운 소녀의 얼굴을 살며시 비추었다.

어둠 속에서도 눈에 띄는 미라의 그 모습은 그야말로 천사로 착각할 정도로 아름다웠다. 그런 미라의 모습을 본 여성은 너무도 엉뚱한 상황임에도 불구하고 넋이 나가고 말았다.

하지만 그것은 오래 가지 않았다. 그 바로 뒤에 자리한 어둠속에 수상쩍게 떠오른 전갈의 빛나는 고양이눈을 본 순간, 여성의 표정이 확 바뀌었다.

"으읍!"

여성의 눈이 휘둥그레진 참에 미라는 그 입을 틀어막듯 손을 가져다 댔다. 방음 능력을 발동 중이라 들킬 일은 없겠지만 혼란 상태에 빠지면 차분히 이야기를 할 수 없게 되어버리기 때문이다.

"요한의 아내, 안젤리크가 맞느냐?"

여성의 입을 막은 채 그녀의 눈을 똑바로 쳐다보며 미라는 확신 어린 투로 그렇게 물었다. 잠이 덜 깬 듯한 상태로 여성이 입에 담았던 이름이 요한에게 들었던 딸의 이름과 같았기 때문이다.

그리고 그것은 예상대로 정답이었는지 그 여성, 안젤리크는 고개를 끄덕여 답했다.

"우리는 그대의 남편, 요한의 부탁으로 이곳에서 구출해내러 온 자들이다. 적이 아니야."

미라는 그렇게 말하고서 소란을 피우지 말라고 했고 안젤리크가 다시 고개를 끄덕이는 것을 확인하고서야 그 손을 천천히 떼었다.

"저기, 남편은, 요한은 무사한가요?!"

미라가 한 걸음 물러선 직후, 이번에는 안젤리크가 당장에라도 울음을 터뜨릴 것만 같은 목소리로 미라에게 달려들었다. 떨리는 그 손은 애원이라도 하듯 미라의 어깨를 세게 붙잡은 채 놓아주지를 않았다.

"음, 별 일 없다. 그러니 자, 진정하거라."

미라는 마치 아이를 달래듯 온화한 목소리로 속삭이며 안젤리크의 머리에 손을 얹었다.

그 후 얼마쯤 지나 진정한 안젤리크에게 이런저런 이야기를 들을 수 있었다.

아무래도 안젤리크는 지금이 어떠한 상황인지 알지 못하는 듯했다. 그냥 요한이 실험에 실패해서 그 영향이 처자식에게 미칠지 모르니 당분간 격리시키겠다는, 실로 데면데면한 설명만 듣고 5년 가까이 이곳에 갇혀 있었다고 한다.

그런 안젤리크에게 미라는 현재 자신이 파악하고 있는 상황을 간결하게 설명했다.

키메라 클로젠이라는 악당과 멜빌 상회가 손을 잡고 있으며 그들이 이익을 내는 데 필요한 물건을 요한의 아버지가 만들어냈다.

하지만 그 아버지가 죽은 후, 남겨진 연구 노트를 통해 요한은 아버지가 어떠한 것을 만들고 있었는지를 알게 되었다.

그것은 정령들을 해치는 몹시도 비인도적인 물질로, 그 사실을 안 요한은 그 물질을 생성하기를 거부했다.

하지만 아버지가 죽은 후, 그 물질을 만들 수 있는 것은 요한뿐이었기에 악당은 강경책에 나섰다.

그 결과, 안젤리크와 안네가 인질로 잡혔고 요한은 지금 억지로 그 물질을 생성하고 있는 상태다.

"이게 본인을 직접 만나 들은 이야기다. 그리고 그 남자의 말을 믿고, 그대들을 구출해내기 위해 우리가 이곳에 오게 된 게다."

그렇게 설명을 마친 미라는 천천히 한 걸음 물러나 "이제 괜찮다" 하고 자신만만하게 가슴을 편 채 말했다.

약간 흐뭇하기도 하고 묘한 안심감을 내포한, 어쩐지 뻔뻔스러워 보이는 미라의 미소. 그것을 보고 마치 구원의 천사 같다고 새삼 느낀 안젤리크는 "네" 하고 말하고는 안심한 듯 부드러운 미소를 지어 보였다.

"엄마. 뭐야~?"

서로 간에 작은 신뢰감이 형성된 그 순간이었다. 문득 딸인 안네가 눈을 떴다. 그리고 벌떡 일어난 안네와 미라의 눈이 마주쳤다.

지금 소란을 일으키면 성가셔진다. 하지만 작은 아이의 입을 막는 수단을 취할 수는 없는 노릇이다. 그렇게 생각한 미라는 자극하지 않도록 테마파크의 스태프처럼 미소를 지었다.

"딱딱해."

안네는 아무래도 아직 꿈속에 있는지, 멍하니 미라를 쳐다보다가는 잠꼬대를 하듯 그렇게 말하고서 몸을 돌려 안젤리크의 품에 안겨 다시 새근새근 잠들었다.

"……그럼 탈출하도록 할까."

의식적으로 미소를 짓는 것이 젬병이었던 미라는 안네의 신랄한 말에 마음의 상처를 입기는 했지만, 굳은 의지로 이번 작전의 개요를 말하기 시작했다.

그 전에 우선 워즈랑베르의 힘에 관해 간단하게 설명했다. 완전 은폐의 효과와 그 범위, 그리고 효과가 무효화 되는 조건 등을. 그 마지막 설명 중, 사고를 친 경험이 있는 전갈은 계속 쓴웃음을 짓고 있었다.

작전 자체는 지극히 단순했다. 완전 은폐 효과를 유지한 채 시설을 탈출하여 저택으로 향해 요한과 합류. 그 후에는 가족을 모두 이쪽이 준비한 은신처로 데려가서 일이 끝날 때까지 숨겨둘 예정이다.

"상황이 상황인 만큼 얼마간 더 불편을 끼칠지도 모르지만 참아다오."

안젤리크와 안네의 입장에서 보자면 감금된 상태에서 장소를 옮겨 연금생활을 이어가게 되는 셈이다. 마음 아프기는 했지만 미라 일행의 적인 키메라 클로젠에 미칠 영향과 상대의 움직임을 고려하자면 이렇게 하는 수밖에 없었다.

"아뇨, 발목을 잡는 저희를 내버린다는 선택지도 있었을 텐데 구해주신다니, 저는 감사할 따름인 걸요."

키메라 클로젠의 힘을 깎아내는 것뿐이라면 안젤리크와 안네의 존재는 내버리고 요한만 데려가도 됐을 것이다. 하지만 그렇게 하지 않았다. 그런 미라 일행의 심경을 헤아린 것인지……. 아니, 분명 진심이 담겨있으리라. 좌우간 안젤리크는 그렇게 말하며 깊숙이 고개를 숙였다.

　미라 일행은 감금되어 있던 요한의 아내, 안젤리크와 딸인 안네를 창고 거리에서 발견했다.

　지금은 작업을 분담하여 생활에 필요한 물건을 잽싸게 정리하고 있는 도중이었다. 단, 매우 어두운 환경에서 작업을 하다 보니 정강이 말고도 여기저기 부딪힌 미라는 울상이 되어 작업 감독 역할로 이행한 상태였다.

　마지막으로 전갈과 안젤리크가 정리한 짐을 미라가 아이템 박스에 수납했다.

　"미라의 팔찌는 엄청 많이 들어가네. 내 건 이미 다 차서 여유가 없는데."

　그럭저럭 많아진 짐이 눈 깜짝할 새 사라지는 모습을 보며 전갈이 부럽다는 듯 중얼거렸다. 아이템 박스를 사용할 수 있게 되는 일반적인 조자의 팔찌는 조합에서 상위 모험가에게 대여해주는 귀중품이다.

　"그럼 랭크를 올리면 될 것이 아니냐. 그대의 실력이라면 B랭크든 A랭크든 간단할 터인데."

　전갈의 실력은 평범한 상위 모험가보다 훨씬 위였다. 그리고 아이템 박스 기능이 내장된 조자의 팔찌는 랭크가 올라갈수록 용량이 큰 것을 빌릴 수 있게 된다. 전갈이라면 당장에라도 상위 랭크로 올라갈 수 있으리라.

"시간이 있으면 그러고 싶은데 말이야. 지금은 임무를 수행하느라 바빠서 랭크를 올릴 시간이 없어."

듣자하니 보통 G랭크부터 시작되는 모험가의 랭크는 의뢰의 난이도와 달성 의뢰 수, 그리고 달성률에 따라 승급 여부가 정해진다는 모양이었다. 난이도에 따라 승급에 필요한 점수가 다른데, 어지간히 실력이 출중하지 않고서는 C랭크에서 B랭크가 되는 데 최소한 3년은 필요하다는 듯했다.

우수하지만 출중하다 할 만큼의 힘은 없는 데다 이스즈 연맹의 임무를 수행하기 위해 각지를 뛰어다녀야 하는 전갈에게는 그런 시간이 없다고 한다.

푸념이라도 하듯 그렇게 말한 전갈은 한 차례 한숨을 내쉬었다.

"고생이 많구나. 그러면 이 몸이 우즈메에게 말해주마. 임무를 수행하느라 바빠서 불편해하고 있더라고."

마지막 가방을 수납하며 미라는 짓궂게 웃어 보였다. 그러자 전갈은 궁지에 몰린 사람 같은 표정으로 "못 들은 셈 쳐주세요!" 하고 미라에게 매달렸다.

그렇게 실로 간편한 이사 준비가 끝났다.

"그럼 가보지. 숨을 수 있는 범위는 그렇게 넓지 않으니 너무 떨어지지 말거라."

다시금 완전은폐 효과를 발동시킨 미라는 주의를 환기시키며 밖으로 나갔다.

드문드문 밝혀진 미덥지 못한 가로등 불빛에 비쳐진 창고 거리

안. 정면에서 순찰병이 께느른한 표정으로 걸어오고 있었다. 그 허리에 매달린 조명이 눈을 비추는 바람에 안젤리크는 놀라서 비명을 질렀다.

"괜찮다. 범위는 넓지 않아도 효과는 끝내주니."

허둥지둥 입을 다문 채 고개를 숙인 안젤리크에게 미라는 다정하게 말해주었다. 미라가 말한 것처럼 순찰병은 미라 일행의 존재를 전혀 알아채지 못하고 지나쳐갔다. 완전 은폐의 효과에 대한 설명을 듣기는 했지만 실제로 그것을 확인한 안젤리크는 놀라다 못해 어안이 벙벙해져서 순찰병의 뒷모습을 쳐다보았다.

그러고 나서 미라 일행은 길을 기억하는 전갈을 앞장 세워 창고 거리를 전진했다. 딸인 안네로 말하자면 워즈랑베르의 등에 업혀 푹 잠들어 있었다. 깨서 놀라지 않도록 전갈이 약한 수면약을 맡게 했으니 아침까지는 일어나지 않을 것이다.

"굉장하네요……."

몇 명째인지 모를 순찰병을 배웅하며 안젤리크가 중얼거렸다. 그 말에 전갈은 쓴웃음을 지은 채 "그러게 말이야, 반칙이지?"라고 말했다.

"그렇지? 이게 소환술의 실력이다!"

미라는 매우 득의양양해져서 으스대며 그렇게 말했다.

"침묵의 정령이라는 이름은 처음 들어봤지만, 역시 정령님이네요."

안젤리크는 가슴을 젖힌 채 자랑하는 미라에게 다정한 미소를 건네며 순수하게 그렇게 말하고는 마치 아버지처럼 안네를 등에 업은 워즈랑베르를 바라보았다.

소환술에 대한 칭찬이 빠지자 미라는 다소 부루퉁해졌다. 그리고 당사자인 워즈랑베르 역시 자신의 지명도가 낮다는 사실을 재인식하고는 고개를 푹 숙였다.

어딘지 모르게 천연덕스러운 분위기를 풍기는 안젤리크의 발언에 기가 죽은 미라와 워즈랑베르의 모습을 본 전갈은 쓴웃음을 지은 채 자신은 말려들지 않으리라 생각하며 하염없이 앞을 본 채 일행을 이끄는 일에 집중했다.

출구까지 얼마 남지 않아 마지막 직선거리를 나아가던 중, 정면에 무수한 빛이 모여있는 것이 눈에 들어왔다.

"뭐야, 저게?"

출입구 문 근처가 소란스러워진 것을 본 전갈이 말했다. 아직 멀어서 자세히는 보이지 않았다. 하지만 가까이 가보니 정체를 알 수 있었다.

그것은 순찰병들이었다. 다섯 명 정도가 정해진 위치를 벗어나 그곳에 모여있는 듯했다.

그때였다. 순찰병 집단이 움직이기 시작하더니 똑바로 미라 일행이 있는 쪽으로 다가왔다.

"무슨 소란인지는 모르겠지만 거리를 좀 두자."

전갈의 말대로 미라 일행은 길 끄트머리 쪽에 붙어, 집단이 지나가기를 기다렸다.

'음, 저 자는……?'

집단의 선두. 순찰병을 이끌고 있는 자를 본 미라는 반사적으로 그 얼굴을 주시하여 정보를 읽어 들였다.

그 자의 이름은 '아이작 마이어'. 로브를 걸친 긴 장발의 마술사로 매처럼 날카로운 눈매를 지닌 미청년이었다. 그래서 미라는 어쩐지 정이 가지 않는다는 이유로 얼굴을 찌푸렸다.

"혹시 들킨 걸까?"

"모르겠다. 하지만 서두르는 편이 좋을 것 같군."

한밤중에 불온한 움직임을 보이는 집단. 그것을 배웅한 미라 일행은 페이스를 올려 멜빌 상회가 관리하는 창고 거리를 탈출했다. 그리고 뒷골목으로 숨어들어 남은 시간이 적은 완전 은폐를 풀고 광학미채로 전환하여 요한이 기다리는 저택으로 향했다.

안젤리크를 배려해 가며 밤길을 나아가기를 수십 분. 저택 문 앞에 도착한 미라 일행은 활짝 열린 문을 지나 발소리가 나지 않도록 주의하며 부지 안에 발을 들여놓았다.

"저기, 미라."

단일 은폐 효과로 눈에는 보이지 않게 되었지만 소리는 얼버무릴 수 없다. 하지만 주변에서 느껴지는 위화감을 알아챈 전갈은 확인을 구하듯 말했다.

"음, 그대도 눈치챘더냐. 감시자가 사라졌다."

미라 역시 이해할 수 없는 상황이 벌어졌음을 알아채고 그렇게 말했다. 아무리 '생체감지'로 주변을 살펴도 전에 왔을 때는 있었던 감시자의 반응이 없었다. 더욱 안으로 들어가 저택 앞에 도착했는데도 반응은커녕 그곳에 있었던 흔적조차 찾을 수가 없었다.

아무래도 뭔가가 이상했다. 요한을 감시하던 감시자들이 사라진 것이다.

주의를 기울여 문을 연 미라 일행은 저택 안에 들어섰다. 현관홀은 처음 왔을 때와 마찬가지로 어쩐지 으스스한 어둠에 잠겨있었다.

"이게, 어찌된 게지? 요한의 기척까지 사라졌는데."

미라는 '생체감지'에 집중하여 저택 어디에서도 반응이 포착되지 않는다는 사실을 확인했다. 그리고 눈살을 찌푸린 채 턱 끝을 손가락으로 쓸며 생각했다.

"그러고 보니 거래 서류를 준비해두겠다고 했지."

"응, 그랬어. 혹시 여기와는 다른 곳에 보관하고 있는 걸까? 우리가 너무 일찍 온 걸 수도 있잖아."

문득 생각이 났다는 투로 미라가 말하자 전갈도 그 가능성을 알아채고 말을 보탰다.

서류를 보관해둔 별채 같은 장소가 어딘가에 있는 것이리라. 요한은 그곳으로 서류를 가지러 갔고 감시자들도 맡은 역할을 수행하기 위해 따라간 것이다. 그렇게 생각하면 딱히 이상할 것은 없었다.

"저기, 남편이 서류를 준비하겠다고 했나요?"

도출된 이유에 납득하던 미라와 전갈에게 문득 안젤리크가 말을 붙였다.

"응, 멜빌 상회와의 거래에 관한 서류. 우리가 부인이랑 딸을 구출하는 데 성공했을 때의 보수로 받기로 했거든."

"그랬나요. 으음, 거래에 관한 서류라면 지하에 있는 창고에 보관하고 있을 거예요. 특별한 술구로 된 선반이 있어서 서류 관련은 전부 거기 넣어뒀거든요."

전갈이 설명하자 안젤리크는 조금 생각을 하듯 고개를 숙이더니 현관홀 끄트머리로 고개를 돌렸다. 어두워서 잘은 보이지 않았지만 그 안쪽에는 지하로 내려가기 위한 계단이 있는 모양이었다.

서류를 밖으로 꺼내러 간 것이 아니라면 요한은 지하에 있을까. 상당히 두꺼운 벽으로 막혀 있을 경우에는 '생체감지'의 정밀도가 떨어지니 반응이 없을 수도 있었다. 하지만 그렇다 한들 이번 경우에는 감시자가 사라진 이유가 설명되지 않았다.

"보러 가보도록 할까."

생각은 확인하고 나서 해도 될 것이라 생각한 미라는 어둠 속에서 전갈의 꼬리를 움켜 쥐었다. 안내를 맡기기 위해서였다. 또한 빛을 밝히지 않는 것은 만약을 위해서였다.

"미라, 꼬리는 잡지 마~."

전갈은 괴로운 듯한 목소리로 말하더니 잽싸게 미라의 손을 낚아채서 계단이 있는 현관홀 가장자리를 향해 걸었다. 안젤리크는 워즈랑베르의 손을 빌려 그 뒤를 따랐다.

다행히 계단에는 작은 조명이 밝혀져 있었다. 발치를 흐릿하게 비출 정도는 되니 발을 헛디딜 걱정은 안 해도 될 듯했다.

"역시 요한은 지하에 있는 겐가."

자세히 보니 벽에 조명용으로 보이는 스위치가 있었다. 요한

이 계단을 내려가기 위해 켠 것일까. 하지만 지하에서는 '생체감지'로도 반응이 포착되지 않아, 미라는 "그런 것치고는 묘한데 말이다" 하고 중얼거리며 의아하다는 눈으로 계단 아래를 노려보았다.

"흔적은 있지만 누가 있는 것 같지는 않지?"

오감을 곤두세워 기척을 찾던 전갈 역시 미라와 같은 추측을 입에 담았다. 내려간 것은 분명하지만 그곳에는 이미 아무도 없을 것이라고.

거래 서류를 가지러 간 것뿐이라면 그 서류를 가지고 미라 일행을 기다리고 있을 터다. 하지만 그러지 않았다. 아직 서류를 정리하는 중일 가능성도 있다고 생각했지만, 저택 안에서는 그의 기척을 찾을 수가 없었다.

요한이 아내와 딸이 무사한 모습을 확인하지 않고 혼자서 탈출했을 리는 없을 것이다. 그렇다면 뭔가 예기치 못한 사태와 맞닥뜨렸을 우려가 있다. 그러한 결론에 다다른 미라와 전갈은 신중한 발걸음으로 계단을 내려갔다.

지하실에 자리한 문 안쪽. 돌벽으로 둘러싸인 방. 천장에 매달린 못 미더운 조명이 켜진 그 방은, 매우 어질러져 있었다. 대부분의 선반은 쓰러졌고 거기 들어있었을 터인 서류가 바닥에 온통 흩어져 있었다. 하지만 짓밟은 듯한 흔적은 거의 없었다.

"무슨 일이, 있었던 것 같구나……."

아무리 봐도 정리하는 것이 서툴다는 말로는 납득하기 어려운 상황 앞에서 미라는 씁쓸함을 억누르듯 표정을 구겼다. 지하실은 명백하게 작위적으로 어질러 놓은 듯했기 때문이다.

"미라. 이것 좀 봐."

지하실에 오자마자 감식을 시작했던 전갈은 방구석에 웅크려 앉은 채 서류 아래 묻힌 핏자국을 가리켰다.

"흠. 생긴지, 얼마 안 되었구먼."

전갈의 머리 위로 고개를 내민 미라는 그 상태를 보고 중얼거렸다. 바닥에 점재한 핏자국은 아직 다 마르지 않은 상태였고, 자세히 보니 걷어낸 서류에도 배어있었다.

이건 대체 누구의 피일까. 그런 의문이 뇌리를 스쳤지만 곧장 떠오른 것은 역시 요한의 피일 가능성이었다. 이 저택에는 요한밖에 없었으니 당연한 추측이리라.

하지만 문제는 왜 이런 일이 벌어졌는가 하는 것이다.

이 타이밍에 요한이 공격을 받을 일은 반역을 일으키려는 것을 알아챘을 경우밖에 없을 듯했다. 거래 서류를 가지러 온 참에 누군가에게 공격을 받았다. 그리고 그 누군가는 밖에 있던 감시자일 것으로 예상되었다.

하지만 어떻게 알아챘는지가 또 문제였다. 제의를 한 미라 일행은 갈 때도 올 때도 완전 은폐를 이용했다. 그 반칙이나 다름없는 힘 덕에 미라 일행의 접근을 알아챘을 가능성은 만에 하나라도 없을 터였다.

그럼에도 현재 요한의 모습은 보이지 않았고 지하실 바닥에는 그의 것으로 추정되는 핏자국이 남아 있었다.

"혹시 그건, 남편의 피, 인가요?"

미라 일행이 핏자국을 조사하던 참에 공포 어린 표정을 지은 채 안젤리크가 천천히 다가왔다. 그리고 바닥에 놓인 서류에 들러붙은 붉은 피를 보고 더욱 표정이 굳어져 고개를 푹 숙였다.

"괜찮다. 눈에 띄기는 해도 보아하니 출혈량은 대단치 않은 듯하니. 게다가 그대의 남편, 요한이 지닌 기술은 실로 중요한 것이다. 결코 목숨을 빼앗길 일은 없을 게야."

미라는 안젤리크의 어깨를 꼭 움켜쥔 채 고개를 들게 하여 똑바로 눈을 보고 그렇게 말했다.

"미라 말이 맞아. 안젤리크 씨랑 안네처럼 붙잡힌 거라면 우리가 다시 구해낼게."

전갈은 안심시키려는 듯 한껏 미소를 지어 보였다. 거기에는 위로의 뜻뿐만이 아닌, 확연한 자신감도 배어 있었다.

"고마워요. 제가 할 수 있는 일이 있다면 뭐든 할 테니, 부디 잘부탁드릴게요."

두 사람의 격려를 받은 안젤리크는 애써 미소를 지은 채 깊숙이 머리를 숙였다.

희미한 조명이 켜진 지하실에서. 아직 불안감이 남은 듯 남편이 무사하기를 바라는 안젤리크의 어깨는 떨리고 있었다.

미라는 그 모습을 바라보며 생각했다. 키메라 클로젠이라는 존재가 아니었다면 이 가족은 분명 행복하게 살았을 것이라고.

'우리를 적으로 돌린 일을, 철저하게 후회하게 해주어야겠군.'

두 손을 통해 안젤리크의 슬픔이 전해져왔다. 미라는 그것을 정면으로 받아내며 새삼 키메라 클로젠을 타도하기로 결심했다. 정령들을 구하기 위해. 그리고 이러한 불행을 두 번 다시 자아내지 않기 위해.

점심시간을 맞아 북적대는 식당 구석. 그곳에 앉아 조용히 식사를 하는 남자가 있었다. 테이블에 늘어선 요리는 하나같이 간소했다. 배만 부르면 그만이라 생각하는 것이리라.

　큰 키에 마른 체구인 남자였다. 독특한 문양이 그려진 긴 옷을 두르고 은테 안경 안쪽에 보이는 눈동자는 잿빛. 짙은 파란색을 띤 머리는 대충 아무렇게나 자른 듯 보였다.

　그 남자의 이름은 그라드. 천칭의 성채에서 키메라 클로젠 넷을 참살한 하늘의 백성이다.

　그는 지금 다음 목적지를 향해 가는 도중으로, 로즈라인과 세인트 폴리를 잇는 도로 사이에 위치한 마을에서 휴식을 취하고 있는 참이었다.

　"이봐, 들었어? 데드 아이 스콜피온이 나왔다던데?"

　"그래, 들었지. 사실이라면 조만간 토벌대 모집이 시작되겠지."

　조용히 식사를 하다 보니 주변의 목소리가 선명히 들려왔다. 특히 옆에 앉은 두 사람의 목소리는 유달리 크게 들렸다.

　그 두 사람은 차림새로 미루어 모험가 같았다. 그리고 그들이 이어가고 있는 이야기에 의하면 놀랍게도 로즈라인 공국 남쪽 산간에 위치한 도로 근처에 데드 아이 스콜피온이라는 마물의 목격 정보가 몇 건이나 들어오고 있다는 모양이었다.

　데드 아이 스콜피온. 그것은 존재 자체가 희소한 마물로 조우

사례는 적었다. 하지만 그 힘과 흉포함은 이 근처에 사는 이라면 누구나 알 정도로 유명했다. 대륙 서부에 출현하는 마물들 중에서도 톱클래스의 괴물로 말이다.

토벌하려면 최소한 A랭크의 모험가가 다섯 명. 확실하게 처리하려면 열 명은 필요하다. 그런 위험한 마물이 이곳의 남쪽에서 목격되고 있다고 한다.

심지어 마물이 목격된 주변에는 작은 집락이 많다는 모양이었다. 그런 탓에 이번 목격 정보의 진위가 확인되는 대로 모험가 종합 조합에서 토벌대 모집을 시작할 것이라고 한다.

'남쪽이라……'

자신의 의지와는 무관하게 그런 두 사람의 이야기를 들으며 식사를 마친 그라드는 잽싸게 값을 치르고 식당을 뒤로 했다. 그리고 밖에 세워둔 말에 올라타고 여행길을 서둘렀다.

목적지는 서쪽에 위치한 세인트 폴리. 그라드가 선택한 길은 북쪽 도로였다. 위험을 피하는 것은 여행자에게 당연한 일이었다.

하지만 말을 몰고 북쪽 도로를 며칠 달리던 중.

"어째서, 여기 있는 거냐……."

그라드는 소문으로 들었던 데드 아이 스콜피온과 조우하고 말았다. 그 거구가 산간에서 불쑥 모습을 드러낸 것이다.

남쪽 도로에서 목격되었다고 했는데 어째서 지금, 이곳에 있는 걸까. 거리적으로 멀다고 할 정도는 아니었다. 하지만 북쪽과 남쪽 사이에는 높고 험한 바위산이 솟아 있다. 간단히 넘을 수는 없을 터다.

"나 원, 재수도 없군."

그가 어떻게 생각하건 눈앞에 데드 아이 스콜피온이 있다는 것은 사실이었다. 그라드는 엉겁결에 쓴웃음을 지은 채 그 즉시 말에서 내려 전투 태세를 취했다. 동시에 데드 아이 스콜피온은 그라드를 발견하자마자 그 거대한 발톱을 치켜들고 덤벼들었다.

'부상을 입었군. 해치울 수 있을까?'

불행 중 다행이라고 해야 할지, 눈앞에 있는 데드 아이 스콜피온에게는 꼬리가 없었다. 최대의 무기이자 가장 주의해야만 하는 독침이 없었던 것이다.

하지만 그에 다음가는 무기인 두 발톱은 건재했다. 날카롭고 격렬하게 내려친 그 발톱이 대지를 박살냈다.

"이거…… 가까이서 보니……."

데드 아이 스콜피온의 일격을 간신히 버텨낸 그라드는 스쳐 지나듯 내달려 거리를 벌리던 도중에 마물의 몸에 주목했다. 꼬리뿐이 아니었다. 자세히 보니 상당히 심한 부상을 입은 상태였다.

그것을 본 그라드는 문득 추측해 보았다. 혹시 이 데드 아이 스콜피온은 우연히 실력 좋은 모험가를 만난 것이 아닐까. 그리고 부상을 입고 이곳까지 도주해온 것이다.

그렇게 생각한 그라드는 한층 더 경계심을 끌어올리며 마물과 마주했다. 이렇게 부상을 입은 상태의 상대가 가장 성가시다는 것을 알기 때문이다.

하지만 그것은 동시에 기회이기도 했다. 그라드는 퇴마술의 결계를 교묘히 전개하여 데드 아이 스콜피온의 맹공을 막아내며 그 움직임을 주시했다.

'오른쪽 다리와 등인가.'

두세 번 그러기를 반복해, 열 번 정도를 버텨냈을 즈음 그라드는 그것을 간파해냈다. 세 개의 오른쪽 다리 중 하나가 움직이고 있지 않다는 것을. 그리고 등에 가장 커다란 상처가 있다는 사실을.

약점이 두 개인 데다 필살기라 할 수 있는 독침도 없다. 그것을 확인한 그라드는 단숨에 공세로 전환했다.

내려친 거대한 발톱이 간단히 결계에 균열을 발생시켰다. 직후, 그라드는 뛰쳐나가 데드 아이 스콜피온의 측면에 성수병을 던졌다. 오른쪽 다리를 조준한 것으로, 성수병은 한 치의 오차도 없이 그곳을 향해 날아갔다.

하지만 과연 대륙 서부에서도 톱클래스라 일컬어지는 마물이라 해야 할까. 아니면 본능이 마물을 살렸다고 해야 할까. 데드 아이 스콜피온은 그 즉시 반응해 보였다. 오른쪽 다리를 감싸듯 그것을 거대한 발톱으로 막아낸 것이다.

쨍그랑. 병이 깨지는 소리가 나더니 성수가 거대한 발톱을 적셨다. 그 순간, 성수가 푸른 화염으로 변했다. 성수를 촉매 삼아 발동시킨 술법 [퇴마신법 : 매복의 창염]이다.

푸른 화염이 데드 아이 스콜피온의 발톱에 들러붙어 그 몸까지 불사를 기세로 치솟았다. 그것은 어지간한 마물은 눈 깜짝할 새 재로 바꾸어 놓을 정도로 강력한 퇴마의 화염이었다.

하지만 부상을 입은 채로도 데드 아이 스콜피온은 어지간한 마물과는 격이 다르다는 사실을 증명해 보였다. 불타오르는 발톱을 땅바닥에 처박아, 그 충격으로 화염과 성수를 한꺼번에 날려버린 것이다.

"멀쩡한가…… . 발톱이 튼튼하기도 하군."

그라드는 전혀 변화가 없는 거대한 발톱을 바라보며 그렇게 투덜댔다.

그 두꺼운 갑각은 무기인 동시에 방패이기도 한 모양이었다. 역시 약점을 노리는 것이 정석이다. 하지만 퇴마술은 물론이고 크로스보우의 화살까지 몽땅 그 발톱이라는 이름의 방패에 막혀 약점을 공략할 수가 없었다.

'이만한 반응 속도를 지닌 상대에게, 어떻게 등에 저런 상처를 낸 거지.'

데드 아이 스콜피온은 그 덩치와 상처를 입은 몸이라는 것이 믿기지 않는 속도로 움직였다. 그라드는 부상을 입은 마물은 성가시다는 사실을 새삼 뼈저리게 느끼며 중간중간 날아드는 맹공을 간신히 막아냈다.

그렇게 전투가 시작된지 한 시간 정도가 지났을 무렵. 보다 상세한 관찰을 마친 그라드는 다시 한 번 공세에 나섰다.

그라드가 던진 성수는 푸르고 격렬하게 타오르기는 했으나 이번에도 발톱에 가로막혀 그 즉시 진화되고 말았다. 그리고 데드 아이 스콜피온은 비웃기라도 하듯 그라드에게 덤벼들었다.

그라드는 그 자리에서 움직이지 않고, 육박해온 그 거구를 다

중으로 전개한 결계로 받아냈다.

거대한 발톱이 일격을 가할 때마다 결계에 금이 갔다. 하지만 그라드는 그 와중에 옅은 미소를 지은 채 머리 위를 바라보았다.

병이 깨지는 소리가 나직하게 들렸다. 성수병이다. 그것은 조금 전, 푸른 화염이 치솟은 직후에 하늘로 던진 것이었다. 상공에 겹겹이 전개한 결계 위에 얹어진 성수병은 계산대로 굴러가서 데드 아이 스콜피온의 등에 제대로 떨어졌다.

직후에 성수가 푸른 화염으로 변했다. 그리고 그것은 등을 뒤덮을 정도로 퍼져 나갔다. 그곳에 있는 가장 큰 상처를 중심으로.

데드 아이 스콜피온이 귀를 찢을 듯한 단말마를 내질렀다. 그리고 그라드를 길동무 삼겠다는 듯 계속해서 발톱을 휘둘러댔다.

"아아, 그건 졸책이라고."

부상을 입은 채 죽을 각오로 저항하는 것과 될 대로 되란 식으로 싸우는 것은 다르다. 그라드는 손에 든 크로스보우로 데드 아이 스콜피온의 오른쪽 다리를 저격했다. 그러자 지금까지는 번번이 발톱에 가로막혔던 화살이 이번에는 정확히 조준한 부위를 관통했다.

그와 동시에 오른쪽 다리에서 푸른 화염이 치솟았다. 크로스보우의 화살에는 성수가 발라져 있었던 것이다.

그렇게 단숨에 연소가 가속된 결과, 데드 아이 스콜피온은 체내부터 불타 더 이상 저항하지 못하고 무너져 내렸다.

"어떻게든 되었군……."

데드 아이 스콜피온이 완전히 죽었음을 확인한 그라드는 비틀대며 그 자리에 주저앉았다. 부상을 입은 상태였다고는 하나 대륙 서부에서도 톱클라스에 속하는 마물을 상대로 시종일관 유리하게 싸웠다. 하지만 그것은 그라드가 정신력을 갉아먹어 가며 동원 가능한 수단을 모두 동원한 덕이었다. 실제로는 전혀 여유가 없었다.

"잔량은……. 이거 틀렸군."

술구며 약과 같은 준비해 뒀던 소모품 중 대부분이 손에 꼽을 정도밖에 남지 않았다. 데드 아이 스콜피온과 싸우며 태반을 소모해 버린 것이다.

키메라 클로젠의 본거지를 찾기 전에 쓸데없이 소모를 하는 바람에 그라드는 혀를 찼다.

"우선은 보급을 해야겠어."

이 상태로는 키메라 클로젠을 없앨 수가 없다. 그렇게 판단하고 일어난 그라드는 눈앞에 드러누운 데드 아이 스콜피온의 시체를 해체하기 시작했다. 전리품으로 소모품 보급 비용을 충당하기 위해.

데드 아이 스콜피온의 전리품 중 가장 가치 있는 독침은 없었다. 하지만 그만한 전투가 있었음에도 아직 건재한 두 발톱이며 이빨, 그리고 머리 부분의 갑각 등, 값비싼 부분은 아직 무사했다.

그라드는 그것들을 능숙하게 해체해 나갔다. 그때였다.

"아아~! 한 발 늦었다해~……."

어디선가 나타난 소녀가 그것을 보고 고개를 푹 숙인 채 한탄했다.

"뭐냐, 네놈은."

조금 전까지는 아무런 기척도 느껴지지 않았다. 바위산이 주변에 있기는 했지만 거리가 있어서 전망이 나쁘지는 않았다. 누군가가 다가오고 있었다면 알아챘어야 했다. 하지만 실제로는 눈앞에 나타나기 전까지 알아채지 못했다.

민족풍 의상을 걸친 소녀 같은 모습을 하고 있지만 보통내기가 아니다. 그렇게 직감한 그라드는 손을 멈추고 경계했다. 그러자 소녀는 그런 그라드를 지그시 쳐다보고서 불쑥 "당신, 강하다해!"라고 말했다. 그러더니 조금 전까지 침울해 보였던 표정이 확 바뀌었다.

"나, 강한 상대랑 싸우고 싶다해. 그래서 강한 상대를 찾아 여행하고 있다이거. 그러다 요전에 들었다해. 그 마물에 관한 소문을. 그리고 발견했다해. 하지만 한창 싸우다 놓쳐버렸다이거."

묻지도 않았는데 소녀는 계속해서 말을 늘어놓았다. 그 내용을 통해 알아낸 사실은, 데드 아이 스콜피온이 부상을 입은 것은 이 소녀와 싸웠기 때문이라는 것이었다.

꼬리를 뜯기고 오른쪽 다리와 등에 치명상을 입은 데드 아이 스콜피온은 지면에 구멍을 파고 도주했다고 한다. 그리고 그동안 소녀는 땅속 어디선가 기습해올 줄 알고 멀거니 기다리고 있었다는 모양이었다.

"쫓아와 보니, 벌써 쓰러지고 난 뒤였다해……."

도주했음을 알아채고 뒤를 쫓아 겨우 찾아냈더니 지금과 같은 상황이 되어 있었다는 것이다.

"그래서 뭐냐. 절반은 네 공이라는 거냐? 그러면 나머지는 가져가라."

해체를 반쯤 마친 그라드는 소녀의 말을 그렇게 해석하고는 가볍게 짐을 챙겨 냉큼 걸음을 옮겼다. 사람과 얽히는 것과 혼잡스러운 것을 그리 좋아하지 않는 듯했다.

"아니다해~. 아까도 말했다이거. 나, 강한 상대랑 싸우고 싶다해~."

소녀는 데드 아이 스콜피온의 시체에는 눈길도 주지 않고 그라드에게 매달렸다. 그녀는 배당분을 내놓으라는 것이 아니라 강한 상대와 싸우고 싶은 것뿐이라고 주장했다. 하지만 당사자인 데드 아이 스콜피온은 이미 시체가 되었다.

"그럼 딴 데나 찾아보지 그래. 이 근처에는 이제 저 덩치보다 강한 상대는 없을 테니."

그라드는 얼쩡거리는 작은 동물을 쫓아내는 시늉을 하며 다시 한 번 왔던 길로 돌아가서 시체 해체 작업을 재개했다. 필요 없다니 챙기기로 한 것이다. 자금이 많을수록 보다 많은 키메라 클로젠을 없앨 수 있으니.

그라드에게 소녀는 그저 귀찮은 존재에 불과했다.

"당신이 있다해. 역시 마물보다 사람 쪽이 즐겁다이거. 한 판 붙어보자해."

소녀는 포기하지 않았다. 부상을 입은 상태였다지만 데드 아이 스콜피온을 쓰러뜨렸으니 그 역시 틀림없이 강자일 것이기 때문이다. 하지만 그라드는 "거절한다"라고 한 마디만 입에 담았다. 그러고는 잽싸게 전리품을 정리해서 걸음을 떼었다.

"제발 부탁 좀 하자해~. 10분…… 5분만이라도 좋으니 대련해 줬으면 한다해. 부탁이다이거~. 최근에는 마물만 상대해서 대인 전투 감각이 무뎌졌다해~."

소녀는 그라드의 뒤를 졸졸 따라오며 끈질기게 애원했다. 어지 간히 강적에 굶주린 모양이었다.

"나는 곧 큰 싸움을 해야 한다. 쓸데없이 체력 소모나 할 생각 은 없어."

그라드는 그런 전투 마니아의 헛소리에는 귀도 기울이지 않고 그렇게 답했다. 큰 싸움. 그것은 키메라 클로젠과의, 오랜 세월 쫓아온 남자와의 대결을 말했다. 그라드에게는 그것이 전부이고, 나머지는 모두 쓸데없는 짓인 것이다.

그라드가 딱 부러지게 거부하자, 그 말을 들은 소녀는 표정이 환해져서 말을 받았다.

"그럼 그 큰 싸움이 끝나면, 대련해준다는 거냐이거?!"

그라드의 말을 그렇게 해석한 소녀는 기대에 찬 눈으로 그라드 를 올려다보았다.

'이상한 아이군.'

어째서 그렇게까지 대련을 하고 싶어하는 걸까. 소녀의 얼굴을 흘끔 쳐다본 그라드는 그런 생각을 하면서 고개를 끄덕여 답했 다. 싸움이 끝난 후라면 그래도 좋다고.

"뭐, 얼마나 걸릴지, 모를 일이지만 말이야."

"대련해준다면 상관없다해. 기다린다이거! 감사감사다해~!"

그라드의 대답을 들은 소녀는 온몸으로 기뻐했다. 팔짝팔짝 뛰는 그 모습은 도무지 전투 마니아로는 보이지 않는, 평범한 소녀의 그것이었다.

결전 후 대련을 하기로 약속한 뒤. 세인트 폴리로 이어진 길을 나아가는 그라드의 뒤에는 적정한 거리를 둔 채 따라오는 소녀의 모습이 있었다.

그라드가 휴식을 취하면 소녀도 멈춰 섰다. 걷기 시작하면 소녀도 걷기 시작했다.

"어디까지 따라올 셈이지?"

몇 번인가 반복한 참에 그라드는 소녀에게 그렇게 물었다. 그러자 소녀는 당연하다는 투로 "약속 지킬 때까지다해" 라고 대답했다.

"이건 장난이 아니다."

"나도 장난하는 거 아니다이거."

약속. 요컨대 대련 약속을 지킬 때까지 이대로 다녀야 하는 걸까. 그렇게 생각한 그라드는 이상한 녀석과 얽힌 것도 모자라 쓸데없는 약속까지 하고 말았다며 약간 후회하기 시작했다.

'도시에 도착하면 적당히 뿌리치도록 할까.'

그라드는 그때까지만 참자고 자기 자신을 타이르며 여행길을 재촉했다.

전투 마니아 소녀와 만난 다음날. 도로라고는 하나 도시를 벗어나면 방심은 금물이었다. 평소처럼 세인트 폴리를 향해 전진하던 참에 그것이 앞에 나타났다.

"살라그인가. 성가시게 됐군."

살라그. 그것은 표범을 약간 줄여놓은 듯한 모습의 육식 동물로, 크기만 보면 그리 위협적인 상대는 아니다. 하지만 문제는 숫자다. 살라그는 집단으로 행동하는 짐승이었다.

'어디보자, 어디에서 올까?'

앞길을 막아서듯 나타난 것은 한 마리뿐이었다. 하지만 모험가와 여행을 하는 자들은 모두 알았다. 그것이 살라그의 책략이라는 것을. 정면에서 한 마리가 주의를 끄는 동안 다른 동료들이 주위로 살금살금 다가와 습격한다. 요컨대 크라드의 주변에는 이미 다른 살라그들이 잠복하고 있을 것이다.

전력 등에 따라서는 정면에 살라그가 나타난 시점에서 끝장인 경우도 있다. 하지만 당연히 그라드는 여기서 죽을 생각이 없었다.

가볍게 바람을 가르는 소리가 울림과 동시에 정면에 위치한 살라그의 뺨에 크로스보우의 화살이 꽂혔다. 살라그는 비명을 지를 새도 없이 절명했다. 하지만 그것을 신호 삼아 주변에 숨어있던 것들이 일제히 튀어나왔다.

'다섯…… 열……. 열세 마리 정도인가.'

그 즉시 숫자를 파악한 그라드는 허리에 찬 세검을 뽑아 덤벼드는 살라그의 몸통을 꿰었다. 그리고 다리를 물어뜯으려 드는 또 한 마리를 순간적으로 걷어차고 텅 빈 몸통에 크로스보우의 화살을 박아 넣었다.

두 마리의 살라그가 땅바닥에 털썩 널브러졌다. 양쪽 모두 심장을 일격에 관통당해 절명했다. 하지만 그라드는 그것이 당연하다는 듯 눈길도 주지 않고 다음 사냥감을 향해 고개를 돌렸다.

"이건……."

모든 것이 끝난 뒤였다. 그라드가 첫 번째 화살을 쏘고서 5초도 채 되지 않았건만 소녀 주변에는 나머지 살라그가 이미 시체가 되어 나뒹굴고 있었다.

데드 아이 스콜피온에게 치명상을 입힌 일이며 그것을 쫓아온 것을 통해 그라드도 소녀가 상당한 실력자이리라는 것은 짐작하고 있었다. 하지만 그 실력은 머리로 생각했던 것보다 훨씬 상식을 벗어난 것이었음을 비로소 깨달았다.

소리조차 나지 않았다. 나머지 열한 마리를 불과 5초 만에, 기척조차 내지 않고 처리한 것이다. 그라드는 소녀가 무엇을 한 것인지, 어떻게 움직인 것인지조차 알 수가 없었다.

그리고 그만한 일을 해놓고 소녀는 마치 아무 일도 없었다는 듯 "덤빌 상대를 잘못 골랐다해" 라고 느긋하게 승리선언을 하고 있었다.

멀거니 선 모습은 귀여운 소녀 그 자체였다. 하지만 그 안에 자리한 힘은, 상상을 불허하는 괴물의 그것 같았다.

'그 날 만난 녀석과, 느낌이 비슷한데…….'

그라드는 눈앞의 소녀를 보고 있자니 문득 일전에 만났던 소녀가 생각났다. 키메라 클로젠을 쫓아 잠입했던 천칭의 성채. 그 최상층에서 키메라 클로젠을 처리한 후에 만났던 이스즈 연맹에 속한 자들. 그들 중 한 명인, 긴 은발머리 소녀가.

그 소녀는 전투와는 가장 인연이 없을 것 같은 모습을 하고 있었음에도 그 자리에 있는 모든 이를 능가하는 분위기를 풍기고 있었다. 그라드는 그때와 같은 느낌을 눈앞의 소녀에게서도 느꼈다.

'혹시 실수는 아니었을까……'

이상한 녀석과 약속을 해버렸다는 생각에 더욱 큰 후회가 밀려들었다. 하지만 이제 와서 약속을 파기할 수는 없을 것 같았다. 이 자리에서 날뛰기라도 하면 감당할 수가 없기 때문이다.

"……길을 서둘러야겠군."

소녀는 알 수 없는 기술로 구멍을 파고 한꺼번에 짊어진 살라그를 거기에 매장했다. 그런 제 정신인지를 의심하고 싶어지는 모습을 무시하고, 그라드는 다시금 걸음을 떼었다. 그리고 요즘은 강한 소녀가 유행인가, 같은 바보 같은 생각을 하며 쓴웃음을 지었다.

"그런데, 큰 싸움이라는 게 뭐냐해?"

살라그의 습격으로부터 몇 시간 후. 별다른 대화 없이 걷던 도중, 실은 계속 궁금했다는 투로 소녀가 그런 질문을 던졌다. 그리고 이어서 "전력이 필요하면 도와준다해"라는 소리를 하기 시작했다.

큰 싸움. 굳이 강적을 찾아 여행을 하는 소녀에게는 상당히 매력적인 말로 들렸을 것이다. 그야말로 기대로 넘쳐나는 표정을 짓고 있었다.

"게다가 빨리 끝나면, 약속도 빨라진다해."

소녀가 불쑥불쑥 다가왔다. 아무래도 빨리 끝내고 대련을 하고 싶다는 뜻인 듯했다.

'협력이라······.'

평소 같았으면 생각하고 말 것도 없이 거절했을 것이다. 하지만 그라드는 잠시 생각에 잠겼다. 도중에 보았던······ 아니, 거의 반강제로 확인한 소녀의 실력은 틀림없이 파격적이었다. 동료로 끌어들이면 상당히 도움이 될 것이다. 분명 키메라 클로젠에게는 성가신 적이 되리라.

그렇게 타산적으로 생각한 그라드는 소녀를 다시 한 번 지그시 쳐다보았다. 그라드의 눈에는 소녀에게 깃든 수많은 정령들의 가호가 보였다.

"키메라 클로젠이라는 녀석들을 아나?"

확인을 마친 그라드는 향후, 키메라 클로젠 측의 방비가 강화될 것을 고려해 소녀에게 진실을 이야기했다. 특히 키메라 클로젠이 행해온 수많은 잔학무도한 짓들에 관해서.

"너무하다해! 용서 못한다이거! 나, 돕는다해. 그 키메라인지 뭔지 박살낸다이거!"

그라드의 이야기를 끝까지 들은 소녀는 그렇게 화를 내며 정식으로 도움을 자청했다. 오히려 분위기로 미루어 돕는 정도가 아니라 그냥 돌격해 쓸어버릴 듯한 기세였다. 하지만 그래서는 의미가 없다.

"그래. 그거 고맙군. 나는, 그라드다."

제어할 요량으로 그라드는 도와줄 것이 아니라 협력해줄 것을 부탁했다. 그러자 소녀는 힘껏, 그리고 자신만만한 미소로 고개를 끄덕이며 답했다.

"나는, 메이리…… 메이메이, 다해! 잘 부탁한다이거."

말을 중간에 바꾼 것이 조금 수상쩍었지만 그건 피차일반이었다. 그라드는 "그래, 잘 부탁하지"라고 답하고는 그대로 갈 길을 가기 시작했다. 메이메이가 그 옆에 붙어 따라왔다.

도중에 두 사람 사이에서는 약간 대화가 늘었다. 하나같이 한두 마디로 끝날 정도의 내용이었지만 그라드에게는 종전보다 훨씬 떠들썩한 여행길이 되었다.

그리하여 그라드와 메이메이는 드디어 세인트 폴리에 도착했다. 도시…… 아니, 마을에 들르는 것 자체가 오랜만이라며 메이메이가 제법 들떴다. 그라드는 그런 메이메이에게 휘둘리기는 했지만 어찌어찌 모험가 종합 조합을 찾아냈다.

조합의 카운터에서 소재 매매를 부탁했다. 이때 그라드가 늘어놓은 소재가 현재 토벌대를 모집해야 하느니 어쩌느니로 논란의 중심이 되고 있는 데드 아이 스콜피온이었던 탓에 소소한 소동이 일어났다. 하지만 그라드는 예전에 손에 넣었던 것이라고 얼버무려 많은 이야기를 하지 않고 분위기를 수습했다. 일이 성가셔 질 것 같은 예감이 들었기 때문이기도 했고, 아무래도 좋은 일이었기 때문이기도 했다. 필요한 것은 보급을 위한 자금뿐이었다.

그렇게 상당한 액수의 자금을 얻은 그라드는 상점을 돌며 필요한 물자를 사모았다.

"본 적 없는 것들이 한가득이다해~."

가게에 들를 때마다 메이메이는 넘쳐나는 상품들을 둘러보며 눈을 빛냈다. 특히 커다란 도시에는 꽤 오랫동안 들른 적이 없어서 모든 것이 신기해 보인다는 모양이었다.

"그 근처에 있는 것들은, 필수품인데."

메이메이가 본 적이 없다고 한 상품은 이미 필수품으로 여겨지고 있는 베스트셀러 상품이었다. 대체 얼마나 도시를 떠나 지냈던 것인지. 그라드는 문득 그런 생각을 했다. 하지만 다음 순간에는 아무래도 좋다는 생각이 들어 다음 가게로 걸음을 옮겼다.

"이거 재미있을 것 같다해! 분명 일망타진할 수 있을거다이거!"

그렇게 신이 난 표정으로 달려온 메이메이가 손에든 것은 마술을 봉인한 술구였다. 중급 마술을 동시에 발현시킴으로써 상급에 필적하는 파괴력을 실현시켰다는 상당한 물건이었다.

분명 강력하기는 하지만 비싸다. 실제로 점원 중 몇 사람이 감시를 하는 듯한 시선을 날리고 있었다.

"그래. 다시 놓고 와."

그라드는 한 번 고개를 끄덕이고서 가게 쪽을 가리키며 말했다.

"유감이다해……."

메이메이는 터벅터벅 술구를 선반에 돌려놓으러 갔다. 그리고 또 다른 술구를 가져오려고 한 참에 제지에 나선 그라드는 그대로 메이메이를 질질 끌다시피 해서 가게를 뒤로 했다.

그밖에도 몇몇 점포를 돌며 대충 물자 보급을 완료한 그라드는 휴식과 식사를 겸해 음식점에 들렀다. 이곳에서도 역시 메이메이는 신이 나서 주변을 둘러보았다.

메뉴를 보니 푸짐한 음식부터 세련된 디저트까지 여러 가지가 갖춰져 있었다.

"곧 한 건 해야 하니, 배를 채워두자."

그렇게 말하며 그라드는 메뉴를 메이메이에게 건네며 냉큼 자신의 몫을 주문했다. 일단 배가 든든해질 만한 요리를 중점적으로 선택했다.

"왜 그러지?"

문득 쳐다보니 메뉴를 손에 든 메이메이의 표정이 조금 전과는 달리 확연하게 침울해져 있었다. 그래서 그라드는 그렇게 물었다.

"돈, 없다해……."

매우 맛있어 보이는, 사진이 첨부된 메뉴. 그것을 바라본 채 메이메이는 풀이 죽어 고개를 푹 숙였다. 아무래도 금전에 여유가 없는 듯했다. 그래서 지금까지 어떻게 생활했느냐고 묻자, 지금까지 꽤 오랫동안 자급자족하며 지냈다는 모양이었다.

"그 소재가 생각했던 것보다 비싸게 팔려서, 필요한 걸 다 산지금도 여유가 있어. 그러니 눈치 보지 말고 주문해."

그라드가 그렇게 말하자 메이메이는 또다시 표정이 확 바뀌어서 반짝반짝 미소를 꽃피운 채 말했다.

"감사감사다해~!"

메이메이는 기쁜 듯 메뉴를 보며 푸짐한 음식을 세 종류나, 정말로 전혀 눈치를 살피지 않고 주문했다.

식사 후, 그라드는 정보 수집을 위해 거리를 돌아다녔다. 메이메이 역시 함께였지만 아까에 비해 매우 얌전해졌다. 배가 부르자 마음이 가라앉은 듯했다.

그리고 목적한 정보수집은…… 메이메이의 존재가 생각 외로 도움이 되었다. 그라드 혼자였다면 분명 수상한 사람 취급을 받았을 텐데 천진난만한 메이메이가 분위기를 잘 중화시켜 주었다. 그 효과 덕에 그라드는 아무에게도 의심을 사지 않고 정보 수집에 성공했다.

그리고 밤. 그라드와 메이메이는 세인트 폴리 교외에 와 있었다. 조립식 건물이며 창고 같은 건물들이 늘어선 가운데, 두 사람은 건물 뒤에 몸을 숨겼다. 그 정면에 보이는 것은 교외에서 가장 커다란 연구시설이었다.

'저게, 마지막 한 명이군.'

그 시설에서 나온 자를 눈으로 좇으며 그라드는 드디어 때가 되었다는 생각을 함과 동시에 미소를 흘렸다.

그라드가 세인트 폴리에 온 이유. 그것은 키메라 클로젠의 본거지가 이 주변에 있다는 것뿐만이 아니었다. 그라드는 천칭의 성채에서 키메라 클로젠에 속한 자에게서 한 가지 정보를 더 알아냈다. 그리고 그것이 그에게는 가장 중요한 정보였다.

그 정보란 키메라 클로젠에 소속된 어떤 남자에 관한 것이었다. 그리고 정면에 보이는 시설이 바로 키메라를 심문해 알아낸 장소. 그 남자가 관할하고 있다는 연구소였다.

하지만 도시에서 조사해본 결과, 이 시설은 회복약 연구소로 알려져 있었다. 따라서 키메라 클로젠과는 무관한 일반 직원 등도 일하고 있었다. 하지만 그것은 표면적인 모습에 불과했다. 진짜 연구소는 이 시설의 지하에 있다는 사실도 이미 알아낸 뒤였다.

또한 그라드는 처음에 일반인이 되었건 어쨌건 모조리 다 제압할 생각이었다. 하지만 그것은 무인으로서 좋지 않다며 메이메이가 반발하여 지금에 이르렀다.

강행하려고 하면 최악의 경우, 메이메이가 앞을 막아설 것이다. 그 때문에 초조한 마음을 억누르고 일부러 일반 직원들이 모두 귀가하는 밤을 노리게 된 것이다.

'완전 귀가 시간이 지났군. ……좋아. 이제 남아있는 자는 키메라뿐이겠지.'

시설 주변에는 순찰을 도는 경비원 같은 인물들이 보였다. 그것을 확인한 그라드는 이쪽도 정보대로라며 의기양양한 미소를 지은 채 그렇게 단정했다.

정면에 보이는 연구소 지하에 자리한 숨겨진 모습. 천칭의 성채에서 알아낸 정보에 의하면 그곳에서는 정령력을 이용한 전투인형을 생산하고 있다는 모양이었다.

그리고 그라드의 두 눈은 그 증거라 할 수 있는 것을 보고 있었다. 그것은 순찰 중인 경비병이다.

그라드의 눈에는 하늘의 백성 신관에게 주어지는 특수한 힘이 있어, 그 눈에는 경비병들에게서 흘러나오는 정령의 파동이 보였다. 심지어 명백하게 비정상적인 파장이.

"정령님들. 반드시 해방시켜 드리겠습니다."

경비병들 모두가 정령력을 이용한 전투 인형이었다. 그 사실을 확인한 그라드는 기도를 하듯 바라본 후, 뒤에서 대기 중인 메이메이에게 고개를 돌렸다.

"틀림없다. 저곳은, 키메라 클로젠의 관리하에 있어."

그라드가 그렇게 말하자 메이메이는 대담하게 웃으며, 그러면 마음껏 쳐부술 수 있겠다고 말했다.

"그럼, 지금부터 말인데——."

의욕이 넘쳐 당장에라도 달려 나갈 듯한 메이메이를 우선 달랜 그라드는 간단한 작전 회의를 열었다.

밤이 되어 일반 직원이 없어진 지금, 적당히 봐줄 필요는 없었다. 심지어 경비 중 일반인은 없을까 걱정스러웠지만 전투 인형뿐이었다. 키메라 클로젠이 아닌 자들이 피해를 입을까 걱정할 필요가 없는 전장이 만들어졌다.

또한 안에는 키메라 클로젠이 다소 남아있을지도 모른다. 하지만 극악무도한 키메라 클로젠이라면 다소 험한 꼴을 당해도 상관없으리라. 그 점은 메이메이도 납득했다.

그렇게 간결하게 회의를 하여 기다리고 기다린 끝에 세워진 작전. 그것은 메이메이의 돌진력을 살려 정면으로 돌파하는 것이었다. 그리고 그라드로 말하자면 메이메이가 날뛰는 동안 메이메이에게 맞춰 임기응변으로 움직이기로 했다. 경우에 따라서는 메이메이가 주의를 끄는 동안 기지를 뒤지기도 할 예정이었다.

까놓고 말하자면 메이메이를 미끼로 쓰는 작전이었지만 메이메이는 "전투 인형. 처음 상대한다해!"라는 소리를 하는 등, 의욕이 넘쳤다.

시설에 대한 습격은 조용히, 그리고 신속하게 개시되었다. 연구소 안에 들어가고 나서부터 메이메이가 요란하게 날뛸 예정이었다.

하지만 그라드와 메이메이는 그 전에 바깥에 있는 경비병들을 제압하기 시작했다. 잠입하는 것뿐이라면 그렇게까지 할 필요는 없었다. 하지만 그라드가 그러기를 바랐다.

그라드는 으슥한 곳에 숨어 기습을 해서 전투 인형 한 대를 무효화했다.

『머나먼 전당으로, 돌아가십시오.』

그라드가 손을 대자 전투 인형에서 옅은 빛이 흘러나와 천천히 하늘로 올라갔다. 그 역시 신관으로서의 힘이었다. 방황하는 정령의 힘을 하늘로 돌려보낸 것이다.

그럼 다음이다. 그라드가 고개를 들어보니, 상대가 더 이상 없었다.

'그래도 정령님의 힘이 깃든 것을 상대로, 이 정도라니…….'

메이메이는 또다시 희미한 소리도 내지 않고, 그곳에 있던 모든 전투 인형을 무력화시켰다. 나름대로 그 실력을 안다고 생각했지만 그마저도 웃돌고 있었다. 그라드는 메이메이가 감추고 있는 그 전력에 경악했다.

그럼에도 당사자인 메이메이는 "실망이다해" 하고, 어쩐지 부족하다는 투로 말하기까지 했다. "이 시설에서 중요한 건 안쪽이야. 강력한 개체는 전부 내부에 배치되어 있을 걸."

"일리있다거. 그것 참 기대된다해!"

정령의 힘을 하늘로 돌려보내며 그라드가 그렇게 말하자 메이메이의 의욕은 다시금 상승했다.

전투 인형 안에 갇혀있던 정령력은 모두 해방했다. 그러고서 잔해가 된 인형을 눈에 띄지 않는 장소로 다 옮긴 그라드와 메이메이는 드디어 시설에 발을 들였다.

인기척 없는 연구소. 그곳을 거닐던 참에 순찰 중인 경비병이 그 앞에 나타났다.

"정령님의 힘을, 이렇게나……."

그 모습을 본 그라드는 그 즉시 분노를 표출했다.

역시나 라고 해야 할지, 그 또한 전투 인형이었다. 하지만 문제는 내포된 정령력이었다. 그라드의 눈에는 보였다. 바깥에 있던 전투 인형과는 비교도 되지 않을 정도의 힘이.

"이건, 기대할 수 있을 것 같다해!"

그런 생각을 하는 동안 메이메이가 전투 인형을 때려눕혔다. 그리고 그러면서 그 차이를 알아챈 듯했다. 메이메이의 얼굴에는 기대에 찬 미소가 떠오르기 시작했다.

강력한 개체는 내부에 배치되어 있다. 조금 전에 했던 그라드의 말은 메이메이의 의욕을 북돋기 위한 것이었다. 하지만 실제로 시설 내에 배치된 전투 인형은 훨씬 뛰어난 전력을 지니고 있었다.

메이메이는 그런 전투 인형을 멋지게 무력화시켜 나갔다. 역시나 소리 하나 내지 않고.

그라드는 작전대로 그저 그 뒤를 따라가며 전투 인형으로부터 정령력을 해방시켜 나가기만 해도 됐다.

그렇게 순조롭게 나아가던 두 사람은 드디어 시설의 최심부에 도착했다. 그곳은 새것처럼 아무 것도 없는 방이었다. 하지만 그라드는 그 끝에서 정령의 기척이 흘러나오고 있음을 알아챘다.

"이런 시답잖은 일에……."

숨겨져 있던 문은 정령을 조작해야 열리게끔 되어 있었다. 그러한 기술을 지닌 키메라 클로젠다운 장치가 달린 문이었다. 대응하는 열쇠를 사용하거나 정령력을 정확하게 읽어내 해제하지 않으면 이것을 열 수 없을 것이다.

"여기부터가, 진짜인 것 같군."

하지만 그라드 앞에서 이런 종류의 장치는 의미가 없었다. 그라드에게는 정확하게 읽고 해제할 수 있는 눈이 있었기 때문이다.

"뭐가 나올지 기대된다해!"

두 사람은 어렵지 않게 문을 열고 안으로 발을 들였다. 그곳은 바깥에 있던 연구소와는 다른, 키메라 클로젠이 연루된 비밀 연구소로 정령 전투 인형을 제조하는 공장이었다.

"뭐야, 이건⋯⋯."

눈앞에는 복도만이 이어져 있었다. 하지만 그 앞은 명백하게 분위기가 달랐다. 공기가 묵직하고, 어쩐지 음울한 낌새가 감돌고 있었다.

그것을 감지한 순간, 그라드의 표정이 괴로움으로 구겨졌다. 그것이 모두 괴로워하는 정령의 잔재라는 것을 알았기 때문이다.

그것을 앞에 둔 그라드의 표정에 더욱 격렬한 분노가 떠올랐다.

"이곳에 있는 인형은, 전부 부순다."

이곳에 붙잡혀 있는 정령력을, 모두 해방시킬 것이다. 그렇게 결심한 그라드는 잽싸게 경비용 전투 인형에게 몰래 다가가 그대로 엎어뜨렸다. 그리고 날뛰는 전투 인형을 억누른 채 정령력을 해방시켰다.

그러자 놀랍게도 전투 인형이 정지된 것을 신호 삼아 사방팔방에서 대량의 전투 인형들이 나타났다. 심지어 지금까지 상대했던 것과는 달리, 전부 다 살상용 무기를 지니고 있었다.

"갑자기 뜨거운 전개가 되었다이거."

의욕이 넘치는 전투 인형을 앞에 둔 메이메이 역시 사나운 미소를 지은 채, 그것들을 요격했다.

"얼마나 많은 거야——."

메이메이 대 대량의 전투 인형. 아무리 봐도 숫자가 너무 많았다. 이건 어렵겠다 싶어 그라드가 가세하려 한 그 순간이었다. 그야말로 개수일촉(鎧袖一觸, 갑옷 소매를 한 번 휘둘러 약한 상대를 간단히 물리친다는 뜻)이라는 말처럼. 메이메이가 그 자리에서 허공을 걷어참과 동시에 수많은 전투 인형들이 마른잎처럼 날아갔다.

"──이걸 일격에."

눈에 보이는 족족 적을 날려버리는 메이메이의 기세는 멈출 줄을 몰랐다. 문득 아무 것도 없는 허공을 움켜쥐는가 싶더니 정면에서 육박해오는 전투 인형들이 느닷없이 폭발했다. 뒤에서 덤벼든 전투 인형은 메이메이의 완벽한 뒤차기를 맞고 날아가, 다른 인형들을 말려들게 하여 완전히 침묵했다.

메이메이의 실력은 그라드가 예상한 것 이상…… 아니, 예상조차 할 수 없는 영역에 있었다.

'지금은 아군이라는 사실을 기뻐해야겠군…….'

지금까지 터무니없는 자와 함께 있었구나. 그런 희미한 공포심을 새삼 느끼면서도 그라드는 차례로 양산되는 재기불능 상태의 인형들에게서 정령력을 해방시켰다.

얼마쯤 지나 수백 대나 되는 전투 인형의 잔해가 깔린 대가로 복도는 정적을 되찾았다.

고생스럽지는 않았지만 의외로 시간을 낭비했다. 그래서 그라드는 다소 초조한 듯 복도를 지나 그 막다른 길에 있는 문에 손을 걸쳤다.

"큭……!"

그라드는 틈새로 그것을 확인함과 동시에 순간적으로 결계 술법을 발동시켰다. 직후, 묵직한 소리가 울린 직후, 결계가 박살났다.

"……이런 것까지."

문 안쪽에는 커다란 홀이 있었다. 그 대형 홀에서 문을 뚫고 날아온 것은 무기질적인 금속 팔이었다. 그리고 그 끝에는 거대한 전투 인형이 있었다. 하지만 그 인형은 지금까지 봤던 것들과는 달리 사람의 형태를 하고 있지 않았다. 네 개의 팔과 네 개의 다리를 지닌, 순수하게 전투력만을 추구하여 만든 괴물이었다.

그 거대한 전투 인형은 지금까지 상대한 것들과는 비교도 되지 않을 정도의 정령력을 내포하고 있었다. 대체 얼마나 많은 정령이 희생되었을까.

그라드는 분노로 몸을 떨렸지만 그 막대한 힘이 터무니없이 위협적인 나머지 발을 내딛기를 주저할 수밖에 없었다. 지금까지 예정보다 훨씬 편하게 올 수 있었지만 끝까지 그럴 수는 없을 듯했다.

그라드는 그렇게 생각하며 전투 태세를 갖췄지만, 또 한 사람의 반응은 전혀 달랐다.

"뭔가, 악취미다해. 하지만, 기대할 수 있는 상대다이거!"

메이메이는 그라드의 옆을 지나, 그에게 뒤질 새라 거대한 전투 인형과 싸우기 시작했다. 심지어 이 마당에 와서 수행이랍시고 한손밖에 사용하지 않겠다고 했다.

이토록 막대한 정령력을 지닌 적을 상대로 그런 느긋한 소릴 하다니. 그라드는 그 즉시 그런 생각을 했다. 하지만 메이메이는 한손만으로 거대 전투 인형의 일격을 흘려 넘기고 카운터 공격까지 박아 넣었다.

공격과 방어 모두 한손만으로 해냈다. 그럼에도 여유마저 보였다. 그래서 그라드는 넋이 나가서 "이곳은 맡겨도 될까?"라고 메이메이에게 물었다.

"맡겨라해!"

거대 전투 인형을 화려하게 상대하며 메이메이는 그라드를 쳐다보고서 힘껏 고개를 끄덕였다. 그 눈은 해야 할 일을 하고 오라고 말하는 것만 같았다.

그라드는 그 눈빛에 살그머니 고개를 끄덕여 답하고는 앞을 향해 계속 달려 나갔다. 그리고 그런 가운데, 자신이 무의식중에 미소를 짓고 있었다는 사실을 알아채고 놀랐다.

그라드는 지금까지 메이메이를 써먹기 좋은 장기짝쯤으로 보고 있었다. 미끼 역할이나 잘 해주면 그만이라고. 하지만 정신이 들어보니 전장을 맡기고, 그녀를 등진 채 달리고 있었다.

누군가에게 의지한 적은, 전장에서 누군가에게 등을 보인 적은 단 한 번도 없었다. 하지만 지금, 메이메이에게라면 맡길 수 있다고 생각하는 자신이 있었다. 그라드는 그런, 전에 없던 감정에 조금 당황하며 이런 것도 나쁘지 않다며 미소 지었다.

홀의 안쪽에 자리한 문. 그곳을 지나자 나타난 복도는 몇 개의 방과 이어져 있었다. 목표한 남자나 그와 관련된 정보는 없을까 싶어 그라드는 그 방을 하나하나 뒤졌다.

그렇게 얼마간 조사를 하던 그라드는 복도 끄트머리에 자리한 방에서 그것을 찾아냈다.

다른 곳보다 엄중한 벽으로 둘러싸인 방. 그 중앙에 있는 그것은 목표가 아니었다. 하지만 하늘의 백성의 신관이었던 그라드에게 있어 그것은 결코 용납할 수 없는 물건이었다.

"이러한…… 이러한 것을!"

그라드는 분노로 가득한 고함을 질렀다. 그곳에 있는 것은 검고 커다란 금속제 토대와 수정 같은 구슬이었다. 그것이 무엇인지 한눈에 알 수 있는 사람은 없을 것이다. 하지만 그라드의 눈은 그것의 정체를 꿰뚫어 보았다.

수정 같은 커다란 구슬. 그것은, 그것에는 고개를 돌리고 싶어질 정도로 많은 수의 정령이 봉인되어 있었다. 하지만 그곳에 있는 정령들은 이미 형태를 잃고 한낱 정령력에 불과한 존재가 되어 있었다. 이미 목숨을 구하는 것이 불가능한 상태였다.

"……지금, 해방시켜 드리겠습니다."

하다못해 본래의 모습으로. 정령력 본래의 상태로, 자연계를 가득 메우고, 천천히 순환하는 흐름 속으로.

지금까지 했던 것처럼 해방시키기 위해 그라드는 그것에 다가갔다.

직후. 방의 구석에 숨어있던 누군가가 어둠 속에서 그라드에게 덤벼들었다. 그 자의 일격은 조용하고 소리도 없었으며 완전히 허를 찌른 필살의 일격이었다.

순간, 둔탁한 소리가 울림과 동시에 새빨간 피가 바닥에 온통 튀었다. 그리고 그 위에, 검은 옷차림을 한 남자가 털썩 쓰러졌다. 자객의 일격은 완전히 성공한 듯 보였다. 하지만 그라드는 그에 늦지 않게 대응했다.

지금, 이 방은 정령력으로 가득했다. 따라서 그라드는 그 정령력의 미세한 움직임을 감지할 수 있었고, 놓칠 리도 없었다.

그 결과, 그라드의 세검은 거의 반사적인 속도로 남자의 몸을 꿰었다.

피웅덩이에 널브러진 남자를 바라보며 그라드는 작은 소리로 혀를 찼다.

그것은 전투 인형 같은 것이 아니라 사람이었다. 그리고 기습에 맞서 날카로운 검술 실력이 유감없이 발휘된 탓에 그 남자는 이미 숨이 끊어져 있었다.

이 자리에 있었던 것으로 미루어 키메라 클로젠의 관계자가 틀림없을 것이다. 겨우 살아있는 인간을 만났건만 정보를 캐내기도 전에 죽이고 말았다.

"쓸모없는 놈."

그라드는 그것을 차가운 눈으로 노려보고는 눈엣가시라는 듯 퇴마술로 불태워버렸다. 그러고서 정령력이 봉인된 그릇 앞까지 다가가 기도를 올려, 그 힘을 해방시켰다.

대체 얼마나 많은 정령이 봉인되어 있었던 것인지, 막대한 정령력이 뿜어져 나와 세계로 돌아갔다.

마지막까지 그것을 확인한 그라드는 별 도움이 되지 못한 남자 대신 쓸만한 정보는 없을까 싶어 방 안을 뒤지기 시작했다. 방에는 그릇 말고도 선반이며 책상 등이 늘어서 있었다. 새삼 둘러보니 상당히 중요한 방 같았다.

그래서 그라드는 보다 세심하게 확인해 나갔다.

선반 안이며 책상 서랍 등을 조사하기 시작한지 십여 분이 지났을 즈음. 그라드는 단서가 될 만한 서류를 발견했다.

그 서류는 책상 위에 아무렇게나 놓여있었다. 읽어보니 아무래도 무언가의 보고서 같았다.

거기에는 납품이니 뭐니 하는 업무 연락이 꼼꼼히 기재되어 있었다. 계속 읽다보니 납품이라는 것이 정령을 두고 한 말임을 알 수 있었다. 그라드는 그 취급에 더더욱 분노했다.

그렇게 분노로 물든 그라드의 눈은 서류에 적힌 이름을 발견해냈다. 그 이름은, 이 시설의 관리인인 세 사람의 이름이었다.

그리고 또 하나. 그라드가 찾던 남자는, 아무래도 이 시설을 관할하고는 있었지만 모든 일을 이 세 사람의 관리인에게 맡겨뒀던 모양인지 이곳에 오는 일은 그다지 없었다는 사실도 판명되었다.

하지만 그럼에도 다음으로 나아갈 유력한 정보는 얻어냈다.

관리자로 기재된 세 사람. 그 세 사람은 그라드가 찾는 남자와 정기적으로 연락을 하는 입장에 있는 듯했다. 다시 말해서 먼저 처리해 버린 한 사람이 그 중 한 명이며 아직 두 번은 캐물을 기회가 있다는 뜻이었다.

그라드는 단서인 그 서류를 회수하고는 눈에 띄는 자료를 몇 가지 더 골라내었다. 그리고 나머지를 불사르고서 그 방을 뒤로 했다.

복도를 지나 홀로 돌아와 보니 메이메이가 불만스러운 투로 "왜 그러냐해? 빨리 움직여라이거!" 하고 소리를 치고 있었다. 그런 메이메이의 앞에는 침묵한 채 꼼짝도 하지 않는 거대 전투 인형이 있었다.

"뭐야, 왜 그러지?"

그라드가 그렇게 묻자 메이메이는 화가 나서 전투 인형이 갑자기 안 움직이게 됐다고 말했다. 몸도 풀렸겠다 슬슬 신기술을 선보이려던 참이었다고 한다. 불완전 연소 상태인 탓에 메이메이는 심하게 씩씩거리고 있었다.

'……그게 원인이었겠지.'

살펴보니 거대 전투 인형에는 정령력이 조금도 남아있지 않았다.

메이메이와의 전투로 인한 것인지, 거대 전투 인형은 그야말로 너덜너덜해져 있었다. 그만한 정령력을 동력 삼아 움직이던 전투 인형이 이 꼴이 나다니. 하지만 원인은 이것이 아니었다. 봉인된 정령력은 해방시키지 않는 한 그 자리에 남아있어야 했다. 그리고 해방시킬 수 있는 것은 이 자리에서는 그라드, 단 한 사람뿐이다.

요컨대 어디선가 해방시켰다는 뜻이리라. 그리고 짐작을 해보자면, 원인은 조금 전의 방에 있던 그릇일 것이다. 분명 그것이 이 거대 전투 인형의 핵이었으리라.

"이토록 거대한 병기니, 아직 미완성 상태였겠지."

의도하지 않은 일이라고는 하나 메이메이의 낙을 빼앗아버린 것 같았다. 그리고 메이메이는 불완전 연소 상태로 발을 동동 구르고 있었다. 섣불리 창부리가 이쪽으로 향하는 날에는 뼈도 못 추릴 것이다. 그라드는 은근슬쩍 얼버무리고는 지금 마무리를 하는 것처럼 보이게끔 정령력을 해방시키는 척을 하고서 냉큼 걸음을 옮겼다.

"정보는 얻었다. 돌아가서 식사나 하지."

아직 미련이 남은 듯한 메이메이에게 그라드는 그렇게 말했다. 그러자 메이메이는 그라드의 의도대로 달려와서 기대로 가득한 눈을 반짝였다.

"그래, 내가 전부 낼 테니, 먹고 싶은 만큼 먹으라고."

"감사감사다해~!"

그 기대에 답하자 메이메이는 어린애처럼 기뻐했다. 그라드는 그런 그녀를 보고 우선 안심하고는 앞으로 어떻게 다룰지 쓴웃음을 지은 채 생각하기 시작했다.

후기

그런고로 평소와 같은 그거입니다. 페이지 조정이라는 이름의 후기입니다. 지난 권에는 없었던 만큼, 이번 권은 평소보다 더 공을 들여 적어보도록 하겠습니다. 과연 몇 사람이나 이 헛소리에 어울려주실지 모르겠지만요…….

우선 이 책을 구입해주신 분들 모두에게 감사인사를 드립니다. 덕분에 7권까지 발매할 수 있었습니다. 아무리 감사인사를 해도 부족할 정도로 행복합니다. 감사합니다!

다음으로 관계자 분들께. 이 한 권에 얼마나 많은 분들이 관여하고 계실지……. 실로 감사할 따름입니다. 감사합니다!

그리고 일러스트를 담당해 주고 계신 후지 초코 선생님. 분명 후지 초코 선생님의 일러스트 때문에 구입하는 분들도 계실 겁니다.

우선 표지를 봐주십시오. 역시 후지 초코 선생님이십니다. 압도적이죠.

표지의 무대는 이스즈 연맹의 본거지입니다.

당초, 제가 상상했던 이미지는 평범한 헤이안쿄 같은 분위기였습니다. 하지만 후지 초코 선생님이 일러스트 담당이 되고서는 달라졌습니다.

아시는 분도 계시겠지만 후지 초코 선생님의 진면목은 환상적인 일본풍 세계관에 있습니다.

일개 팬으로서, 그리고 꼭 보고 싶다는 사적인 욕망에 사로잡혀 이스즈 연맹의 본거지 이미지를 근본부터 때려 고쳤습니다.

그리고 그것이 이번 표지로 쓰였습니다. 고치길 잘했다고 진심으로 생각합니다. 감사합니다!

자아, 이렇게 지금의 기쁜 마음을 감사인사로 바꾸어 보았습니다만, 아직 끝나지 않았습니다.

스에미츠지카 선생님!

정말 황송하게도 『현자의 제자를 자칭하는 현자』의 만화판이 있는데, 그 1권이 이번 소설판 7권과 동시 발매되었습니다. 멋져라!

문장으로밖에 전해드리지 못했던 세세한 미라의 이런저런 면이 여실하게 표현된 훌륭한 작품입니다. 몸짓 하나하나가 생생하게 그려져 있습니다. 이래저래 귀여운 미라를 볼 수 있어 원작자임에도 매번 다음 회가 몹시 기다려집니다.

서적판 쪽에서는 겉모습을 알 수 없었던 캐릭터, 레이나드와 요아힘 등의 모습도 만화판에서는 보실 수 있습니다!

특히 이 두 사람, 레이나드와 요아힘은 저의 머릿속에 있던 것을 껑충 상회하는 모습으로 디자인 되어, 저도 이미지하기가 쉬워져서 매우 큰 도움이 되었습니다. (너희, 이렇게 잘 생겼었냐…….)

하지만 무엇보다도 문장으로 적은 이야기가 이렇게 만화가 되니, 뭐라 말할 수 없는 감동이 밀려드는군요. 예전부터 만화는 좋아했던지라 더더욱 기쁩니다.

부디 만화판도 잘 부탁드립니다!

이래저래 많은 이야기를 했는데도 아직 페이지에 여유가 있을 것 같군요. 그러면 모처럼의 기회니 이번에는 표면화 시킬 예정이 없는 숨겨진 설정이라도 말해보고자 합니다!

우선은, 어디보자아. 솔로몬이 미라에게 선물로 받은 라티프 워드의 분재에 관해 말씀드리자면.

솔로몬은 이 분재에 '자룡(紫龍)의 구름'이라는 이름을 붙여 소중히 키우고 있습니다. 그밖에도 분재는 여럿 있는데 그것들은 모두 성의 정원에 놓여있습니다. 솔로몬 전용 정원 같은 것이 아니라 시녀들이며 사용인들도 이용할 수 있는 휴식 장소입니다. 다만 분재가 놓여있는 한 구석은 아무래도 다가가기가 어려운지 '작은 나무들의 숲'이라 불리며 성역처럼 여겨지고 있습니다.

솔로몬은 자신의 자랑거리인 분재들을 사람들에게 보여주고 싶어 정원 한 구석에 늘어놓은 모양입니다만, 그 바람이 이루어지기는…… 어려울지도 모르겠군요.

자아, 이어서 미라의 선물 이야기를 한 가지 더 해보겠습니다. 루미나리아에게 건넨 자애의 여신을 본뜬 신상 말입니다만, 이건 지금 술사단의 회의실에 장식되어 있습니다. 살풍경하기 그지없는 회의실에 청량감을 더하고자 루미나리아가 멋대로 둔 것이죠.

하지만 루미나리아가 장식한 탓인지, 아니면 비슷한 생각을 지닌 자가 많았던 탓인지 매우 호평을 받고 있다고 합니다.

그리고 그런 탓에 현재, 술사단 내부에서는 어떠한 이야기가 한창 유행하고 있습니다. 그 내용이란, 삼신은 셋이 모여야 의미가 있으니 나머지 둘도 모셔와야 한다는 것입니다.

그렇습니다. 신상이라는 이름의 피규어는 자애의 여신만 있는 것이 아니라, 삼신이 모두 만들어지고 있습니다. 삼신 시리즈라고나 할까요.

하지만 이 신상. 미라는 무난하게 손에 넣었습니다만, 그건 타이밍이 좋았던 것뿐이고 상당히 인기가 좋아서 품귀 현상이 이어지고 있습니다. 그런 레어한 물건이 하나만 회의실에 놓여있는 상태인 거지요.

결과적으로 누구에게서 시작된 것인지 술사단 일동의 수집혼에 불을 붙인 듯합니다. 특히 성술사들의 의욕은 하늘을 찌를 듯합니다. 나머지 둘을 입수해서 삼신을 완성시키기 위해, 술사단 녀석들은 이래저래 애를 쓰고 있습니다.

이상, 숨겨진 이야기였습니다.

자아, 이런저런 해프닝 끝에『현자의 제자를 자칭하는 현자』제7권이 발매되었습니다. 부디 재미있게 읽어주셨으면 좋겠습니다.

KENJA NO DESHI WO NANORU KENJA
©2017 by Hirotsugu ryusen
First published in Japan in 2017 by Hirotsugu ryusen.
Korean translation rights reserved by Somy Media, Inc.
Under the license from Micro Magazine Co., Ltd., Tokyo JAPAN

현자의 제자를 자칭하는 현자 7

2017년 10월 15일 1판 1쇄 발행
2019년 6월 30일 1판 4쇄 발행

저 자	류센 히로츠구
일 러 스 트	후지 초코
옮 긴 이	정대식
발 행 인	유재옥
본 부 장	조병권
담당편집자	정영길
편 집	김다솜 김민지 박상섭 이성호 정영길 조찬희
미 술	강혜린 박은정
라이츠담당	박선희 오유진
디 지 털	최민성 박지혜
발 행 처	㈜소미미디어
등 록	제2015-000008호
주 소	서울시 마포구 토정로 222, 403호 (신수동, 한국출판콘텐츠센터)
판 매	㈜소미미디어
마 케 팅	한민지 한주원
전 화	편집부 (070)4164-3962, 3963 기획실 (02)567-3388
	판매 및 마케팅 (070)4165-6888, Fax (02)322-7665

ISBN 979-11-6190-001-8 04830
ISBN 979-11-5710-460-4 (세트)

소미미디어 라이트 노벨 시리즈

낙제기사의 영웅담
8

미소라 리쿠   지음
온   일러스트
정우주   옮김

'홍련의 황녀' vs '바람의 검제'
'어나더원' vs '배드 럭'

◆ 초판한정 ◆
책갈피
증정

**"내 최약으로
네 포기를 때려 부수겠다……!"**

수많은 검으로 못 박힌 시즈쿠와 그 앞에서 떠들썩하게 웃는 아마네——잇키의 대전 상대를 결정하는 준준결승의 싸움은 개시 전의 참극으로 막을 내렸다.

그리고 맞이한 칠성검무제 준결승전. '홍련의 황녀'와 '바람의 검제', 두 사람의 A랭크 기사는 일찍이 없었을 규모로 회장 전체를 유린해대며 규격 밖의 싸움을 벌인다. 더 나아가 또 하나의 준결승, '어나더원'과 '배드 럭'의 싸움은——.

"저, ——이 시합을 기권하려고 합니다."

아마네의 생각지 못한 발언으로 파란의 막을 열게 된다!

끝까지 희롱해오는 아마네에게, 흔들리지 않는 각오로 대치하는 잇키.

가장 사랑하는 연인과 약속한 결승의 무대를 향해서 돌진하는 제8탄!

전생했더니 검이었습니다
3

타나카 유 　지음
Llo 　일러스트
신동민 　옮김

피로 피를 씻는 싸움에 스승과 프란이 맞선다!
권말에 마루야마 토모오 선생님이 그린 만화도 수록!

◆ 초판한정 ◆
양면 커버
어나더 커버
증정

『일단 검의 주도권을 내게 넘겨!』

　던전 도시 울무토로 향하는 스승과 프란은 항구 도시 더즈에 들어선다.
　숙소를 구하고 도시를 탐색하다가 시드런이라는 섬나라에서 왕이 바뀐 이후 혼란스러워졌다는 소문을 듣는다.
　그리고 납치한 어린아이를 적국으로 밀수출하는 조직의 공격을 받는 프란과 스승.
　가볍게 반격한 후 그 밖에도 납치된 아이들이 있다는 사실을 안 두 사람은 그들을 구하러 아지트로 뛰어든다.
　그곳에 갇힌 어떤 쌍둥이가 스승과 프란을 피로 얼룩진 혁명으로 끌고 들어가는 원인이 되는지도 모르고…….
　나와 스승은 일심동체야──.

주인공의 영원한 친구! 각종 도우미 역할! 그게 바로 내!!

친구 캐릭터는 어렵습니까?
1

다테 야스시 　　지음
베니오 　　일러스트
박시우 　　옮김

만나 버렸다, 내 이상의 주인공을!!!

"류가의 친구 포지션은 양보 못 해!"

내 친구, 히노모리 류가는 '진정한 주인공' 이다. 먼저 이 녀석은 과거를 거의 이야기하지 않는다. 또 수업을 자주 빼먹는다. 돌아왔나 싶으면 입술에서 피를 흘리거나, 교복이 찢어졌거나 한다(세계의 적과 싸우고 있는 거겠지). 그리고 류가 주변에는 늘 누군가 미소녀가 있다. 이때가 내가 나설 장면이다. "이봐 류가! 어째서 네가 유키미야(미소녀)랑 아는 사이인 거야!" 쓸데없이 소란을 피우며 류가의 일상을 장식한다── 그것이 '프로 친구'인 나, 코바야시 이치로가 살아가는 방법이니까!

베스트 프렌더 코바야시가 보내는 최강 조연 러브 코미디, 폭발적 탄생!!

그랑크레스트 전기
3

미즈노 료	지음
미유	일러스트
한신남	옮김

"패자가 없는 싸움도 있어."
백성을 위한 싸움을 결의한 테오의 선택!!!

◆ 초판한정 ◆
책갈피
증정

"포비스, 클로비스라는 두 나라를 연합 군주회의에 선물로 들고 간다."

군주 테오와 마법사 시르카가 모시는 환상 시연합의 영걸, 아르투크 백작 빌라르에게 연합 맹주 하르시아의 공자 알렉시아가 보낸 군주회의 개최의 소식이 닿는다. 그것은 '대 강당의 참극' 이후 혼란이 계속되는 연합이 어떤 결단을 내리는 것을 의미하였다. 즉 대 공방동맹과의 '화평인가, 전쟁인가'를——

군주회의에 참석하기 위해 하르시아로 진 군을 개시하는 테오와 시르카 일행. 두 나라 사이에 깔린 동맹령을 신속하게 통과하기 위 해 시르카가 내놓은 작전이란?! 그리고 '백성 을 위한 싸움'을 결의한 테오의 선택이란?! 혼란이 모든 것을 지배하는 대지에서 연합과 동맹의 운명을 좌우하는 새로운 전란이 지금 시작된다!